AKRAM EL-BAHAY
Ministry of Souls – Die Schattenarmee

WEITERE TITEL DES AUTORS

DIE FLAMMENWÜSTE-TRILOGIE
Die Vorgeschichte:
  Flammenwüste – Das Geheimnis der goldenen Stadt
Band 1: Flammenwüste
Band 2: Flammenwüste – Der Gefährte des Drachen
Band 3: Flammenwüste – Der feuerlose Drache

DIE BIBLIOTHEKS-TRILOGIE
Band 1: Die Bibliothek der flüsternden Schatten – Bücherstadt
Band 2: Die Bibliothek der flüsternden Schatten – Bücherkönig
Band 3: Die Bibliothek der flüsternden Schatten – Bücherkrieg

DIE MINISTRY-OF-SOULS-DILOGIE
Band 1: Ministry of Souls – Das Schattentor

ÜBER DEN AUTOR

Akram El-Bahay hat seine Leidenschaft, das Schreiben, zum Beruf gemacht: Er arbeitet als Journalist und Autor. Für seinen Debütroman *Flammenwüste* wurde er mit dem Seraph Literaturpreis und dem silbernen RPC Award ausgezeichnet. Auch die Folgeromane waren jeweils für den Seraph nominiert.
Als Kind eines ägyptischen Vaters und einer deutschen Mutter ist er mit Einflüssen aus zwei Kulturkreisen aufgewachsen und lässt sich ebenso von der bunten Mythenwelt des Orients wie von westlichen Fantasytraditionen inspirieren. Zudem zieht sich die Magie der Sprache wie ein roter Faden durch alle seine Romane. Er ist Mitglied des Phantastik-Autoren-Netzwerkes PAN. Der Autor lebt mit seiner Familie in Nordrhein-Westfalen.

AKRAM EL-BAHAY

DIE SCHATTENARMEE

MINISTRY OF SOULS

Roman

Lübbe

Dieser Titel ist auch als E-Book erschienen

Originalausgabe

Dieses Werk wurde vermittelt durch die
Michael Meller Literary Agency GmbH, München.

Copyright © 2021 by Bastei Lübbe AG, Köln
Textredaktion: Michelle Gyo, Stuttgart
Titelillustration: © shutterstock.com: Brocorwin | cammep |
Nimaxs | Altana8 | Anna Poguliaeva | Annartlab | denisik11
Umschlaggestaltung: Massimo Peter-Bille
Satz: two-up, Düsseldorf
Gesetzt aus der Caslon
Druck und Verarbeitung: GGP Media GmbH, Pößneck
Printed in Germany
ISBN 978-3-404-18199-5

1 3 5 4 2

Sie finden uns im Internet unter luebbe.de
Bitte beachten Sie auch: lesejury.de

*Aus der Bibliothek
der ungeschriebenen Bücher*

INHALT

Verflucht 9
Die Rache eines Archivars 13
Ein verzweifelter Plan 25
Die Mongolia 33
Akilah 50
Die falsche Gasse 74
Im Palast 85
Eine Spur des Blutes 96
Gefangene Geister 105
Spiel mit dem Feuer 125
In der Falle 157
Der Ifrit 180
Ein Opfer 185
Hauptmann Smith 192
Totenstadt 211
Etwas von mir 245
Feuer und Gift 282
Die Spur der Toten 301
Gefangener im eigenen Leib 318
Ein selbstloser Wunsch 325
Ein Funke Liebe 338
Der neue Minister 344

VERFLUCHT

~~~~~

»Ich glaube, er ist tot.«

Jack spürte die Pfote einer Katze, die sich prüfend gegen seine Wange drückte. Die Stimme von Oz hörte er nur dumpf über das Rauschen hinweg, das seinen Kopf erfüllte. Für einen Moment vergaß er fast, wer er war. Wo er war. Und warum er sich fühlte, als würde alles Leben aus ihm heraussickern wie Wasser aus einem löchrigen Eimer. Er schien weder Arme noch Beine zu besitzen.

»Nein, er lebt. Und er wird nicht sterben. Wäre er tot, könntest du doch seine Seele sehen.«

Diese Stimme gefiel Jack weitaus besser als die des Katers. Naima. Er klammerte sich an ihren Namen, während er hastig wie ein Fisch atmete, der unversehens an Land gezogen worden war. Langsam kehrten die Erinnerungen in seinen Kopf zurück. Er begann auch seinen Körper wieder zu spüren. Und eine fremde Menschenhand auf seiner Stirn.

Mühsam öffnete Jack die Augen. Verschwommen erkannte er zwei Gestalten. Eine Frau stand vor dem Bett, auf dem er lag. Und ein Kater saß darauf. »Warum seht ihr mich an, als würde ich im Sterben liegen?« Er zwang sich ein Grinsen ins Gesicht, doch dann schüttelte Jack ein Hustenanfall durch. Und die Blicke seiner Freunde wurden noch besorgter.

»Du verschwindest.« Naima strich sich mit den Fingern eine Strähne ihrer dunklen Haare aus dem Gesicht, während sie mit der anderen weiter seine Stirn befühlte. Ihre Stimme brach, als säße ihr ein Splitter in der Kehle.

»Verschwinden?« Jack atmete tief durch und blickte auf seine Hand. Sie war in der Tat für einen Augenblick durchscheinend. *Verflucht*, dachte er. Es hatte ihn wirklich übel erwischt. Was immer Jack aber ausbleichte, verlor schnell seine Wirkung. Er wurde wieder normal. Keuchend drückte er sich hoch. Er hatte es schon als Kind gehasst, krank im Bett zu liegen. Vor allem deshalb, da dies in dem Waisenhaus, in dem er aufgewachsen war, bedeutet hatte, dass er sich nicht gegen die anderen hatte wehren können. Und nun hasste er es, weil er vor Naima nicht schwach wirken wollte. *Verdammt, Jack, du bist schwach. Du hast kaum Kraft zu atmen*, dachte er. *Ja*, gab er sich selbst die Antwort. Aber das wollte er nicht zeigen. Für einen Moment drehte sich das Bild vor seinen Augen. Naima und Oz. Das Fußende des Bettes, in dem er lag. Der karge Raum. Und Agatha, der Geist der Frau, die bis vor wenigen Monaten hier gelebt hatte und seit ihrem Tod kurzerhand weiter nach ihren Katzen sah. Das Schnurren und Miauen ihrer Lieblinge drang aus dem Wohnzimmer herüber. Die Alte stand inmitten ihrer Babys und lugte zu Jack. »Es geht schon wieder.«

»Du musst liegen bleiben.« Naimas Hand drückte ihn nun sanft, aber bestimmt auf das Kissen zurück. »Der Fluch des Ifriten steckt in dir.«

Ja, der Ifrit. Ein Rachegeist aus dem Orient. Ein Wesen, vor dem Jack die Prinzessin des Emirats Ra's al-Chaima gerettet hatte. Ein Wesen, das sie – wie zuvor schon fünf ihrer engsten Verwandten – hatte töten wollen, um als von Magie erfüllter Mensch wieder ins Leben zurückkehren zu können. Ein Wesen, das sie hatte verfluchen wollen und statt ihrer Jack zum Tod verurteilt hatte. Ihn und den Commissioner der Metropolitan Police. Vielleicht lebte Jack nur noch, weil er sich den Fluch gewissermaßen mit dem anderen armen Teufel geteilt hatte. Es war in jedem Fall ein Urteil, das er nicht bereute.

»Bitte, übrigens«, murrte Oz. »Ich habe einen Zauber von Ibn Sina gewirkt, der dich wieder ins Leben zurückgeholt hat.«

Jack nickte stumm. Ach ja, Oz. Der tote Archivar, der durch eine Verkettung verrückter Umstände als zaubernde Katze ins Leben zurückgekehrt war. *Himmel, was für ein Durcheinander*, dachte Jack und kniff die Augen zusammen, um Naima zu fixieren. »Wir können uns nicht ewig verstecken«, brachte er heiser hervor. »Der Ifrit ist nicht besiegt. Er sucht dich. Und wenn wir zu lange hierbleiben, wird er dich am Ende noch finden. Und du«, er sah zu Oz, »darfst nicht mehr zaubern. Außer im Notfall. Sonst kommt er uns auf die Spur.«

»Wir können nichts unternehmen, ehe es dir nicht besser geht.«

Jack konnte die Sorge aus Naimas Worten herausschmecken.

»Wir könnten ihn hierlassen«, warf Oz ein. Die Augen des Archivars im Leib von Naimas Kater schienen zu leuchten.

»Das ist sehr aufmunternd«, brummte Jack. Er hätte Oz am liebsten vom Bett geschüttelt, doch er hatte nicht mal Kraft zum Atmen und begnügte sich damit, ihn böse anzufunkeln. Oz sah mitleidig zurück und sprang erhaben auf den Boden. *Verdammt, er hat recht, Jack*, sagte er sich. *Sie sind besser ohne dich dran.* »Es wäre schön, wenn du mich mit deiner tollen Magie ganz und gar retten könntest, du verlaustes Fellknäuel. Aber scheinbar bist du zu schwach, um den Fluch des Ifriten zu brechen.« Er sah Oz empört zu einer Erwiderung ansetzen und blickte zu Naima. »Vielleicht solltest du wirklich ohne mich gehen. Mit dem fetten Kater kommst du womöglich gegen den Ifriten an. Und wenn dich seine Magie nicht retten kann, dann wirf dem verfluchten Geist das Fellknäuel einfach in den Rachen. Vielleicht verschluckt er sich an ihm und seinem Geplapper.«

»Fett?« Ein unheilvolles Knurren erklang irgendwo vom Boden her. »Ich bin in herausragender Form. Und der Ifrit hat schon einmal gegen mich verloren. Fast. Ich könnte …«

»Gibt es niemanden, der uns helfen kann?«, fragte Naima. »Der genug über Ifriten weiß, damit wir seine Schwachstellen aufdecken können? Er muss doch welche besitzen.« Es klang beinahe flehentlich.

»Terry vielleicht«, murmelte Oz nachdenklich. »Mein alter Vorgesetzter im Archiv des Ministry of Souls. Er hat hoffentlich noch Ibn Sinas Buch des Sterbens. Darin würde ich, wenn ich so nett bin, nach einem Spruch suchen, der ihm hier helfen könnte.«

»Dann gehen wir zu diesem Terry«, hörte Jack Naima entschieden sagen. »Ins Ministerium.«

»Auf keinen Fall«, rief Jack aufgebracht. Er drückte sich wieder hoch. Und das Zimmer und alles darin begannen sich erneut zu drehen. Er merkte, dass er das Bewusstsein verlieren würde. Und begriff, dass er Naima nicht daran hindern konnte. »Trau dort keinem. Die Soulmen könnten glauben, dass ich ein Verräter bin. Wenn Terry dir nicht helfen will, dann gibt es nur einen unter ihnen, der vielleicht auf unserer Seite steht. Der alte Travis kann einem alles besorgen, was man braucht. Selbst Dinge, die verboten sind.« Er hustete. »Aber es ist zu gefährlich für dich.«

»Wenn ich es nicht wage, stirbst du«, erwiderte Naima.

»Na und?«, schnurrte Oz. »Ich bin auch tot. Und guck mich an. Ich sehe großartig aus. So schlimm ist das Sterben nicht.«

»Das stimmt.« Agathas schwarz-weiße Gestalt im Nebenzimmer verschwamm vor Jacks Augen. »Der Tod ist erst der Anfang. Gar nicht so übel, wenn man sich erst mal an ihn gewöhnt hat. Wir zwei könnten viel Spaß haben.«

Nein danke, wollte Jack sagen. Doch seine Zunge gehorchte ihm nicht mehr.

»Pass auf ihn auf, Agatha.«

Die Frauen duzten sich? Jack hatte das Gefühl, dass sie sich gegen ihn verschworen hatten.

»Sehr wohl, Majestät«, erwiderte der Geist der Katzenliebhaberin. »Und was machen du und der Kater, Hoheit?«

»Wir retten ihn«, hörte Jack sie noch sagen. Dann wurde alles schwarz vor seinen Augen.

DIE RACHE EINES ARCHIVARS

~~~

»Das ist nicht klug.« Oz klang so angespannt, als hätte er die Fährte eines rivalisierenden Katers aufgenommen.

Naima und er traten auf das bucklige Pflaster vor Agathas Haus. Sie hatte sich einige Kleidungsstücke von Agatha genommen und war darin sicher nicht zu erkennen. Dennoch sah sie sich ein paar Mal misstrauisch um, ehe sie losging. Jeder konnte eine Gefahr sein. Ihr war ein Ifrit auf den Fersen. Ein Ifrit, der wie seine Diener in die Schatten der Menschen schlüpfen konnte. Kein Wunder, dass sie kurz davor war, paranoid zu werden. Sie hatte die Tage nicht gezählt, die sie sich in der kleinen, heruntergekommenen Wohnung in Whitechapel versteckt hielten. Nur selten waren Oz und sie hinausgegangen, um etwas zu essen zu kaufen. Und einmal hatten sie sich zu einem Arzt gewagt, der in der Nähe eine … Praxis unterhielt. Naima glaubte nicht, dass er je eine medizinische Ausbildung erhalten hatte und sich tatsächlich *Arzt* nennen durfte. Doch nach Agathas Auskunft galt er als Künstler mit Nadel und Faden und war sehr beliebt bei allen, die entweder nicht das Geld für einen echten Doktor hatten, oder lieber keine Aufmerksamkeit erregen wollten. Das Pulver, das er Naima garniert mit einem wässrigen Blick gegeben hatte, war nutzlos gewesen. Sie hatte eine übel riechende Paste daraus angerührt und sie Jack auf die Brust geschmiert. Mehr als einen angewiderten Ausdruck auf dem schlafenden Gesicht hatte sie ihm nicht beschert. Naima hatte überlegt, zu einem echten Arzt zu gehen, auch wenn dies bedeutet hätte, durch die halbe Stadt fahren zu müssen und so das Risiko zu erhöhen, vom Ifriten und seinen Dienern entdeckt zu werden. Doch dann hatte sie sich klargemacht, dass Jack an etwas litt, das seinen Ursprung in der Zwischenwelt hatte. In der Welt zwischen dem Diesseits und dem Jenseits. Und keine irdische Medizin würde ihn wohl davon befreien können.

»Und denk immer daran«, ermahnte sie Oz, den sie auf dem Arm trug, »keine Aufmerksamkeit.«

Sie winkte eine Droschke heran, die rumpelnd auf sie zukam. »Bishops Walk«, beantwortete sie dem Fahrer die Frage nach ihrem Ziel. »Nahe der Westminster Bridge.«

Der Mann runzelte die Stirn, und erst als Naima ihm eine Münze in die schwielige Hand drückte, schnalzte er mit der Zunge und gab seinem betagten Gaul damit das Signal, dass es weiterging. Viel Geld hatten sie nicht mehr. Jack hatte ohnehin keines mehr in seinen Taschen gehabt. Und Agathas Ersparnisse in ihrem Spukhaus waren mehr als kläglich.

»Ich glaube nicht, dass Terry sehr … glücklich sein wird, uns zu sehen.« Oz wisperte so leise, dass der Fahrer ihn sicher nicht hörte. Er leckte sich die Pfoten und schmiegte sich dann an Naima, auf deren Schoß er majestätisch Platz genommen hatte. »Ich meine, wir haben das ganze Archiv im Ministerium in Schutt und Asche gelegt. Alles durcheinandergebracht. Im Grunde haben wir ihn damit umgebracht. Oder besser, wir hätten es, wenn er nicht schon tot wäre.« Oz kicherte heiser über seinen Scherz.

Naima sagte nichts. Die Sorge um Jack schnürte ihr die Kehle zu. Er würde sterben, weil er sie vor dem Fluch des Ifriten gerettet hatte. Nein, er würde nicht sterben. Sie musste ihn retten. Wieder einmal. Der Abend senkte sich bereits über die Stadt, die von sich behauptete, der Mittelpunkt der Welt zu sein. In den Häusern wurden Lampen und Kerzen entzündet, und noch ehe sie ihr Ziel erreichten, floss blasses Gaslicht durch die Straßen wie verschüttete Milch. Naima ließ den Fahrer einige Meter vor dem Ministerium halten, dann stieg sie aus.

»Wenn Sie wollen, warte ich auf Sie.« Der Mann gab sich keine Mühe, die Gier in seiner Stimme oder seinem Blick zu verbergen.

»Wenn Sie wollen, zaubere ich Ihnen eine Warze an Ihren Hintern, die so groß ist, dass Sie ...«

Ehe Oz seine Drohung beenden konnte, hatte Naima ihn schon auf den Arm genommen und hielt ihm mit einer Hand das Maul zu. »Bitte verzeihen Sie«, sagte sie zu dem Kutscher, »aber mein Kater glaubt manchmal, er sei ein Mensch.« Sie musste unwillkürlich lächeln, als sie sah, dass der Mann mit zitternden Händen ein Kreuz schlug und dann eilig sein schnaufendes Pferd antrieb.

Naima wartete einen Moment, bis die Droschke weit genug entfernt war, und ließ Oz unsanft auf den Boden fallen. »Au!«, empörte sich der Archivar in Katzengestalt, der wenig elegant auf der Seite gelandet war.

»Das nennst du *keine Aufmerksamkeit?*«, zischte sie ihn verärgert an.

»Er hat dich angesehen, als wärst du eine ...«

»Na und?«, erwiderte sie und sah sich rasch um. Niemand in der Nähe. »Du weißt, was geschehen kann, wenn der Ifrit eine Spur von uns findet.«

»Ja, ja«, brummte Oz und streckte sich. »Er schickt einen deiner schattenhaften Verwandten und jagt uns, damit er sich deine Seele einverleiben und als unsterblicher Magier zurückkehren kann.« Oz legte den Kopf schief. »Aber du hast eines vergessen: Du hast einen Kater an deiner Seite. Und zwar nicht irgendeinen. Sondern den besten.«

Naima seufzte und sah zu dem betagten Backsteingebäude hinüber. Das Ministerium für endgültige Angelegenheiten, dessen Aufgabe es war, die Seelen der Verstorbenen zu finden, zu katalogisieren und dann auf die andere Seite in die Zwischenwelt zu bringen. Natürlich firmierte es nicht unter seinem echten Namen. *Miller & Miller Nachrichtendienst für interessante Informationen* stand in verschnörkelter Schrift über dem Haupteingang, vor dem sich ein nervöser Rothaariger herumdrückte und argwöhnisch jeden anstarrte, der sich dem Bau näherte. Das Misstrauen war durchaus nachvollziehbar. Innerhalb der Behörde hatte der Ifrit einen Verbündeten besessen. Ausgerechnet den Minister selbst. Doch auch wenn dieser während der Zerstörung des Archivs gestorben war und der Ifrit, der Naima nach dem Leben trachtete, nun sicher keinen Diener hinter den Mauern des Ministeriums mehr besaß, erschien ihr dieser Ort unheilvoll. Als würde dort ihr Tod auf sie warten. »Ich dachte«, sagte sie, während sie langsam auf das Gebäude zuging, »dass Katzen immer auf den Pfoten landen.«

»Da siehst du einmal, was du alles nicht über Katzen weißt«, erwiderte Oz säuerlich. Er musterte das Ministerium. »Man kann fast gar nicht erkennen, was geschehen ist.«

Naima nickte. An dem Abend, an dem sie sich dem Rachegeist gestellt hatten, waren alle Phiolen, alle Glasfläschchen, in denen die Geister der Verstorbenen eingeschlossen waren, zerstört worden. Die Flut an Seelen hatte den Ifriten und seine schattenhaften Diener, zu denen die toten Verwandten von Naima geworden waren, mit sich gerissen. Sie aus dieser Welt gespült. Die Zerstörung, die das Freilassen so vieler Geister angerichtet hatte, war von außen tatsächlich kaum zu erkennen. Nur ein paar Scheiben waren zerborsten. Einen weit deutlicheren Hinweis darauf, dass hier etwas Ungewöhnliches geschehen war, boten vielmehr die Bobbys, die abseits des Haupteingangs vor dem Gebäude standen und ebenso wie der Rothaarige jeden der wenigen Vorbeilaufenden argwöhnisch anstarrten.

»Durch die Tür können wir schon mal nicht gehen«, bemerkte Oz.

»Das hatte ich auch nicht vor«, erwiderte Naima.

»Und wie willst du dann dort hinein?«

Naima lächelte. »Ich verlasse mich auf den schlauesten Kater dieser Stadt.«

»Dieser Welt, wolltest du wohl sagen.« Oz klang geschmeichelt. »Nun, wir sollten da entlang.« Er wies mit dem Kopf zu der Seite des Gebäudes. Eine Mauer, die in der Höhe kaum zwei Meter maß, schloss dort an die Außenfassade an. Ein kleines, rostiges Tor war in sie eingelassen. »Das ist nichts für Prinzessinnen. Das Tor ist üblicherweise verschlossen. Aber ich kann über die Mauer klettern, den Schlüssel stehlen und ihn dir dann …«

»Nicht nötig«, sagte Naima und schlenderte unauffällig auf die Mauer zu. Sie schenkte ihm einen überlegenen Blick. »Da sieht man mal, was du alles nicht über Prinzessinnen weißt.«

Die Mauer war kein ernst zu nehmendes Hindernis für Naima. Ihr Diener Abdal, der zusammen mit ihrem Vater und ihren Verwandten vor vielen Wochen den Tod auf dem Innenhof des Buckingham Palace gefunden hatte, war stets darauf bedacht gewesen, Naima alles beizubringen, was er auch ihren Bruder Amir gelehrt hatte. Sehr zum anfänglichen Missfallen ihres Vaters, der nicht verstanden hatte, warum eine Prinzessin das Kämpfen erlernen sollte. Oder das Klettern. Die Erinnerung an ihren Vater ließ Naima kurz innehalten. Die Wut, ja der Hass auf den Ifriten, der hinter seinem Tod und den anderen schrecklichen Morden stand, loderte heiß in ihr auf. Sie schüttelte die dunklen Gedanken von sich, suchte sich einen vorstehenden Backstein, auf dem ein Fuß Platz fand, und drückte sich nach oben und über die Mauer. Zu Hause in Ra's al-Chaima war sie mühelos die Außenseite des Palastes emporgeklettert. Die Übung zahlte sich nun aus. »Soll ich dir helfen?«, fragte sie Oz, der unsicher auf ein Fass und dann zu ihr hinaufsprang.

»Nicht nötig. Ich könnte uns auch einfach hinter die Mauer zaubern«, erwiderte er empört. »Aber du weißt ja, dass wir keine Aufmerksamkeit erregen wollen. Erst recht nicht die des Ifriten.« Er sah sich rasch um und nickte zu einer kleinen Tür, die unscheinbar in der Backsteinmauer des Ministeriums lag. »Das da ist der Ausgang für die Putzfrau. Ist natürlich immer abgeschlossen.«

»Aber du zauberst das Schloss auf?«

»Nein, keine Aufmerksamkeit. Heute ist der erste Juni 1850. Samstag, um genau zu sein.« Oz knurrte zufrieden, als er Naimas fragenden Gesichtsausdruck bemerkte. »Samstags kommt die Putzfrau, weil dann fast niemand im Ministerium ist.« Er nickte Naima zu, die sich elegant von der Mauer in den Innenhof gleiten ließ, sprang in ihre Arme und von dort auf den Boden.

Wie aufs Stichwort wurde die Tür von innen geöffnet und eine so graue Frau trat heraus, dass Naima für einen Augenblick glaubte, einen Geist zu sehen. Die Frau schleppte einen Eimer und einen Schrubber und wollte die Tür gerade schließen, als sie Oz bemerkte, der sich leise an sie angeschlichen hatte und nun erwartungsvoll zu ihr hochstarrte. Katzen waren im Ministerium, wie Naima erfahren hatte, nichts Ungewöhnliches. Jack meinte, dass sie immer auch Lebewesen der Zwischenwelt waren und dass die Anwesenheit der Geister sie anziehen würde. Außerdem bekamen sie hier stets etwas zu fressen. Eine Katze aber, deren *Miau* klang, als würde ein Mensch einen Kater imitieren, war selbst an diesem seltsamen Ort überaus ungewöhnlich.

Naima verbarg sich hinter einem Busch, der gerade groß genug war, sie zu verdecken, und als die Putzfrau wieder im Ministerium verschwand, lief sie, so leise sie konnte, auf die Tür zu.

»Schnell«, zischte Oz. »Sie holt mir irgendetwas zu fressen.«

Naima warf einen raschen Blick ins Innere des Gebäudes. Ein langer Flur, der nur von einer einzelnen Gaslampe beleuchtet wurde. Sie drückte sich in die Schatten, die sich hinter der Tür zusammenballten. Dann hörte sie schon die Putzfrau herbeischlurfen.

»Hier, mein Kleiner. Auch wenn du es eigentlich nicht brauchst, so dick, wie du bist.« Sie ließ Oz etwas aus ihrer Hand fressen und ging hinaus. »Kommst du mit?«, fragte sie. »Oder bleibst du und suchst drinnen nach einem Spielkameraden?«

Naima drückte sich noch tiefer in die Schatten und fürchtete schon, Oz würde der Frau antworten. Doch er ließ nur ein gekünsteltes *Miau* hören.

»Na dann viel Spaß, mein Dicker. Ich werde wohl nie verstehen, warum ihr Katzen so gerne hier herumstreunt.« Mit diesen Worten schloss die Frau die Tür. Und für einen Moment war nur ein gieriges Schmatzen zu hören.

»Oz? Was hat sie dir …?«

»Frag nicht«, kam die gequälte Antwort aus dem Halbdunkel. »Der Kater hat einen furchtbaren Geschmack. Und er muss etwas mehr auf sein Gewicht achten.«

Mit jedem Schritt, den sie durch den dunklen Flur machten, schien es um sie herum kälter zu werden.

»Es liegt an den Geistern«, raunte Oz, als Naima ihn darauf ansprach.

»Ich dachte, die sind alle fort«, erwiderte sie. Die Luft schmerzte in ihren Lungen, und im fahlen Licht einer weiteren Gaslampe sah sie, wie ihr Atem ein weißes Kleid gebar.

»Oh ja, aber dort, wo sie waren, bleibt die Erinnerung an den Tod. Oder besser: das Versprechen an ihn. Und der Tod ist kalt. Ein einzelner Geist kann dir allenfalls einen leichten Schauer über den Rücken jagen. Doch Tausende lassen dir das Herz gefrieren.«

Naima zog sich die graue Jacke enger um den Leib, die sie trug. Agathas Garderobe passte ihr kaum. Die tote Frau war weit fülliger gewesen. Doch wenigstens hielt der grobe Stoff sie warm.

Und in dem türkisfarbenen Kleid, das Naima zuletzt getragen hatte, wäre sie allzu sehr aufgefallen.

Der Flur führte zu einem Durchgang, hinter dem sich ein riesiger Raum erstreckte. Für einen Moment blieb Naima sprachlos stehen. In der Nacht ihrer Flucht hatte sie das Ausmaß der Zerstörung nicht erkannt. Doch nun sah sie, was die Befreiung der eingesperrten Geister zur Folge gehabt hatte. In dem Raum herrschte das reinste Chaos. Zwar hatte man offensichtlich versucht, die Trümmer der hohen Regale und der auf ihnen gelagerten Phiolen beiseitezuschaffen und die Glassplitter zusammenzukehren. Doch einige Regale, auf denen ein paar unbeschädigte Glasfläschchen standen, waren nicht zerstört worden. Sie befanden sich in einer Ecke, die jemand mit einem Band abgesperrt hatte. Das Tor, das zu einer Treppe führte, stand offen. Am anderen Ende des Raums gab es ein weiteres Tor.

»Wenigstens ist das Zwischenlager noch ganz geblieben«, raunte Oz heiser. Der Anblick des verwüsteten Archivs setzte ihm offenbar zu. »Nicht auszudenken, wenn ...«

»Nicht auszudenken?«

Naima und Oz schraken beide zusammen.

Vor ihnen hatte sich wie aus dem Nichts ein Mann aufgebaut, ebenso schwarz-weiß wie Agatha. Der Geist war alt, trug einen grauen, kurz geschnittenen Bart und einen breitkrempigen Hut auf dem Kopf. »Was könnte schlimmer sein als das hier?«

»Terry«, keuchte Oz.

Der Leiter des Archivs schien Naima kaum zu bemerken. Stattdessen stemmte er die Hände in die Hüften und fixierte Oz mit einem so vorwurfsvollen Blick, als sähe er in ihm den alleinigen Schuldigen für das Chaos hinter sich. »Ich hatte euch gesagt, dass nicht eine einzige Phiole nachher am falschen Platz stehen darf.«

»Also streng genommen steht auch keine ...« Oz schluckte das Ende des Satzes hinunter, als er Terrys vernichtenden Blick bemerkte. »Daran trägt nur der Ifrit Schuld«, jammerte Oz, der sich klein genug machen wollte, um dem Blick zu entkommen.

»Und wer hat ihn hier hereingelassen?«

»Der Minister.« Oz' Stimme überschlug sich fast.

Für einen Augenblick war Terry ein wenig verwirrt, dann deutete er anklagend mit seinem geisterhaften Finger auf Oz. »Und wer hat ihn nicht aufgehalten?«

»Streng genommen habe ich das doch.« Oz richtete sich wieder auf und reckte sich. »Ich habe ihn mit Magie besiegt.«

»Aha! Und nun sieh dir an, zu welchem Preis das geschehen ist. Ich könnte euch festnehmen lassen.« Terry verschränkte die Arme vor der Brust und bedachte Oz unter seinem Hut hervor mit missbilligenden Blicken.

»Das würde das Archiv aber nicht wieder ganz machen«, entgegnete Oz wohl ein wenig zu vorlaut, denn der tote Chefarchivar des Ministry of Souls schien dem Ausdruck auf seinem Gesicht nach ernsthaft zu erwägen, die Bobbys vor dem Ministerium zu rufen.

»Sir«, sagte Naima besänftigend und legte ihm eine Hand auf den Arm. Sofort zuckte sie zurück. Sie hatte noch nie einen Geist berührt. Zum einen waren ihre Finger ein wenig in den Arm hineingeglitten. Zum anderen waren sie einen Augenblick lang so taub, als wäre alles Leben aus ihnen gewichen. »Sir«, begann sie noch einmal und rieb sich die Finger, »damit würden Sie Jack zum Tode verurteilen.«

Diese Worte hatten nicht direkt die gewünschte Wirkung. Von Sorge oder gar Bestürzung konnte sie keine Spur in Terrys Gesicht erkennen. Doch wenigstens sah sie der Geist nun an.

»Warum?«

»Das ist eine dunkle Geschichte«, erwiderte Naima und seufzte, während sie sich in dem Chaos umsah. Hier wollte sie nicht über Jack sprechen. »Gibt es einen freundlicheren Ort als diesen, um zu reden?«

Terry nickte, was seinen Hut so sehr wackeln ließ, als besäße er ein eigenes Leben. »Natürlich. Folgt mir.«

Naima war nicht sicher, ob der Raum, in den Terry sie führte, wirklich als ein freundlicherer Ort durchging. An den Wänden standen zwar mehrere Bücherregale, was Naima, die es liebte, sich in Seiten voller Worte zu verlieren, gefiel. Die Glasvitrinen in der Mitte des Raums hingegen gaben ihr das Gefühl, in einer Gruft gelandet zu sein. Sie hatte noch nie so viele Knochen und Totenköpfe auf einmal gesehen.

Terry führte sie zielstrebig in eine Ecke des Raums, in der ein paar gemütliche Lesesessel zusammengeschoben waren. Eine schneeweiße Katze stromerte zwischen den Vitrinen voller Schädel entlang und bedachte Oz mit einem verwirrten Blick.

»Hau ab«, brummte der Archivar im Körper von Naimas Palastkatze.

Die Katze machte einen Buckel und fauchte Oz verärgert an, doch sie rührte sich nicht von der Stelle.

»Bemerkenswert«, kommentierte Naima.

»Ich finde«, sagte Oz und reckte den Kopf, um Naima in die Augen sehen zu können, »dass Prinzessinnen nicht so sarkastisch sein sollten.«

»Da sieht man ein weiteres Mal, was du alles nicht über Prinzessinnen weißt.« Sie setzte sich auf einen der Sessel, während Terry neben ihr Platz nahm. Und dabei so tief einsank, dass er zur Hälfte im Polster saß, ohne darauf zu achten. »Und hier können wir offen reden?«

»Hier kommt niemand her«, meinte Terry. »Dies ist ein Ort des Lernens. Hier gibt es nur Präparate und Bücher. Kein Soulman betritt freiwillig diesen Raum.«

Naima nickte. Für einen Moment hatte sie das Gefühl, dass

sie die Worte nicht über die Lippen bringen könnte. Sie saßen ihr in der Kehle und schienen dort festzustecken. Oz sprang auf ihren Schoß und machte Anstalten, an ihrer Stelle zu berichten, was am Marble Arch geschehen war. Weshalb Jack kraftlos in Agathas Bett lag und schon zweimal regelrecht durchscheinend geworden war. Doch Naima musste es selbst erzählen. Sie war eine Prinzessin. Und auch wenn sie den Titel und die mit ihm verbundenen Privilegien nicht sonderlich mochte, verband sie Verantwortung mit ihrer Stellung. »Der Ifrit wollte mich mit einem Fluch töten«, sagte sie so hastig, als würden die Worte ihr sonst die Zunge verbrennen. »Die Seelen, die in Ihrem Archiv in den Fläschchen eingesperrt waren …«

»… untergebracht waren, um sie für den korrekten Abtransport in die Zwischenwelt zu registrieren«, warf Terry besserwisserisch ein.

»… haben ihn und meine Verwandten, die er als Diener versklavt hat, mit sich gerissen.«

»Der Marble Arch ist ein Schattentor«, schaltete sich Oz in das Gespräch ein. »Wir vermuten, dass der Ifrit über diese Pforte die Welt betreten kann. Und dass dieses Schattentor den Geistern als Zugang in ihre Zwischenwelt dienen kann.«

»Wir vermuten?« Terrys Stimme klang verärgert. »Das ist keine exakte Wissenschaft. Das ist Experimentiererei! Und natürlich betritt ein Ifrit diese Welt durch sein Schattentor. Das ist allgemein bekannt. Ebenso wie die Tatsache, dass auch andere Geister es benutzen können. Und er hat den Marble Arch auserkoren? Wunderbar. Ausgerechnet mitten im Herzen Großbritanniens. Vor der dicken Nase der Queen. Er hätte weiß Gott einen besseren Ort finden können.«

Oz verdrehte die Augen, und Naima sprach rasch weiter. »Sir Hay und Jack haben sich vor mich geworfen und den Fluch auf sich genommen.« Sie hörte ihre Stimme brechen wie Glas. Für einen Moment war sie wieder dort. Der Buckingham Palace. Der

Marble Arch. Die Nacht voller Geister. Und der Ifrit, der sich an dem Marmorbogen festgekrallt hatte, um Naima in letzter Sekunde doch noch töten zu können.

»Und warum will er Euch umbringen?« Terry schien nicht sonderlich beeindruckt von dem, was er hörte. Er war offenbar rein wissenschaftlich interessiert. Als sei sie ein absonderliches Geschöpf, das ihm unverhofft unter die Augen gekommen war. Er rückte sich die unwirkliche Brille zurecht.

»Er braucht meine Seele, um als unsterblicher Magier wieder die Welt betreten zu können. Sie ist die Letzte, die ihm fehlt.«

Warum du?, fragte sie sich bei ihren Worten. *Warum ausgerechnet deine Familie und du?* Sie wusste es nicht. Sie wusste nur, dass er ihr alles genommen hatte. Und nun war er im Begriff, ihr auch noch Jack zu nehmen. Sie presste wütend die Lippen aufeinander. Nein, das würde sie nicht zulassen.

»Das ist sehr ungewöhnlich«, entfuhr es Terry, als ärgere er sich über einen falsch einsortierten Geist in seinem Archiv. »Und was soll ich nun tun?«

»Wir müssen Jack retten. Und Sir Hay. Bitte.«

Fast schien es, dass ihre Worte Terry rührten. »Ich will sehen, ob ich in meiner Bibliothek etwas finde, das uns hilft.«

»In Ibn Sinas Buch des Sterbens«, hörte Naima Oz sagen. »Darin gibt es bestimmt einen passenden magischen Spruch.«

»Genau dort wollte ich nachsehen, du vorlauter Kater«, zischte Terry.

Erleichtert atmete Naima tief durch. »Danke, Sir. Ich wusste, dass Sie ein guter Men… Geist sind.«

»Ach«, hörte sie Oz auf ihrem Schoß grummeln.

»Sie missverstehen«, erwiderte Terry, als er sich erhob. »Ich rette Jack vor der Rache des Ifriten, damit er etwas viel Schlimmeres erleiden kann. Die Rache eines Archivars.«

EIN VERZWEIFELTER PLAN

Terry hatte die Tür auf Naimas Wunsch hin verschlossen, auch wenn er mehrfach betont hatte, dass kein normaler Mensch außer ihm üblicherweise hierherkam.

»Also ich war immer sehr gerne hier«, brummte Oz, während der Chef des Archivs mit Naima an den Bücherregalen entlangstrich und ein bestimmtes Buch suchte.

»Siehst du?«, rief Terry, der es schließlich gefunden hatte. »Kein normaler Mensch außer mir.«

»Der ist nicht mal ein Mensch«, meinte Oz und zog beleidigt eine Runde an den Schaukästen vorbei.

Terry beachtete ihn nicht und schlug den Wälzer auf, den er hervorgezogen hatte. »Sehen Sie? Ibn Sinas Buch des Sterbens. Habe es in Oz' Zimmer gefunden. Lag auf dem Boden herum wie altes Papier.«

»Ich bin gestorben und konnte es nicht zurücklegen«, knurrte Oz.

»Hier stehen natürlich Sprüche. Sicher wird irgendeiner helfen. Ich meine, wenn man an Magie glaubt.«

Oz seufzte, doch er hielt diesmal den Mund.

»Aber vielleicht steht dort auch, wie sich der Fluch dauerhaft, nun, neutralisieren lässt. Ich übersetze es Euch, Hoheit. Es ist in Arabisch geschrieben. In der Sprache des Wissens.«

Naima verkniff sich den Hinweis, dass sie die Prinzessin eines arabischen Emirats war, und lächelte bloß. Sie war es gewohnt, unterschätzt zu werden.

»Es ist eine Sammlung von Wissen über Ifriten«, erklärte Terry, während er mit den Fingern eine Zeile entlangstrich, als könnten sie die Worte besser erfassen als seine Augen. »Würde mich wundern, wenn wir hier nicht etwas finden, das diesen Taugenichts rettet.«

Naimas Herz schlug schneller. Warum waren sie nicht schon früher gekommen? Erst hatten sie gehofft, dass Jack sich von selbst erholte. Dann hatten sie die nutzlose Medizin besorgt und zum Schluss hatte Oz mit mäßigem Erfolg die Magie des Ifriten neutralisiert und war dabei das Risiko eingegangen, dass der Rachegeist den Zauber spürte und so auf ihre Spur kam.

»Ibn Sina hat all das hier zusammengetragen«, fuhr Terry staubtrocken fort. »Er hat es von den Ifriten-Jägern gesammelt. Sie waren eine Art Soulmen. Muss eine aufregende Zeit gewesen sein. Es heißt, keiner von ihnen wurde älter als dreißig.«

»Ich auch nicht«, hörte Naima Oz zwischen den Schaukästen her rufen.

»Da steht es«, sagte Terry und tippte ganz aufgeregt auf eine Textstelle. »Ich übersetze, Eure Hoheit.«

»Nicht nötig«, erwiderte Naima und kniff die Augen zusammen, um die Buchstaben lesen zu können. »Die Flüche der Ifriten finden ihre Macht in der Madinat almutaa, dem Ort, an den die Seelen gehen, um sich von der Welt zu verabschieden. Diese Flüche sind grausam und tödlich.«

»Sie können lesen?«, entfuhr es Terry verblüfft, als würde er erst jetzt bemerken, dass Naima einen Verstand besaß.

»Nicht mal fünfundzwanzig«, hörte Naima Oz rufen.

»Kein irdisches Siegel, keine Arznei und keine von Menschenhand gemachte Erfindung vermag den Fluch eines Ifriten zu brechen. Selbst das Wort Gottes versagt hier. Es ist die Überzeugung der Weisen, dass nur eines gegen die Magie eines Ifriten wirklich hilft.«

»Dreiundzwanzig, um genau zu sein.«

Naima achtete nicht auf Oz. Sie hatte das Ende der Seite erreicht und blätterte aufgeregt um.

Sie blickte auf das Buch, dann sah sie zu Terry, der entschuldigend mit den Schultern zuckte. Wieder starrte sie auf das Buch.

»Die letzte Seite fehlt.« Ihre Stimme klang rau vor Enttäuschung. Für einen Augenblick hatte sie tatsächlich geglaubt, dass sie einen Hinweis darauf gefunden hätte, wie sie Jack retten konnte. Und nun griff der Tod noch entschlossener nach ihm.

»Es ist schrecklich«, entfuhr es Terry.

»Danke für Ihr Mitgefühl«, murmelte Naima tonlos.

»Wie kann man so mit einem Buch umgehen.« Der tote Archivleiter schüttelte den Kopf.

Naima blickte ihn irritiert an und schluckte die wenig prinzessinnenhaften Worte hinunter, die ihr auf die Zunge sprangen. »Gibt es noch eine Ausgabe?«

»Von diesem Buch?« Terry sah sie an, als hätte sie ihn gefragt, ob er einen Weg zur Unsterblichkeit kannte. »Nicht in dieser Bibliothek. Und sie ist die Umfassendste, wenn es um den Tod geht. Allerdings ist dies nur eine Zweitschrift.« Er klang, als müsse er ein unangenehmes Geständnis ablegen. »Das Original ist irgendwo im Orient zu finden. Ebenso wie die übrigen Zweitschriften, die es davon geben soll. Dort glaubt man aber, dass es Märchen seien. Habe ich zumindest gehört.« Er klang verächtlich, als hielte er Märchen für Unsinn. »Wahrscheinlich ziert es die Bibliothek des Palastes irgendeines Nichtsnutzes, der natürlich keine Ahnung hat, welchen Schatz er da besitzt.«

Naima wollte sich schon abwenden, doch dann hielt sie inne. Eine Bibliothek. Bücher über Ifriten. Wieso nur hatte sie nicht direkt daran gedacht? Die Sammlung im Ministry of Souls mochte die umfassendste sein, wenn es um den Tod ging. Doch die Bibliothek im Palast ihrer Heimat war voll von Märchen. Märchen, die von Ifriten handelten. Naima sah auf das Buch in ihren Händen. Konnte sie dort vielleicht eine Zweitschrift oder gar das Original dieses Buches finden? Umfangreich genug war die Bibliothek. Und wenn nicht, dann gab es dort womöglich andere Erzählungen. Märchen. Und in ihnen vielleicht den Schlüssel für Jacks Rettung. Eine verzweifelte Hoffnung. Aber die einzige, die sie nun noch hatte.

»Was habt Ihr?«, wollte Terry wissen.

»Ich kenne jemanden, der viel gelesen hat. Und dessen Bibliothek zu den prächtigsten unserer Zeit gehört. Er hat sich auch mit … Märchen beschäftigt.«

»Du kennst jemanden?« Oz kam majestätisch um die Ecke gestromert. »Ich hoffe, er wohnt irgendwo in der Nähe und wir müssen nicht weit laufen. Ich bin schrecklich erschöpft.«

Naima lächelte. »In der Nähe? Nein. Und du hoffst vergebens. Wir müssen nicht nur laufen, sondern sogar reisen. Weit reisen.«

Bei diesen Worten fiel ihr ein, dass Jack nicht einmal in der Lage war, das Haus von Agatha auf den eigenen Füßen zu verlassen, geschweige denn das Land. Wer konnte nur helfen, ihn wenigstens für eine Weile wieder auf die Beine zu bringen? Sie erinnerte sich an Jacks Worte. *Der alte Travis kann einem alles besorgen, was man braucht. Selbst Dinge, die verboten sind.* Nun, auch wenn er keine Arznei für Jack auftreiben konnte, dann vielleicht etwas, das ihm aus dem Bett half. »Sagen Sie, Sir«, wandte sich Naima an Terry, »würden Sie Oz bitte einen der Sprüche zeigen, die Jack helfen könnten? Und würden Sie wohl nach einem gewissen Herrn Travis rufen?«

Naima konnte später nicht sagen, was es genau für eine Medizin war, die dieser Travis besorgt und zu Agathas Haus gebracht hatte, doch sie hatte geholfen. Und nur das zählte. Naima war bis zuletzt nicht sicher gewesen, ob sie dem Soulman wirklich trauen konnte. Von dem Fluch hatte sie ihm nichts erzählt. Nur, dass Jack alle Kraft verloren hatte. Travis wirkte grob, mürrisch und roch nach Schnaps. Doch er kam alleine und hatte etwas unter seinem Zylinder, das sich *der alte Jack dorthin stecken sollte, wo die Sonne nie scheint*. Dabei hatte er so dreckig gelacht, dass Naima geahnt hatte, dass er dies durchaus wörtlich verstanden wissen wollte. Auf ihre Frage, welcher Arzt solche Arzneien ausgebe, hatte er sie belustigt angesehen und *der schnelle Smith* geantwortet. »Der beste Arzt für Rennpferde in dieser verfluchten Stadt. Das hier reicht für ein ziemlich großes Zäpf..., äh, Jack soll alles nehmen. Wenn er davon nicht auf die Beine kommt, ist er tot.«

»Wenn er davon stirbt, sind Sie tot, mein Herr.« Naima hatte freundlich gelächelt, doch Travis verstand offenbar, dass sie das völlig ernst meinte.

»Sie gefallen mir, Prinzessin. Eine Frau mit Temperament. Hier sind noch ein paar Phiolen. Denke, der gute Jack wird sie brauchen können, was auch immer er vorhat. Kein Soulman sollte das Haus ohne sie verlassen. Kann sie sich ja nicht selbst besorgen. Im Ministerium ist man nicht besonders gut auf ihn zu sprechen, aber ich glaube die furchtbaren Dinge nicht, die man über ihn erzählt. Übrigens, der schnelle Smith hat noch ein wenig Liebestoll im Sortiment. Nicht dass ich das bräuchte, um eine Frau glücklich zu machen. Aber es erhöht die Ausdauer. Und falls Jack und Sie ...«

»Ein verlockendes Angebot. Ich werde es mir überlegen.« Ohne das Lächeln abzulegen, hatte Naima die Tür geschlossen und Jack die Medizin und die Phiolen gebracht. Anschließend hatte Oz den Spruch benutzt, den Terry ihm aufgeschrieben hatte. Und dann hatten sie gewartet.

»Eure Idee ist völliger Unsinn.« Jack wiederholte die Worte immer wieder, seit er das Bett verlassen und erklärt bekommen hatte, was sie vorhatten. Seine Stimme klang so rau, als hätte er sie seit Monaten nicht gebraucht. Eine lange Nacht lag hinter

Naima. Zahllose Male hatte sie voller Sorge nach ihm gesehen und schon beinahe die Hoffnung verloren, dass die Pferdemedizin ihm wirklich helfen würde. Doch mit dem Morgengrauen hatte er die Augen aufgeschlagen. Und war aufgestanden. Gut, er bewegte sich, als hätte der Fluch des Ifriten ihn um Jahrzehnte altern lassen. Aber nach einem Frühstück, das er als zu karg beklagte, hatte er mit jeder Stunde an Kraft gewonnen.

»Ich finde, sie ist sogar sehr sinnig«, erwiderte Naima. Sie saß mit Jack in Agathas einfacher Küche. Eine Schar Katzen umringte sie, mitten unter ihnen war Oz. Die Sonne schien durch ein Fenster im Dach in das Haus und malte ein helles Muster auf den fleckigen Boden. Die Luft roch nach Leben. Und für einen verrückten Moment hatte Naima das Gefühl, dass sie und Jack hinausgehen und dieses Leben genießen könnten. Sie, die Prinzessin aus der Wüste, und er, der Mitarbeiter eines streng geheimen Ministeriums. Doch dann schüttelte ein Hustenfall Jack durch, und Naima wurde daran erinnert, dass nur Oz' Magie und Travis' Arznei ihn vor einem raschen Tod bewahrten.

»Was musste ich mir da eigentlich … ich meine, was hat Travis dir für mich gegeben?« Jack blinzelte in das helle Licht. Dann winkte er ab. »Vielleicht weiß ich es besser nicht. Wie gesagt, die Idee ist Unsinn. Wir müssen nicht mich retten. Sondern dich.«

Eine der Katzen sprang auf Naimas Schoß. Sie fuhr mit den Fingern über das weiche Fell. In seiner verzweifelten Entschlossenheit, sie zu schützen, wo er doch selbst alle Hilfe brauchte, gefiel ihr Jack noch besser. »Dann lass uns beide Rettung finden.« Sie lächelte ihn an, während er in ein Brot biss, das sie heute Morgen bei einem Straßenhändler gekauft hatte. »In der Bibliothek meines Vaters steht womöglich eine der Zweitschriften des Buchs, das von den Flüchen der Ifriten berichtet. Er hatte viele Werke zu diesem Thema gesammelt. Und vielleicht finden wir einen Weg, ihn selbst zu besiegen.«

»Dazu müssen wir nicht ans Ende der Welt reisen«, hörte sie Oz aus dem Katzenpulk rufen. »Das kann ich bestimmt auch so.«

»Meinst du wirklich, dass wir in alten Büchern etwas finden, das uns helfen kann?« Jack beachtete Oz' Einwand nicht einmal. Seine Skepsis ihrem Vorschlag gegenüber war noch immer da. Doch sie verblasste langsam in der Morgensonne. »Ich meine, nur weil irgendwelche Schlauköpfe glauben, etwas zu wissen, heißt das nicht …«

»Es sind die Berichte von Ifriten-Jägern«, fiel ihm Naima ins Wort. »Sozusagen Soulmen.«

Diese Antwort schien Jack zu gefallen. »Gut, nehmen wir mal an, dass sich der ganze Aufwand lohnt, dann müssen wir aber erst mal in deine Heimat. Wir brauchen ein Schiff. Und Tickets. Und etwas zum Anziehen. Und …«

»Wird alles gerade erledigt.« Erneut fiel Naima ihm ins Wort. Sie musste lachen, als sie sein verblüfftes Gesicht sah. »Meine Vertraute ist in diesem Moment dabei, in den Docks das nächste Schiff ausfindig zu machen, das Richtung Ägypten fährt. Von dort aus gibt es mehrere Verbindungen nach Ra's al-Chaima. Und was unser Gepäck betrifft, so ist dein Freund Travis so nett und besorgt uns etwas.«

»Vertraute? Etwa Agatha? Und du hast Travis losgeschickt?« Jack verschluckte sich fast an seinem Bissen. »Du lässt dir von ihm etwas kaufen? Und wovon eigentlich?«

»Oz kann Dinge in Gold verwandeln.«

Für einen Moment war Jack sprachlos. »Im Ernst?« Er suchte mit seinen Blicken den Kater unter den zahllosen Katzen. »Ich wusste immer, dass viel in dir steckt, mein Bester.«

»Komm nicht auf falsche Gedanken«, zischte Oz. »Ich werde nicht anfangen, für dich zum Betrüger zu werden. Und lange hält die Wirkung des Spruchs auch nicht an. Ein paar Stunden, und das Gold verwandelt sich wieder in Steine. Wenn dieser nach

Schnaps stinkende Soulman also alles besorgt hat, sollten wir uns rasch aus dem Staub machen.«

Einen Moment lang sah Jack nachdenklich aus dem Fenster in den Himmel. »Er wird uns irgendwann finden«, murmelte er.

Naima wusste sofort, von wem er sprach. »Er wird mich jagen«, sagte sie. »Und ich muss mich ihm stellen. Aber wenn ich das tue, dann in meiner Arena. Und nicht hier. Hier bin ich fremd.«

»Er auch«, warf Jack ein. »Wir wissen nicht, wo er herkommt. Oder warum ausgerechnet deine Familie so wichtig ist, um ihm zu einem unsterblichen Leben zu verhelfen.«

»Das werden wir herausfinden«, sagte sie so überzeugt, dass endlich auch Jack lächelte. »Und vielleicht erfahre ich auch, ob sich mein Vater vor dem Ifriten hatte retten können und Frieden gefunden hat. Du wirst sehen, alles wird gut.«

DIE MONGOLIA

Nichts würde gut. Jack starrte jedem Mann, jeder Frau, die ihren Weg kreuzte, misstrauisch hinterher. Nicht dass er jemanden für einen Spion des Ifriten hielt. Doch er wusste, dass der verfluchte Wüstengeist jederzeit auftauchen konnte. Und nicht nur er. Auch seine unheilvollen Diener vermochten von der Zwischenwelt in diese hier zu gelangen. Sie mussten bloß den Schatten eines arglosen Menschen annehmen und konnten sich anschließend in dieser Gestalt frei durch die Welt bewegen. Vorausgesetzt, sie töteten den armen Teufel, dessen Schatten sie stahlen. *Warum so pessimistisch, Jack?*, fragte er sich. *Naima lebt. Du lebst. Oz ... ist auch da. Du wirst sehen, alles wird gut.* Ja, wenn dies hier ein Märchen wäre. Dennoch konnte er sich ein wenig Optimismus sicher erlauben. Es war nun eine Woche her, dass Agatha die Tickets erstanden hatte. Eine Woche des Versteckens in ihrer kleinen Wohnung. Die Freiheit tat gut. Tief atmete er ein. Der Junimorgen versprach heiß zu werden. Keine Wolke war am blauen Himmel zu erkennen. Doch noch lag die Kälte einer klaren Nacht in der Luft.

Jack griff nach Naimas Hand und schloss seine Finger so kräftig um ihre, als wollte er sie nie mehr loslassen. Sie erwiderte den Druck und erhöhte ihn sogar, was ihn kurz zusammenzucken ließ. Naima hatte sich einige von Agathas Sachen genommen. Nichts passte ihr, doch mit der fleckigen Jacke und dem zerschlissenen Rock sah sie so wenig wie eine orientalische Prinzessin aus, dass weder Ifrit noch Schattengeist auf sie aufmerksam werden würden. Überdies hatte sie sich Agathas Hut übergezogen. Das unförmige Ding sah aus, als wäre es einmal ein Tier gewesen. Und zwar eines, das einen besonders unerfreulichen Tod gestorben war.

Jack ließ sich von Naima mitziehen durch die Menge der Leute, die wie sie zum Hafen gingen. Ihr Ziel waren die West India Docks. Dort lag die *Mongolia* vor Anker. Der moderne Dampfer würde in wenigen Stunden in Richtung Port Said auslaufen. Jack hatte den Namen mehrere Male aufsagen müssen, ehe er ihm im Gedächtnis geblieben war. Port Said in Ägypten. Ein Land, das so fern wie der Mond schien. Und doch in weniger als einer Woche erreichbar war. Es waren moderne Zeiten. Und die Welt schrumpfte immer mehr zusammen, bis man sie vermutlich binnen achtzig Tagen umrunden konnte.

»Wie schade, dass ich nicht mit euch kommen kann.« Agatha hüpfte so aufgeregt wie ein kleines Mädchen voran und gab sich wenig Mühe, leise zu sein. Sehen konnte sie keiner außer Jack und Oz. Und es erklangen viel zu viele Stimmen um sie herum. Niemand würde daher auf die Idee kommen, dass sich ein plappernder Geist zwischen die Leute gemischt hatte. Es sei denn, ein Soulman wäre hier. Wie jeder von ihnen erkannte auch Jack die Seelen der Toten klar und deutlich. Ebenso wie die Pforten. Die Durchgänge, die sich für die Verstorbenen öffneten und sie in die Zwischenwelt führten, wo sie Abschied von der echten Welt nehmen konnten.

»Ja«, knurrte Jack missmutig, während er sich weiter umsah. »Ich wünschte, du würdest auch noch mitkommen. Eine Prinzessin, ein Soulman und ein sprechender Kater. Mit dir wäre der Zirkus wirklich komplett.«

Agatha schenkte seinen Worten keine Beachtung. Sie streifte einen Mann im Gehrock gleich zweimal, der sich daraufhin verwirrt umwandte. Wenig verwunderlich. Die wiederholte Berührung eines Geistes verursachte bei den meisten Menschen ein Déjà-vu.

»Verdammt, was wollen die alle hier?« Jack strich sich nervös das braune Haar aus der Stirn.

»Warst du denn nie am Hafen, um die Schiffe beim Auslaufen zu beobachten?« Oz tippelte neben Jack her und sah zu ihm. Wenn gerade keiner nach unten blickte, während der Kater sprach, würde er in dem Stimmgewirr hoffentlich ebenso wenig auffallen wie der Geist.

»Nein«, erwiderte Jack. »Wozu auch?«

»Weil es Spaß macht?« Selbst in seiner derzeitigen Katzengestalt gelang es Oz, verständnislos zu wirken.

»Für so etwas hatte ich keine Zeit.« Tatsächlich hatte er, auch wenn er in London geboren worden war und die Stadt nie verlassen hatte, außer für seine Gänge auf die andere Seite, den Hafen nur selten betreten. Dort hatte es kaum Gelegenheit für den aus dem Waisenhaus geflüchteten Jungen gegeben, sich mit mehr oder weniger legalen Jobs über Wasser zu halten. Und später, als er sich mehr auf die weniger legalen Tätigkeiten spezialisiert hatte, war das Stadtzentrum der ertragreichere Teil der Stadt gewesen. Einem Dampfschiff aus reinem Vergnügen beim Ablegen zuzusehen erschien ihm reichlich sinnlos. Jacks Blick fiel auf eine Familie, die sich ganz in ihrer Nähe durch die Menge quälte. Der Vater war bemüht, einigermaßen würdevoll voranzugehen, während er immer wieder von seinen quengelnden Mädchen gebremst wurde, die vehement darauf hinwiesen, dass sie Hunger hätten. Bei diesen Worten warfen sie sehnsüchtige Blicke zu einem Mann mit Bauchladen, der geröstete Nüsse verkaufte. Die Mutter der beiden sagte etwas mit ernster Miene, und ihr Mann sah so genervt aus, dass Jack Mitleid mit ihm verspürte. Und Neid. Trotz allem schienen sie eine glückliche Familie zu sein. Die Kinder trugen die Vorfreude auf das Spektakel eines ablegenden Dampfers deutlich auf den vor Aufregung geröteten Gesichtern. Und der Mann war bei aller Genervtheit auch erkennbar stolz darauf, seine Familie auszuführen. Es war

Sonntag. Die beste Gelegenheit für einen kleinen Ausflug in die Docks und anschließend vielleicht noch in einen der Londoner Parks.

»Das da wäre dir zu langweilig.« Oz konnte ein Kichern nicht unterdrücken. Er hatte Jack offenbar die Gedanken vom Gesicht abgelesen. »Und glaubst du ernsthaft, die Prinzessin würde dich … au!« Der Kater sah Jack vorwurfsvoll an, weil dieser ihm wie beiläufig einen kleinen Tritt verpasst hatte.

Eines der Mädchen blickte entsetzt zu Jack und Oz.

»Bin gestolpert«, meinte Jack und lächelte entschuldigend.

»Miau«, machte der Kater grummelig und klang dabei wie ein Mensch, der eine Katze imitierte.

»Sieh doch!« Naima ging einen Schritt zur Seite und zog Jack mit sich. Die Leute strömten aus der Straße hinaus auf einen weiten Platz, der an einer Reling endete. Und da, in einiger Entfernung, lag sie. Die *Mongolia*. Unwillkürlich blieb Naima stehen und sah mit offensichtlich gemischten Gefühlen zu dem Dampfer, der majestätisch am Dock ankerte. Die meisten anderen Schiffe in seiner Nähe waren klassische Segler mit zwei oder drei Masten. Sie waren für sich schon ein atemberaubender Anblick. Selbst wenn die Segel eingeholt waren und die Schiffe wie ungeduldige Tiere nebeneinanderlagen, darauf wartend, dass sie wieder hinaus auf das Meer gelassen wurden. Die *Mongolia* aber übertraf auch die Prächtigsten von ihnen. Sie schien groß wie ein Häuserblock. Und in ihrer Mitte ragte ein so gewaltiger Schornstein in die Höhe, als beherbergte sie in ihrem Inneren eine Fabrik.

»Was hast du?«, fragte Jack sie und sah sich dabei um. Schon seit sie losgegangen waren, hatte er ein ungutes Gefühl. Es klebte wie Pollen an ihm. *Natürlich, Jack*, sagte er sich. *Euer Feind könnte aus jedem Schatten herauswachsen.* Aber dazu müsste der Ifrit wissen, dass Naima hier war. Die Frau, die sterben sollte, damit der Rachegeist leben konnte.

»Wir sind mit einem ganz ähnlichen Schiff hergekommen«,

murmelte sie ein wenig gedankenverloren. »Mein Vater, meine Onkel und Tanten. Und Amir.«

»Hieß dein Diener nicht Abdal?«, fragte Jack etwas abwesend, während eines der Mädchen, die nun endlich wenigstens eine Tüte geröstete Nüsse erquengelt hatten, an ihnen vorbeiging und Oz dabei einen prüfenden Blick zuwarf.

»Miau?«

Jack widerstand der Versuchung, dem vorlauten Archivar noch einen sanften Tritt zu verpassen.

»Amir ist mein Bruder.« Wie immer, wenn sie von ihrer Familie sprach, war da eine Traurigkeit in ihrer Stimme. Eine Traurigkeit, die dort keimte und sich dann auf ihrem Gesicht ausbreitete. Bei diesem Namen aber erkannte Jack noch etwas anderes. Erleichterung.

»Er war auch da?«, fragte er.

»Nein. Amir war schon fort, als es passierte«, erwiderte sie.

Es. Ein denkbar kleines Wort für den Mord an ihrer Familie. Jack würde den Anblick nie vergessen. Die Leichen von Naimas Verwandten, wie die Ziffern einer Uhr angeordnet. Und in ihrer Mitte der verbrannte Körper des Emirs, der von den Flammen besonders schlimm zugerichtet worden war. Der tote Diener hatte abseits gelegen. Und in dem Kreis hatte Jack Naima atmen gesehen. Ganz leicht nur. Und er hatte sie vor dem Ifriten gerettet, ehe dieser sein grausames Werk vollenden konnte.

»Es gab Unruhen zu Hause. Wie üblich. Die Wesire meines Vaters, die in seiner Abwesenheit mit der Führung der Staatsgeschäfte betraut waren, müssen schon kurz nach unserer Ankunft in London ihre Nachricht geschickt und darin um Unterstützung gebeten haben. Da mein Vater aber selbst nicht sofort zurückkommen konnte, hat er Amir losgeschickt. Es war am Tag des …«, sie stockte, als säßen ihr die Worte wie Splitter in der Kehle, »… Mordes. Die Männer deiner Königin haben dafür gesorgt, dass Amir einen Platz auf dem nächsten Schiff bekommt.

Er hat protestiert. Er wollte wie ich London sehen. Die moderne Welt und ihre Wunder erleben. Doch mein Vater blieb hart. Ich danke Gott, dem Allmächtigen, dass er ihm diese Weisheit schenkte. So überlebte wenigstens auch er. Das Schiff mit Amir hatte vermutlich bereits abgelegt, als es geschah.«

»Und gleich wird dieses Schiff ablegen.« Etwas Tröstenderes fiel Jack nicht ein. Er brauchte aber auch nicht mehr als das sagen. Er sah es Naima an. Die Aussicht, nach Hause zu kommen, hatte ihr neue Kraft gegeben. Zuversicht. Sie mussten nur unerkannt auf das Schiff gelangen. Dann war alles gut. *Und sie lebten glücklich in der Wüste bis ans Ende ihrer Tage, Jack.* Warum nicht?

Jack griff in eine Tasche seiner Jacke. Es war seine Dienstjacke. Er hatte in ihr die Uhr und den Kompass, den alle Soulmen besaßen, um im Notfall in der Zwischenwelt den Weg nach Hause finden zu können. Ein paar Phiolen, um Geister einsperren zu können. Und zwei Tickets für die Überfahrt mit einem der modernsten Schiffe der Welt. Ob das Gold, mit dem Travis für sie die Fahrscheine erstanden hatte, schon wieder zu Stein geworden war? Jack würde es hoffentlich nie erfahren. Den Zylinder, den jeder Soulman besaß, hatte er in seiner Reisetasche verstaut. Es wäre zu auffällig, ihn hier zu tragen. Jack kam sich daher vor, als sei er nackt. Trotz der hässlichen Kappe, die er sich tief ins Gesicht gezogen hatte. Er wurde noch immer als vermeintlicher Terrorist gesucht, dem man die Verbrechen des Ifriten in London ankreidete. Die verdammten Fahndungsplakate waren nicht abgehängt worden, auf denen sein gezeichnetes Konterfei abgebildet war. Und das, obwohl der Commissioner der Metropolitan Police wusste, dass Jack unschuldig war. Vielleicht hatte der Fluch des Ifriten Sir Hay so schlimm erwischt, dass er sich noch nicht um die Plakate hatte kümmern können. Nun, vermutlich würde Jack umgehend freigelassen werden, wenn man ihn irrtümlich verhaftete. Doch der Tumult könnte ihre Feinde auf ihre Spur bringen. Besser, niemand erkannte ihn.

Ein lautes Signal vom Schiff ließ die Menge vor Überraschung ausrufen und dann klatschen. Die Abfahrt war wirklich ein Ereignis.

»Kommt«, drängte Jack und drückte mit der Tasche, in die er neben dem Zylinder auch ein paar Wechselsachen für Naima und sich gepackt hatte, die vor ihm Gehenden sanft nach vorne. Das schlechte Gefühl wurde stärker. Es schien ihm, dass verborgene Augen nach ihnen suchten. Vielleicht war er ein wenig paranoid. Andererseits hatte er das schon einmal gefühlt, als der Ifrit ihn heimlich in der Zwischenwelt verfolgt hatte. In einiger Entfernung erkannte Jack den mit blauen und weißen Fahnen geschmückten Steg, der zum Schiff führte.

Nun war er es, der Naima zog. Agatha hüpfte aufgedreht umher. Oz jammerte, weil ihm jemand auf eine der Pfoten getreten war. Und die beiden Mädchen stritten sich so heftig um die letzten Nüsse, dass sie anfingen, sich zu schubsen. Eine stieß dabei Naima gegen ihre Mutter. Der hässliche Hut löste sich von ihrem Kopf und fiel wie ein erschossenes Tier zu Boden.

In diesem Moment schien niemand Naima zu beachten, die nun gut erkennbar im Sonnenlicht stand.

Nicht den Schatten eines Hafenarbeiters, der sich nur einen Lidschlag später erhob.

Und auch nicht den Kater, der entgeistert Jack anstarrte und rief: »Verdammt, tu was. Sie sind da.«

Der Arbeiter starrte den eigenen, plötzlich zum Leben erwachten Schatten an, als könnte er seinen Augen nicht trauen.

Die Schreie der Mädchen ließen den Moment zerspringen wie eine Phiole, die zu Boden gefallen war.

Verdammt, sie waren da. Zumindest einer von ihnen. Zu Jacks Erleichterung war es immerhin nicht der Ifrit selbst. »Tante Alima?«, fragte er Naima, während er ihre Hand griff, um sie fort von dem Schatten zu ziehen.

Um sie herum begannen die Leute unruhig zu werden. Die

Schreie der Mädchen hatten ein paar der Umstehenden aufgeschreckt. Doch offenbar erkannten sie nicht die Gefahr.

»Nein«, keuchte sie. »Onkel Abbas. Er hat mir früher immer Süßigkeiten geschenkt.«

Für einen Moment warf Jack der Prinzessin einen irritierten Blick zu. »Wie nett von ihm. Aber ich glaube, heute hat er nichts dabei, was du probieren solltest.« Er rammte dem Mann vor ihm den Ellenbogen hart ins Kreuz und schob ihn grob zur Seite. Sie mussten fort. An einen Platz, an dem sie sich dem Schatten stellen konnten. »Los, Katze!«, rief Jack und stieß einen weiteren Schaulustigen fort, der ihm und Naima im Weg stand. »Tu was.«

Schon nach ein paar Schritten wurde Jack schwindlig. *Kein guter Moment, um das Bewusstsein zu verlieren, Jack*, dachte er bei sich.

»Natürlich«, hörte er Oz hinter sich sagen, »der Kater muss es richten.«

Das Gedränge war immer noch viel zu groß, um voranzukommen. Und die Leute begriffen nicht, was gerade geschah. Jack blickte sich kurz um. Einer der Männer, die er aus dem Weg geräumt hatte, wollte ihn wütend packen. Und erstarrte, als mit einem Mal sein Schatten lebendig wurde.

»Verdammt, noch einer.« Jack sah sich kurz um. Nein, es war kein neuer Verfolger. Der Schatten sprang einfach nur von einem Menschen zum nächsten. Hier gab es genug Passanten. Er musste sich nicht mal die Mühe machen, einen von ihnen zu töten, um seinen Opfern zu folgen. Onkel Abbas sprang weiter und wurde bei einem kleinen Mädchen lebendig, das Jack aus großen Augen anstarrte.

»Oz!«, rief er und wich den nebelhaften Fingern gerade noch aus.

Das Kind schrie so schrill, dass die Leute glauben mussten, Jack hätte ihm etwas antun wollen. Und sein Anfall wurde schlimmer. Er bekam kaum noch Luft. Alles drehte sich. Der

Schatten sprang wieder weiter. Diesmal heftete er sich an eine Frau, die einen weißen Sonnenschirm in der Hand hielt und ihn Jack entgegenstreckte wie einen Degen.

In diesem Moment kam wie aus dem Nichts ein so starker Windstoß auf, dass die Frau beinahe über die nahe Kaimauer geschleudert wurden. Ihr Schrei ging im Tosen des Sturms unter. Eines Sturms, der alle bis auf Jack und Naima erfasst hatte. Die Menschen wurden fortgedrückt. Von den Beinen gerissen. Bis sich um ihn und die Prinzessin ein so großer Kreis gebildet hatte, dass kein Schatten ihnen zu nahe kommen konnte.

Nie in der Öffentlichkeit. Eine der Regeln der Soulmen. Sie durften unter keinen Umständen von Menschen dabei beobachtet werden, wenn sie die Seelen in Phiolen sperrten. Jack hatte sich immer daran gehalten. So gut es eben ging. Allerdings war er vermutlich kein offizieller Soulman mehr, seit der Zerstörung des Archivs. Und er hatte verflucht noch mal keine Zeit, sich um Regeln zu scheren. Also konnte er sie auch brechen. Mit geübtem Griff holte er eine der Phiolen hervor. Aus dem Augenwinkel sah er, dass sich die Leute abwandten, um sich zu schützen. Der Sturm, der sich nur auf diesem Teil der Straße wie ein wildes Tier austobte, biss sie offenbar so fest in die Augen, dass niemand den Blick auf Jack richten konnte. Und auf den Schatten, der sich hinunterbeugte, um der zu Boden gestürzten Frau den Hals umzudrehen. Wenn sie starb, war er frei. Und kein noch so starker Wind konnte ihn dann noch aufhalten.

»Onkel Abbas«, rief Jack.

Der Schatten hielt inne und blickte ihn an.

»Eine kleine Aufmerksamkeit.«

Die Phiole glitzerte hell im Licht der Morgensonne. Jack hatte nie ganz begriffen, was ihnen die Macht verlieh. Er wusste nur, dass der Sand, aus dem sie gemacht waren, aus der Wüste kam. Und er wusste, was sie ausrichten konnten.

Der Schatten zischte, als er die Phiole auf sich zufliegen sah.

Er versuchte weiterzuspringen. Dem Glasfläschchen zu entgehen. Doch er war zu langsam. Es traf ihn genau am Kopf und riss ihn auseinander. Wie Jack mittlerweile wusste, vernichtete die Phiole den Schatten nicht. Aber sie schleuderte ihn fort aus dieser Welt.

Jack hielt sich dennoch nicht damit auf, Luft zu holen. Er zog Naima schon wieder mit sich auf das Schiff zu, das immer dunkleren Rauch in den Himmel pustete.

»Sie ... werden ... uns auch dort finden.« Naima keuchte vor Anstrengung.

Ja, dachte Jack. Sie hatte recht. Es sei denn ... Die *Mongolia* war nicht das einzige Schiff in der Nähe. »Oz!«

»Kannst du bitte aufhören, nach mir zu rufen wie nach einem Hund.« Der Kater klang tatsächlich beleidigt. »Reicht der Sturm nicht?«

»Los, es muss dunkel werden. So dunkel, dass man nichts mehr sehen kann.«

Oz setzte zu einer Erwiderung an, doch dann schien er zu begreifen, dass Jack nicht in der Stimmung für Diskussionen war. Der Sturm ebbte so plötzlich ab, wie er gekommen war. Und einen Augenblick später wurde es finster. Schreie erhoben sich um sie herum.

»Los!«, zischte Jack dennoch so leise, als hätte die aufgekommene Nacht Ohren. »Zum Schiff. Und dann fort von hier.«

Jack war nie ein begabter Taschendieb gewesen. Seine Karriere auf den Straßen Londons hatte ihn zwar schnell auf die andere Seite des Gesetzes geführt. Doch seine Fingerfertigkeit hatte er bei Kartentricks und einem Spiel mit einer Murmel und drei Hütchen eingesetzt. Um einer kreischenden Frau den Hut und ihrem fluchenden Gatten die Melone vom Kopf zu ziehen, reichte es dennoch. Rasch drückte er Naima den Damenhut in die Hände und ersetzte seine grässliche Kappe durch die Melone. »Licht«, zischte Jack leise, als sie bei der *Mongolia* ankamen. Er konnte sich den missbilligenden Ausdruck auf Oz' Gesicht nur allzu gut vorstellen. Wenigstens verzichtete der Kater auf einen Kommentar. Was immer auch die Sonne verdeckt hatte, verschwand, und sie schien wieder, als wäre sie nie fort gewesen. Und Onkel Abbas blieb verschwunden.

»Unglaublich«, entfuhr es einem Mann in der Uniform der Reederei. Er stand am Aufgang zum Schiff und kontrollierte wohl die Karten der Reisenden. »Erst eine Windhose und dann eine Sonnenfinsternis.«

»Ach du meine Güte«, hörte Jack Oz von unten wispern. »Was für ein Idiot.« Der Kater wich seinem Tritt geschickt aus, und Jack nickte dem Mann zu. »Meine Gattin und ich wünschen, nun an Bord zu gehen.« Er spürte die Blicke des Uniformierten wie Finger auf der Haut. Kein Wunder, dass er so genau gemustert wurde. Das Fahndungsplakat mit Jacks gemaltem Gesicht prangte nur wenige Schritte entfernt an der Wand eines kleinen Häuschens, in dem der Mitarbeiter der Reederei vermutlich bei Regen Platz nehmen konnte. Verflucht, warum hing ausgerechnet hier noch eines von den verdammten Dingern herum? Unwillkürlich zog sich Jack die Melone ein wenig tiefer in die Stirn.

»Ich wünsche eine gute Fahrt«, sagte der Uniformierte. »Sie reisen offenbar mit leichtem Gepäck, wie ich sehe. Wenn ich Sie, Sir, bitten dürfte, Ihren Hut einmal abzunehmen?« Es war dem Mann sichtlich unangenehm. »Ein Terrorist treibt in London sein Unwesen. Wir müssen jeden männlichen Reisenden in Augenschein nehmen.« Er senkte verschwörerisch die Stimme. »Anweisung der Polizei.« Er deutete diskret zur Seite, und Jack bemerkte zu seinem Schrecken einen Bobby. Himmel, er hätte Oz bitten sollen, den Mann schlafen zu schicken, anstatt die Sonne wieder aufgehen zu lassen. Unter keinen Umständen durfte er die Melone abnehmen. Wenn er als der Gesuchte erkannt wurde, konnten sie die Überfahrt vergessen. Und eine Flucht vor dem Bobby mussten sie dann auch nicht beginnen. Onkel Abbas oder sein geisterhafter Herr würden sicher sofort auf sie aufmerksam werden.

»Sir?« Der Mann zuckte entschuldigend mit den Schultern. Jack konnte Naima die Ratlosigkeit vom Gesicht ablesen. Er selbst hatte auch keine Idee. Wie sollte er Oz ein Zeichen geben?

»Was war das denn?« Der Uniformierte fasste sich an den Kopf, auf dem eben noch eine dunkle Mütze gesessen hatte. Sie schien fortzuschweben. Und zwar auf und ab. So zumindest musste es dem Mann vorkommen. Jack hingegen sah den Geist von Agatha. Sie hatte in dem Chaos wieder zu ihnen aufgeschlossen. Nun hatte sie dem Uniformierten die Mütze vom Kopf gezogen und hüpfte mit ihr davon. Er unterdrückte ein gequältes Stöhnen. Der reinste Zirkus.

Der Mann lief hinter seiner Mütze her, die natürlich viel zu lange in der Luft blieb, um von einem Windstoß fortgerissen worden zu sein. Agatha gab Jack ein Zeichen, auf das Schiff zu laufen, und schlug einen Haken wie ein Hase auf der Flucht. Der Uniformierte stolperte und rempelte den Bobby an, der ihn daraufhin mit einigen bösen Worten bedachte. Mittlerweile hatte die verzweifelte Verfolgung der schwebenden Mütze die Aufmerksamkeit der Umstehenden auf sich gezogen. Unter dem Gelächter der Leute gelang es dem Unglückseligen auch dann nicht, seine Mütze wiederzubekommen, als Agatha sie kurz auf den Boden legte, um sie im letzten Moment erneut in die Höhe zu reißen. Es war in der Tat die reinste Zirkusvorstellung. Eine Zirkusvorstellung, der Jack mittlerweile erleichtert vom Deck der *Mongolia* aus zusah. Er gab Agatha verstohlen ein Zeichen, und sie befreite den Uniformierten aus seiner misslichen Lage. Sie ließ es so aussehen, als senkte sich die Mütze ganz langsam auf den Kopf des Mannes, um sie schließlich, gewissermaßen als Höhepunkt der Vorstellung, mit so viel Kraft auf sein Haupt zu drücken, dass sie ihm bis über die Augen rutschte. Dann vollführte sie einen Knicks, den natürlich niemand außer Jack und Oz, der von Naima im Arm gehalten wurde, sehen konnte, und winkte den dreien fröhlich zu.

»Kommt«, raunte Jack, während der Schwindel langsam nachließ. »Wir sollten uns erst wieder blicken lassen, wenn das Schiff abgelegt hat. Ohne Onkel Abbas.«

Jack hatte erwartet, dass er sich mit Naima eine Kabine teilen würde. Immerhin gaben sie sich als Ehepaar aus. Für einen Moment war er unsicher. Er hatte ihr seine Liebe offenbart. Sie war so plötzlich in ihm gewachsen, dass er auch jetzt nicht ganz verstand, wo sie eigentlich herkam. Oder vielleicht hatte sie ihn auch eher angesprungen wie der Ifrit in der Nacht, in der alles begonnen hatte. Er wusste nur, dass er noch nie so gefühlt hatte. Und dass ihm die Liebe gefiel. Sie standen vor einer Kabinentür. Nun, er hatte bereits einige Male die … Gegenwart von Frauen genossen. Doch Naima war anders. All die gesellschaftlichen Zwänge, in denen sie und er lebten, machten die gemeinsame Reise in einer engen Kabine im Grunde unmöglich. Andererseits konnte er sich nichts Schöneres ausmalen, als Zeit mit ihr zu verbringen. Ehe es jedoch durchaus kompliziert zwischen ihnen wurde, zerplatzte seine Vorstellung von einer romantischen Überfahrt wie eine Seifenblase. »Was meinen Sie damit, getrennte Kabinen?« Er starrte den alten Bediensteten tadelnd an, der ihre Tickets in den Händen hielt und auf zwei einander gegenüberliegende Türen deutete.

»So haben Sie es gebucht, Sir«, sagte er mit einer so trockenen Stimme, dass Jack das Gefühl hatte, husten zu müssen. Der Alte war stoisch höflich. Einzig die leicht hochgezogene Augenbraue verriet seine Irritation. »Die schönste Kabine des Schiffs für Ihre Gattin. Und eine … einfache für Sie selbst.«

Nicht ich habe das gebucht, dachte Jack bei sich. *Sondern Travis.* Er konnte den Soulman in Gedanken lachen hören.

»Ich bin sicher, beide Kabinen werden ganz wunderbar sein«, sagte Naima und lächelte, als der Mann ihr die Tür öffnete.

Oz wollte hinter ihr hineinschlüpfen, doch Jack griff sich den fauchenden Kater und drückte ihn grob an sich. »Wir können uns gar nicht mehr trennen«, sagte er mit einem falschen Lächeln auf den Lippen und musste dabei Oz' Krallen ausweichen.

»Das sieht man, Sir«, erwiderte der Bedienstete, öffnete Jack die Tür und schloss sie leise hinter ihm, nachdem er sie mit dem wütenden Oz betreten hatte.

»Wunderbar«, grollte der Kater. »So hatte ich mir mein Leben vorgestellt.« Er sah sich missmutig in der Kabine um. Sie bot gerade genug Platz für einen Menschen. Zumindest wenn er nicht zu groß war. Immerhin konnte man durch ein kleines Bullauge nach draußen sehen. Offenbar hatte Travis bei Jacks Kabine ordentlich gespart und sich den Rest vermutlich selbst eingesteckt. Nun, lange würde er keine Freude an dem gestohlenen, falschen Gold haben.

»Ist ja wie bei dir früher im Ministerium«, meinte Jack und ließ sich auf das quietschende Bett fallen. Er zog sich die Melone über die Augen.

»Du wirst doch nicht etwa schlafen, oder?«, fragte der tote Archivar.

»Du kannst dich ja ein wenig umschauen, wenn du willst«, erwiderte Jack. Die Kabine war so klein, dass er nur das Bein ausstrecken musste, um mit seinem Fuß die Türklinke herunterzudrücken. »Ich passe hier auf.« Er hörte das Tapsen des Katers, dann gab er der Tür einen Stoß, der sie ins Schloss fallen ließ. Er wäre gerne direkt zu Naima gegangen, auch wenn sie nur ein paar Meter entfernt war. Doch sie hatten gerade den Angriff eines Schattens überlebt. Und Jack spürte, dass der Fluch des Ifriten ihm mehr Kraft geraubt hatte, als er es sich eingestehen wollte. Noch war er nicht wieder ganz der Alte. Und vielleicht würde er das auch nie mehr sein. *Und, Jack?*, fragte er sich. *Bedauerst du, was du getan hast?* Nein. Er lächelte, ehe er erschöpft einschlief. Er würde alles immer wieder genauso machen.

Die Tage auf See waren wunderbar. Anfangs hatte Jack noch befürchtet, dass der Ifrit oder seine Diener ihre Spur wiederfinden könnten. Die ersten Stunden verbrachten Naima und er in den Kabinen. Für sie war das weniger qualvoll als für ihn. Travis hatte ihr, wie Jack später feststellte, eine Unterkunft besorgt, die einer Prinzessin würdig war. Am zweiten Tag trauten sie sich für kurze Zeit nach draußen. Und ganz gleich, was sie auch taten, ihre Schatten wurden nie lebendig. Anfangs konnte er kaum glauben, dass sie ihren Verfolgern entkommen waren. Dann aber stellte sich Erleichterung ein. Vielleicht vermutete der Ifrit sie auf einem der vielen anderen Schiffe, die im Hafen geankert hatten.

»Daran könnte ich mich gewöhnen«, schnurrte Oz zufrieden. Er lag auf Naimas Schoß, während die Prinzessin mit Jack auf zwei Liegestühlen an Deck saß und auf das Meer blickte. Auf einem Tischchen neben ihnen stand eine Schale mit Trauben, die sich Oz ins Maul schieben ließ.

»Was hast du?« Naima sah Jack besorgt an. Vermutlich suchte sie nach Anzeichen des Fluchs auf seiner Haut.

»Ich weiß nicht«, erwiderte Jack. Eigentlich war alles perfekt. Sie waren zusammen. Und sogar das Wetter war wunderbar. Seit Tagen schien die Sonne, als wollte sie alle trüben Gedanken in Jacks Kopf ausbleichen. Und dennoch ... »Es ist ein Gefühl«, versuchte er zu erklären. Er sah hinaus auf das Mittelmeer, das sich vor ihnen erstreckte. Sie hatten Frankreich, Spanien und Portugal bereits hinter sich gelassen und hielten nun auf die arabische Küste zu.

»Hey«, rief Oz, als Jack mit einem Mal aufsprang und das Tischchen umwarf. Die Schale fiel klirrend zu Boden, und die Trauben rollten über das Deck.

Jack nahm das alles kaum wahr. Er konnte nur fassungslos auf das Meer blicken. Und auf die Geister, die mit grimmigen Mienen auf dem Wasser gingen. »Was ist das?«, fragte er Oz, den er unsanft packte und über die Reling hielt.

»Verdammt«, entfuhr es Oz. »Wo wollen die denn hin?«

»Sir?« Der Bedienstete, der ihnen vor einigen Tagen die Kabinen gezeigt hatte, stand mit einem Tablett in der Hand hinter Jack. »Brauchen Sie Hilfe?«

Es fiel Jack schwer, sich von den Geistern abzuwenden. Wie viele waren es? Fünfzig? Hundert? Sie sahen wütend aus. »Nein«, sagte er gedehnt. Er fühlte Naimas fragende Blicke wie Finger auf der Haut. Doch er nickte nur dem Mann zu, der nun ebenfalls über die Reling auf das Meer sah.

»Soll der Schiffsarzt nachher einmal in Ihre Kabine kommen?«

»Damit es dort noch enger wird?«, hörte Jack eine leise Stimme. Er unterdrückte den Drang, Oz ins Meer fallen zu lassen, und schüttelte den Kopf. »Nein«, sagte er und sah wieder zu den Geistern. »Ich bin nur ... ein wenig seekrank. Nichts Ernstes.« Aber das dort wirkte ernst. Die Seelen, an denen die *Mongolia* vorbeifuhr, mussten alt sein. Sehr alt sogar. Der Kleidung nach stammten sie aus einem anderen Jahrhundert. Woher kamen sie? Vielleicht aus dem Römischen Reich? Jack hatte in einem Buch einmal Bilder von Männern in Togen gesehen, die denen dort unten ähnelten. Seelen, die so lange in der Welt verharrten, fingen irgendwann unweigerlich an zu verbittern. Zumindest erzählte man sich das im Ministerium für endgültige Angelegenheiten. Tatsächlich waren sie die härtesten Aufträge und für die meisten Zwischenfälle mit Geistern in der Öffentlichkeit verantwortlich. Sie hatten nie Abschied von ihrem irdischen Leben genommen und neideten den Lebenden deren Existenz. Abgesehen davon wurde vermutlich jeder Geist irre, wenn er zu lange unter Menschen verweilte.

»Sehr wohl, Sir.«

Jack wandte sich nicht einmal um, als der Mann ging. Er starrte weiter den Geistern nach. Dabei glaubte er ein leises Wispern zu hören. Als würden sie etwas vor sich hinsagen, das der

Wind nur schwach an Jacks Ohr trug. Schließlich gerieten sie außer Sichtweite.

»Bemerkenswert«, meinte Oz, der von Jack unsanft zu Boden gelassen wurde. »Das wäre sicher einen Artikel im *International journal of necromancy* wert. Ich habe nie davon gehört, dass so viele Seelen zusammen sind. Und dazu noch so alte. Normalerweise beginnen sie irgendwann nicht nur die Menschen, sondern auch die eigene Art zu hassen.«

»Allzu glücklich sahen sie tatsächlich nicht aus«, erwiderte Jack, der sich nachdenklich wieder auf seinen Liegestuhl setzte. Er beschrieb der verwunderten Naima knapp, was Oz und er gesehen hatten.

»Haben sie etwas mit … ihm zu tun?« Sie traute sich offenbar nicht, den Ifriten beim Namen zu nennen.

»Ich denke nicht«, gab sich Jack betont gleichmütig. »Wahrscheinlich suchen sie bloß ihre Pforte. Solche Geister nennt man … Suchende.« Er lächelte Naima an und hoffte, dass sie ihm die Lüge abnahm. Sie hatte schon so viel Finsteres ertragen müssen. Sie sollte sich nicht wieder an den Rachegeist erinnern. Nicht hier. Sie hatte ein paar Tage Vergessen verdient.

»Also davon habe ich …« Der Rest von Oz' Satz ging in einem Fauchen unter, als Jack ihm auf den Schwanz trat.

»Du wirst sehen«, sagte er an Naima gewandt, »wir werden keinen Geistern dieser Art mehr auf unserer Reise begegnen.«

AKILAH

~~~~~

»Die Wievielten sind das?« Oz balancierte auf der Reling und fixierte einen Punkt auf dem Meer.

Jack überschlug die Zahl stumm im Kopf. »Mit ihnen sind es fast eintausend.« Er warf Naima einen verstohlenen Blick zu. Sie hatten vor Kurzem gegessen und den Speisesaal für einen kleinen Abendspaziergang verlassen. Die Sonne mischte Rost in das blaue Wasser und auf die nahe Küste. Sie waren beinahe am ersten Ziel ihrer Reise. Port Said. Die ägyptische Hafenstadt würden sie morgen kurz nach Sonnenaufgang anlaufen. Vermutlich würden die Geister, die sie gerade über das Meer laufen sahen, ein wenig früher dort ankommen, wenn sie weiter so stur auf die Küste zuhielten.

»Da sind ganz schön viele deiner *Suchenden*«, bemerkte Oz trocken.

Vor Jacks geistigem Auge schob sich der vorlaute Archivar seine Brille zurecht.

»Sei ehrlich, du sorgst dich«, meinte Oz.

Ja, verdammt. Das tat er. Jack presste die Lippen aufeinander und wünschte sich tausendundeine Phiole. Er würde die Seelen alle darin einfangen und ... *Du bist kein Soulman mehr, Jack*, sagte er sich. *Das geht dich nichts an.*

»Wir könnten Terry ein Telegramm schicken«, meinte Oz.

»Du meinst diesen modernen Apparat, den wir ... den sie im Ministerium stehen haben? Hat nicht irgendein Ire ihn erfunden? Denke nicht, dass sie hier in Ägypten auch einen besitzen.

Und selbst wenn. Wir sollten die Soulmen besser nicht auf unsere Spur bringen.«

»Aber etwas müssen wir doch wegen dieser Gestalten da unternehmen«, beharrte Oz. »Sie sind nicht normal.«

»Das sagt ein Toter im Körper eines Katers?« Jack schüttelte entschieden den Kopf. »Wir beschützen Naima. Und finden einen Weg, den Ifriten zu besiegen. Was die da treiben, ist für uns erst mal uninteressant.« *Es sei denn, es hängt mit dem Ifriten zusammen, Jack*, sagte er sich.

»Ich dachte, sie beschützt dich und sucht einen Weg, dich zu retten.«

Jack lächelte grimmig, während er den Geistern, die vermutlich hier aus der Gegend stammten und sicher ein paar Hundert Jahre alt waren, nachstarrte. »Du wirst sehen, dass ich recht habe. Von einem gewissen Standpunkt aus.«

Die enge Kabine war Jack wie ein kleines Gefängnis vorgekommen. Doch er wünschte sich in sie zurück, als sie in Ägypten ankamen. Schon auf dem Deck der *Mongolia* war es mit jedem Tag heißer geworden, den sie sich der arabischen Küste näherten. Kaum aber, dass er einen Fuß auf den staubigen Boden Port Saids gesetzt hatte, glaubte er sich in einem der Dampfbäder von Großbritanniens Hauptstadt. Ohne den Dampf, versteht sich. Seinen Zylinder, den er gegen die gestohlene Melone eingetauscht hatte, behielt er stoisch auf dem Kopf, auch wenn ihm der Schweiß unerbittlich heruntertropfte und ihn in die Augen biss. Züge gab es noch nicht in dem Wüstenstaat. Dafür aber zog sich der Nil wie ein blaues Band durch das Land und brachte nicht nur das Leben in die Einöde, sondern bot darüber hinaus einen Weg, auf dem man einigermaßen komfortabel mit einem Schiff reisen konnte. Für die letzte Etappe mussten sie auf einen Pferdewagen umsteigen, der ebenso altersschwach war wie die Gäule, die ihn zogen. Nach einer quälend langen Fahrt erreichten sie endlich die Stadt, von der aus sie wieder ein Schiff nehmen würden. Suez.

Gegen London war die ägyptische Hafenstadt geradezu winzig. Kaum größer als eines der Stadtviertel der modernsten Metropole ihrer Zeit. Und doch steckte so viel mehr Leben in diesem Ort, als Jack es je in den Straßen um die Themse herum erlebt hatte. Es floss durch die Gassen wie der Lärm und die Gerüche und die Hitze. Der Hafen war eine Welt für sich. Große Passagierschiffe aus Asien ankerten hier, die ihre Gäste ausspuckten, als wollten sie sie loswerden. Es war eng. Laut. Und hinter ihnen liefen lachende Kinder und riefen sich Worte auf Arabisch zu, deren Sinn Jack verstand, auch wenn er die Sprache nicht beherrschte.

»Sie machen sich über dich lustig«, bemerkte Oz leise und überflüssigerweise.

»Still«, zischte Jack. Das war ihm auch klar. Er sah sicher albern aus. Normalerweise fühlte sich der Anzug eines Soulman für ihn an wie seine eigene Haut. Doch seit er daran beteiligt gewesen war, dass das Archiv des Ministry of Souls in Schutt und Asche gelegt worden und der Minister ums verräterische Leben gekommen war, war etwas anders geworden. Er konnte nicht mehr dorthin zurückkehren. Nicht einfach so. Das Ministerium für endgültige Angelegenheiten war nicht länger sein Zuhause. Den Anzug hatte er in ihrem Reisegepäck untergebracht und sich von Oz' falschem Gold eine einheimische Tracht zugelegt. Das Gewand erschien ihm wie ein Damennachthemd und ähnelte dem, das Naima für sich gekauft hatte. Sie sah natürlich wunderbar aus. Aber er … Den Hut hatte er nicht ablegen können. Für ein Leben ohne Zylinder war er noch nicht bereit.

Naima ging voran. Kein Wunder. Auch wenn ihre Heimat ein paar Tagesreisen weiter östlich lag, war dies hier eine Welt, in der sie sich zurechtfand. Weitestgehend. Sie war in einem Palast aufgewachsen und hatte ihn wahrscheinlich nie ohne Wachen und Diener verlassen. Es war also ebenfalls kein Wunder, dass sie mit so staunenden Augen umherging, als wäre sie zum ersten

Mal in einem arabischen Hafen. Sie warf Jack einen kurzen Blick zu und erkannte seinen gequälten Gesichtsausdruck. Die Worte, die sie zu den Kindern sagte, klangen, als würde Naima sie in die Luft zeichnen und nicht sprechen. Sie untermalte sie mit einer fordernden Geste in Richtung Jack. Diese Sprache verstand er. Er holte etwas von dem Katzengold hervor, doch Naima schüttelte den Kopf. Widerstrebend steckte er es wieder ein und zog etwas anderes aus der Tasche und gab es ihr. Ein Sovereign. Viele Münzen aus Agathas Ersparnissen hatten sie nicht mehr. Die meisten hatte er für ihre Passage von Port Said hierher ausgeben müssen. Weitere Worte folgten. Und erst prüfende, dann gierige Kinderblicke. Schließlich deutete Naima auf einen Jungen mit schwarzen Haaren und einer Haut, die so braun wie die Rinde einer Eiche war. »Hassan hier kennt sich bestens mit den Schiffen, ihren Zielen und den Abfahrtzeiten aus«, erklärte sie nach einigen arabischen Worten, die sie mit dem Jungen wechselte.

»Fährt denn eines von ihnen nach Ra's al-Chaima?«, fragte Jack, wobei er die Leute, die sich an ihnen vorbeidrückten, misstrauisch musterte. Bislang hatten sich weder der Ifrit noch seine schattenhaften Diener gezeigt. Ein gutes Zeichen. Hoffte er. Denn ganz wohl fühlte er sich nicht. Eher beobachtet. *Ja, Jack*, sagte er sich. *Du wirst wirklich paranoid. Sehr passend für einen ehemaligen Seelenjäger.*

Naima neigte den Kopf hin und her. »In einer Woche, so Gott will.« Sie lächelte, als sie Oz schnaufen hörte.

Eine Woche? Sie würden an diesem Ort festsitzen. Jack gab sich keine Mühe, seinen Unmut zu verbergen. Der Ifrit würde sie suchen. Konnte er ihnen hier auf die Schliche kommen? Erwartete er überhaupt, dass Naima in ihre Heimat reiste? Wenn ja, war sie im Palast alles andere als sicher. Er hatte ihr das bereits gesagt, doch sie hatte sich überzeugt davon gezeigt, dass sie nur zu Hause etwas finden konnte, mit dem sie den Fluch des Ifriten brechen und den Rachegeist selbst besiegen konnten.

»Sein Onkel ist allerdings der Besitzer einer Feluke. Sie kann gemietet werden. Wenn man genug Gold hat.« Bei diesen Worten sah sie zu Oz. Und klang, als quälte sie ein schlechtes Gewissen.

Die restlichen englischen Münzen reichten gerade als Bakschisch für ein paar Straßenjungen. Nicht aber für die Überfahrt in ihre Heimat. Sie würden Oz' Katzengold nehmen müssen. Jack musterte den Jungen. Der Kleidung nach war Hassan etwa so wohlhabend wie Jack selbst in dessen Alter. Mit anderen Worten: bettelarm.

»Ich werde ihn entschädigen, wenn ich in meinem Palast bin«, sagte Naima nachdrücklich, als müsste sie sich vor sich selbst rechtfertigen, und verteilte die restlichen Münzen unter den Straßenkindern.

Sie wurden sich in der Tat mit Hassans Onkel handelseinig. Doch bis zur Abfahrt der Feluke würden sie in Suez bleiben müssen. Verflucht. Eine Woche zwischen unzählbaren Schiffen und Menschen. Zwischen Waren und Passagieren, die aus den Bäuchen der Segler und Dampfschiffe ausgeladen oder eingeladen wurden. Zwischen Eseln, Pferden und sogar Tieren mit Höckern und langen Hälsen, auf denen die Männer ritten. *Kamele* hatte Naima sie genannt und gelacht, nachdem sie Jacks verwunderten Gesichtsausdruck bemerkt hatte. Die Zeit, die sie untätig festsaßen, machte Jack wahnsinnig. Als könnte der Ifrit sie mit seinen Schatten umso schneller finden, wenn sie nicht in Bewegung blieben. Das war natürlich Unsinn. Doch hier war alles fremd. Und als sie in einem Kaffeehaus saßen und etwas tranken, zeichnete das Licht der Lampen, die überall entzündet worden waren, zahllose Schatten in die anbrechende Nacht. Naima hingegen schien das Treiben um sie herum zu genießen, als betrachte sie ein besonders gelungenes und unterhaltsames Theaterstück. Er bemerkte, dass sich seine Lippen wie von selbst zu einem Lächeln verzogen.

»Na, hat der Alte gerade einen Witz erzählt?«

Jack sah zu Oz, der sich auf Naimas Schoß zusammengerollt hatte. Der Kater brauchte sich keine Mühe zu geben, leise zu reden. Während von draußen der Lärm der Stadt durch die geöffneten Türen des einfachen Hauses drang, erfüllte die tiefe Stimme eines alten Mannes den Raum, über dessen Wände sich Muster wie Ranken zogen. Sie ähnelten denen, die Jack schon in der Zwischenwelt im Palast von Naimas verbranntem Vater gesehen hatte. Der Kater nickte zu dem Erzähler, der auf einem thronartigen Stuhl saß. Vermutlich gab er gerade eine besonders amüsante Geschichte zum Besten.

»Ja. Und zwar eine, in der eine vorlaute Katze ihre acht Leben verliert«, erwiderte Jack.

»Sehr spaßig«, brummte der Kater und schnurrte, als Naima ihn kraulte. »Aber Katzen haben neun Leben. Da sieht man mal, was du alles nicht über Katzen weißt.« Er spitzte die Ohren. »Außerdem erzählt er etwas weitaus Schöneres. Märchen.«

»Alf leila wa leila«, sagte Naima. Sie nippte an der kleinen Tasse, die vor ihr stand. Sie hatte etwas für Jack und sich bestellt, das sie *Mokka* nannte.

Ein Getränk, das so bitter war, dass Jack es im ersten Moment hatte ausspeien wollen. Doch schon beim zweiten Schluck hatte es ihm so gut geschmeckt, dass er die Tasse ausgetrunken und Naima gebeten hatte, ihm eine weitere zu bestellen.

»Die Märchen aus Tausendundeiner Nacht, würde man wohl in eurer Sprache sagen.«

Jack wechselte einen schnellen Blick mit Oz. Und sah, dass der Kater und er dieselbe Erinnerung teilten. Oz' Kammer im Ministry of Souls. Die Beschwörung des Ifriten aus einem Märchenbuch. Es trug ebenfalls diesen Namen. Ein Name, der mit dem Angriff des anderen Rachegeistes verwoben war, der erst den falschen Geist vertrieben und dann Oz das Leben aus dem Leib gerissen hatte. Wie hieß die Geschichte noch, die für Oz den Tod zwischen den Seiten getragen hatte? »Das Märchen vom Fischer und dem Geist«, murmelte er, als es ihm wieder einfiel.

Der Alte schien seine Worte fast zu singen. Jack verstand keines von ihnen, doch sie waren wie ein Fluss, der ihn mit sich nahm in fremde Länder und vergangene Zeiten.

»Du kennst es?«, fragte Naima. »Es war immer eines meiner liebsten Märchen.«

»Geht mir genauso«, sagte Jack und schenkte ihr ein schiefes Lächeln. »Ich …« Ein Schmerz, der so heftig war, als würde man ihm eine Klinge ins Herz treiben, ließ ihn aufkeuchen. Er spürte, wie er binnen eines Lidschlags alle Kraft verlor. Eine Marionette, der man die Fäden zerschnitten hatte. Er hörte Naima rufen. Oz fauchen, als sie aufsprang und er von ihrem Schoß fiel. Und dann war da nur noch Dunkelheit.

Als er wieder erwachte, lag er auf dem Boden. Es war zu finster, um etwas zu erkennen. *Tot*, dachte er. *Du bist tot, Jack.* Was hatte ihn das Leben gekostet? Dieser Kaffee? *Nein, du Idiot*, sagte er sich. *Der Fluch des Ifriten.*

»Ah, er wird wieder wach.«

Jack sah in zwei leuchtende Katzenaugen. »Ich bin in der Hölle«, murmelte er schwach. Verdammt, seine Stimme klang wie die eines Greises.

»Wenn du mich siehst, solltest du wissen, dass es der Himmel wäre«, erwiderte Oz. »Aber keine Angst, du bist nicht tot. Noch nicht.«

Eine weiche Hand legte sich auf Jacks Stirn, und er seufzte. »Du bist wieder durchscheinend geworden.« Naima klang, als säße ihr die Sorge um Jack wie ein Splitter im Hals. »Wir hatten schon befürchtet, du würdest dich ganz …«

»Mir geht es wunderbar«, beeilte sich Jack zu sagen und stemmte sich in die Höhe. Für einen Moment glaubte er, erneut das Bewusstsein zu verlieren. Doch seine Beine knickten nicht ein, und seine Augen fingen an, ihm zu zeigen, was um ihn herum war. Ein kleiner, nur spärlich beleuchteter Raum, der offenbar genutzt wurde, um Säcke zu horten. Es roch nach dem Kaffee, den sie eben noch getrunken hatten. »Mir ist dieses Gebräu nicht bekommen«, behauptete er. Und sank dann doch auf die Knie.

»Ich habe meinen Zauber erneuert«, grollte Oz, als wäre Jack selbst an seinem Zusammenbruch schuld. »Obwohl das Risiko eigentlich zu hoch war.«

»Mir geht es gut«, murmelte Jack. »Ich brauche nur Zeit. Ich ...«

»Wir haben keine Zeit«, fiel Oz ihm ins Wort. »Morgen früh legt Hassans Onkel ab. Gut, vielleicht würde er sich noch etwas gedulden. Aber selbst dann wäre es keine gute Idee, wenn du dich hier irgendwo in Ruhe auskurierst, während sich mein verzaubertes Gold zurückverwandelt und die Leute anfangen, Fragen zu stellen. Mal ganz abgesehen davon, dass die Spuren meines mächtigen Zaubers vielleicht den Ifriten herlocken.«

Nein, natürlich nicht. Aber sie brauchten etwas, das ihn schnell wieder auf die Beine brachte. So wie die Arznei, die Travis Medizin genannt hatte. »Mächtiger Zauber?«, murmelte er schwach, während er sich auf die Beine drückte. »Wohl eher dein typischer Hokuspokus.«

»Hier in der Nähe gibt es einen Suq«, sagte Naima. »Der Erzähler hat es mir gesagt. Er meinte, dass seine Zuhörer nur selten das Bewusstsein verlieren.«

»Suq?«, fragte Jack.

»Ein Markt«, erklärte sie. »Dort gibt es viele Dinge. Auch solche, die woanders nicht zu erstehen sind.«

Jack verstand. Auch in London gab es diese ... inoffiziellen Läden. Oft in den schattengetränkten Ecken der Stadt. Die meisten versprachen ihren Kunden das Blaue vom Himmel herunter und verkauften ihnen Dinge, die ebenso teuer wie gefährlich waren.

»Du bleibst hier«, sagte Naima. »Und wir finden etwas, das dir hilft.«

»Damit der Ifrit dich angreift, während ich hier ein Nickerchen mache? Ausgeschlossen.« Selbst in den eigenen Ohren klangen Jacks Worte trotzig wie die eines Kindes, das nicht zu Bett gehen wollte.

»In deiner Verfassung wärst du eine große Hilfe«, pflichtete Oz ihm bei.

»Ach?«, fragte Jack und wischte sich über die schweißnasse Stirn. Schon das Reden strengte ihn an.

»Ja, wenn er uns angreift, können wir ihm dich zwischen die geisterhaften Beine werfen. Wir … au!«

»Oh, entschuldige«, meinte Jack. »Wie ungeschickt.« Er griff nach seinem Zylinder, der auf dem Boden lag, und reichte Naima einen Arm. »Sollen wir?«

Jack wusste nicht, was ihn schwindliger werden ließ. Die letzten Wellen des Ifriten-Fluchs oder die Fülle an Gerüchen, Stimmen und Farben, die den Suq von Suez erfüllten. London erweckte an manchen Tagen schon den Anschein, nur schwer zur Ruhe zu kommen. Doch diese Stadt schien gar nicht zu schlafen. Während Jacks Bewusstlosigkeit war die Nacht angebrochen. Sie hielt die Menschen aber nicht davon ab, ihr Tagwerk einfach fortzuführen. Es war noch immer so warm, dass Jack unter seinem Zylinder schwitzte. Er hätte ihn sich am liebsten vom Kopf gezogen, doch dieser Hut war alles, was ihn noch an sein altes Leben band. Zugegeben, nicht gerade unauffällig. Er war indes nicht der Einzige, der solch ein Monstrum trug. Einige Europäer machte er auf den Straßen der Stadt aus, die ebenfalls nicht ohne einen Zylinder ausgingen. Und es gab sogar Einheimische, die zu ihrer kaffeebraunen Haut die eleganten und äußerst stilvollen Kopfbedeckungen trugen. Es waren moderne Zeiten. Und mit den Schiffen Großbritanniens kam offenbar auch die Mode des Weltreichs in die entlegensten Winkel der Erde.

Der Suq war eine Welt für sich. Obsthändler, deren Früchte im Licht der Lampen wie Edelsteine glänzten. Schreiner, die ihre Holzkistchen so fein verziert hatten, dass Jack sie nur staunend bewundern konnte. Und Zuckerbäcker, deren Waren allen, die an den Läden vorbeigingen, sehnsüchtige Blicke entlockten. Sie wichen den Auslagen eines Gewürzhändlers aus, der mehrere große Säcke vor sein Geschäft gestellt hatte. Im Licht der Lampen leuchteten die Gewürze in ihnen in zahllosen Farben. Und betäubten Jacks Sinne mit ihrem intensiven Duft.

»Kardamom. Zimt. Kreuzkümmel.« Naima gab allem, was Jacks Augen sahen und seine Nase roch, einen Namen. Sie fragte einen der vielen Jungen, die geschäftig durch die engen Gassen liefen und mal ein paar Tassen Tee, mal Tabletts voll filigraner Süßigkeiten herumtrugen, nach dem Weg zu einer Frau, deren Namen ihnen der Erzähler genannt hatte. Der Ausdruck in den Augen des Kindes war eine Mischung aus Furcht und Ehrfurcht. Offenbar war die Dame eine bemerkenswerte Erscheinung.

Der Weg, den er ihnen beschrieb, führte sie erst weiter entlang an dem überbordenden Leben und dann hinein in eine Gasse, in der es ebenso still wie dunkel war.

»Das dort muss es sein«, wisperte Naima. Das Haus, auf das sie deutete, war das einzige, aus dem Licht in die Nacht fiel. Es war selbst für die einfache Straße, in der es lag, in einem erbärmlichen Zustand. Ein paar streunende Katzen musterten sie, als wollten sie abwägen, ob sie es wagen konnten, um Futter zu betteln oder nicht. Als sie Oz entdeckten, fauchten sie ärgerlich.

»Du bist beliebt«, meinte Jack und starrte auf die Tür. Die anderen Läden im Suq waren allesamt einladend offen gewesen. Er seufzte. Und wünschte sich Travis mit seiner Arznei herbei. »Bleib du hier draußen, und pass auf«, sagte er an Oz gewandt.

»Ach, bin ich plötzlich ein Wachhund?«, entgegnete der Kater eingeschnappt.

»Du bist der Einzige, der uns schützen kann«, sagte Naima und streichelte Oz über den Kopf.

Offensichtlich geschmeichelt postierte sich der Archivar vor der Tür.

Jack seufzte erneut. »Keine gute Idee«, wisperte er und klopfte.

»Aber die Einzige, die wir haben«, erwiderte Naima.

Eine Frau rief etwas aus dem Haus.

»Wir sollen eintreten«, übersetzte Naima.

Jack nickte. Vorsichtig drückte er die Tür auf. Das Mädchen, auf das sein Blick zunächst fiel, sah so scheu aus wie die Straßenkatzen draußen. Jack konnte nicht anders, als es verwundert anzustarren.

Hinter dem Mädchen stand eine Frau, deren Haut beinahe schwarz war, als hätte sie sich das Gesicht mit Kohlenstaub gefärbt. Ihre Augen waren milchig wie weiße Kiesel. Offenbar war sie blind. Die Frau sagte etwas, das Jack erneut nicht verstand.

Naima nickte. Ihre Erwiderung war ihm ebenso unverständlich.

Die Frau schien auf Jack einen scharfen Blick mit ihren blinden Augen zu werfen, als könne sie doch etwas mit ihnen erkennen, ehe sie zur Seite trat und sie hineinbat. »Ich beherrsche die Sprache der Eroberer nicht gut«, sagte sie mit einem schweren Akzent. »Viele kommen. Ich lerne.«

Eroberer. Jack wollte unwillkürlich zu einer Erwiderung ansetzen. Gut, er war kein glühender Patriot. Und er war anders als viele seiner Landsleute nicht der Ansicht, die Queen müsse über die halbe Welt herrschen. Aber *Eroberer* klang in seinen Ohren äußerst unzivilisiert. *Warum, Jack? Sie hat recht. Keiner hat die Soldaten der Königin hergebeten.* Nun, in diesem Land waren sie nicht. Noch nicht. Aber sie standen gewissermaßen vor der Haustür. Und sie würden sicher früher oder später hindurchmarschieren.

»Unser Freund hier ist krank«, sagte Naima, während sie sich im Laden umsah. Wenn es überhaupt ein Laden war. Waren konnte Jack nicht erkennen. Es gab ein paar altersschwache Schränke und einige Kisten in dem engen Raum. Durch einen Vorhang nur notdürftig abgetrennt, erkannte er ein weiteres Zimmer. Nicht sehr beeindruckend. Jack hatte in London Scharlatane gesehen, die mehr Aufwand betrieben, um ihre verzweifelte Kundschaft zu blenden. Er erwartete nicht, dass die Alte tatsächlich etwas besaß, das gegen den Fluch wirkte, der ihm wie Gift durch die Adern floss.

»Unser? Ich habe nur zwei Paar fremde Füße gehört.«

»Ein Freund von uns wartet draußen.«

Die Alte nickte. »Viele Leiden kann ich kurieren«, sagte die Frau. »Ich heiße Akilah. Und ihr? Du kommst aus der Wüste, denn du sprichst die Sprache, die wir alle beherrschen. Auch wenn sie bei dir eine andere Farbe hat. Woher kennt ihr euch?«

»Ich bin Naima.« Sie lächelte. »Meine Heimat liegt viele Tagesreisen von hier entfernt. Mein Gefährte heißt Jack. Ich kenne ihn aus seinem Land. Aus England. Der Ursprung seines Leidens aber stammt aus der Wüste.« Sie stockte, als müsste sie abwägen, wie offen sie der Alten gegenüber sein konnte. Mit einem kurzen Blick suchte sie Jacks Einverständnis. »Er ist von einem Fluch getroffen worden, der mir galt.«

Akilah verengte die Augen, bis sie in dem dunklen Gesicht nicht mehr zu erkennen waren. Dann ging sie zu einem der einfachen Schränke, öffnete die quietschende Tür und nahm einen kleinen Beutel heraus. Jack hatte gelegentlich Blinde gesehen und war jedes Mal verblüfft darüber, wie gut und sicher sie sich in der Welt der Sehenden zurechtfanden.

Das Mädchen stand die ganze Zeit über vor der Tür, die auf die Straße führte, und blickte Jack stumm an. Nur ihn. Naima schien sie gar nicht zu interessieren. Jack wollte etwas über sie sagen, doch die Alte erhob die Stimme.

»Flüche.« Akilah kostete das Wort. »Euer Land ist modern, kranker Jack. Fortschritt. Technik. Das ist eure Wirklichkeit. Magie ist nur ein Märchen für euch. Aber ihr vergesst, dass Märchen die vergangene Wirklichkeit sind.« Sie griff in den Beutel und holte ein weißes Pulver hervor. Damit trat sie auf Jack zu. Und warf das Pulver vor ihm in die Luft.

Jack wollte unwillkürlich zurückweichen. Doch Akilah hielt ihn mit einer Kraft fest, die er der Alten nicht zugetraut hätte.

»Atme aus.«

Jack ließ die Luft nur widerwillig aus seiner Lunge entweichen. Das Pulver schwebte wie weißer Nebel vor seinen Augen. Kaum hatte er ganz ausgeatmet, veränderte es sich.

»Die Farbe?«, fragte die Alte.

»Schwarz.« Naima sprach das Wort so leise aus, als fürchtete sie sich vor dem Klang.

Akilah presste die Lippen aufeinander. »Nicht gut.«

»Kannst du ihn heilen?« Naima sah die Alte bittend an.

Ehe die Frau antworten konnte, war ein hektisches Kratzen von draußen zu hören. Akilah ging auf die Tür zu und zog sie auf.

Der Schatten, der in den Raum hineinsprang, fauchte wütend. Dieses Fauchen fand auf der Gasse vor dem Haus ein vielstimmiges Echo. Ehe aber noch jemand durch die Tür kommen konnte, drückte Akilah sie zu und legte den Kopf schief. »Ist das euer Freund?« Im ersten Moment klang sie beinahe belustigt. Dann bückte sie sich und strich über Oz' Fell. Im nächsten Augenblick verdüsterte sich ihr Gesicht, als wäre die Dämmerung darüber aufgegangen. »Wer seid ihr?«

Jack war beeindruckt. Offenbar war Akilah doch keine Scharlatanin. Denn ihre Frage hatte sie an Oz gerichtet.

»Miau?«, versuchte es der Archivar und klang dabei so unecht, wie ein Mensch nur klingen konnte, der eine Katze nachahmte.

»Lass den Unsinn«, fuhr ihn Akilah an. »Ich bin alt. Meine

Augen mögen nichts mehr sehen. Aber ich bin nicht blind. Nicht für die Welt, aus der du kommst.«

Fragend blickte Oz zu Jack und Naima.

Was machte es für einen Sinn zu lügen, Jack?, dachte er. An der Alten war offenbar mehr dran, als man mit den Augen erkennen konnte. »Das ist Oz.«

»Oz, der Zauberer«, fügte der Kater hinzu, und vor Jacks geistigem Auge sah er den Archivar in seiner Menschengestalt, wie er sich seine Brille zurechtrückte.

Mit einer schnellen Bewegung packte Akilah ihn und hob den fauchenden Oz in die Höhe.

»Ich könnte dich in eine Maus verwandeln«, drohte er. »Und dich fressen.«

Akilah schienen weder seine Worte noch die Tatsache, dass er sprechen konnte, zu beeindrucken. Sie roch an ihm und drückte ihren faltigen Kopf gegen seinen, was er mit einem, wie Jack fand, reichlich angewiderten Gesichtsausdruck quittierte. Dann ließ sie ihn so abrupt fallen, dass er wenig elegant auf der Seite landete. »Um dich kümmere ich mich später, Zauberer von Oz. Dein Freund ist das drängendere Problem. Denn Schwarz bedeutet, dass er den Fluch eines Ifriten in sich trägt.« Sie runzelte die Stirn. Neben ihr kniete sich das Mädchen hin, um Oz zu streicheln.

Die Alte seufzte. »Erzählt«, forderte sie Naima und Jack auf.

Er warf der Prinzessin einen raschen Blick zu. Und auf ihr stummes Nicken hin begann er eine kurze Zusammenfassung von all dem, was ihr und ihm widerfahren war. Nur gelegentlich unterbrach ihn Oz, meist um die eigene Rolle ein wenig auszuschmücken. Die Schilderung seiner Rückkehr als Katze entlockte der Alten ein Schmunzeln. Als er dann beim Kampf im Archiv des Ministry of Souls und dem Marsch der Seelen zum Marble Arch, dem Schattentor, angelangt war, stockte er kurz. Es schien, er würde den Schmerz noch einmal fühlen, während er sich den

Moment in Erinnerung rief, in dem Naima beinahe gestorben wäre. Und in dem er ihren Tod mit dem eigenen Leben abgewendet hatte.

Über diese Sekunden berichtete statt seiner Naima. »Der Tod, den mein Begleiter in sich trägt, galt mir«, beendete sie den Bericht. »Und nun reisen wir in meine Heimat, um mehr über die Art der Flüche zu erfahren, die Ifriten aussprechen. Und um Jack zu heilen. Kennt Ihr etwas, das uns hilft? Das ihn stärkt? Oder gar heilt? Ihr habt erkannt, woran er leidet.«

Die blinden Augen fixierten Naima. »Kein sterblicher Mensch vermag den Fluch eines Ifriten zu brechen.« Jedes Wort klang endgültig.

Jack konnte erkennen, wie die Hoffnung auf Heilung, die sich kurz in Naima geregt hatte, erstarb.

»Hast du wenigstens irgendein Pulver oder ein anderes Teufelszeug, das mir hilft, lebend Naimas Heimat zu erreichen?«, fragte Jack. Er war unsicher, wie er sich an diesem Ort fühlen sollte. Obwohl ihm Akilah völlig unbekannt war, spürte er ein Vertrauen in sie, das er sich nicht erklären konnte. Vielleicht aber war es auch nur Verzweiflung. »Die Zauberei unseres Katers reicht nicht aus.«

»Ich kann dein Leiden lindern«, antwortete die Alte, ohne den empört schnaufenden Oz zu beachten. »Aber mehr kann auch ich nicht für dich tun.«

»Was willst du dafür?« Er zog klimpernd etwas von Oz' Katzengold aus der Tasche, doch Akilah winkte ab.

»Deine falschen Münzen kannst du behalten. Ich kann den Zauber riechen, der sie umgibt.« Da war kein Tadel in ihrer Stimme. Sie klang vielmehr belustigt wie eine Mutter, deren Kind versucht hatte, sie zu täuschen. »Doch es gibt etwas, das du für mich tun kannst.« Sie wurde so schlagartig ernst, als wäre die Nacht in ihrem Gesicht aufgezogen, und trat zu dem Mädchen. »Du hast erzählt, dass du die Seelen der Toten zu sehen vermagst.

Und die Eingänge in die Madinat almutaa. Dass es deine Aufgabe ist, die Geister hinüberzugeleiten. Die Männer und Frauen aus diesem Teil der Erde, die über deine Gabe verfügen, gelten als Weise. Als Auserwählte.«

»In unserer Welt heißen sie Soulmen und sind in der Regel eher einfältige Dummk... au!«

»Oh, Verzeihung«, meinte Jack. »Wollte dir gar nicht auf die Pfote treten. Weise Männer und Frauen, sagtest du?«

»Hier gibt es keinen mehr von ihnen. Der einzige Mann, der meines Wissens über diese Gabe verfügte, starb vor einem Jahr. Und nun weiß ich nicht, wen ich um Hilfe bitten soll.«

»Wofür?«, fragte Naima.

»Für das Mädchen«, antworteten Jack und Oz im selben Moment.

Naima sah ihn fragend an. Sie konnte nicht wissen, von wem er sprach.

»Du bist tot.« Er sah zu dem Mädchen, dessen Erscheinung weiß und schwarz war. Ein Geist. »Bist du Akilahs Enkeltochter?«

Das Mädchen blickte ihn an, und Akilah trat auf ihre Enkelin zu, als könnte sie sie sehen, und nickte.

»Und du bist das, was du weise nennst«, meinte Jack. »Du könntest das Mädchen selbst auf die andere Seite bringen.«

»Eine Soulwoman, gewissermaßen«, ergänzte Oz. »Obwohl Frauen in England natürlich nicht arbeiten. Sie ...« Er bemerkte den Blick, den Naima ihm zuwarf, und drückte sich enger an den geisterhaften Körper des Mädchens. »Eine Ungerechtigkeit, die sicher eines Tages einmal beendet wird«, beeilte sich Oz zu sagen. »Nun, du spürst, was ich bin. Und du kannst sie sehen. Oder vielmehr ihre Anwesenheit spüren. Bemerkenswert. Das wäre einen Artikel im *International journal of necromancy* wert.«

»Du planst so viele Artikel, dass du bald das ganze Magazin alleine füllen kannst«, bemerkte Jack. »Was sollen wir tun?«

»Meine Enkelin muss gehen«, sagte Akilah mit rauer Stimme. »Ich habe meine Tochter vor einigen Jahren hinüberbringen müssen. Und ich will verdammt sein, wenn sie hier nicht auch den Weg findet.«

»Aber ihr könnt keinen Abschied voneinander nehmen?«, vermutete Jack. »Irgendetwas stimmt nicht.«

Die Blinde schüttelte den Kopf und setzte zu einer Antwort an, doch da erhob das Mädchen seine leise Stimme.

»Die anderen lassen mich nicht durch«, übersetzte Oz.

»Die anderen?« Ein ungutes Gefühl stieg in Jack auf.

»Die anderen Seelen«, erklärte Akilah in ihrem schwerfälligen Englisch. »Sie blockieren den Eingang. Meine Enkeltochter kann nicht an ihnen vorbeigelangen. Die Seelen sammeln sich. Ich verstehe nicht, wo sie herkommen oder was sie vorhaben. Aber wegen ihnen kann meine Enkelin nicht auf die andere Seite gehen.«

Das Mädchen wisperte etwas zu seiner Großmutter.

»Was hat sie gesagt?«, fragte Jack.

»Sie haben versucht, sie zu packen.« Akilah seufzte. »Wenn du meiner Enkeltochter hilfst, in die Madinat almutaa zu gelangen, dann werde ich dir helfen und dir Kraft schenken, damit du länger in dieser Welt bleiben kannst.«

Der Ort, an den Akilah sie zusammen mit ihrer Enkelin führte, lag nicht weit entfernt am Ende der Stadt. Die Reste einer alten Siedlung, so von der Zeit zerfressen, dass nur Ruinen übrig geblieben waren. Die kleine Lampe, die Akilah bei sich trug, war kaum in der Lage, den Weg vor ihnen zu erleuchten. Das Rauschen des Meeres, an dessen Saum sich die Stadt erstreckte, erfüllte die Nacht.

»Und hier ist das Mädchen gestorben?« Jack runzelte fragend die Stirn und sah zu dem Geist, der neben seiner Großmutter so selbstverständlich zwischen den zerfallenen Häusern entlangspazierte, als wären sie alle auf einem netten Familienausflug.

Naima tauschte ein paar gewisperte Worte mit Akilah. »Sie hat gespielt«, sagte sie dann. »Und ist zu waghalsig gewesen, als sie auf eines der Häuser klettern wollte.«

Kindlicher Leichtsinn. Jack wäre bei seinen Versuchen, im Waisenhaus zu seiner großen Liebe Polly Winter zu gelangen, beinahe selbst ein- oder zweimal vom regennassen Dach gestürzt. Für Kinder barg die Welt zahllose Gefahren.

»Und wo sollen diese Seelen sein?«, fragte Jack skeptisch.

Akilah blieb wortlos stehen und deutete zu einem der Häuser, dessen Umrisse nur vage von der schwachen Lampe in die Nacht gemalt wurden. Soweit Jack erkennen konnte, war es, wie auch die anderen, einmal so kunstvoll erbaut worden, als habe es dem Auge seiner Bewohner und aller Besucher schmeicheln wollen. Fein verzierte und geschwungene Bögen lösten sich aus der Dunkelheit, als sie darauf zugingen. Ein kleiner, gepflasterter Platz vor dem Eingang. Es fehlte nur, dass der Herr des Hauses herauskam und seine Gäste begrüßte. Doch die Gestalten, die sich hier zusammendrängten und vom Licht der Lampe beschienen wurden, erschienen wie mit weißer Farbe in die Nacht gemalt. Und den Eingang umgab ein schwacher Schimmer. Eine Pforte. Jack sah zu dem Mädchen. Ihre Pforte.

»Das ist unerhört«, entfuhr es Oz. »Geister sollten sich nicht wie eine Bande von Straßenräubern verhalten.«

»Weil sie die Pforte blockieren?«, fragte Jack. Fast schien es, als würden sie auf etwas warten. Oder jemanden.

»Weil es gegen ihre Natur ist. Völlig atypisches Verhalten. Unerhört, aber auch hochinteressant. Ich sollte einen Artikel ...«

»Da sind sicher zwölf Geister«, unterbrach Jack ihn und zog Naima zu sich.

»So wie die, von denen du erzählt hast?«, fragte sie. »Diese Suchenden? Die über das Meer gelaufen sind? Was wollen sie?«

Jack vermied es, Oz anzublicken, und zuckte betont gleichmütig mit den Schultern. Doch als er Naima ansah, erkannte er, dass sie und er denselben Verdacht hatten. Die Geister sammelten sich. Und in London hatte ein Ifrit sein Unwesen getrieben, der eine Schattenarmee aufstellen wollte. Der Rachegeist hatte die Seelen im Archiv für irgendeinen dunklen Zauber missbrauchen wollen. Vielleicht waren diese Geister hier, weil die Seelen des Archivs befreit worden waren und der Ifrit einen Ersatz für sie brauchte. Vielleicht war es aber auch nur ein Zufall. »Ich habe keine Ahnung«, raunte er. »Doch wir werden denen mal zeigen, wie sich die Geister in London benehmen.« Bei diesen Worten musste er an Agatha denken, die sich beharrlich weigerte, von Jack eingefangen zu werden. Himmel, was redete er da bloß?

»Kannst du meiner Enkeltochter wirklich helfen, in die Madinat almutaa zu gelangen?« Akilah klang, als wäre sie der Ansicht, dass er es sicher nicht könnte. Doch da war auch eine flehentliche Hoffnung in ihrer Stimme, die ihn schlucken ließ. Jack hatte schon von Geistern gehört, die sich im Diesseits zu weit von ihrer Pforte entfernt und sie selbst nach Jahrhunderten der Suche nicht mehr gefunden hatten. Halbwahnsinnige Geschöpfe, die schließlich von den Soulmen in Phiolen gesperrt und ins Zwischenlager des Ministry of Souls gebracht worden waren. Nach Terrys Vermutung schliefen sie nun. Auch wenn sie vielleicht nie in die Zwischenwelt gelangen würden, so war dies doch ein gnädiges Schicksal. Denn wenn eine Seele die Welt der Menschen verlassen wollte, war jede Minute, die sie gegen ihren Willen in ihr verweilen musste, eine Qual. Eine Qual, die der Geist des Mädchens nicht erdulden sollte. Zur Antwort auf die Frage der Mutter zog Jack eine Phiole hervor. Im Inneren des Glasfläschchens leuchtete ein schwaches Licht. Es würde heller scheinen, wenn er eine Seele hineinzog.

Die Geister waren auf sie aufmerksam geworden und sahen in ihre Richtung. Jack fragte sich, weshalb sie sich dort sammelten. Warteten sie auf das Mädchen, um durch ihre Pforte in die Zwischenwelt zu gelangen? Das war nicht möglich. Nur das Schattentor hatte sich für Geister in verschiedene Zwischenwelten öffnen können. Aber vielleicht wussten die Seelen dies nicht. Sie waren womöglich verzweifelt. *Sie haben versucht, mich zu packen.* Die übersetzten Worte klangen Jack wie eine düstere Drohung im Kopf. »Ihr solltet euch nun voneinander verabschieden«, sagte Jack zu Akilah und ihrer Enkeltochter. »Ich werde sie in diesem Glas auf die andere Seite bringen. Sie ist sicherer darin. Ich weiß nicht, was die anderen Seelen dort tun werden, wenn wir den Übertritt versuchen.«

»Hast du einen Plan?«, fragte Oz.

Jack nickte langsam. »Ja. Und du spielst darin die wichtigste Rolle.«

»Das war nicht anders zu erwarten«, entgegnete der Kater hörbar geschmeichelt. »Was soll ich tun?«

Jack lächelte verschlagen. »Vertraue nur deinen natürlichen Instinkten.«

Es war gar nicht so einfach, in der einen Hand die Phiole zu halten, in die er die Seele des Mädchens gezogen hatte, und mit der anderen den fauchenden und kratzenden Oz zu packen.

Einige der Gestalten sahen schon ziemlich ... echt aus. Mit jedem Jahr, das ein Geist im Diesseits blieb, wurde sein Körper fester, bis er aller Unsichtbarkeit für normale Menschen zum Trotz in der Lage war, auf alles einzuwirken, als würde er noch leben. Das hatte schon zu vielen unschönen Situationen geführt und die Gründung des Ministeriums für endgültige Angelegenheiten möglich gemacht. Da Oz nicht zaubern sollte, wenn es sich vermeiden ließ, war eine wütende Katze das beste Mittel, um die Geister in die Flucht zu schlagen. Es hatte nach Oz' und Naimas Ansicht etwas mit irgendeiner ägyptischen Göttin des Lebens zu tun, die als Katze dargestellt wurde. Jack war es im Grunde egal. Er warf das zornige Fellknäuel in die Gruppe der Geister und lief. Eine Handgranate wäre kaum wirkungsvoller gewesen. Mit einem Kreischen stoben die Seelen auseinander wie ein Schwarm Vögel, der von einer Katze entdeckt worden war. Nur dass diese Katze hier keinen Hunger hatte. Sie war nur pure Raserei.

Drei der Geister versuchten dennoch, sich Jack in den Weg zu stellen. Es war mehr als ungewöhnlich, dass sie zusammen agierten, als wären sie eine Gruppe. Geister waren Einzelgänger. Und die drei sahen aus, als gehörten sie in verschiedene Jahrhunderte. Der Hass auf ihren durchscheinenden Gesichtern aber einte sie. Als sich sechs Arme nach ihm streckten, fühlte Jack eine Kälte in sich aufsteigen, die ihn kurzzeitig lähmte. Ein einzelner Geist war für einen Menschen keine große Gefahr. Doch die hier verhielten sich, als würden sie ein und demselben Befehl gehorchen. Und gemeinsam waren sie womöglich so stark, dass Jack Probleme bekommen konnte. »Oz«, rief er. In der Nacht konnte er nicht genau erkennen, wo sich der rabenschwarze Kater gerade befand. Doch das Fauchen kam so plötzlich näher, als würde eine Dampflokomotive durch die Dunkelheit auf ihn zurasen.

Die geisterhaften Finger rutschten von Jacks Armen ab, als die Seelen entsetzt zurückwichen. Stattdessen spürte Jack seine Haut auf der Hand aufreißen, als ihn äußerst irdische Krallen erwischten. »Au!«, rief er, ohne sich umzusehen. Er rannte weiter auf die Pforte zu.

»Ein Versehen«, hörte er Oz mit reichlich Sarkasmus in der Stimme über das Kreischen der Geister hinweg erwidern.

Dann war er an der Pforte. Er brauchte keine Tür aufzudrücken. Der Durchgang stand offen. Ein schneller Schritt, und Jack erlebte den Moment, den man unter den Soulmen Spiegelskunde nannte. Er sah sich selbst zweimal. Einmal in der echten Welt und einmal als Schatten mit Zylinder und einem sternsilbernen Licht in der Zwischenwelt. Dann war der Moment vorüber, und Jack fand sich an dem Ort wieder, der für das Mädchen der schönste seines Lebens gewesen war.

Das Meer, das sich vor ihm erstreckte, schien endlos. Der

Strand, auf den er seine Füße setzte, war menschenleer. Nur ein paar Palmen wiegten sich, als tanzten sie zu einer Musik, die er nicht wahrnehmen konnte.

Alles ganz normal.

Oder nicht?

»Spürst du das ebenfalls?« Jack wandte sich an Oz, der ihm gefolgt war. Er besaß wieder seine menschliche Gestalt. Wie auch sonst, wenn er in die Zwischenwelt ging. Ramses, der Kater, der seine Seele mit sich ins Diesseits nahm, strich Oz um die Beine, als hätte er ihn eine Ewigkeit nicht mehr gesehen.

Der tote Archivar rückte seine Brille zurecht, während Jack die Phiole abstellte. Das besondere Glas löste sich in der Zwischenwelt auf, wenn es zuvor in Kontakt mit einem Geist gekommen war. Das Mädchen, das einen Moment später erschien, sah sich erstaunt um.

»Hier ist alles bestens«, bemerkte Oz. »Siehst du? Die Zwischenwelt zerfällt nicht mehr. Und weißt du warum? Weil nach dir niemand mehr auf die Idee gekommen ist, hier eine lebende Prinzessin zu verstecken. Darüber kannst besonders du sehr froh sein. Nicht auszudenken, was geschehen wäre, wenn diese Welt weiteren Schaden genommen hätte.«

Jack winkte ab. Er hatte Naima am Beginn ihres Abenteuers vor dem Angriff des Ifriten in der Zwischenwelt verbergen müssen. Und ihre ungeplant lange Anwesenheit an dem Ort der Toten hatte für einen bedrohlichen Zerfall gesorgt. »Hier ist irgendetwas nicht so, wie es sein sollte.«

Er wollte noch etwas hinzufügen, doch das Mädchen runzelte die Stirn und sagte ein paar Worte, die Jack nicht verstand. Oz hingegen sprach Arabisch. Seine Antwort zauberte dem Mädchen einen grimmigen Ausdruck auf das schmale Gesicht.

»Was sagt sie?« Jack mochte es nicht, bei einem Gespräch ausgeschlossen zu werden.

»Sie ist glücklich, dass wir sie an den Geistern vorbeigebracht haben.« Oz lächelte ihr zu, dann aber verdüsterte sich sein Gesicht. »Den Rest will ich hier nicht aussprechen. Überhaupt, irgendwas ist hier nicht so, wie es sein sollte. Etwas stimmt nicht mit der Zwischenwelt.« Diese Worte hatte er betont vorwurfsvoll ausgesprochen.

»Das habe ich doch gerade gesagt.«

»Es ist wie ein Gewitter«, erklärte Oz, ohne auf Jacks Bemerkung einzugehen. »Da ist eine Unruhe in der Luft. Eine Anspannung. Als würde bald etwas passieren.« Er sog tief die Luft ein, als könnte er schmecken, was da nicht stimmte.

Gerne hätte sich Jack ein wenig länger umgesehen, um herauszufinden, ob Oz recht hatte. Doch er hatte es in der Eile versäumt, den Knopf an der Uhr zu drücken, die er als Soulman erhalten hatte. Sie maß die Zeit in der Zwischenwelt, die dort nach anderen Regeln verging als im Diesseits. Blieb man über eine Stunde hier, so schloss sich die Pforte und man musste zusehen, eine andere zu finden. Ein Unterfangen, das allzu leicht scheitern konnte. Auch wenn für Jack hier nur wenige Minuten vergangen waren, so ging in der Welt der Lebenden vielleicht bereits die Stunde ihrem Ende entgegen.

Er seufzte und lächelte dem Mädchen zu. Und sie erwiderte sein Lächeln. Worte mochten Menschen voneinander trennen. Doch eine einfache Geste brachte sie so leicht zueinander.

»Nimmt Ramses dich wieder mit?« Ein kleines Risiko gab es im Grunde immer. Wenn der Kater sich weigerte, Oz' Seele wieder zurückzutragen, blieb für ihn nur noch der Weg ins Jenseits.

»Natürlich«, erwiderte Oz und nahm den Kater auf den Arm. »Wir sind unzertrennlich.«

Die Pforte in der Zwischenwelt klaffte mitten in einer mächtigen Palme. Oz winkte dem Mädchen noch einmal zu, dann trat er über die Schwelle. Die Seelen, die sich auf der anderen Seite vor dem Durchgang des Mädchens versammelt hatten, schienen fort zu sein, als Jack und Oz wieder hinübertraten.

»Warum wart ihr so lange drüben?« Naima stand die Sorge ins Gesicht geschrieben. Akilah starrte neben ihr auf den Durchgang, als hoffte sie, dass auch ihre Enkeltochter wieder als lebender Mensch erscheinen würde.

»Wir sind nur einen Moment dortgeblieben«, antwortete Jack nachdenklich. »Da ist etwas im Gang, das mir nicht gefällt.«

»Hat es mit den Geistern zu tun, die hier sind?«

»Hier waren.« Jack sah sich um. Sie waren tatsächlich fort. Er musste unwillkürlich an die Seelen denken, die sie schon auf der Überfahrt bemerkt hatten. Einte sie alle dasselbe Ziel? Dann war die Pforte des Mädchens vielleicht nur eine Art Rastplatz gewesen und sie waren einfach weitergezogen. Oder sie hatten auf den Geist gewartet, für den sie entstanden war, um ihn mit sich zu nehmen.

»Ich glaube, das alles hier hat etwas mit unserem speziellen, rachsüchtigen Freund zu tun«, sprach Oz den Gedanken aus, den Jack so tunlichst hatte vermeiden wollen.

»Der Ifrit?« Naima schien es weit weniger Probleme zu bereiten, an ihn zu denken. »Wie kommst du darauf?«

»Das Mädchen.« Oz sah kurz zu Akilah, die wie verloren zwischen den Häusern stand. »Es hat mir eben gesagt, dass die Geister beim ersten Mal, als sie hatte hinübergehen wollen, von etwas … Dunklem gesprochen haben. Sie sind gerufen worden. Sollten weitere Geister sammeln. Sie wollten das Mädchen mit sich nehmen. Als sie sich gewehrt hat, haben sie es gewarnt. Ein Wort hatte dem Kind besonders viel Angst gemacht. Ein Wort, das auch der Ifrit benutzt hatte.« Er räusperte sich, als steckte es ihm im Hals fest.

»Was haben sie zu dem Mädchen gesagt?«, drängte Naima.

»Widersetze dich nicht der Schattenarmee.«

DIE FALSCHE GASSE

~~~~~~~~~

Akilah hielt Wort. Das Pulver, das sie Jack nach der Rückkehr in ihren Laden gab, roch zwar grässlich. Und als er es wie von ihr verlangt in Wasser auflöste und trank, brannte ihm die Flüssigkeit die Kehle wund. Doch sie erfüllte ihn tatsächlich mit genug Kraft, um beinahe zu vergessen, dass er den Fluch noch immer in sich trug. Eine Arznei, für die sie mit der Rettung der Seele ihrer Enkeltochter bezahlt hatten. Dann endlich, nach Ablauf der Woche, legte die Feluke von Hassans Onkel ab.

»Er wird nichts bemerken.« Oz ließ sich von Naima tragen, während sie neben Jack am Bug der Feluke stand und auf das Meer hinaussah. Sie plagte erkennbar das schlechte Gewissen, dass der Mann mit Katzengold bezahlt werden musste. »Du wirst sehen. Bis wir in Ra's al-Chaima sind, bleibt das Gold bestehen. Und dann kannst du sicher einen deiner Diener damit beauftragen, aus deinem Palast ein paar Pfund zu holen, um unseren tapferen Segler zu entschädigen.«

»Dirham«, erwiderte Naima in Gedanken versunken. »Wir zahlen nicht in Pfund.« Sie lächelte freudlos. »Noch nicht.«

»Ja, ja«, brummte Oz kleinlaut. »Natürlich.«

»Ich werde viel erklären müssen, wenn wir da sind.« Naima sah nicht so aus, als freute sie sich darauf. Kein Wunder. Sie konnte nicht wissen, ob Sir Hay von der Metropolitan Police nach den Ereignissen im Ministry of Souls dem Buckingham Palace gemeldet hatte, dass Naima entgegen der bisherigen Annahme nicht verstorben, sondern weiter am Leben war. Und sie wusste erst recht nicht, ob die Nachricht über das Meer bis in ihre Heimat gelangt war. Vermutlich trauerte man noch um die Familie des Emirs, die das Leben verloren hatte.

»Erzähle ihnen so wenig, wie du musst«, sagte Jack. »Extremisten haben deine Angehörigen getötet und Chaos in die Stadt gebracht. Der Ifrit hat sich alle Mühe gegeben, es so aussehen zu lassen. Warum sollen wir uns nicht dieser Lüge bedienen?«

»Warum soll ich nicht die Wahrheit sagen?«

Er konnte Naima ansehen, dass sie es verabscheute, dieses Spiel aus Lug und Trug mitzumachen. »Würde man dir glauben, wenn du von Ifriten berichtest? Von versklavten Seelen und einem Schattentor im Herzen Londons? Vom Marble Arch, durch den dich ein Kerl mit Zylinder vor einem Rachegeist gerettet hat? Und von einem vorlauten Archivar, der sich von dir herumtragen lässt?«

Sie lächelte unwillkürlich, als er ihr die Geschichte soufflierte, die sie erzählen müsste, um bei der Wahrheit zu bleiben. »Wenn ich jedoch keinem sage, was wirklich geschehen ist, sind wir auf uns gestellt. Und können wir alleine einen Ifriten besiegen?«

Jack antwortete nicht. Wie hätte er auch die Antwort kennen können? Sie lebten. Gut, er würde sterben, wenn sie kein Mittel gegen den Fluch des Ifriten fanden. Akilahs Pulver würde den Worten der Alten nach nur die Wirkung aufschieben. Und Oz war streng genommen bereits tot. Aber Naima lebte. Und das war mehr, als er hatte hoffen können.

Die Tage auf der Feluke vergingen so eintönig, dass Jack schon mit der Zeit durcheinanderkam, die sie über das Meer schaukelten. Naima hatte die einzige Kabine bezogen. Und obwohl er zusammen mit Oz und dem Besitzer des betagten Seglers, dessen wieherndes Lachen ebenso laut war wie sein nächtliches Schnarchen, eng beieinander unter Deck im Lagerraum schlafen musste, fühlte er sich mit jedem Tag lebendiger. Als endlich an einem Morgen, der so schön war, dass Jack den Ifriten und seine Schatten fast vergaß, die Küste von Ra's al-Chaima in Sicht kam, fühlte er sich beinahe wieder so, als wäre der Fluch nur ein dunkler Traum gewesen.

»Ich hätte nicht gedacht, dass ich noch einmal diesen Hafen sehen würde.« Naima stand neben ihm. Das Glück, das sie auf dem Gesicht trug, entschädigte Jack für den Tod, den er in sich trug. Die ganze restliche Fahrt erzählte sie Jack von den Menschen ihrer Heimat. Von den Gerüchen, die einen auf den Märkten umfingen. Von den verwinkelten Gassen. Und von der Besatzung. »Ich denke, wir sollten zusehen, dass wir direkt in den Palast gelangen. Die Soldaten deiner Königin haben ihre Augen und Ohren überall. Irgendwann werden sie von meiner Rückkehr hören. Aber ich denke nicht, dass es klug wäre, wenn sie vor der Ankunft im Palast auf mich aufmerksam würden.«

Grundsätzlich hatte Jack nichts gegen Soldaten, solange sie ihre Waffen nicht auf ihn richteten. Er hatte einmal ein paar von ihnen in London zu Gesicht bekommen, als er einen Uniformierten auf die andere Seite hatte begleiten müssen. Und er erinnerte sich lebhaft an die bedauernswerten Wachen im Buckingham Palace, die von Naimas geisterhaften Verwandten ermordet worden waren. Doch so viele Männer in Uniform wie hier waren ihm noch nie unter die Augen gekommen. Sie streunten wie Straßenkater durch den Hafen, inspizierten die Ladungen der Schiffe oder hielten Karren an, die von Eseln gezogen wurden und deren Güter vermutlich für den Seeweg bestimmt waren. Neben kleinen Feluken wie die, mit der Jack, Naima und Oz gekommen waren, ankerten auch einige deutlich größere Schiffe, deren Ladungen offenbar so wertvoll waren, dass die Männer in ihren roten Uniformjacken, die sie der sengenden Hitze zum Trotz stoisch am Leib trugen, sie gleich zu Dutzenden bewachten.

»Was ist denn da drin?«, fragte Oz, nachdem sie die Feluke verlassen hatten und an einem Schiff vorbeigingen, vor dem besonders viele Soldaten standen. »Das Gold der Queen?«

»Eher ihre Waffen«, erwiderte Naima bitter. »Seit sie unser Land besetzen, bringen sie sie her. Verteilen sie auf weitere Schiffe, die sie zu anderen Orten transportieren, an denen es Menschen gibt, die sterben sollen. Waffen haben auch hier eine lange Tradition. Meine Vorfahren waren … Piraten, würdet ihr wohl sagen. Die Qawasin. Sie haben unser Land gegründet. Keine besonders ruhmreiche Vergangenheit.« Sie lachte freudlos. »Irgendwann sind sie immer öfter auf die Briten getroffen und haben sich an ihren Schiffen vergriffen. Die Soldaten haben ihnen den Hafen und den unschuldigen Einwohnern die Freiheit genommen. Für die Taten einiger weniger mussten alle büßen. Ich glaube, im Grunde war unser Volk nicht unglücklich, dass die Piraten besiegt wurden. Doch es geschah nicht, um Menschen zu befreien, sondern um Handelswege zu sichern. Vieles von dem ist geschehen, bevor ich geboren wurde. Die Soldaten vernichteten mit ihren Kriegsschiffen die Flotte der Piraten und … gingen. Eine Weile schien es, dass mein Vater der Herrscher des Landes sei. Ich hatte von den Briten nur gehört, doch nie einen gesehen. Dann aber kehrten sie so plötzlich zurück, als hätten sie sich zufällig an ihre jüngste Eroberung erinnert.« Sie lächelte bitter. »Befreier gehen, Besatzer bleiben. Mein Vater war weit weniger angriffslustig als unsere Altvorderen. Er hatte sich immer für den Frieden eingesetzt. Für das Miteinander. Vergeblich. Jetzt wird er den Frieden nicht mehr erleben. Falls dieser jemals kommen sollte.«

»Das wird er.« Jack klang so überzeugt, dass er sich fast selbst geglaubt hätte. Doch ein Blick auf die Bewaffneten zeigte ihm, dass dieser Frieden noch lange auf sich würde warten lassen. Bis zu diesem Tag hatte er sich nie dafür geschämt, Brite zu sein. Nun aber sah er, wie rücksichtslos und herrisch sich seine Landsleute so fern der Heimat benahmen, und er spürte den Wunsch in sich, aus einem anderen Land als sie zu kommen. Eine Gruppe Uniformierter schlenderte nicht weit entfernt über den Kai und zwang jeden, der ihnen entgegenkam, auszuweichen. Selbst als sie den Weg einer alten Frau kreuzten, die ein Tablett mit Früchten geschickt auf dem Kopf balancierte, machten sie keinen Platz. Im Gegenteil. Einer der Männer tat plötzlich einen Schritt zur Seite, sodass die Alte ihm ausweichen musste und die Balance verlor. Unter dem Lachen der Soldaten fielen die Früchte auf den Boden und rollten in alle Richtungen fort.

Jack hätte erwartet, dass die Frau die Uniformierten beschimpfen würde. Doch sie blickte nur auf das Chaos um sich und begann, gleichmütig alles aufzuheben, was heruntergefallen war. Gleichmütig oder gebrochen? Jack ballte eine Hand zur Faust. Gut, das da waren vier Männer. Und wenigstens zwei von ihnen sahen aus, als wüssten sie, wie man ordentlich zuschlug. Aber er konnte nicht einfach nur zusehen. Er trat einen Schritt vor. Und spürte eine Hand auf seinem Arm.

»Nicht«, wisperte Naima. Sie hatte die Lippen so fest aufeinandergepresst, als wollte sie verhindern, dass sie die Soldaten anstelle der Alten beschimpfte. »Du machst es nur schlimmer.«

»Aber …«, begann er, doch sie drückte seinen Arm und schüttelte leicht den Kopf.

»Wer sich gegen sie auflehnt, wird verhaftet. Und nicht alle, die verhaftet werden, kehren zurück.« Sie zog Jack zurück. »Sie bringen uns die Zivilisation, musst du wissen.«

»Gott schütze die Königin«, hörte Jack Oz aus Höhe seiner Knöchel sagen. »Ich könnte ihnen ein paar hässliche Furunkel an den …«

»Nicht auffallen. Nie in der Öffentlichkeit«, rezitierte Jack aus dem Handbuch für Soulmen und atmete tief durch. »Vielleicht würde man mit mir weniger hart umspringen als mit einer Einheimischen. Aber offiziell sind wir gar nicht hier.« Er seufzte.

Einer der Soldaten sah zufällig in ihre Richtung und runzelte die Stirn. Der Anblick eines Engländers, zumal wenn dieser eine gewagte Kombination aus arabischer Kleidung und einem Zylinder trug, war an diesem entlegenen Ort der Welt sicher mehr als auffällig. Abgesehen davon war Jack in Begleitung einer Wüstenfrau. In diesem Moment war er erleichtert darüber, dass Naima nicht als Prinzessin des Emirats auszumachen war. So einfach, wie sie gekleidet war, konnten sicher nicht einmal die glühendsten Anhänger des Emirs und seiner Familie erkennen, wer sie war. Und dennoch … Sie war in Begleitung eines Engländers unterwegs. Und das lenkte unweigerlich neugierige Blicke auf sie. Er mochte in der Tat paranoid sein. Aber er fühlte sich verfolgt. Beobachtet. Sicher würde man Naima ohne ihn nicht bemerken. Sie waren nun nicht mehr unterwegs, sondern so gut wie am Ziel. Er würde es nicht vermasseln. »Wir sollten uns für diese allerletzte Etappe trennen«, wisperte er und zog Naima mit sich aus der Sicht des Soldaten.

»Ich bleibe bei der Prinzessin und beschütze sie mit meiner Macht«, raunte Oz.

Jack hob eine Augenbraue und wollte etwas dazu sagen, doch dann nahm in seinem Kopf eine neue Regel der Soulmen Gestalt an. *Streite nie mit einem Kater.* Wenn man sich auf dieses Niveau herabließ, war man dem Wahnsinn vermutlich sehr nahe. »Du nimmst das Kätzchen«, sagte er stattdessen an Naima gewandt. »Und ich komme in ein paar Stunden nach. Der Plan bleibt ansonsten derselbe«, erinnerte er sie an die kleine Geschichte, die sie sich auf der Feluke zurechtgelegt hatten. »Du hast mit einem Nachrichtendienstmitarbeiter das Land verlassen können. Ein Gentleman, der weiß, wer du wirklich bist. Wir können nicht sicher sein, welche Information der Palast zum Tod deiner Familie hierhergeschickt hat. Aber sie werden entweder ein Verbrechen oder einen Unfall anführen. Bleib also bei unserem Plan. Nimm unsere Reisetasche mit dir. Dein Begleiter«, Jack sah zu den Uniformierten, die weiterschlenderten und die Alte, die sich nun ihr

Tablett wieder auf den Kopf legte, keines Blickes mehr würdigten, »ist bei den lokalen Amtsträgern, um sich zu melden.«

»Du? Ein Gentleman?«

Jack konnte hören, dass sich Oz nur mühsam das Lachen verkniff.

»Du siehst aus, als würdest du mit einem Zirkus durch die Welt reisen. Und zwar als Clown. Du ... au!«

Jack schenkte Naima ein schiefes Lächeln und nahm den Fuß von Oz' Schwanz. »Du wirst sehen, alles geht gut aus.« Er sah zum Palast, der sich in einiger Entfernung über die niedrigen Häuser der Stadt erhob. »Und erzähle niemandem etwas von einem Ifriten.« Er blickte ihr fest in die Augen. »Keine Angst. Dir wird nichts passieren.«

»Ich fürchte mich nicht meinetwegen«, erwiderte sie ernst. »Ich bin hier zu Hause. Aber du nicht. Komm wieder. Das ist ein Befehl.« Sie lächelte ihn an. Und küsste ihn.

Jack sah sich nicht mehr um, als er Naima und Oz verließ. Er wusste nicht recht, wo er hingehen sollte. Blieb er zu dicht an den Uniformierten, so würden sie ihn unweigerlich bemerken. Hielt er sich von ihnen fern, wäre er alleine unter Fremden. *Nein, Jack*, verbesserte er sich. *Du bist der Fremde.* Er spürte ihre Blicke auf sich wie tastende Finger. Ihre Haut mochte ein wenig dunkler sein als die der Menschen, die er sonst zu Gesicht bekam. Die Haare schwarz wie mit Kohle gefärbt. Und statt Pferden zogen Esel ihre Karren. Doch ihr Leben schien sich nicht wesentlich von dem zu unterscheiden, das zumindest die einfachen Leute in London führten. Kinder spielten. Frauen und Männer eilten geschäftig durch die Straßen. Nur der Himmel, der sich über allem spannte, war nicht so grau wie der Londons, sondern makellos blau.

Du siehst aus, als würdest du mit einem Zirkus durch die Welt reisen. Und zwar als Clown. Oz hatte nicht ganz unrecht. Schnell bemerkte Jack, dass er viel Aufmerksamkeit von den Einheimischen erregte, während er durch die Straßen schlenderte und so tat, als befände er sich auf einem Spaziergang. Zu viel für seinen Geschmack. *Was hast du erwartet?*, fragte er sich. *Dies hier ist nicht Whitechapel.* Dort hätte er so mühelos in die Gassen eintauchen können wie ein Fisch in einen See. Sogar mit seinem geliebten Zylinder. Doch an diesem Ort der Welt schrie alles an ihm *Fremder*. Jack bog in eine einsame Straße ein, die so schmal war, dass das Licht nur spärlich zwischen die betagten Häuser fiel. Vollgehängte Wäscheleinen waren von einer Seite zur anderen gespannt. Ein paar Katzen streunten herum und musterten ihn, als schätzten sie ab, ob er ihnen etwas zu fressen geben würde. Niemand war in Jacks Nähe. Das hier war deutlich besser. Hinter ihm drang der Lärm des Tages wie ein fernes Rauschen über das buckelige Pflaster. Laute Stimmen. Das Blöken der Kamele. Die ganze Stadt schwirrte wie ein Bienenstock. Jack ging weiter, fort von neugierigen Augen, die ihm zu viel Aufmerksamkeit schenkten. Die schmale Straße bog nach links, und als Jack ihr folgte, fand er sich auf einem kleinen Platz wieder. Vielleicht gab es hier an manchen Tagen einen Markt. Der Platz wurde an allen Seiten von Häusern gesäumt. Vier Straßen führten auf ihn zu, und er schien menschenleer. Der Schweiß rann Jack unter dem Hut über die Stirn und biss ihn in die Augen. Er wollte im Schatten einer Palme, deren Wedel sich im Wind bewegten, der sanft über den Platz zog, ein wenig Schutz vor der Hitze suchen. Aus dem Augenwinkel aber bemerkte er den Schatten. Er fürchtete schon, dass der Ifrit und seine Diener ihn aufgespürt hätten. Doch dann sah er die Gestalt, die zu dem Schatten gehörte. Der Mann war vielleicht zwanzig Jahre alt. Er trug eines der fremdländischen Gewänder, in die sich hier sowohl Männer als auch Frauen kleideten. Die Waffe in seinen Händen aber kam

Jack vertraut vor. Ein Gewehr, wie es sonst nur die Soldaten der Königin benutzten. Der Mann hatte sich in einem Hauseingang versteckt. Und plötzlich erkannte Jack noch weitere Verborgene, die er zuvor übersehen hatte. Sie sahen aus wie der Kerl mit der Waffe. Und sie trugen ebenfalls jeder ein Gewehr. Acht Männer zählte Jack insgesamt. Und ihre Blicke richteten sich auf ihn. *Verdammt*, dachte er. Er hatte die falsche Gasse gewählt. Er wich unwillkürlich zurück. Von der Straße her, durch die er gekommen war, drang die leise Stimme eines Mannes. Jemand kam. Jack wirbelte herum und lief auf die Stimme zu. Vielleicht ein weiterer Angreifer. Dann war er in eine Falle getappt. Oder war er nur zur falschen Zeit am falschen Ort? Es war gleich. Ohne weiter nachzudenken, sprang er auf den Mann zu, ehe dieser den Platz erreichte. Er war in der Tat bewaffnet.

Mit genügend Abstand war ein Gewehr eine tödliche Waffe. Doch wenn man es in Händen hielt und der Gegner direkt vor einem stand, war es bloß lästig. Der Mann versuchte noch, wieder ein wenig Distanz zwischen Jack und sich zu bringen, um sein Gewehr abzufeuern. Doch Jack war schneller. Er zog den Mann energisch zu sich und stieß ihm seine Stirn so hart gegen die Nase, dass er sie brechen hörte.

Benommen taumelte der Kerl zurück.

Jack riss ihm die Waffe aus den Händen und hieb ihm den Kolben gegen die Schläfe. Der Mann sank in sich zusammen und rührte sich nicht mehr.

Die Mühe, den zu Boden Geschlagenen zu verstecken, machte sich Jack nicht. Die anderen Angreifer hatten sicher mitbekommen, dass es zu einem Kampf gekommen war. Und er wollte weit weg von hier sein, wenn …

Laute Stimmen unterbrachen seine Gedanken. Stimmen, die er verstand. Verdammt, wer sprach denn an diesem Ende der Welt seine Sprache? *Soldaten*, gab er sich selbst die Antwort. Die Falle musste für sie gestellt worden sein. Dies war vermutlich auch der

Grund dafür, dass noch keiner der in den Hauseingängen Verborgenen sein Versteck verlassen hatte. Und jetzt? *Flieh, Jack*, rief er sich in Gedanken zu. *Dies ist nicht dein Krieg.* Nein, das war er nicht. Und dennoch konnte Jack nicht einfach davonlaufen. Verflucht, wieso rannte er nicht weg und überließ die Soldaten ihrem Schicksal? Unschuldig waren sie bestimmt nicht. Wäre er noch im Dienst des Ministeriums, hätte er sich hinter den Regeln verstecken können. Es gab genügend, die er in dieser Situation hätte beachten müssen. *Verändere nichts. Nie auffallen.* Und dennoch lief er in die falsche Richtung.

Mit einem lauten Schrei betrat Jack wieder den Platz. Die Soldaten kamen tatsächlich aus einer der Straßen, die hier endeten, und blieben wie angewurzelt stehen. Der Anblick musste verstörend sein. Ein Mann mit einem englischen Zylinder und arabischer Kleidung sprang wie ein kreischender Irrer vor ihnen herum und fuchtelte dabei mit einem Gewehr.

»Das ist eine Falle«, schrie Jack, so laut er konnte.

Eine Falle, die nicht zuschnappen würde dank ihm.

Die Bewaffneten, die offenbar auf das Eintreffen der Soldaten gewartet hatten, lösten sich weit schneller aus ihrer Starre als die Männer in den roten Uniformjacken.

Die ersten Schüsse erklangen fast noch zaghaft. Doch schon nach wenigen Augenblicken wurden sie von den britischen Soldaten erwidert, die zurück in die Straße wichen, aus der sie gekommen waren, um dort Schutz zu suchen.

Einen Moment blieb Jack einfach stehen und betrachtete das Chaos. In London hatte er mehr Gewalt zu Gesicht bekommen, als ihm lieb war. Doch nie zuvor hatte er den Krieg gesehen. Und dies hier war ein Krieg. *Was stehst du hier herum?*, schalt er sich. *Willst du auch noch auf die Männer schießen?* Jack riss den Blick von dem Durcheinander los. Schreie mischten sich in die Schüsse. Ein Angreifer, der sich in einem der Hauseingänge verborgen hatte, fiel, als ihn eine Gewehrkugel traf. Fast im Gegenzug sank einer der Soldaten leblos zu Boden. Es war Jack unmöglich zu sagen, wer hier gewann. *Setz dich in Bewegung, Jack,* trieb er sich an. Er warf sein Gewehr fort, machte auf dem Absatz kehrt und lief los.

Das Surren, das mit einem Mal an sein Ohr drang, klang wie das einer wütenden Mücke. Und der Schmerz, den er an der Stirn fühlte, war kaum größer als der eines Insektenstichs. Dann aber spürte er seine Beine einknicken.

Und alles wurde dunkel.

IM PALAST

Türme, die sich wie riesige Bäume in den Himmel reckten. Ein gewaltiges Kuppeldach, das sich so majestätisch spannte, als würde es den Herrn der Welt beherbergen. Und eine schneeweiße Mauer, die den schönsten Garten umschloss, den Naima sich vorstellen konnte. In der Mitte der Mauer lag das große Tor. Sie musste nur hindurchgehen, dann war sie zu Hause. Und dennoch ...

»Was hast du?«

Naima sah zu Oz hinab, der ihr um die Beine strich. Dann blickte sie wieder zu dem Palast, der sich vor ihr erhob. Auf der prachtvollen Straße, die auf ihn zuführte, gab es keine Spur der Besatzer. Alles schien trügerisch friedlich. Als gehörte das Land einzig den Menschen, die in ihm lebten. Dies war ihr Zuhause. Und der Ort, an dem der Ifrit sie in der Zwischenwelt gefangen gehalten hatte. Ihr Herz schien sich nicht entscheiden zu können, ob der Anblick des Palastes es beglückte oder ängstigte.

»Sie werden sich doch freuen, wenn du heimkehrst«, sagte der Kater. »Und ich.«

Naima hob eine Augenbraue. »Du?« Sie zog das Tuch, mit dem sie ihr Haar bedeckte, ein wenig enger, als wollte sie nicht erkannt werden. Akilah hatte es ihr gegeben, und Naima schien darunter zu verschwinden, als wäre es ein Zaubertuch.

»Na ja«, erwiderte Oz. »Den Kater eben. Für Ramses ist dies hier ... sein Königreich. Ehrlich gesagt«, er senkte die Stimme, als könnte jemand mithören, »ist er recht eingebildet.«

Wäre es möglich gewesen, hätte Naima ihre Augenbraue noch weiter angehoben. »Na so was. Gut, dass du die Bescheidenheit in Person bist.«

»War ich schon immer«, behauptete Oz. »Und, gehen wir rein?«

Naima zögerte. Dies war ihr Heim. Hier war sie sicher. Oder? Nein, vor dem Ifriten gab es keine Sicherheit. Nirgends. Weder im Diesseits noch in der Zwischenwelt.

»Hey, was steht ihr da herum? Hier wird nicht gebettelt.«

Naima wandte sich um und sah einen Mann, der mit einem Gefolge aus Trägern, die Ballen von Seide und Brokat mit sich führten, die Straße entlangschritt. Sein Gewand wies ihn als Wesir aus. Sie erinnerte sich an sein Gesicht. Er war einer derjenigen, der die alten Tage noch erlebt hatte. Die Zeit vor der Besatzung. Die Zeit, in der die Herrscher von Ra's al-Chaima beinahe ebenso gierig wie die Briten gewesen waren und die Region mit ihren Raubzügen auf See in Angst und Schrecken versetzt hatten. Es war eine Ironie des Lebens, dass am Ende einer Reihe von Seeräubern ein friedliebender Emir gestanden hatte, dessen Ideale durch die britische Herrschaft nun mit aller Härte unterdrückt wurden.

»Früher waren die Wesire weitaus höflicher«, erwiderte sie ruhig.

Die Mienen der Bediensteten offenbarten Verwunderung und Verwirrung. So sprach niemand mit einem Würdenträger. Auch wenn dessen Würde offenbar ein wenig ... matt geworden war.

»Mutige Worte von zwei Straßenkatzen«, sagte der Wesir streng. Es gab einige, die eine Frau für diese mutigen Worte hätten bestrafen lassen. Der Mann vor ihr aber zählte nicht dazu. Er begnügte sich mit ein paar Beleidigungen.

»Manche Straßenkatzen sind mehr, als sie auf den ersten Blick scheinen«, sagte Naima. Sie zog sich das Tuch vom Kopf, und der Mann vor ihr wirkte, als hätte er einen Geist entdeckt.

Für einen Moment glaubte Naima, dass sein Herz aufhören würde zu schlagen, so erschrocken sah er sie an.

Dann aber fiel er vor ihr auf die Knie. Tränen rannen über seine Wangen. »Wie kann das sein?«, fragte er mit brüchiger Stimme. »Es hieß, Ihr wäret gestorben. Seid Ihr aus dem Reich der Toten zurückgekehrt?«

»Das könnte man so sagen«, erwiderte Naima.

Und dann fing auch sie an zu weinen. Sie war zu Hause. Endlich.

Wie ungläubig sie alle anstarrten. Der Wesir hatte einen der Träger vorausgeschickt, um von der unverhofften Rückkehr der Prinzessin zu berichten. Dann war er mit ihr an den Palastwachen vorbei durch das Tor in der Mauer geschritten, als wäre dies ein Staatsbesuch. Es gab kein Protokoll für den Fall, dass ein totgeglaubtes Mitglied der Herrscherfamilie heimkehrte. Wachen liefen auf sie zu, als müsste Naima von einem unsichtbaren Verfolger beschützt werden. Diener kamen eilig herbei und brachten Wasser und Früchte. Der halbe Hofstaat schien aus dem Palast zu stolpern, um das Wunder mit eigenen Augen zu sehen. Kein besonders unauffälliger Auftritt. Aber es war auch kaum zu erwarten gewesen, dass Naima ohne Aufsehen zurückkehren konnte. Blieb nur zu hoffen, dass der Ifrit und seine Diener nicht mitbekamen, dass sie hier war. Unbehaglich sah sie sich um, doch keiner der Schatten, die von der Sonne auf den Boden und die Wände gemalt wurden, regte sich.

»Ihr müsst Euch nicht fürchten«, sagte der Wesir fürsorglich. Er war nicht von ihrer Seite gewichen, und sie hatte ihm in knappen Worten erzählt, was sich angeblich in London ereignet hatte. »Die Mörder Eures Vaters werden diesen Ort nicht betreten können.«

Wie gerne hätte sie das geglaubt. Naima erwiderte nichts darauf, doch sie schärfte dem Wesir ein, dafür zu sorgen, dass über ihre Rückkehr aus Gründen der Sicherheit Stillschweigen bewahrt würde. Und dass er Hassans Onkel einen weiteren Lohn bringen lassen sollte. Einen, der nicht wieder zu Stein werden würde. Wie in einem Traum kam sie sich vor, als sie in den Palast geführt wurde. Zu ihren Gemächern, wo Dienerinnen sie schon erwarteten, um ihr frische Kleidung zu bringen.

»Der Emir wünscht, Euch so bald wie möglich zu sehen«, sagte eine von ihnen.

Naima nickte wortlos. Dann befahl sie der Frau, Oz mit sich zu nehmen und ihm etwas zu fressen zu geben. Sie legte sich auf ihr Bett und fühlte, wie müde sie war. Sie dachte an Jack, der den Tod im Herzen trug und hoffentlich bald zu ihr kommen würde. Ehe die letzte Dienerin den Raum verließ, gab sie ihr die Beschreibung von Jack und wies sie an, die Wachen zu instruieren. Sie sollten Ausschau nach dem Mann halten, dem Naima ihr Leben verdankte.

Nur allzu gerne hätte sie geschlafen. Sich ein paar Stunden trügerischer Ruhe gestohlen. Doch ihr Gemach erinnerte sie zu sehr an den Ort in der Zwischenwelt, an dem der Ifrit sie gefangen gehalten hatte. Der Gedanke an ihn und an Jack ließ sie schon nach kurzer Zeit wieder aufstehen und sich die neuen Sachen anziehen. Ein Kleid, das so opulent war, als kämen Staatsgäste zu Besuch. Sie war nicht hier, um sich in Sicherheit zu wiegen. Oder um auf den Tod zu warten, den der Rachegeist für sie plante. Sie war hier, um einen Weg zu finden, ihn zu besiegen. Besser, sie fing so schnell wie möglich damit an. Sie musste nach dem Buch suchen, von dem sie hoffte, dass es hier existierte. Oder nach einem anderen, das ihr von den Flüchen der Ifriten erzählte. Doch zunächst galt es, ihren Bruder zu begrüßen. Sie trat auf den Flur und winkte eine der Dienerinnen heran. »Sagt dem Emir, dass ich bereit bin. Und bringt mir meinen Kater, sobald er aufgefressen hat.«

Alles kam Naima so vertraut vor, als wäre sie erst gestern hier gewesen. Der Flur, der zum Thronsaal führte. Der Saal selbst, an dessen Ende der Thron stand, auf dem Naimas Vater, seit sie denken konnte, gesessen hatte. Nun, sie hatte in der Tat vor nicht allzu langer Zeit all dies schon einmal gesehen. Aber in der Madinat almutaa herrschte nicht ein Emir, sondern ein Ifrit über diesen Palast. Bei dem Gedanken an ihn ballte Naima unwillkürlich die Hände zu Fäusten.

»Ganz ruhig«, schnurrte Oz. Der tote Archivar saß neben Naima auf dem kalten Marmorboden und sah zu ihr empor.

Sie nickte wortlos und atmete tief durch.

Ein kleiner Wesir, dessen Aufgabe darin bestand, dem Emir die Besucher zu nennen, hatte die Tür geöffnet und ihre Namen verlangt. Ab hier galt offenbar das übliche Protokoll, auch wenn er ihr freudig zuzwinkerte und dann schnaufend durch den Thronsaal lief, um seinen Herrn zu holen. Er erinnerte sie von hinten an einen kleinen, dicken Hund. Unwillkürlich musste sie lächeln.

»Na bitte, geht doch«, hörte sie Oz von unten raunen.

Sie hob eine Augenbraue. »Hieß es nicht *Keine Aufmerksamkeit?* Sei besser still.«

»Es ist niemand da, der uns hören könnte, oder? Und es beherrscht hier ja wohl kaum einer Englisch.«

»In jedem Palast gibt es Ohren, die du nicht siehst. Augen, die dich verstohlen mustern. Du bist nie alleine. Nie unbeobachtet. Und ein Kater, der spricht, gleich in welcher Sprache, wird zu alten Hexen gebracht, die ihn den Luftgeistern opfern.« Sie lächelte Oz an, der sie verwirrt anstarrte.

»Miau.«

Der Wesir kam eilig zurückgelaufen und verbeugte sich keuchend vor Naima. »Euer Bruder, der Emir, wünscht, Euch nun zu sehen.«

Naima straffte sich. Das Protokoll ging weiter. Es sperrte die Menschen ein und zwang sie, sich wie Figuren in einem der Schattentheater zu verhalten, die in den Kaffeehäusern der Stadt aufgeführt wurden. Jede Bewegung einstudiert. Sie folgte dem Wesir, der diesmal in gemessenem Schritt auf den Thron zuging. In der Madinat almutaa hatte dieser Ort verfallen ausgesehen. Hunderte Jahre alt. Das Muster, das hier glänzend wie die Ranken einer verzauberten Pflanze über die Wände trieb, war dort matt und brüchig gewesen.

An diesem Ort waren immer Menschen. Wachen. Diener. Wesire. Speichellecker. So auch jetzt. Naima fühlte ihre ungläubigen Blicke wie Finger auf der Haut. Nicht alle waren voller Freude. Die Familie des Emirs hatte Feinde. Manchen ging es um Macht, manchen um Krieg. Die einen wollten in der Hierarchie am Hof aufsteigen und waren wütend darüber, auf einer bestimmten Stufe festzusitzen. Andere wollten sich gegen die Besatzer offen auflehnen und hatten Naimas Vater für dessen Friedenskurs verdammt. Abdal, ihr treuer Diener, der nun selbst in der Madinat almutaa als Geist weilte, hatte ihr beigebracht, den Blick stolz nach vorne zu richten. *Eine Herrscherin sieht immer auf den Weg, den sie geht. Nie zur Seite. Nie zurück.* Sie kannte jede seiner Lektionen auswendig. In der Welt der Geister hatte der Ifrit auf dem Thron gesessen. Dem Thron, der eigentlich Naimas Vater gehört hatte. Und auch hier saß nicht er auf dem Herrschersitz. Sie verbeugte sich vor ihrem Bruder. Als sie den Blick hob, erkannte sie in seinen Augen die ungetrübte Freude darüber, dass sie wieder hier war. »Hoheit«, sagte sie in ergebenem Tonfall. Nur in den privaten Gemächern war es ihr gestattet, die Mitglieder der eigenen Familie beim Namen zu nennen. Sie …

»Naima.« Der junge Emir klatschte vor Freude in die Hände und sprang von seinem Thron auf. Mit einem Lachen lief er die Handvoll Stufen, die zu dem Herrschersitz führten, hinab und umarmte Naima. »Ich hätte nie gedacht, dass du …« Seine Stimme brach, als säßen ihm die ungesagten Worte wie Splitter in der Kehle. Statt weiterzureden, umarmte er sie weiter so heftig, dass Naima fürchtete, keine Luft mehr zu bekommen.

»Amir«, sagte sie überwältigt vom überraschenden Bruch des Protokolls. Und sah nun doch verstohlen zur Seite. Niemand im Thronsaal wagte es, dem Emir und seiner Schwester verwunderte Blicke zuzuwerfen. Naima konnte ihnen die Missbilligung dennoch von den Gesichtern ablesen. Und sie glaubte, eine von Abdals Lektionen zu hören. *Verliere nie die Fassung. Eine Herrscherin zeigt keine Schwäche.* Sie beschloss, alles Gelernte für einen Moment zu vergessen. Sie war hier. Und sie lebte, ebenso wie ihr kleiner Bruder. Sie erwiderte die Umarmung und das Lachen und die Freude, die Amir ihr schenkte. Widerstrebend löste er sich von ihr und lächelte sie an. Dann aber fiel ein Schatten über sein junges Gesicht, und die dunklen Augen füllten sich mit Traurigkeit. »Erzähle, was geschehen ist.« Er ging zurück zu seinem Thron und klatschte. »Ein Kissen für die Prinzessin.«

»Und für ihren Kater«, raunte Oz leise.

Der Emir wandte sich um und sah verwundert zu Naima. »Und für den Kater«, sagte er tatsächlich.

»Also, ich mag ihn«, wisperte Oz.

»Hast du etwas gesagt, Schwester?«, fragte Amir und klang leicht verwirrt. Dabei glitt sein Blick zu Oz.

»Miau.«

Auf ein erneutes Klatschen des Emirs hin verließen die meisten der Anwesenden den Thronsaal. Nur die engsten Berater und der oberste der Wesire blieben. Diener brachten Sitzkissen und Schalen voller Süßigkeiten. Mit Rosenwasser parfümierte Baklaua, haarfeine Kunafah, Sesamkekse, Gazellenhörnchen, von denen der Zucker wie Silberstaub auf die Finger rieselte. Alles schmeckte herrlich und nach glücklichen Erinnerungen. Und doch vermochte keines der kleinen Kunstwerke Naima die Finsternis aus dem Herzen zu treiben, als sie erneut und diesmal ausführlicher berichtete, was geschehen war. Die Geschichte, die sie sich auf dem letzten Stück ihrer Reise gemeinsam mit Jack zurechtgelegt hatte, enthielt keine Ifriten. Keine Schatten. Keine

Madinat almutaa. In ihr gab es nur Extremisten, die den Emir und seine Familie umgebracht hatten, um den Krieg herbeizuführen, den Naimas Vater hatte verhindern wollen. Sie berichtete von einem Engländer, der sie gerettet und tief im Herzen der Stadt verborgen hatte. Der es auf sich genommen hatte, sie im Geheimen nach Hause zu bringen, weil Naima fürchtete, an keinem Ort der Welt, außer in Ra's al-Chaima, wirklich in Sicherheit zu sein. Durch die Fenster schien die Sonne warm hinein und brachte das Muster auf den Wänden zum Leuchten. Naima nahm sich ein Stück Kunafah und kostete die Süße der dünnen Fäden, um die Bitterkeit ihrer Worte nicht schmecken zu müssen.

»Und sie sind alle umgebracht worden?«

Sie hätte Amir fast die Wahrheit gesagt und musste husten. Dann besann sie sich auf die Lüge, die alles besser erklärte. »Ja«, sagte sie so leise, als fürchtete sie den Klang ihrer eigenen Stimme. »Das Unglück war ein Anschlag.«

Amirs Miene verfinsterte sich, als wäre die Nacht über seinem Gesicht aufgegangen. »Wir werden die Mörder finden«, versprach er heiser vor Wut.

Die Mörder? *Nein,* wollte Naima schreien. *Es gibt nur einen. Und den darfst du nicht suchen, Bruder!* Doch sie zwang sich, ungerührt zu bleiben. »Ich möchte wieder zu Kräften kommen«, sagte sie mit gekünstelter Schwäche. Es fühlte sich nicht gut an, die kleine Prinzessin zu spielen. Doch in dieser Rolle besaß sie die Freiheit, die sie brauchte, um Jack hoffentlich vor dem Tod zu bewahren. Bei dem Gedanken an ihn fröstelte es sie. Warum war er noch nicht da? »Mein Retter«, ergänzte sie. »Er ist in der Stadt. Er wollte sich bei seinen Landsleuten melden. Er ist ein Held.« Sie überhörte das spöttische Hüsteln von Oz.

»Es wird mir eine Freude sein, seine Bekanntschaft zu machen, wenn er hier eintrifft. Der Kommandeur der britischen Armee kommt ebenfalls gelegentlich in den Palast, um sich mit mir … auszutauschen.« Amir war, seit Naima denken konnte, so freundlich, dass er trotz seiner achtzehn Jahre manchmal wie ein Kind wirkte. Die kleine Lüge gelang ihm daher nicht recht. Austausch. Es klang wie ein Gespräch unter Gleichen. In Wahrheit aber würde der Kommandeur nur kommen, um Amir Anweisungen aus London zu geben. Anweisungen, die unter höflichen Floskeln verborgen wurden. Im Grunde waren sie alle, jeder Mann, jede Frau, eingesperrt im eigenen Land. Für einen Moment war sie wieder in der Madinat almutaa und sah sich selbst im Angesicht des Ifriten. Hörte seine hasserfüllten Worte über die Besatzer des Landes, in dem er einmal als Mensch geboren worden war. *Ich bringe lediglich den Krieg, den sie auf ihre Schiffe geladen und über das Meer gefahren haben, zurück in ihre eigene Heimat. Denkt an die Menschen, die Euch vertrauen, Prinzessin. Wollen sie kämpfen oder geknechtet werden?* Jedes seiner Worte kam ihr wieder in den Sinn, als hätte sie diese auswendig gelernt wie ein Gedicht. Tief in ihrem Herzen gab es einen Ort, an dem seine Worte wurzelten. An dem sie austrieben und wuchsen. *Nein*, dachte sie. So wie er wollte sie nicht werden. Nicht vom Hass verzehrt werden. »Besser, du sagst nichts über meine Rückkehr, Bruder. Noch nicht.« Sie sah ihm an, dass er irritiert war. Doch er nickte. »Was haben sie dir über den Tod unserer Familie gesagt?« Es kostete Naima viel Kraft, die Wut in ihrem Herzen zu bändigen. Die Worte des Ifriten daran zu hindern, es in Brand zu stecken.

»Der Kommandeur kam mit einer Nachricht aus London zu uns. Es ist schon einige Zeit her. Er hat behauptet, dass es einen Unfall gegeben habe. Ein«, er runzelte die Stirn, »Zugunglück. Angeblich hatte sich unser Vater mit euch den Bau eines Bahnhofs zeigen lassen. Und dabei ist ein Zug entgleist.« Er lächelte bitter. »Das Unglück hat uns ein Informant später bestätigt. Bis heute Morgen habe ich glauben wollen, dass es stimmte. Dass man uns keine Lügen erzählt hat.« Doch nun weiß ich, dass es kein Unglück, sondern ein Mordanschlag war. »Die Soldaten der Briten haben sich zunächst gemäßigter gegeben. Zumindest in der Zeit der Trauer. Doch danach waren sie wie früher. Schlimmer noch. Überheblich. Rücksichtslos. Ich glaube, sie fürchten Rache für den Tod unseres Vaters und unserer Onkel und Tanten. Und unterdrücken uns mehr als zuvor.«

»Und der Diener ist auch tot«, hörte Naima Oz raunen.

Amir schien zu sehr mit seinen Gefühlen beschäftigt, um den sprechenden Kater zu bemerken. »Deine Rückkehr wird sich vor den Briten aber nicht lange geheim halten lassen. Doch auch solange keiner ahnt, dass du wieder hier bist, solltest du dich besser nicht draußen zeigen. Wer immer hinter dem Mord steckt, wird womöglich versuchen, auch dich und mich zu töten. Und hier bist du sicher.« Er lächelte sie aufmunternd an. »Ich werde dich Tag und Nacht bewachen lassen. Niemand wird an dich herankommen.«

Wortlos nickte Naima. Sie dachte an den Ifriten. An die Schatten. Und daran, dass sie in keiner Welt und zu keiner Zeit sicher war. Nun, ein paar Tage hatte sie sicher, bis sich ihre Rückkehr nicht mehr geheim halten ließ. Und in diesen Tagen würde sie einen Weg finden, den Ifriten zu besiegen. Das musste sie.

»Warum ich?«

In Gedanken sah Naima den pummeligen Archivar mit dem rabenschwarzen Haar und der Brille vor sich stehen und die Hände auf die Hüften pressen.

»Weil ich ihn nicht suchen kann«, erwiderte sie leicht genervt.

»Er wird schon kommen.« Oz machte sich offenbar keine Sorgen um Jack.

Im Gegensatz zu Naima. Es war zu viel Zeit vergangen, seit sie sich am Hafen getrennt hatten. Viel zu viel.

»Bitte.« Sie sah den Kater eindringlich an. »Ich würde selbst nach ihm suchen. Aber ich bin hier genauso eingesperrt wie in der Zwischenwelt. Dich jedoch wird niemand bemerken. Ein Kater kommt und geht, wann er will.«

»Ich finde, ich sollte dich beschützen«, versuchte es Oz, doch dann seufzte er. »Na gut. Ich mache mich auf den Weg. Irgendwo wird er schon sein. Und was wirst du solange tun?«

Naima dachte an das Buch des Sterbens. »Ich werde in die Bibliothek gehen und lesen.«

EINE SPUR DES BLUTES

Die Stadt wirkte ebenso vertraut wie fremd auf Oz. Manchmal kam er ein wenig durcheinander, wenn sich die Erinnerungen des Katers mit seinen eigenen vermischten. In Ramses' Gestalt bewegte er sich automatisch so sicher durch die Straßen und Gassen, als wäre er der Herrscher dieses Landes und nicht Naimas Bruder. Sie hatte recht gehabt. Niemand hatte ihn bemerkt, als er zusammen mit einem Wesir und fünf Trägern aus dem Palasttor geschlüpft war. Der Mann war mit seinem dicken Bauch und dem schneeweißen Bart so erhaben an den Wachen vorbeistolziert, dass diese Haltung angenommen hatten, als würde der Emir persönlich aus dem Palast treten. Schon an der nächsten Straßenecke war Oz abgebogen. Er fand es naheliegend, mit seiner Suche beim Hafen zu beginnen. In Gedanken formulierte er diesen Wunsch mit einer Mischung aus Bildern und arabischen Worten, als könnte der Kater, dessen Bewusstsein im Hintergrund schläfrig vor sich hindämmerte, nur diese Sprache verstehen. Oz wusste nicht, ob das überhaupt nötig war. Bislang hatten der Kater und er zumindest auf diese Weise gut miteinander ... sprechen können.

Als Oz jedoch den Hafen erreichte und die Straßen rund um den Punkt absuchte, an dem sie sich von Jack verabschiedet hatten, fand er nur eine alte, beinahe verblasste Spur des Soulman. Das Riechen war noch immer eine verwirrende Erfahrung für Oz. Ramses schien so viel mehr von der Welt mit seiner Nase zu erfassen, als er sich vorstellen konnte. Jacks Spur lag in der Luft. Und auch die von Dutzenden anderen Menschen, die heute oder gestern hier langgegangen waren. Er roch Mäuse, die sich in dunklen Löchern verbargen. Katzen, die ihre Spuren an den Wänden und auf dem Boden hinterlassen hatten. Ramses' feine Nase konnte sogar feststellen, welches Geschlecht und Alter die anderen Katzen hatten. Und ob sie einer ... Liaison abgeneigt waren oder nicht. Er schloss die Augen. Zu viele Eindrücke.

Es brauchte alle Konzentration, zu der Oz fähig war, um Jacks Spur zu folgen. Zumindest so lange, bis sie sich mit anderen Düften verwob. Es waren Düfte, die das Herz des Katers schwer vor Sorge machten. Hier roch er Gewehrschüsse. Blut. Angst. Hinterhalt. Mordlust. Tod. Keine gute Mischung. Er öffnete die Augen und fand sich auf einem Platz wieder, der von einigen einfachen Häusern gesäumt wurde. Die Spur von Jack war zu schwach, um sie noch unter den vielen anderen Duftnoten herauszuriechen. Doch womöglich musste er das auch gar nicht. Seine Augen würden hier vielleicht mehr helfen.

Vor ihm standen fünf Geister, die offensichtlich zu Soldaten der britischen Armee gehörten. Sie blickten ihn an, als könnte er ihnen sagen, was sie nun zu tun hatten. Oz seufzte. So hatte er sich das hier nicht vorgestellt. Majestätisch stolzierte er auf den Platz. Als Mensch war er immer zurückhaltend gewesen. Doch dieser Wesenszug war von Ramses ... aussortiert worden. Der Kater war stets der König. Überall. Soweit Oz das aus den Erinnerungen des Tieres erkennen konnte, hatte es sich nie längere Zeit außerhalb des Palastes herumgetrieben. Furcht oder gar Angst vor den Gefahren der Straße steckten dennoch nicht in dem Kater. Er betrachtete nicht den Palast als sein Eigentum, sondern das ganze Land.

Eine alte Frau trat aus einem der Hauseingänge, die auf den Platz wiesen, und streifte dabei einen der Geister, die so verloren wirkten, als wüssten sie nicht, wie sie hierhergekommen waren. Und erst recht nicht, wo sie nun hingehen sollten. Die Frau zuckte zusammen und machte das Zeichen gegen den bösen Blick.

Oz hatte von dieser Geste in Ibn Sinas Buch des Sterbens gelesen. Es mochte sein, dass die Wissenschaft ihren Ursprung im Orient besaß. Aber das galt auch für den Aberglauben.

Die Alte blickte sich um. Doch sie besaß offensichtlich nicht das Talent, das die Soulmen oder die Archivare des Ministeriums in sich trugen.

Natürlich hatte auch Oz als Mensch die Seelen der Verstorbenen erkennen können. Jeder, der vom Geist desjenigen berührt worden war, der ihn am meisten geliebt hatte, besaß es. Er konnte dann die Seelen und deren Pforten in die Zwischenwelt sehen. In seinem Fall war es seine Großmutter Clara gewesen, die ihn noch einmal gestreichelt hatte, ehe sie durch die Haustür aus der Welt der Lebenden hinausgetreten war.

Die Alte lief so eilig fort, als wäre der Leibhaftige hinter ihr her. Noch einige Vorfälle dieser Art, und es würde wohl nicht mehr lange dauern, bis dieser Platz einen schlechten Ruf in der Stadt bekam. Das Ministerium hatte einen Soulman in Ra's al-Chaima stationiert, der sich um die Seelen der Soldaten kümmern musste, die weit weg von zu Hause waren. Es gab, soweit Oz wusste, noch einige andere wie ihn in diesem Teil der Welt. Die Zahl der britischen Soldaten hier war mittlerweile enorm angestiegen. Allerdings konnte Oz den Soulman unter den derzeitigen Umständen kaum um … Amtshilfe bitten. Wer also musste wieder alles in Ordnung bringen? Natürlich. Der Kater.

»Hey, solltet ihr nicht Haltung annehmen?«, rief Oz herausfordernd. Für Ramses war das Leben ein Spiel, in dem man immer den höchstmöglichen Einsatz auf den Tisch legte. Der menschliche Teil von Oz erwartete, dass die Seelen sich zumindest über den sprechenden Kater wundern würden. Sich vielleicht sogar vor ihm erschreckten, wie die meisten Geister. Doch sie waren Soldaten und hatten einen Befehl erhalten. Eilig kamen sie auf ihn zu, als wäre er der Hauptmann ihrer kleinen Gruppe. Und nahmen in der Tat Haltung an. Innerlich schüttelte Oz den Kopf.

»Ich suche einen Mann«, sagte er und sah einen nach dem anderen an. Keiner reagierte. »Trägt eine unmögliche Kombination aus einheimischer Tracht und einem Zylinder.« Wieder keine Reaktion. Nun, Seelen waren oft stumme Wesen. Gerade die frischen. Aber ein oder zwei Worte wären schön gewesen, fand Oz. Vielleicht wurden sie auf der anderen Seite ja gesprächiger.

Prüfend sah sich Oz um. Auch ohne ihn hätte Ramses die Pforte erkannt. Alle Katzen vermochten dies. Sie konnten durch die eine Pforte in die Zwischenwelt gelangen und sie durch eine andere wieder verlassen. Und fanden dabei, wie einige Experimente im Ministerium für endgültige Angelegenheiten gezeigt hatten, auch immer in die Nähe ihres Aufbruchsorts zurück. Dies war mehr als bemerkenswert, denn die Lage der Pforten war das reinste Chaos und nie vorhersehbar. Zumindest nicht für Menschen.

Der Durchgang der Soldaten war ein geschwungener Bogen, der in einen Hinterhof führte. Es gab bloß diesen einen. Nicht sehr verwunderlich. Menschen, die etwas miteinander verband und die zur selben Zeit starben, teilten sich unwillkürlich ihre Pforte.

»Und links und rechts und ...« Keiner folgte ihm. Oz seufzte erneut. »Könntet ihr bitte ...« Nein, der Kater sträubte sich. Das waren nicht die richtigen Worte. »Los, mitkommen! Oder ich werde sehr böse.«

Seltsamerweise wirkte diese Aufforderung. Die fünf setzten sich in Bewegung und marschierten hinter Oz her, als würde er eine kleine Parade über den Platz anführen. Mit einem eleganten Sprung landete Oz auf der anderen Seite. Ramses und er trennten sich. Für einen Moment war er verwirrt. Statt vier Katzenbeinen besaß er auf einmal Arme und Menschenbeine. Er verlor kurz das Gleichgewicht, stürzte, rappelte sich wieder hoch. Und erstarrte.

In der Zwischenwelt formte sich für die Seelen der Ort, der

dem glich, an dem sie die glücklichste Zeit des Lebens verbracht hatten. Oz hatte erwartet, dass die Pforte an mehrere Orte führen würde. Einer für jeden der Toten. Doch es gab nur einen, den sie sich offenbar teilten. Der Hof, auf dem er sich mit den Seelen wiederfand, gehörte nicht nach Großbritannien. Mit ihrer Heimat verbanden die Geister wohl keine guten Erinnerungen. Die Mauer, die ihn einfasste. Das offen stehende Tor, das durch sie hinausführte. Die Palmen, die sich von der anderen Seite dagegendrückten. All das gehörte nach Ra's al-Chaima. Oder an einen anderen Ort des Orients. Oz sah kurz zu den Seelen, die er hinübergeführt hatte. Darum machten die Soulmen so einen Aufstand? Würde man Katzen einsetzen, wäre das Geisterproblem Großbritanniens vermutlich längst gelöst. Er zählte kurz durch. Vier Geister. Gut, sie waren doch nicht alle gemeinsam hier. Für den fünften musste es einen noch schöneren Ort als diesen geben. Oz wusste, dass er ihn mit Ramses' Hilfe finden konnte, wenn er einfach ein wenig herumlief. Es gab Übergänge in der Zwischenwelt, die von einem zum nächsten Geist führten. Doch der fünfte war unwichtig. Hier gab es auch ohne ihn mehr als die vier anderen Geister.

»Kennt ihr die?«, fragte Oz und sah auf die Seelen, die am offenen Tor in der Mauer vorbeistrichen. Ein steter Strom aus Geistern. Keine Briten. Sie alle trugen Gewänder, die sie als Menschen dieser Gegend hier auswiesen. Aber das galt nicht unbedingt für die Zeit. Ganz sicher war Oz zwar nicht, gleich wie belesen er auch sein mochte. Doch er hatte den Eindruck, dass einige der vorbeiströmenden Seelen aus früheren Jahrhunderten stammten. Wohl war ihm nicht bei ihrem Anblick. Er warf einen raschen Blick zurück zu der Pforte. An diesem Ort war sie die Eingangstür in ein Haus, das an dem Hof lag.

»Nein, Sir. Noch nie gesehen.« Einer der toten Soldaten betrachtete prüfend die Seelen. Offenbar wunderte er sich nicht darüber, dass neben dem Kater, der unbeteiligt an Oz' Seite mit der

Fellpflege begann, eine weitere Seele erschienen war. »Sollen wir angreifen?«

Geister, die gegen Geister kämpften? Mit einem Kopfschütteln vertrieb Oz diese verstörende Vorstellung. »Wir sind nicht hier, um anzugreifen. Ich brauche Informationen von euch. Ich suche einen Mann mit einem Zylinder.«

»Habe ihn gesehen«, meldete sich ein weiterer Soldat. Er war so jung, dass die Uniform an ihm wie eine Verkleidung wirkte. Als hätte ein Heranwachsender sie seinem Vater gestohlen, um sie einmal anzuprobieren. Das britische Weltreich war groß. Und bei der Wahl der Soldaten, die seine fernen Grenzen sicherten, durfte man offenbar nicht allzu wählerisch sein. »Hat uns gewarnt. Wurde dann getroffen.«

Oz ruckelte an seiner Brille. Der Kater, das wusste er, nahm den Tod gleichmütig hin. Er gehörte für einen Jäger eben zum Leben. Und er war etwas, das besser den anderen zustieß. Oz hingegen fühlte in seiner menschlichen Gestalt ein ungutes Ziehen in der Magengegend. »Ist er …«

Der Soldat nickte. »Verwundet, Sir. Wurde vermutlich ins Lazarett gebracht.«

Das Ziehen verschwand. »Gut«, murmelte Oz erleichtert. »Muss ihn noch verhören«, schob er rasch hinterher. »Und mit ihm weiterarbeiten. Ich brauche ihn lebend.«

»Sir, was machen wir mit denen?«

»Warten Sie hier«, entschied Oz und schlich auf das Tor in der Mauer zu. Neugierig folgte ihm Ramses. Welche Erklärung gab es für diese vielen Geister? Sie konnten nicht alle zufällig einen Übergang genutzt haben, um von ihren Teilen der Zwischenwelt ausgerechnet in diesen hier zu kommen. Oz starrte sie an und zählte stumm. Doch er gab es schnell auf. Es waren Tausende Geister. Und sicher gehörte keiner hierher. Das Bild, das sich ihm zeigte, als er sich einen Schritt aus dem Tor herauswagte, jagte ihm so viel Furcht ein wie noch nie in seinem Leben. Diese Seelen marschierten, als würden sie einem Befehl gehorchen, den Oz nicht hören konnte. Sosehr sich die Zeitalter, aus denen sie zu stammen schienen, auch voneinander unterschieden, gab es etwas, das sie miteinander verband. Sie alle trugen einen Hass auf den Gesichtern, der vermutlich sogar Ramses das Fürchten gelehrt hätte. »Das ist nicht gut«, murmelte er. Neben ihm sträubte sich der Kater.

So rasch er konnte, nahm Oz Ramses auf den Arm und wich zurück in die scheinbare Sicherheit des Hofs.

»Sir? Befehle?« Die Männer hatten sich aufgestellt, als wollten sie tatsächlich die seltsame Armee vor dem Tor angreifen.

»Ja«, sagte Oz. Er trat auf die Pforte zu. Sie war ein weiterer Durchgang in der Mauer. »Nehmen Sie schnell Abschied, und gehen Sie ins Jenseits. Hier wird es bald sehr ungemütlich, fürchte ich.«

Der Übergang ins Diesseits war jedes Mal für Oz ein … Nachhausekommen. Als würde er erst hier seine wahre Gestalt annehmen. Am Anfang hatte er nicht gewusst, wie er mit den vier Pfoten laufen sollte. Doch schnell hatte er gelernt, Ramses das meiste Körperliche machen zu lassen, und er übernahm dafür das Denken und Sprechen. Der Platz, an dem er die toten Soldaten gefunden hatte, war noch immer erfüllt von Gerüchen. Spuren. Chaos. Ramses' Nase wies Oz den Weg zu einem Punkt, an dem er Jack ein wenig stärker riechen konnte. Ihn und Blut. Aber nun, da er wusste, dass Jack nicht tot war, ängstigte ihn der Duft nicht mehr. Er intensivierte seine Suche an den Rändern des Platzes. Vier Straßen führten von ihm fort. Es brauchte eine ganze Weile und viele vergebliche Anläufe, bis er endlich die richtige fand. Eine Spur des Blutes. Jacks Blut. Oz wusste, dass Katzen so nicht herumlaufen sollten. Die Nase in der Luft oder am Boden wie ein

Spürhund, der mit seinem Herrn auf die Jagd ging. Katzen waren stilvolle Geschöpfe. Sie sahen nicht so aus, als schnüffelten sie. Sie wirkten vielmehr stets so, als würden sie die Welt gleichmütig zur Kenntnis nehmen, während sie insgeheim ihre eigenen Pläne verfolgten. Dennoch setzte er sich gegen Ramses durch, dem das Schnüffeln zuwider war, und folgte der schwachen Spur. Er folgte ihr bis zu einem hohen Gebäude, das nicht allzu weit vom Hafen entfernt war. Durch die geschwungenen Torbögen gingen Soldaten und Zivilisten, darunter einige Einheimische, wie Oz an ihrer Kleidung und Hautfarbe erkannte. Selbst dort, wo sich Oz' Landsleute mit Gewalt nahmen, was sie wollten, gab es genug Menschen, die ihnen halfen. Ob freiwillig oder aus Zwang vermochte er in diesem Fall nicht zu sagen. Er war sich nur in einem sicher: In den Duft des Blutes mischte sich hier auch der typische Geruch von dem, was es meist nur in Krankenhäusern gab. Medikamente. Verbandsstoffe. Desinfektionsmittel. Das Lazarett.

Oz tippelte durch den Eingang und sah aus den Augenwinkeln einen Uniformierten, der seinen Blick auf ihn richtete. Innerlich sträubte sich Ramses, und Oz spürte, wie die Krallen an seinen Pfoten wie von selbst ausfuhren. Er musste sich bemühen, nicht dem Drang nachzugeben, zu fauchen. Stattdessen hob er den Kopf und sah ihn an, als wäre der Soldat hier fremd und nicht er.

»Na, mein Kleiner«, sagte der Uniformierte und bückte sich zu ihm hinab. »Katzen sind hier nicht erlaubt. Du solltest ...«

Oz bewegte den Mund und sprach einige Worte, die sich wie klebrige Fäden um den Verstand des Mannes wanden. Im ersten Moment sah er Oz verblüfft an. Seine Hand versuchte Oz zu packen. Doch die Finger erschlafften im nächsten Augenblick. Und statt sich um Oz' Hals zu schließen, streichelten sie ihn.

»... besser reinkommen«, schloss der Mann den Satz.

»Sehr gut«, kommentierte Oz die Wirkung seines Zaubers. Diese kleine List würde den Ifriten sicher nicht auf seine Spur bringen. Der Zauber war so schwach, dass er die Wirklichkeit nur ganz leicht angestupst hatte. »Du wirst mich zu dem Zylinderträger führen.«

»Ich werde dich zu dem Zylinderträger führen«, echote der Mann wie im Traum.

Zufrieden mit sich und seiner Magie machte Oz Anstalten, dem Soldaten zu folgen. Doch dann ließ ihn etwas innehalten. Er wusste nicht, ob es ein Instinkt des Katers oder sein eigener war. Langsam wandte sich Oz um und erkannte, was hier nicht stimmte. »Verdammt«, zischte er.

»Du … du hast nicht gerade gesprochen, oder?«, fragte der Uniformierte. Er fuhr sich dabei mit den Fingern über die Augen und sah Oz an, als erblickte er ihn zum ersten Mal.

Oz legte den Kopf schief. »Miau.«

GEFANGENE GEISTER

❦

Jack wusste nicht, wie sich der Tod anfühlte. Trotz all seiner Einsätze in der Zwischenwelt. Noch elender als jetzt konnte er sich am Ende seines Lebens indes gewiss nicht fühlen. Da war er sicher. Als er die Augen aufschlug, hielt er es daher für nicht ausgeschlossen, dass der Soulman, der mit den Soldaten nach Ra's al-Chaima gekommen war, neben ihm stehen und seine Phiole in Händen halten würde. Er fand sich jedoch durchaus lebendig in einem großen Raum wieder, in dem gut ein Dutzend Betten stand. Jedes war belegt. Es waren allesamt Briten. Manchen hatte man die Arme oder die Beine mit Verbänden umwickelt. Einer trug ein paar hässliche Wunden im Gesicht. Und einem anderen hatte man das halbe Gesicht bandagiert. Jack brauchte einen Moment, ehe er sich wieder an den Überfall auf dem Platz entsann. Vorsichtig betastete er seine Stirn. Und zuckte keuchend zurück.

»Lassen Sie das.« Die ältere Dame in der Nonnentracht erinnerte Jack für einen erschreckenden Moment an die Leiterin des Kinderheims, in dem er nach dem Tod seiner Mutter groß geworden war. Sie ging, die Lippen missbilligend geschürzt, auf ihn zu und drückte ebenfalls gegen seine Stirn. Der Schmerz wurde noch schlimmer. »Reißen Sie sich doch etwas zusammen. Sie haben nur einen Streifschuss abbekommen. Die anderen hatten da weit weniger Glück.«

Die anderen? *Die Soldaten, die in den Hinterhalt geraten waren*, gab sich Jack im nächsten Moment die Antwort. Er hatte in der Tat Glück gehabt. »Ich muss …«

»… liegen bleiben«, schnitt ihm die Nonne die Worte von den Lippen. »Der Kommandeur hat mir die Anweisung gegeben, ihm zu melden, wenn Sie wieder bei Bewusstsein sind. Er ist wenig erfreut darüber, dass ein Agent aus London in seinem Land herumläuft, ohne dass er davon etwas weiß.«

Woher wusste die Alte, was er war? Während sie grob seinen Verband auf dem Kopf richtete, fiel sein Blick auf einen Stuhl neben seinem Bett. Dort lagen seine Sachen. Mit Erleichterung erkannte er auch seinen Zylinder.

»Schlafen Sie«, sagte die Nonne streng. Es klang wie ein Befehl. »Der Kommandeur wird sich dann bald um Sie kümmern. Wenn er mit den Wilden fertig ist, die unsere Leute angreifen.« Bei diesen Worten bedachte sie Jack mit einem vorwurfsvollen Blick, als sei er daran schuld, dass die ungewollte Anwesenheit der britischen Soldaten Freiheitskämpfer in Ra's al-Chaima auf den Plan gerufen hatte.

Die Schritte der Nonne waren noch nicht wieder verklungen, als er sich auch schon mit wackligen Beinen erhob und seine Sachen zusammensuchte. Man hatte ihm während seiner Bewusstlosigkeit ein Nachthemd angezogen, das so dünn war, dass der Stoff fast zerriss, als er ihn sich vom Leib zog. Dass er darunter nichts trug, hob nicht unbedingt seine Laune. Er hoffte nur, dass nicht die Nonne ihm das Nachthemd angezogen hatte. Jacks Hoffnung, seinen Kompass und seine Phiolen in den Taschen zu ertasten, wurde enttäuscht. Alles fort. Und auch seinen Dienstausweis fand er nirgends. Die Nonne oder die Soldaten hatten sicher die Taschen des seltsamen Mannes durchsucht, der angeschossen worden war. Und vermutlich hatten sie wegen des Ausweises ihre Schlüsse gezogen. Ein Agent der Krone. Gut, im Grunde war er einer. Oder war es gewesen. Aber der Kommandeur, der ihn verhören wollte, hatte sicher keine Ahnung von den Soulmen. Selbst der Ministeriumsmitarbeiter, der hier stationiert war, agierte inkognito. Sollte Jack seine Ausrüstung hierlassen und sich zu Naima durchschlagen? Nein, ausgeschlossen. Am Ende würde sich der Kommandeur noch mit seinen Vorgesetzten in London in Verbindung setzen und damit womöglich das Ministerium auf Jacks Spur bringen.

Er hatte sein Gewand schon fast ganz angezogen, als ihm bewusst wurde, dass er es in seinen Sachen wohl nicht einmal unbemerkt bis auf den Flur hinaus schaffen würde. Er blickte sich suchend um und sah auf die roten Uniformjacken und die hohen Fellmützen, die ordentlich an einer Garderobe an der Tür hingen. Ein Soldat würde in einem Lazarett nicht auffallen. Einer der Verletzten bedachte Jack mit einem fragenden Blick, als dieser sich eine Uniform in der halbwegs passenden Größe vom Haken nahm. »Bin schon wieder gesund und muss an die Front«, behauptete Jack, während er sich vorsichtig eine der furchtbaren Mützen über den Verband schob. Er bedauerte die Männer, dass sie die schrecklichen Dinger auch hier unter der brennenden Sonne des Orients tragen mussten. Seinen Zylinder hielt er zusammen mit seinen übrigen Sachen locker in der Hand, während er über den Flur ging. Das Laufen fiel ihm noch ein wenig schwer, doch mit jedem Schritt wurde es besser. Das Erste, das ihm auffiel, waren die Pforten. Fast die Hälfte aller Türen, an denen er vorbeiging, schimmerte verräterisch. Auch wenn Jack schon zahllose Pforten gesehen hatte, erschien ihm das ungewöhnlich. Es kam selten vor, dass so viele nebeneinander existierten. Selbst wenn der Tod in einem Lazarett sicher ein oft gesehener Gast war, sollte man doch meinen, dass zumindest einige Seelen alleine auf die andere Seite finden würden. Und in diesem Land war ein Soulman vor Ort. Eigentlich hätte es höchstens ein oder zwei der Durchgänge geben sollen. Warum also standen all diese Pforten noch offen?

Nun, er würde sich diese Frage später beantworten. Zunächst brauchte er seine Sachen. Jack hielt den ersten Mann an, der ihm über den Weg lief. »Der Kommandeur will sich die Habseligkeiten des Verletzten ansehen. Ich soll auch alles andere holen und es zu ihm bringen«, behauptete er. Die Abzeichen auf der Jacke des Mannes sagten ihm nichts. Sie waren ihm so fremd, als stammten sie vom anderen Ende der Welt. Doch der Junge, der sie trug, war höchstens achtzehn Jahre alt. Und er stand sicher ganz unten in der Hierarchie. Jacks Auftreten schien ihn zwar nicht sonderlich zu beeindrucken, die Erwähnung seines obersten Vorgesetzten aber ließ ihn unwillkürlich Haltung annehmen. »Wissen Sie, wo sie gelagert werden? Eine Uhr, ein Kompass, Glasfläschchen und m… sein Dienstausweis.«

»Ja, Sir.« Die Augen des Jungen leuchteten vor Pflichtbewusstsein. »Sie meinen doch«, er senkte die Stimme, »die Sachen des Agenten?« Er sprach das Wort aus, als würde er ein Stück fauliges Fleisch kauen.

Jacks Antwort war ein Nicken. »Ich habe gehört, dass er selbst kommt, um ihn zu verhören. Er ist wohl bereits auf dem Weg. Muss mich beeilen.« Das war eine kühne Lüge. Der letzte Satz aber entsprach im Grunde der Wahrheit.

»Dann wird er ja gleich hier sein«, erwiderte der Junge. Und auf Jacks fragenden Gesichtsausdruck hin fügte er hinzu: »Ich meine, weil doch das Hauptquartier am Ende der Straße liegt.«

»Natürlich liegt es dort«, erwiderte Jack hastig. »Also wo müssen wir hin?« Um sie herum schlichen einige Nonnen zwischen den Soldaten über den orientalischen Flur, auf dem sie so fehl am Platz schienen wie der Ifrit in London.

Der Junge wies Jack den Weg zu einem Büro, das glücklicherweise verlassen war. Auf einem Schreibtisch, über dem nicht nur ein Bild von Königin Victoria, sondern auch ein Kreuz hing, fand Jack seinen Kompass, die Uhr, die Phiolen und seinen Ausweis. »Bringen Sie diese Dinge in den Verhörraum?«, fragte er, als Jack alles in die Taschen der geklauten Uniformjacke steckte und auf die Tür zuging, vor der der Soldat wartete.

»Sicher. Der Verhörraum«, erwiderte Jack knapp und drückte

sich an dem Jungen vorbei auf den Flur. *Jetzt bloß schnell weg*, dachte er und wandte sich nach rechts.

»Sir?« Der Soldat tippte Jack auf die Schulter. »Der Verhörraum ist dort.« Er deutete auf die andere Seite des Flurs. Und stellte sich ihm in den Weg. Das Misstrauen färbte ihm die Augen dunkel.

Verdammt, dachte Jack und seufzte. Hätte der Junge nicht einfach gehen können? Jack fühlte sich nicht gut. Er hatte eine lange, anstrengende Reise hinter sich. Und statt in einem schönen Palast auf einem weichen Bett zu liegen und gemütlich herauszufinden, wie man diesen Ifriten besiegen konnte, musste er aus einem Krankenhaus entkommen. In einer Uniform, die ihm nicht besonders passte. Und ohne Unterwäsche. Er sah sich um. Der Flur war leer. Jack schlug so unvermittelt zu, dass der Junge sich nicht einmal rührte. Und kaum war der Soldat zu Boden gesunken, war Jack um ihn herumgegangen und zog ihn in das Büro.

Auf der Suche nach dem Ausgang lief Jack der herrischen Nonne zweimal über den Weg. Und beide Male hatte er das Gefühl, ihr harter Blick würde unter die Uniform reichen und ihn entlarven. Doch sie begnügte sich damit, ihn wie jeden anderen in ihrer Nähe vorwurfsvoll anzusehen, als wäre sie heilig und nur von Sündern umgeben. Jack senkte den Blick und verbarg den Zylinder mit seinen Sachen hinter seinem Rücken. Er wollte gerade aus dem Eingang treten, als er die Geister sah. Wie ein feindlicher Trupp marschierten sie auf das Lazarett zu. Jack blieb wie angewurzelt stehen und starrte sie an. Stumm zählte er. Es waren fast zwanzig. Dass jemand etwas zu ihm sagte, begriff er erst, als er angetippt wurde.

»Ich muss hinaus. Bitte treten Sie zur Seite.« Die Nonne. Das Wort *Bitte* klang aus ihrem Mund wie ein Befehl.

Jack blickte sie wortlos an und ließ die Nonne passieren, während er sich fragte, was er tun sollte. Die Geister aufhalten? Was um alles in der Welt wollten sie hier?

Kopfschüttelnd ging sie hinaus und senkte den Blick. »Weg mit dir, du Straßenkatze.« Sie machte ein Geräusch wie eine schnaufende Dampflokomotive.

»Miau?«

Das Wort riss Jack aus seinen Gedanken. »Oz«, rief er ehrlich erfreut. »Wo ... was ...?« Er sah wieder zu den Geistern. Die ersten hatten das Lazarett erreicht. *Entscheide dich, Jack*, sagte er sich. *Tu so, als würdest du sie nicht bemerken. Oder halte sie auf.* Für einen kleinen Teeplausch waren die Seelen sicher nicht vorbeigekommen. Jack tat das einzig Sinnvolle. Während ein Geist, der ein Tuch so kunstvoll um den Kopf gewickelt hatte, dass man kaum sein Gesicht darunter erkennen konnte, an ihm vorbei in das Gebäude trat, bückte sich Jack und tat, als streichelte er Oz. »Wo kommen die denn her?«, wisperte er ihm zu.

»Keine Ahnung«, erwiderte der Kater so leise, dass niemand sie hören konnte. »Wie siehst du überhaupt aus? Hast du dich verpflichten lassen? Und übrigens, keine Ursache. Ich rette dich gerne«, brummte der Kater eingeschnappt.

»Retten?« Jack fasste sich an die schmerzende Wunde unter seiner Fellmütze und sah verstohlen auf die geisterhaften Füße. Die letzte Seele ging gerade an ihnen vorbei. »Ich habe mich nur ausgeruht.« Er wartete noch ein paar Augenblicke, dann erhob er sich langsam. Für Gespräche war hier nicht der passende Ort. Er hätte allzu gerne das Lazarett verlassen und wäre zu Naima gegangen. Und doch ... Geister sollten sich nicht zusammenschließen. Nicht umherlaufen wie der Trupp einer Armee. Das alles war falsch. Und der Verdacht, dass es irgendwie mit dem Ifriten zusammenhing, hatte längst in Jack gekeimt. Er würde erst beruhigt sein, wenn er eine Antwort für diesen seltsamen Auftritt fand. »Komm.«

Vorsichtig folgte er mit Oz den Seelen durch das Lazarett. So zielstrebig, wie sie sich durch die Flure bewegten, wussten sie, was sie suchten. Waren sie wegen ihm hergekommen? Nein, er verwarf den Gedanken schon im nächsten Moment. Sein Krankenzimmer lag nicht in der Richtung, in die sie sich wandten.

Die Armeeärzte, Nonnen und Soldaten, die ihnen entgegenkamen, interessierten die Seelen nicht. Sie machte sich nicht einmal die Mühe, den Leuten auszuweichen. Die Menschen, durch die die Geister hindurchgingen, fühlten sicher einen kalten Schauer.

Eine Treppe führte hinab in einen weiteren Flur, der unter der Erde lag. Hier war es deutlich kühler als oben. Und einsamer. Nur ein einzelner Mann streifte durch die Gänge und hielt scheinbar Wache. Jack überlegte, einfach an ihm vorbeizugehen und so zu tun, als hätte er im Keller etwas zu erledigen. Doch dann würden ihn die Geister am Ende noch bemerken. Er sah sich kurz um und entdeckte eine offen stehende Tür, die in einen dunklen Raum führte. Er schlüpfte hinein und drückte sie nicht ganz zu. Er bereute die Wahl des Ortes. Der Geruch erinnerte Jack an den Fund einer toten Ratte in dem Kinderheim, in dem er aufgewachsen war. Sie war so vertrocknet gewesen wie ein Stockfisch, und ihre Ausdünstungen hatte Jack noch immer in der Nase, all der Jahre seither zum Trotz.

»Wo kommen die denn her?«, wiederholte er seine Frage.

»Von draußen? Übrigens, das ist nicht der gemütliche Palast. Wir sind in die falsche Richtung gelaufen. Weiß nicht, was du hier willst.«

»Herausfinden, warum ein Haufen Geister als kleine, muntere Armee herumläuft.« Es waren zu viele solcher Gruppen von Seelen gewesen, denen sie begegnet waren. Auf dem Meer. Hier im Lazarett. Und das Dutzend in der Ruine hatte sich Schattenarmee genannt. Sie waren ihren Feinden unverhofft nahe gekommen. Viel zu nahe für seinen Geschmack. Er wollte sichergehen, dass hier nicht auch … ein Teil dieser Schattenarmee herumgeisterte. Er sah sich kurz um. Es war zu finster, um etwas zu erkennen. Zumindest wenn man Menschenaugen besaß. Oz hingegen schien mehr zu bemerken. Sein Zischen deutete darauf hin, dass ihm nicht gefiel, was seine ungleich sensibleren Katzenaugen ihm zeigten.

»Will ich wissen, was du siehst?«

»Du meinst die toten Körper um uns herum? Ich denke, nicht. Oh.«

»Oz!«

»Ich kann nichts dafür«, kam die Antwort nach einem kurzen Zögern. »Wolltest du eigentlich den Soulman sprechen, den das Ministerium in diese Stadt geschickt hat?«

»Das hatte ich nicht vor«, antwortete Jack vorsichtig.

»Wunderbar. Er ist nämlich tot. Ich gehe schwer davon aus, dass er es ist. Der Zylinder ist unverwechselbar. Kann mich sogar an das Gesicht erinnern. Auch wenn er gerade nicht mehr ganz so gut aussieht.«

Verdammt, dachte Jack. Nun, das erklärte zumindest teilweise, weshalb es so viele Pforten im Lazarett gab. Niemand begleitete die Seelen hinüber. Aber ein paar müssten eigentlich von selbst den Weg gefunden haben. Das hier gefiel ihm nicht. Ganz und gar nicht. »Danke«, meinte Jack gepresst. Also hatte er mit der toten Ratte nicht falschgelegen. Dies musste der Leichenraum des Lazaretts sein. Er vermied es, allzu tief einzuatmen.

»Der Junge hält noch eine Phiole in der Hand«, bemerkte Oz. »Brandneu. Bitte missversteh mich nicht. Aber unter den Umständen ...«

Jack nickte wortlos. Alles, was ihm dabei half, seine Feinde zu besiegen, musste er annehmen. Er ließ sich von Oz dirigieren, bis er bei dem Toten war und ihm das Glasfläschchen aus den Fingern zog. Schaudernd steckte er es ein. Dann schlich er zur Tür und spähte durch den Spalt. Die Seelen waren fort. Die Wache hingegen schlurfte noch irgendwo in der Nähe herum. Er sah zu Oz. »Geister sollten sich so nicht verhalten.«

Die Katzenaugen blitzten für einen Moment auf, als würden sie von einem inneren Licht beschienen. »Nein«, erwiderte der

Kater ungewohnt ernst. »Das sollten sie nicht. Wenn man schon herumläuft, dann natürlich nur auf vier Pfoten.«

Jack trat wieder auf den Flur und ging in die Richtung, in die die Geister verschwunden waren. Oz kam mittlerweile gut mit Ramses' Katzenkörper zurecht, wie Jack fand. Er schlich so lautlos durch die Dunkelheit wie ein echter Kater. Jack hingegen verursachte mehr als einmal verräterische Geräusche, die jederzeit den Soldaten oder die Seelen auf den Plan rufen konnten. Licht gab es hier unten kaum. Durch ein paar schmutzige Kellerfenster verirrten sich kaum Sonnenstrahlen in die kühle Finsternis. Sicher trug der Wächter eine Lampe bei sich. Jack konnte ihn weder hören noch den Schein des Lichts irgendwo ausmachen, während sie dem Gang folgten. Er überließ es Oz, die Spur der Geister aufzunehmen, und strich mit den Fingern über die Phiolen in seiner Tasche.

»Da vorne«, wisperte Oz so tonlos, dass Jack ihn kaum verstand. »Tür.« Er zögerte. »Da sind noch mehr.«

Jack runzelte die Stirn. Noch mehr? Verflucht, Geister waren verdammt noch mal Einzelgänger. *Es sind nur Geister*, sagte sich Jack. *Du musst keine Angst vor ihnen haben.* Dummerweise schien sein Herz das gerade vergessen zu haben, während er auf die Tür zuschlich. Es schlug so heftig, dass Jack fürchtete, es würde sie gleich anlocken. Oder den Soldaten. Er lauschte stumm, doch er hörte noch immer keine Schritte. Dann tastete er nach der Tür. »Bereit?«, wisperte er Oz zu.

»Nein.«

»Gut.« Er atmete tief durch. Und stieß die Tür auf.

In das schmutzig graue Tageslicht mischte sich Silber. Geister besaßen einen Schimmer. Genau wie die Pforten, die zu ihnen gehörten. Und in dem Raum vor Jack waren genug Seelen, um ihn wenigstens schwach zu erleuchten. Es waren mehr als die, denen Oz und er gefolgt waren. Viel mehr. Dies war ein Gefängnis für Geister. Zahllose Augenpaare richteten sich auf Jack und

Oz. Die meisten gehörten in die Gesichter toter Soldaten. Toter britischer Soldaten. Sie hatten also die Seelen zu den Pforten und den Leichen gefunden. Offenbar bestand ihr Problem nicht darin, dass sie den Weg nicht fanden. Sie konnten ihn gar nicht erst antreten. Den Soulman konnte Jack nicht unter ihnen ausmachen. Vielleicht hatte wenigstens er es auf die andere Seite geschafft. Jack verstand nicht, weshalb sie hier zusammenkauerten. Der Angst in den durchscheinenden Gesichtern nach taten sie es nicht freiwillig. Zwar trugen sie keine Ketten. Nichts band sie. Doch sie waren umringt von ... einheimischen Toten.

»Ich ...«, Jack suchte nach den passenden Worten und erinnerte sich an die Uniform, mit der er sich verkleidet hatte, »befehle euch, damit aufzuhören.«

»Sehr überzeugend«, kommentierte Oz mit rauer Stimme.

Ein Geist trat vor. Er trug einen kunstvoll gefalteten Turban auf dem Kopf und war in ein Gewand gehüllt, das wohl auch einem Herrscher in einem orientalischen Palast zur Ehre gereicht hätte. Er schien sich zu wundern, dass der Mensch vor ihm die Geister erkennen konnte. Von der sprechenden Katze ganz zu schweigen. Doch er fing sich schnell.

Er ist nur ein Geist, ermahnte Jack sich. Irgendwo hinter sich hörte er schlurfende Schritte. Der Wächter. Verdammt, ausgerechnet jetzt. Er musste sich beeilen, wenn er herausfinden wollte, was diese Zusammenkunft hier zu bedeuten hatte. Und wenn er sie auflösen wollte. Er konnte die gefangenen Geister doch nicht einfach hierlassen. »Ich warne dich«, sagte er mit gedämpfter Stimme. Die Schritte kamen näher. »Ich habe genug Phiolen für alle von euch dabei.« Vermutlich hatte der geisterhafte Emir oder was auch immer er war, noch nie von Phiolen gehört. Geschweige denn verstand er auch nur eines von Jacks Worten. Doch bislang hatte jede Seele, die eine von ihnen in Jacks Hand erblickt hatte, instinktiv gewusst, dass es gleich in die Zwischenwelt ging. Und er war sicher, dass dies auch für arabische Seelen galt. Er zog eine heraus, und ihr schwaches Licht mischte sich in den Schein der Geister.

Dummerweise schien sie das nicht sehr zu beunruhigen. Drei von ihnen stellten sich drohend zu dem vermeintlichen Emir, der heiser etwas in seiner Sprache zischte.

»Oz?«

Der Kater seufzte und übersetzte. »Er sagt, mehr hast du nicht, Mensch?«

Der Emir klang dabei so voller Hass, als hätte er seinen Tod Jack zu verdanken. Wo kam er her? Aus diesem Land? War er einer von Naimas Vorfahren? Oder gar … Er stockte. Ihr Vater? Der Emir von Ra's al-Chaima, der in London verbrannt war? *Nein*, beantwortete er sich im nächsten Moment selbst die Frage. Dieser Geist dort war zu körperlich. Jack konnte ihm ansehen, dass er schon viele Jahrzehnte auf der Welt sein musste. Vielleicht sogar Jahrhunderte. »Mehr?« Jack blickte nach unten. »Ich habe einen Kater.«

»Ja, er hat einen …« Oz hielt inne und fauchte. »Kannst du mich bitte da herauslassen?«

Der Ärger des Katers ließ alle Seelen in dem Raum zusammenzucken. Katzen liebten die Welt der Toten. Allerdings erwiderten nur wenige Geister diese Zuneigung. Die meisten hatten schlicht Angst vor ihnen.

»Ich will wissen, was ihr mit denen da vorhabt.« Jack wisperte die Worte und gab Oz mit einer Handbewegung zu verstehen, dass dieser übersetzen sollte. Die Schritte wurden lauter. Der Wächter war nun viel zu nahe für seinen Geschmack. Er zog die Tür hinter sich ein wenig zu.

»Sie werden bezahlen für ihre Verbrechen«, sagte Oz, als der Emir geantwortet hatte. »Sie werden sterben.« Oz machte eine kurze Pause. »Nun, das wird kaum möglich sein«, meinte er. Vor Jacks geistigem Auge richtete der Archivar seine Brille. »Seelen sterben nicht. Sie sind ja bereits das astrale Abbild eines Verstorbenen. Sie sind daher unsterblich, bis sie in das Jenseits eintreten, wo nach dem allgemeinen Verständnis der Experten …«

»Ich fürchte, diese wissenschaftliche Diskussion wollen unsere Freunde hier nicht führen«, meinte Jack angespannt. »Er soll sagen, in wessen Auftrag sie handeln.« Jack legte seine Finger um den Stopfen der Phiole. Sofort traten die drei Seelen vor den Emir, während Oz übersetzte.

»Ihr dreckigen Hunde werdet ein Schicksal erleiden, das schlimmer ist als der Tod«, sprach er die Worte des Emirs nach. So alt wie der Geist sein musste, hatte er sicher zu Lebzeiten keinen Briten zu Gesicht bekommen. Doch seinen Hass, auf wen auch immer der sich einmal gerichtet haben mochte, hatte er augenscheinlich bestens konserviert.

Schweigen füllte den Raum. Ein Schweigen, in dem die Schritte direkt vor der Tür erstarben.

»Wer ist da?« Eine Stimme, die voller Angst und viel zu jung für diesen Ort klang. Der Soldat war bestimmt kaum erwachsen. Und sein Traum von fernen Ländern und Abenteuern hatte ihn in einen dunklen, arabischen Keller geführt, in dem Tote lagen. Wohl nicht ganz das, was er sich erhofft hatte. Ein seltsames Geräusch erklang. Als würde jemand verzweifelt Luft holen. Etwas schepperte.

»Das ist nicht gut«, raunte Oz.

Wortlos legte Jack einen Finger an die Lippen. Die Phiole steckte er ein. Er musste den Soldaten fortlocken. Und sich schnell eine überzeugende Geschichte einfallen lassen, die erklärte, was er hier unten trieb. »Wir sprechen uns noch«, flüsterte er dem Geist zu und verzichtete darauf, Oz um die nötige Übersetzung zu bitten. Dann wandte er sich um. Die Mütze zog er sich sicherheitshalber so tief in die Stirn, dass der Soldat kein Gesicht erkennen würde, und drückte die Tür auf.

Er sah zuerst den Körper in der Uniform, der im Licht einer zu Boden gefallenen Lampe schlaff dalag.

Und dann den Schatten, der sich vor ihm erhob, als hätte er dem Toten das Leben gestohlen.

Tante Alima.

So viel also zu seiner Hoffnung, dass all dies hier nichts mit der Schattenarmee zu tun hatte. Das Geschöpf war im schwachen Schein der Lampe kaum zu erkennen, doch das diffuse Antlitz hätte Jack zu allen Zeiten und selbst in fast völliger Finsternis wiedererkannt. Tante Alima war mit einem Kinn gesegnet, das einem Londoner Hafenarbeiter gut zu Gesicht gestanden hätte. Ihre Nase ebenso. Sie starrte ihn an. Und er erwartete jede Sekunde, dass sie ihn erkannte.

»Ihr Narren hättet euch besser nicht hier herumgetrieben.« Ihre Stimme klang heiser wie die eines Rabens. Wenigstens musste Jack bei ihr nicht Oz um Hilfe bitten. Naimas Tante beherrschte die Sprache der Besatzer.

Jacks Blick fiel auf den Jungen, der mit verdrehtem Kopf auf dem Boden lag. Tante Alima glaubte offenbar, Jack wäre genauso ein Soldat wie er. Gut. Die Erleichterung darüber wich sofort der Wut. Für den Toten würde sie bezahlen. *Aber nicht jetzt, Jack*, rief er sich zur Ruhe. *Ihr müsst entkommen. Sie weiß nicht, wer du bist. Und wer ...* Jack sah zu Oz. Und erkannte die Bewegung seines Mundes. Er wollte irgendeinen Zauber aussprechen. Einen Zauber, der ihnen sicher die Flucht ermöglichen würde. Und sie verriet. Tante Alima durfte sie nicht erkennen. Mit einem schnellen Griff packte er den Kater.

Oz fauchte, und die Instinkte von Ramses ließen ihn die Krallen ausfahren.

Jack unterdrückte den Schmerz, als sie sich in die Haut seiner Hände bohrten. Er hielt der schattenhaften Tante das grollende Fellknäuel entgegen. Zufrieden sah er sie zurückweichen.

Seinem eigenen Instinkt, loszulaufen, gab Jack nicht nach. Tante Alima würde seiner Spur mühelos folgen können, wenn er es zum Treppenaufgang schaffte und dort wieder ins Licht trat.

Blieb sie aber lange genug in völliger Finsternis, verlor sie ihre Gestalt. So wie ihr Herr, der Ifrit. Jack hatte diese Erfahrung bereits im Keller des Ministry of Souls machen können.

Er hoffte, dass Oz in dem schmutzigen Tageslicht den Weg hinauffinden würde. Und dass kein Schatten in ihm wachsen konnte. Entschlossen zertrat er die Lampe, und es wurde so dunkel, dass er nichts mehr sah. Es war kein schönes Gefühl. Hinter sich die Seelen, deren Schimmer ihr Gefängnis so kalt wirken ließ, als gehörte es nicht in diese Welt. Und dort, wo er den Toten vermutete, das Abbild des Jungen. Jack konnte ihn und die anderen doch nicht hierlassen! *Und was willst du tun?*, fragte er sich. *Sie alle in Phiolen sperren und dann mit dir nehmen? Du hast keine Zeit. Und nicht genug Glasfläschchen.*

»Flieh!«, rief er in Richtung des Geistes. Der Ausdruck auf dem durchscheinenden Gesicht zeigte so viel Verwirrung, dass Jack nicht sicher war, ob der Geist das Wort verstanden hatte. Aber mehr konnte er nicht tun. Er konnte nur eines: laufen.

Alima war hoffentlich mit der Schwärze verschmolzen. Zumindest fühlte er keine Hände nach sich greifen, als er losrannte. Nicht nur das Gefühl, hinter sich eine Horde Geister zu wissen, war nicht gut. Schlimmer noch war die Aussicht, durch die Dunkelheit zu hetzen. Unwillkürlich zog Jack den Kopf ein, als wäre die Decke in der Finsternis niedriger geworden.

Oz war damit beschäftigt, sich der Wut des Katers hinzugeben, und versuchte, Jack mit Bissen und Krallen dazu zu bringen, ihn freizugeben.

»Los, wo geht es lang?«, zischte Jack und bemühte sich, in dem wenigen Licht irgendetwas zu erkennen. Er prallte im nächsten Moment gegen eine Wand und stöhnte vor Schmerz.

»Vorsicht«, sagte Oz trocken. »Und jetzt nach links.«

Jack verkniff sich einen Kommentar. Sie mussten weiter. Den Schimmer bemerkte er nur aus dem Augenwinkel. Ein Geist. Jack griff instinktiv nach einer Phiole. Die Seele konnte sie nicht aufhalten. Aber vielleicht wollte sie Tante Alima auf seine Spur bringen. Ehe er Oz loslassen und das Glasfläschchen hervorziehen konnte, war der Geist auch schon an Jack vorbeigelaufen. Der Junge, der gestorben war. Jack packte den fauchenden Kater wieder fester und lief der Seele hinterher.

Der Geist führte ihn, wie er insgeheim gehofft hatte, zum Licht. Plötzlich war es so hell in der Finsternis, dass er blinzeln musste. Der Treppenaufgang. Hastig rannte er die Stufen empor. Die Soldaten, die er im Flur sah, warfen ihm fragende Blicke zu. Einige schienen belustigt. Vielleicht glaubten sie, er habe sich da unten beim Wacheschieben vor einer streunenden Katze gefürchtet. Jack war es gleich. Er hoffte nur, dass Tante Alima, falls sie zurückkam, entweder keine Aufmerksamkeit auf ihr kleines Gefängnis ziehen wollte und daher nicht als mordender Schatten durch das Lazarett laufen würde. Oder dass sie unter den vielen Uniformierten schlicht seine Spur verlieren würde.

Das Kinn drückte Jack fest an die Brust, während er mit eiligem Schritt auf den Ausgang zuhielt. Zu seinem Glück verließen gerade ein paar Männer in Uniform das Gebäude, und Jack schloss sich ihnen an. Die Frage eines Soldaten nach seiner störrischen Katze beantwortete er mit einem gequälten Lächeln. Hier draußen fühlte er sich fast noch verletzlicher als im Dunkeln. Dort gab es kein Licht, das Schatten zeichnen konnte. Aber hier wurden sie überall auf Wände und den Boden geworfen. Als er sich noch einmal umsah, erkannte er den Geist, den er vor Tante Alima und den Seelen gerettet hatte. Oder hatte nicht eher der Geist Jack gerettet? Verstohlen winkte er ihn zu sich und hielt dann auf die Straße zu. Der Posten am Eingang würdigte ihn keines Blickes, und Jack tauchte ein in den Strom aus Menschen, die sich vor dem Lazarett durch die Straßen drängten. Wich Eseln aus. Umkurvte ein Kamel. Und fand endlich eine kleine Gasse, die ruhig und verlassen dalag. Er ließ den Kater fallen.

Ungelenk und wenig elegant landete Oz auf der Seite.

»Ganz der Alte, was?«, kommentierte Jack und besah sich seine zerkratzen Hände. »Man sollte dir die Krallen schneiden.«

»Das war Tante Alima«, zischte Oz heiser vor Ärger. »Ich hätte sie besiegen können.«

»Sie hätte uns erkannt«, erwiderte Jack und sah sich misstrauisch um. »Und dann hätten wir sie sofort auf Naimas Spur gebracht.«

»Richtig«, kommentierte Oz gedehnt. »Und deshalb habe ich mich zurückgehalten.« Er leckte sich die Pfoten, als hätte er Verletzungen davongetragen und nicht Jack.

Tief atmete Jack durch. Die Aufregung würde bald vollends nachlassen, und dann würde er seinen verletzten Kopf noch stärker spüren. Sie sollten sich eilen, in den Palast zu gelangen. Allerdings hatte er noch etwas zu erledigen.

»Geist«, zischte Oz wie aufs Stichwort.

Langsam zog Jack eine Phiole hervor, als er den Jungen erkannte.

Mit einem ungläubigen Blick trat die Seele des toten Soldaten in die Gasse und blieb vor Jack und Oz stehen.

Jack ging zu ihm und zögerte, die Phiole zu öffnen. »Ich würde dir gerne alles erklären«, sagte er. »Aber dafür ist hier nicht die Zeit und nicht der Ort. Aber ich verspreche dir, dass ich dich auf die andere Seite bringe. Wenn das alles hier vorbei ist.«

»Und wenn du dann überhaupt noch lebst«, kommentierte Oz. »Immerhin bist du verflucht.«

»Danke«, erwiderte Jack bissig. »Das hätte ich fast vergessen.«

Der Geist nickte und straffte sich, als würde er vor einem Vorgesetzten stehen.

Jack öffnete das Glasfläschchen und sah, wie der Geist zu Nebel wurde. Dann begann die Phiole, heller zu leuchten.

»Und jetzt?«, fragte Oz, während Jack die Phiole verschloss und wegsteckte.

»Verschwinden wir. Wir müssen noch einen Ifriten besiegen.«

»Da geht es aber nicht zum Palast«, bemerkte Oz missmutig, während sie durch ein Labyrinth aus Straßen gingen, das so verwirrend angelegt war, dass Jack aufpassen musste, sich nicht zu verlaufen.

»Schlaue Katze«, erwiderte Jack. »Dir entgeht nichts.« Ein paar Kinder, mager wie Straßenhunde, liefen ihnen in gebührendem Abstand hinterher und sahen Jack dabei an, als stammte er aus einer anderen Welt. Offenbar kamen die Besatzer nur selten in diese Ecke der Stadt.

»Natürlich nicht. Ich bin ein magischer Kater. Die höchste Form der menschlichen …«, er dachte kurz nach, als er an sich hinabsah, »nun eben der Existenz an sich.«

Aus dem Augenwinkel bemerkte Jack, dass die Kinder stehen blieben. Er blickte sich rasch um. Furcht hatte sich über ihre Gesichter gebreitet. Und wenn er sich nicht irrte, so konnte Jack auch den Grund für die Angst erkennen, die ihnen so plötzlich in den Herzen gewachsen war. Für die Kinder war es nur der Hauch des Todes. Jack aber konnte ihn auch sehen.

Eine kleine Gasse öffnete sich nur wenige Schritte neben ihnen, und Jack beförderte Oz reichlich unsanft mit der Spitze seines Stiefels hinein, ehe er sich eng an die Wand presste.

»Au! Ich werde dich … was machst du da?«

Jack legte einen Finger an die Lippen, während er eine weitere Phiole aus der Tasche seiner Uniform zog.

»Tante Alima?«

Jack presste den Finger noch einmal gegen die Lippen.

»Ein Geist?«

Genervt rollte Jack mit den Augen und trat einen Schritt zur Seite.

Die Seele, die einen Moment später erschien, war im Licht, das von der Straße her in die Gasse floss, fast durchsichtig. Doch Jack glaubte, in ihm einen der orientalischen Geister zu erkennen, die sie in dem Keller aufgespürt hatten.

»Suchst du uns?« Erst im nächsten Augenblick begriff Jack, wie unnötig die Frage war. Der Geist verstand sie ebenso wenig wie der Emir.

Oz seufzte wie ein Lehrer, der an einer besonders dummen Antwort eines Schülers verzweifelte, und sagte ein paar Worte auf Arabisch.

Die Seele, die ihnen gefolgt war, starrte erst Jack an, dann den Kater. Sie musste einmal zu einem weniger gut betuchten Mann gehört haben. Der Geist trug die Erinnerung an eines der Gewänder am Leib, in das sich viele Leute in diesem Teil der Welt kleideten. Doch es war selbst im Tod ärmlich und zerrissen. Im Leben hatte der Mann es wohl nicht zu Wohlstand gebracht. In London kannte Jack solche Typen. Laufburschen, die für die Anführer der Straßengangs die Drecksarbeit erledigten. Nur dass der Anführer dieser Straßengang wohl Tante Alima war. Aus seinem Mund drangen ein paar Worte, die Jack ebenso wenig verstand wie die von Oz.

Auf Jacks Frage hin räusperte sich der Kater erhaben. »Wir …«, er stockte, als müsste er über die Worte nachdenken, »aber das ist doch Unsinn. Ausgerechnet ich.« Er schüttelte den Kopf. »Wir seien Hunde. Die Zeit der Rache würde kommen. Und wir sollten zum Teufel persönlich gehen. Das ist natürlich eine Anpassung von mir. In dieser Region nennt er sich Schaitan. Das …«

»Schaitan? Der Name würde gut zu dir passen.« Jack zog den Stopfen aus seiner Phiole.

Der Geist versuchte noch, sich instinktiv in die Straße zu retten, doch er kam gegen die Macht des Glasfläschchens nicht an.

Zufrieden sah Jack dabei zu, wie sich der Geist auflöste und das Licht in der Phiole heller zu leuchten begann.

»Warum hast du das getan?«, wollte Oz wissen. »Wir hätten ihn verhören können.«

»Weil er am Ende noch seine Herrin zu uns geführt hätte«, erwiderte Jack überzeugt und steckte die Phiole ein. »Und glaub mir, solche Typen kennen keine Pläne. Er ist ein Diener. Er sollte uns aufspüren. Tante Alima wollte wohl keine Zeugen. Vermutlich hätte er sie gleich gerufen, und dann hätte sich mein Schatten selbstständig gemacht. Was immer die Geister da unten in dem Keller auch treiben, soll geheim bleiben. Bis …« Jack blickte zu Oz, der ihn auffordernd ansah. Er wirkte dabei wie die Zuhörer des Märchenerzählers, die gebannt an dessen Lippen gehangen hatten.

»Ja?«

»Bis die Zeit der Rache kommt.«

Oz' Mund bewegte sich, als müsste er die Worte kosten. »Rache? Ausgerechnet hier? Wo ist der Ifrit? Und warum …«

»Ich weiß das alles nicht«, schnitt Jack ihm scharf das Wort von den Lippen. »Aber wir sind gerade auf einen Teil der Schattenarmee getroffen. So viel ist sicher. Und noch eines weiß ich.«

Oz' Augen weiteten sich. »Was?«

»Das alles gefällt mir nicht.«

In der Uniform wollte Jack nicht vor die Wachen des Emirs treten. Außerdem fürchtete er, dass weitere Geister nach einem Soldaten mit Katze Ausschau hielten. In dem Gewand, das er von einer Leine, die zwischen ein paar einfachen Häusern in der kleinen Gasse gespannt war, stahl, sah er zwar aus wie ein verkleideter Ausländer. Doch wenigstens war er die verräterische Uniform los. Seine alten Sachen klemmte er sich unter den Arm. Die Phiolen steckte er mit dem Rest seiner Ausrüstung in seinen Zylinder, den er während der Flucht nicht hatte zurücklassen können. Dann ging er mit Oz los. Zumindest die Kinder hatten das Weite gesucht. Tausendundein Gedanke wirbelte Jack im Kopf herum auf ihrem Weg zum Palast. Er hatte in den wenigen Schulstunden seines Lebens einmal ein Spiel gespielt, bei dem es darum ging, die Teile einer Landkarte wieder zusammenzusetzen. Wie hatte sein Lehrer das Ding genannt? Puzzle. Jack war nicht besonders gut darin gewesen. Seine von den Schlägen des Lehrerstocks schmerzenden Finger hatten ihn noch lange daran erinnert. Und nun glaubte er erneut, ein Puzzle vor sich zu haben. Tante Alima. Der Ifrit. Rache. Naima. Gruppen von Geistern, einige sogar in einem Gefängnis. Und er war noch immer nicht ganz sicher, wie die einzelnen Teile zusammenpassten.

Sie bogen auf eine prächtige, weite Straße ein. Und da ragte der Palast vor ihnen in die Höhe.

»Nicht schlecht, oder?«, fragte Oz. »Hier wohne ich. Herzlich willkommen im Palast von Ra's al-Chaima.«

SPIEL MIT DEM FEUER

Wie unwirklich alles schien. Schon die Ereignisse in London und die Reise hierher kamen Jack manchmal vor wie die Auswüchse eines besonders wilden Traums. Doch als er schließlich im Thronsaal des Emirs auf einem weichen Kissen saß, das so bunt war, als hätte jemand versucht, jede denkbare Farbe zu verwenden, glaubte er sich endgültig in einer Fantasie verloren. Dies war der Thronsaal, in den er den stummen Diener nach dessen Tod gebracht hatte. In dem er zusammen mit Oz gegen die Schatten gekämpft hatte. Doch beide Male hatte er bloß das Abbild dieses Raums in der Zwischenwelt besucht. Hier hingegen sahen weder die Wände noch der Boden so aus, als wären sie mit feuchter Farbe gerade erst gemalt worden. Nichts verlief ineinander. Und was noch wichtiger war: Nichts zerfiel. Jack konnte nicht anders. Er musste den Kopf in alle Richtungen drehen, um die ganze Pracht des Thronsaals aufzunehmen. Das Muster, das sich überall wie die Ranken einer Pflanze entlangzog, leuchtete golden. Der Boden, der den Farbton des Wüstensandes besaß, glänzte wie ein Spiegel. Und der Thron war über und über mit so feinen Verzierungen versehen, dass Jack ihn stundenlang hätte betrachten und immer wieder etwas Neues hätte entdecken können.

Ein Räuspern riss ihn aus seinen Gedanken. Es war vom Thron her gekommen. Genauer gesagt, von jemandem, der erhaben durch eine offen stehende Tür hinter dem Herrschersitz schritt und sich dann direkt davor wie ein Truchsess niederließ.

Jemand mit vier Pfoten und einem rabenschwarzen Fell. Oz. Der Kater hatte sich direkt aus dem Staub gemacht, nachdem Jack am Tor, das durch die Mauer des Palastes führte, von den Wachen angehalten worden war. Die arabischen Brocken, die Oz ihm zuvor beigebracht und die er ihnen vorgestammelt hatte, mussten von ihm falsch ausgesprochen worden sein. Sie hatten die Männer zum Lachen gebracht. Jack hatte sie einige Male wiederholt, bis sie wütend wurden und Jack schon befürchtet hatte, dass man ihn in ein Gefängnis stecken würde. Doch er hatte das Glück gehabt, dass einer der Wesire ebenfalls das Tor passieren wollte und auf Jack aufmerksam geworden war. Glücklicherweise verstand er gerade genug Englisch, um zu begreifen, dass Jack mit der Prinzessin gereist war. Und ihm war es nicht neu, dass Naima einen Begleiter auf ihrer vermeintlichen Flucht aus London an ihrer Seite gehabt hatte.

Diener waren auf die Anweisung des Wesirs gekommen und hatten Jack in ein Gemach geführt, in dem man ihm zu verstehen gegeben hatte, dass er sich hier waschen und umziehen konnte. Seine gestohlenen Sachen hatte einer der Dienstboten fortgetragen. Den Zylinder aber hatte er einem verdutzten Diener gerade noch aus den Fingern gezogen. Jacks Retter erschien in Begleitung eines weiteren Dieners, der einen schneeweißen Anzug dabeihatte. Jacks erster Gedanke galt seinem Dienstanzug, den er hoffentlich wiederfinden würde. Aber zunächst sollte er den Worten des Wesirs nach vor den Emir geführt werden. Gut, er würde sicher auch Naima und Oz treffen. Es gelang ihm, dem Wesir verständlich zu machen, dass er seinen schwarzen Anzug vermisste. Dann war er in den Thronsaal geführt worden und blickte nun auf Oz. Vor sich der Zylinder und in den Taschen den Kompass, die Uhr und die Phiolen. Leere und … gefüllte.

»Man sollte dich in einen Zwinger mit Jagdhunden stecken«, sagte Jack leise, ohne Oz dabei direkt anzusehen. Die Wachen und Diener sprachen sicher allesamt kein Englisch. Jack lächelte.

Und sie erwarteten nicht, dass ein Kater die Fähigkeit besaß zu sprechen. Oz hatte sich vor dem Thron zusammengerollt, doch nun erhob er sich und funkelte Jack wütend an. Er konnte nichts erwidern, ohne zu offenbaren, was er war.

»Wenn alles vorbei ist, werde ich Agatha bitten, dir eine schöne Braut aus ihrem flohstichigen Rudel auszusuchen«, raunte Jack leise. »Da ist so eine fette, kratzbürstige …«

Ein Bediensteter trat unvermittelt durch die Tür hinter dem Thron und schnitt damit Jack das Wort von den Lippen. Er rief etwas auf Arabisch, dann folgten zwei Wachen, der Mann, der Jack am Tor gerettet hatte und nun in ein prächtiges Gewand gekleidet war, und … Jacks Herz übersprang einen Schlag. Naima. Sie waren nicht mal einen Tag voneinander getrennt gewesen. Doch sie kam ihm so verändert vor, als hätte er sie Jahre nicht gesehen. Sie sah aus … wie eine Prinzessin. Das Kleid kostete vermutlich mehr als Agathas Haus. Ihre Augen waren umrandet und wirkten noch dunkler als ohnehin, und auf ihren Händen war mit schwarzer Farbe ein so feines Muster aufgebracht, als hätte jemand auf ihrer Haut ein Kunstwerk verewigen wollen. Er wäre am liebsten aufgesprungen und zu ihr gelaufen, doch er riss sich zusammen und blieb sitzen.

Neben ihr trat ein junger Mann erhaben in den Thronsaal. Nicht einmal der Herr der Welt hätte sich majestätischer geben können. Er war sicher gerade erst erwachsen geworden. Die Spuren der Kindheit trug er noch auf dem Gesicht, das so außergewöhnlich schön und ebenmäßig war, als wäre es gemalt worden. Naima und alle anderen senkten die Köpfe, als er sich auf den Thron setzte. Alle, bis auf Jack und Oz.

»Ihr habt meine Schwester dem Tod entrissen«, sagte der Emir schließlich. »Ich hoffe, meine Wortwahl ist korrekt? Naima fällt es so viel leichter, Sprachen zu lernen. Mit dem Englischen stehe ich schon immer auf kriegerischen Füßen.«

»Eure Fähigkeiten in meiner Muttersprache sind bemerkenswert«, erwiderte Jack und nannte dann seinen vollen Namen. Üblicherweise gab er sich in der Öffentlichkeit als Polizist aus. Wenn er sich überhaupt jemandem vorstellte. *Nie auffallen.* Der beste Soulman war so unsichtbar wie die Seelen, die er fing. Jack musste sich konzentrieren, um nicht in gewohnte Verhaltensmuster zu fallen. »Ich arbeite für den Miller & Miller Nachrichtendienst für interessante Informationen.« Er bemerkte Naimas Nicken. Sie hatten sich diese kleine Geschichte zusammengesponnen, damit nicht der Eindruck entstand, irgendeine Institution der Krone würde einen Agenten nach Ra's al-Chaima schicken, um hier heimlich zu spionieren.

»Sie sind sehr mutig für einen Nachrichtendienstler«, bemerkte der Emir.

Jack konnte die Unsicherheit aus den Worten heraushören. Naimas Bruder war noch nicht lange der Emir dieses Landes. Er war jung und steckte mitten in einem tödlichen Konflikt mit den Briten. Und nun steckte er auch noch in einem weitaus tödlicheren Konflikt mit einem Ifriten, ohne davon zu wissen. Jack hätte ihn fast bedauert. Er sah sich um. Andererseits gab es wohl schlimmere Schicksale, als in diesem Palast leben zu müssen.

»Nachrichten, die nicht gefährlich sind, sind keine Nachrichten«, behauptete Jack.

»Sie haben meine Schwester vor dem Tod bewahrt, der meinen Vater, Seine Hoheit, und unsere Onkel und Tanten ereilt hat.«

Jack sah kurz zu Naima und dann zu Oz. Der Kater richtete seine Ohren auf, als wollte er verhindern, auch nur eines von Jacks Worten zu verpassen. »Ich war an jenem Abend im Palast«, erzählte er die Geschichte weiter, die Naima und er sich ausgedacht hatten.

»Sind wir uns dort begegnet?«, fragte der Emir mit gerunzelter Stirn.

»Eure Hoheit waren wohl kurz vor meiner Ankunft abgereist«, sagte Jack. »Ich habe die Einladung Ihrer Majestät zum Abendessen anstelle von Mr Miller angenommen. Er litt an einem eingewachsenen Zehennagel.«

»Und Sie waren anschließend bei der tragischen Besichtigung des Bahnhofs?« Der Emir sprach das letzte Wort aus, als würde er es nicht oft benutzen.

Jack wechselte einen kurzen Blick mit Naima, die Oz ein kaum sichtbares Zeichen gab. Mit erkennbarem Widerwillen schleppte sich der Kater zu Jack, während der nach einer Antwort suchte. Wollte ihn der Emir testen? Misstraute er Jack? *Natürlich tut er das*, sagte er sich. *Du würdest dir dein Gestammel selbst nicht glauben, oder?* »Ich …«, begann er, doch Oz strich an ihm vorbei und raunte »Zugunglück«, ehe er ein reichlich gekünsteltes »Miau« folgen ließ. »… denke nicht gerne daran zurück«, beendete Jack den Satz. »Das Zugunglück war schrecklich.« Er erinnerte sich tatsächlich, dass es an jenem Tag zu einer Katastrophe gekommen war. An die Opferzahlen, die mit jedem neuen Bericht, den er gehört hatte, in die Höhe geschnellt waren. Und an die Beschreibung des alten Travis, der im Gegensatz zu Jack tatsächlich dort gewesen war und später äußerst ausführlich von dem Unglück in King's Cross berichtet hatte. Jack hatte keine Ahnung, weshalb der Emir davon sprach. »Über hundert Tote. Und ein Chaos, als hätte jemand eine Bombe inmitten der Gleise gezündet.«

Der Emir musterte ihn einen Moment, als müsste er entscheiden, ob Jack diese Prüfung bestanden hatte oder nicht. Ob er ihm glauben konnte oder nicht.

»Ich konnte Eure Schwester gerade noch fortziehen, als ein Teil des Gebäudes einstürzte. Doch Eure Familie war da schon nicht mehr am Leben«, improvisierte er munter weiter.

Oz bekam einen Hustenanfall, in dem Jack das Wort *Angeber* zu hören glaubte.

Der Emir nickte. Und dann erhob er sich. »Ich stehe in Ihrer Schuld. Es ist mein Wunsch, dass Sie unser Gast sind. Bleiben Sie, so lange Sie wollen. Aber vermeiden Sie es nach Möglichkeit, den Palast alleine zu verlassen. Die Lage ist … angespannt. Seit dem Tod meines Vaters haben diejenigen, die auf einen Konflikt setzen, viel Zuspruch erhalten. Es wäre bedauerlich, falls sich die Wut der Menschen gegen Sie richten würde.«

»Sicher, Eure Hoheit«, sagte Jack. Wenn ich den Ifriten besiegt habe, fügte er in Gedanken hinzu.

Naimas Bruder erhob sich und ging, ohne noch einmal das Wort an Jack zu richten, durch die Tür hinter dem Thron.

Naima aber blieb. »Mr Smith«, sagte sie so förmlich, als hätte sie Jack gerade erst kennengelernt, »wollen Sie mich begleiten? Zu dieser Stunde bin ich gerne im Garten und erfreue mich an seiner Pracht.«

»Natürlich, Hoheit«, sagte Jack. »Wenn ich vorschlagen darf, würde ich den Kater mitnehmen. Er sieht aus, als könnte er ein wenig Bewegung gut gebrauchen.«

»Müssen die uns die ganze Zeit über im Auge behalten?«, raunte Oz und sah zu den beiden Wächtern hinüber, die wie Statuen in einiger Entfernung unter einer Palme standen. »Die reinsten Anstandsdamen.«

»Mein Bruder lässt mich bewachen, seit ich zurück bin«, erwiderte Naima und betrachtete eine der weißen Jasminblüten, die an dem Strauch vor ihnen wie kleine Perlen hingen. »Er hat eine ungeheure Angst davor, dass mir etwas zustößt. Was«, sie strich Jack über den Kopf, »ist passiert?«

»Au!« Jack zuckte schmerzerfüllt zusammen. Den Verband hatte er abgenommen. »Nur ein kleiner Streifschuss. Nichts Ernstes.«

»Sehr tapfer«, murmelte Oz. »Willst du es ihr sagen?« Er redete gerade so leise, dass die Wachen den sprechenden Kater nicht bemerkten, und sah auffordernd zu Jack.

Verdammt, dachte er. Er wusste, was Oz meinte. Wen der Kater meinte. Doch der Moment war so friedlich. Er wollte ihn nicht zerstören. Und doch konnte er Naima nicht belügen. Ihr nichts verheimlichen. »Wir haben deine Tante getroffen.« Himmel, es klang, als hätte Alima sie zu einer netten Tasse Tee eingeladen.

»Sie ist hier?«

Jack musterte sie bei seinen Worten. Wie tapfer sie die Bestürzung zu verbergen suchte. »Sie war in dem Lazarett.« Er hatte ihr bislang nur erzählt, dass er dort behandelt worden war. Nun aber gab er auch den Rest preis. Und als er geendet hatte, sah er zu seiner Überraschung ein Lächeln auf ihrem Gesicht.

»Es war dumm zu denken, wir könnten ihnen davonlaufen. Wer flieht, stirbt. Wer kämpft, lebt.«

»Ich glaube nicht, dass sie uns gefolgt sind«, meinte Oz. »Sie kommt doch von hier. Und sie hat irgendeinen dunklen Auftrag von ihrem Herrn erhalten.«

»Es hat etwas mit seiner Schattenarmee zu tun«, murmelte Jack nachdenklich.

»Was bedeutet das für uns?«, fragte Oz.

»Es ändert nichts. Wir sind hier, um Naima zu retten«, sagte Jack entschlossen. »Also, hast du Ibn Sinas Buch des Sterbens gefunden?« Sie nickte, doch Jack sah den Schatten, der über Naimas Gesicht fiel. Sie brauchte nichts zu sagen. Er konnte die Antwort bereits erahnen. Sie hatte ihm auf dem Weg über das Meer erzählt, welche Hoffnungen sie in den Wälzer setzte. Dass darin stehen würde, was gegen den Fluch eines Ifriten half. Was sie gelesen hatte, schien ihr nicht gefallen zu haben. »Was ist es?«, fragte er. »Was kann den Fluch brechen?« Er war nicht hergekommen, um Heilung zu finden. Der Zauber, den Oz in Suez erneuert hatte, und Akilahs Trank bewahrten ihn derzeit davor, zu sterben. Immerhin. Und wichtiger als das eigene Leben war für ihn das von Naima. Er hoffte daher vor allem, einfach nur einen Weg zu finden, den Ifriten zu besiegen. Ob dabei auch der Fluch gebrochen wurde oder nicht, war ihm gleich. *Wie seltsam*, dachte er. Ein einzelner Moment hatte ausgereicht, sein Leben völlig auf den Kopf zu stellen. Die vergiftete Prinzessin hatte sein Herz so gerührt, dass es seit der Nacht auf dem Hof des Buckingham Palace in einem anderen Takt schlug. Sehr romantisch. Oder sehr töricht. Auch das war Jack egal. Er fühlte sich dank Naima sogar mit dem Tod im Leib so viel besser als je zuvor. Als hätte sein Leben plötzlich einen höheren Sinn.

»Ifriten sind unbesiegbar. Sie sind mächtig. Am mächtigsten sogar, wenn sie sich bereit erklären, jemandem einen Wunsch zu erfüllen. Es gibt nur eines, das sie besiegen kann«, antwortete sie zögerlich. »Die Macht eines anderen Ifriten. Wenn er vernichtet wird, bricht das vielleicht seinen Fluch.«

»Gut«, erwiderte Jack. Die Antwort überraschte ihn nicht einmal. Er hatte im Gegensatz zu Naima sowieso nicht geglaubt, dass es irgendeinen einfachen und ungefährlichen Weg gab, auf dem er sich des Fluchs entledigen konnte. »Dann ist alles klar.«

»Ja?«, fragte Oz verwirrt.

»Wir lassen es.« Jack sah zu den beiden Wachen unter ihrer Palme, die ihn keinen Moment aus den Augen ließen. Der Emir mochte dankbar sein. Aber er war auch misstrauisch. Jack war schon einmal mit Naima hier gewesen. Die Stelle, an der er auf sie in dem Abbild des Gartens auf der anderen Seite getroffen war, konnte er von hier aus sehen. Nein, er war nicht auf sie getroffen. Sie hatte ihn getroffen. Mitten ins Gesicht. Es war ein Wunder, dass er sie gefunden hatte. Dass er sie vor dem Ifriten gerettet hatte. Das würde er nicht aufs Spiel setzen, indem er einen anderen verschlagenen Geist aufsuchte. Am Ende verriet dieser sie noch an ihren Verfolger und seine schattenhaften Diener.

»Dann stirbst du.« Naima streckte eine Hand aus, als wollte sie ihm über die Wange fahren. Ehe sie ihn aber berührte, zog sie ihre Finger zurück. Für die Wachen durfte es nicht so aussehen, als wären Jack und sie miteinander vertraut.

»Ich sterbe sowieso«, erwiderte er. *Oh, wie tapfer und furchtlos, Jack*, sagte er sich. *Du bist ein Held.* Aber er war tatsächlich ohne Angst. Der Gedanke, dass sein Tod nicht umsonst sein würde, nahm ihm den Schrecken. »Wir schließen dieses verfluchte Schattentor, durch das der Ifrit in unsere Welt gelangt. Das wird doch gehen, oder?«

»Dann wartet der Ifrit einfach darauf, dass Naima stirbt. Und überhaupt kann man ein Schattentor gar nicht schließen.«

»Gut, dann fällt uns eben etwas anderes ein. Außerdem kann Oz doch seinen Zauber ...« Als hätte der Fluch nur auf den richtigen Moment gewartet, fühlte Jack ihn in seinem Herzen wüten. Er verlor die Kraft aus seinen Beinen, und ein Schmerz durchfuhr ihn, der so durchdringend war, dass er glaubte, in Flammen zu stehen. Er sah auf seine Hände. Die Haut wurde kurzzeitig durchscheinend, als würde er vergehen. Jack hörte Naima etwas in einer Sprache rufen, die er nicht verstand. Dann war alles dunkel.

Als er wieder erwachte, wusste Jack nicht, wo er war. Die Erinnerung kam nur langsam zurück. Wenigstens der Schmerz war fort, doch Jack fühlte sich wie ein alter Mann.

»Na, noch immer so sicher, dass wir den Ifriten nicht suchen sollen?«

Jack sah Oz auf dem Boden sitzen.

»Ich freue mich auch, dich zu sehen.« Himmel, selbst seine Stimme klang alt.

»Ich möchte mich nicht selbst loben, aber ohne meine Magie wärst du jetzt sicher tot. Ich musste den Zauber schon wieder erneuern. Mit jedem Mal steigt die Gefahr, dass der Ifrit es bemerkt.« Die letzten Worte klangen wie ein Vorwurf.

»Kein Ifrit«, hustete Jack. Es gab nur einen außer dem, der sie jagte. Oz hatte ihn beschworen. Und Jack war sicher, dass dieses Wesen sie verraten würde, wenn sie es um Hilfe baten. »Das ist mein Leben nicht wert.«

»Ganz deiner Meinung«, erwiderte Oz ungerührt. »Aber hast du auch mal an Naima gedacht?«

Was sollte die Frage? Jack wollte sich wütend aufrichten, doch er schaffte es nicht und sank wieder hinab auf das Bett, in dem er lag.

»Während der vergangenen zwei Tage, in denen du gefaulenzt hast, haben Naima und ich in der wirklich bemerkenswerten Bibliothek dieses Palastes noch einmal nach Hinweisen gesucht, wie wir den Ifriten aufhalten ...«

»Zwei Tage?«, unterbrach Jack ihn. »So lange?«

»Ja«, sagte Oz. »Ich hätte ehrlich nicht geglaubt, dass du es schaffst.« Er bedachte Jack mit einem prüfenden Blick.

Jack seufzte und sah sich um. Sein Gästezimmer. Es gab schlechtere Orte, an denen man sich sterbenskrank fühlen konnte. Das Bett war groß genug, um einer achtköpfigen Familie Platz zu bieten. Zumindest wenn diese in einer der typischen Behausungen in einem der ärmeren Viertel Londons lebte. Vermutlich war selbst das von Königin Victoria nicht wesentlich kleiner. In das nachtdunkle Holz der übrigen Möbel waren so feine Schnitzereien eingearbeitet, dass Jack staunte. Die geöffneten, hohen Fenster wiesen zum Palastgarten. Ein milder Wind brachte den Duft von tausendundeiner Blume mit sich.

»Der Emir muss dich mögen, wenn er dich so luxuriös unterbringt«, bemerkte Oz. »Netter Kerl. Ich glaube, auch Ramses mag ihn. Seinen Erinnerungen nach hat ihm Naimas Bruder immer heimlich etwas zu fressen zugesteckt.«

»Sieht man«, meinte Jack trocken. »Und was hast du so herausgefunden, während ich mit dem Tod gerungen habe?«

Oz funkelte ihn beleidigt an. »Wie ich schon sagte, haben wir nach einem Hinweis gesucht, ob man das Schattentor des Ifriten vielleicht doch schließen kann. Sagen wir mal so. Eher wirst du Minister.«

»Und du bist ...« *ganz sicher?* Die letzten Worte kamen Jack nicht mehr über die Lippen. Natürlich war Oz ganz sicher. Wenn einer etwas über orientalische Rachegeister herausfinden konnte, dann doch wohl er. Gut, damit mussten sie sich abfinden. Das Schließen des Schattentores hätte das Unvermeidliche ja ohnehin nur hinausgezögert. Irgendwann würde Naima sterben. Als alte Frau. Nach einem glücklichen Leben. Vielleicht an der Seite … Er schüttelte den Gedanken ab. Keine Zeit für Träume.

»Was ist?«, wollte Oz wissen.

»Es reicht sowieso nicht, wenn er Naima zu Lebzeiten nicht in die Finger bekommt. Sie darf ihm auch im Tod nicht in die Hände fallen.« Bei diesen Worten dachte er unwillkürlich an ihre Verwandten. Sie waren vielleicht nette Leute gewesen, ehe sie durch die Macht des Ifriten zu grausamen Schatten geworden waren. Niemals durfte dieses Schicksal auch Naima widerfahren.

»Das habe ich doch die ganze Zeit gesagt. Nun, ich könnte natürlich noch einmal nachsehen, ob es im Anhang von Ibn Sinas Buch des Sterbens einen Hinweis gibt, der mir entgangen ist.«

Jack konnte dem Kater anhören, dass er selbst nicht daran glaubte. Keine irdische Macht konnte es mit einem Ifriten aufnehmen. Nicht einmal ein vorlauter, toter Archivar auf vier Pfoten. Nein, die Finsternis, die sich um Naima ausgebreitet hatte, konnte nur mit etwas genauso Finsterem besiegt werden. Jack nickte, als müsste er sich selbst zustimmen.

»Mir gefällt dein Gesichtsausdruck nicht«, sagte Oz. »Du siehst aus wie jemand, der etwas wirklich Übles vorhat.«

»So?«, fragte Jack erstaunt. »Seit wann kennst du denn Leute, die etwas wirklich Übles vorhaben?«

»Ich habe in einem Archiv gearbeitet. Nirgendwo wirst du mehr Abschaum und Verkommenheit versammelt finden als dort.«

Jack hatte es sich einfacher vorgestellt, Naima zu treffen. Er öffnete die Tür seines Zimmers und machte ein paar wacklige Schritte auf dem Marmorboden des langen Flures, ehe eine Dienerin ihn bemerkte. Ihre aufgeregten Worte verstand Jack nicht, doch als sie fortgelaufen war, übersetzte Oz.

»Sie wird die Herrin darüber in Kenntnis setzen, dass du erwacht bist. Sie dankt Gott. Und du sollst wieder ins Bett gehen, denn du siehst wirklich schrecklich aus. Ganz im Gegensatz zu dem adretten Kater an deiner Seite, der …«

»… zum Dank mit mir den Ifriten suchen wird, den wir in London beschworen haben«, beendete Jack den Satz und sah mit Genugtuung, dass Oz für einen Moment sprachlos war.

»Was?«, fragte Naima wenige Minuten später in Jacks Gästezimmer. Die Dienerin war widerwillig vor der Tür geblieben und wartete dort. In England wäre es undenkbar, dass eine Dame alleine mit einem Mann in dessen Zimmer war. Und hier galten sicher noch strengere Regeln in Bezug auf Anstand und Moral. Doch Naima war eine Prinzessin. Und den Befehlen einer Prinzessin mussten die Dienerinnen gehorchen. »Bist du verrückt?«

»Ihr wolltet, dass wir ihn suchen«, verteidigte sich Jack.

»Ja, aber da ging es um dich.« Naima schüttelte den Kopf. »Ich setze nicht eure Leben«, sie stockte kurz und sah zu Oz, »ich riskiere nicht eure Existenz, um mich zu retten. Wir finden dafür einen anderen Weg.«

Jack baute sich vor Naima auf und musste gegen den Schwindel ankämpfen. Verdammt, er brauchte alle Kraft, um nicht auf die Knie zu sinken. »Es gibt keinen anderen, Prinzessin. Ich fürchte, wir brauchen wirklich den Ifriten.«

»Himmel«, entfuhr es Oz. »Ihr seid ja schrecklich. Wenn ihr Katzen wärt, dann würden die Dinge viel einfacher laufen. Du und du, ihr würdet …«

»Oz!«, riefen Jack und Naima zur gleichen Zeit aus.

»Es geht nicht anders«, widersprach Jack, ehe Naima etwas sagen konnte. »Dein Ifrit muss gefangen werden. Und unschädlich gemacht werden. Und …«

»… die Schattenarmee aufgehalten werden«, beendete Oz den Satz. »Der Ifrit hat von ihr gesprochen. Und das Mädchen in Suez hat von etwas ganz Ähnlichem berichtet. Und denk an das Lazarett. Seit wir unterwegs sind, treffen wir auf Geister, die sich völlig untypisch verhalten. Und … und erinnerst du dich noch an den Tunnel, als uns Terry den Zugang ins Archiv geöffnet hat? Da waren Geister, die es eigentlich nicht hätte geben sollen. Ich denke, dass unser finsterer Freund ein Heer aufstellt.«

»Er hat recht.« Naima trat an eines der Fenster und sah in den Garten. »Er hat einen Plan. Ich bin nicht das Ziel seiner Rache.«

»Natürlich bist du das«, widersprach ihr Jack. »Du und deine Familie.«

»Nein.« Sie schüttelte entschieden den Kopf. »Ich bin ein Opfer. Wie die anderen. Er braucht mich.«

»Du meinst, wenn du tot bist, ist er noch nicht am Ziel angelangt«, sagte Oz nachdenklich. »Er will mehr. Er will …«

»… seine Schattenarmee in den Krieg führen«, beendete Jack den Satz. Verflucht! Warum mussten sie ausgerechnet hier auf sein dunkles Heer treffen?

»Sein Schattentor …«, begann Oz.

»… hat er in London geöffnet, weil er sie direkt vor der Nase eurer Königin erscheinen lassen will.« Diesmal war dem Kater Naima ins Wort gefallen.

»Er hat es doch in der Zwischenwelt gesagt«, setzte Oz erneut an. »Er will …«

»… sich an ihr rächen.« Jack strahlte Naima an, als hätte er gerade unverhofft einen Weg gefunden, den Ifriten zu besiegen. »Ihr den Tod servieren, hat er es, glaube ich, genannt. Und er wollte den Minister über Großbritannien herrschen lassen.«

»Aber welche Geister gehören in seine Schattenarmee?«, fragte Naima.

»Das ist eine gute Frage«, sagte Oz. »Ich …«

»Das werden wir herausfinden«, meinte Jack, ohne auf den Kater zu achten.

»Ich wünschte, ich würde über den Ifriten gebieten«, grollte Oz.

»Damit du ihn sich selbst töten lassen kannst?«, fragte Jack.

»Nein«, erwiderte Oz. »Das verbieten die Regeln seiner Existenz, soweit ich weiß. Ich will über ihn gebieten, damit er euch die Münder zunäht und ich endlich einen Satz beenden kann.«

»Ich besorge dir eine fette Maus, wenn dich das glücklich macht, Fellknäuel«, meinte Jack. »Ich muss in die Zwischenwelt und den Ifriten suchen, den du beschworen hast.« Er trat neben Naima und zog sie an sich. »Nur er kann den für uns besiegen, der dich jagt.« Er drückte seinen Kopf gegen ihren und schloss die Augen.

»Beim letzten Mal hat er verloren«, brummte Oz.

Jack spürte, wie Naima seine Umarmung erwiderte.

»Ich komme mit«, sagte sie leise.

»Er darf dich nicht bemerken«, meinte Jack entschieden. »Der Kater und ich. Das reicht.«

»Der magische Kater«, fügte Oz hinzu. »Vielleicht gelingt es diesem Ifriten und mir gemeinsam, unseren Feind zu besiegen. Wenn er uns nicht betrügt und umbringt.«

»Das alles gefällt mir nicht«, flüsterte Naima in Jacks Ohr. Ihr Atem ließ ihn erschaudern.

»Mir auch nicht«, sagte Oz. »Aber das scheint hier keinen zu interessieren.«

»Du kommst zurück, hörst du? Ich befehle es dir. Als Prinzessin.«

Jack lächelte. »Ja«, sagte er. Und dann drückte er seine Lippen auf ihre, und die Zeit vergaß für eine kleine Ewigkeit zu vergehen.

»Ist das nicht ein wenig … pietätlos?« Oz sah sich kurz um, als wollte er sicherstellen, dass niemand in der Nähe war, der auf einen sprechenden Kater aufmerksam werden konnte.

»Der Tod gehört zum Leben«, zitierte Jack einen Lieblingsspruch von Terry, dem Chefarchivar des Ministry of Souls. Er vergewisserte sich noch einmal, dass er alles dabeihatte. Den Kompass. Die Uhr. Phiolen. Jack fühlte sich vollständig, wenn auch nicht korrekt gekleidet.

Oz und er streunten nun schon seit drei Stunden durch die Gassen der Stadt. Wenigstens erkannte niemand den Ausländer in Jack. Naima hatte ihre Dienerin angewiesen, ihm eine Galabiyya zu besorgen, wie die Gewänder hier hießen, die Männer und Frauen trugen. Um den Kopf hatte Naima ihm ein Tuch geschlungen, das so viel von seinem Gesicht verbarg, dass er nicht auffiel.

Jack bewegte sich so diskret, als wäre er vom Ministerium für endgültige Angelegenheiten zu einem Einsatz beordert worden. Oz hingegen stolzierte regelrecht durch die Straßen und Gassen der Stadt und tat, als würde all dies hier ihm gehören.

»Irgendjemand wird doch wohl sterben«, bemerkte Jack ungeduldig, als wäre es Oz' Schuld, dass sie vergeblich auf eine sich öffnende Pforte warteten.

»Die Leute hier leben eben gesund. Sie ernähren sich gut. Treiben viel Sport. Sind an der frischen Luft und …«, er spitzte die Ohren, »… sterben. Zumindest einer von ihnen.« Oz reckte die Nase in die Luft, als würde er eine Spur aufnehmen. »Wir haben endlich Glück, Soulman«, raunte er. »Ich wittere den Tod.«

Jack tat, als würde er ebenfalls etwas riechen. Er brauchte sich nicht mal anstrengen. Irgendwo in der Nähe musste ein Fleischer sein Geschäft betreiben. »Ein totes Schaf?«, meinte er in gespielter Leichtigkeit, um die Anspannung zu überdecken, die ihn erfasst hatte.

»Und ein toter Mann«, erwiderte Oz.

Sie fanden ihr Ziel nur wenige Meter entfernt in einem flachen, einfachen Haus. Es war so dunkel und ruhig darin, als wäre es nicht bewohnt. Zumindest von nun an. Jack sah sich kurz um. Sie waren alleine in der schmalen Gasse. In den Häusern ging das Leben weiter. Kinder lachten. Eine Frau schimpfte. Jemand sägte Holz. Selbst jetzt noch, als Soulman, der die andere Seite weiß Gott oft genug besucht hatte, war Jack jedes Mal aufs Neue erstaunt, dass das Leben einfach weiterlief, wenn der Tod ihm so nahekam. Er spähte durch den offen stehenden Hauseingang und erkannte auf den ersten Blick die Pforte. Sie war ein von einem bunten Tuch verhangener Durchgang in ein anderes Zimmer. Der Rahmen schimmerte ebenso wie der Stoff. Die Seele saß auf einem Stuhl. Der Mann, zu dem sie gehörte, saß ebenfalls dort und hatte die Augen geschlossen. Sein dichter, schwarzer Schnurrbart zuckte nicht einmal. Fast konnte man meinen, dass er schlief. Leib und Geist waren kaum voneinander zu unterscheiden. Nur wer genau hinsah, erkannte, dass die Seele die Augen geöffnet hatte.

Mit einem Schritt war Jack in dem Zimmer. »Guten ...« Jack sah zu Oz. »Ich glaube, du übernimmst das Reden. Er versteht mich wohl kaum.«

Jack hoffte, dass nun niemand vorbeikommen würde. Ein Kater, der Arabisch sprach, würde einiges an Aufmerksamkeit erregen. Und am Ende Tante Alima auf den Plan rufen. Doch sie hatten Glück und blieben alleine. Und der Mann, der sich nur anfänglich über den seltsamen Kater wunderte, versprach, sitzen zu bleiben, bis Jack und Oz wiederkommen würden. Wenn er Wort hielt, würde Jack nicht Gefahr laufen, in der Zwischenwelt verloren zu gehen. Er hatte zwar einen Kater dabei, und die fanden bekanntlich immer den Weg zurück. Aber es beruhigte ihn ungemein, eine offene Pforte hinter sich zu wissen. Eine Sorge weniger. Der Ort, den er aufsuchen wollte, würde schon gefährlich genug sein.

»Rafik will, dass wir ihm alles erzählen, was uns dort widerfährt«, sagte Oz, als er mit Jack zusammen auf den Vorhang zutrat.

Jack blickte sich zu dem Geist um, der ihnen freundlich zuwinkte. »Warum das denn?«

»Er ist ein Erzähler«, erklärte Oz. »Und er würde gerne noch ein wenig bleiben und Geschichten finden. Unsere, meint er, könnte ihm vielleicht gefallen.«

»Erkläre ihm, dass er sie haben kann. Wenn wir ...« *überleben*, wollte er sagen. Doch er schluckte das Wort hinunter. »... uns wiedersehen.«

In der Spiegelsekunde, die den Übertritt in die Zwischenwelt markierte, erkannte Jack sich und Oz gleich zweimal. Dann war der Moment vorüber, und sie fanden sich auf der anderen Seite wieder.

»Ein Theater?«, fragte Jack. *Nein*, dachte er im nächsten Augenblick. *Zu schmal*. Aber irgendeine Aufführung musste hier stattfinden. Es gab eine kleine Bühne und davor lagen Kissen, auf denen sicher Leute Platz nahmen.

»Eher ein Kaffeehaus«, meinte Oz. Er reckte sich, als würde ihm die Menschengestalt nicht passen. Ramses leckte sich neben ihm unbeeindruckt davon, dass der Katerleib nun wieder alleine ihm gehörte, die Pfoten. »Unser guter Rafik hat seine Geschichten hier wohl zum Besten gegeben.«

Der Raum ähnelte in der Tat dem Kaffeehaus in Suez, in dem Jack und Naima mit Oz gesessen hatten. Auf der gegenüberliegenden Seite gab es ein paar Tische und eine Art kleine Küche, in der sicher der Kaffee gekocht wurde.

»So«, meinte Jack und atmete tief durch. Selten war er so nervös gewesen, wenn er die Zwischenwelt betreten hatte. Er sah noch einmal zur Pforte. Sie war der Eingang in das Kaffeehaus. Nun, das war nicht sehr hilfreich. Um diesen Ort verlassen zu können, würden sie durch ein Fenster klettern müssen. Oder konnten sie den, den sie suchten, einfach herbeirufen?

»Was jetzt, Soulman?«, raunte Oz.

»Wir sagen ihn laut und deutlich.«

»Seinen Namen.« Das blasse Gesicht des toten Archivars schien vor Abenteuerlust zu glühen, und die Augen hinter den dicken Brillengläsern strahlten erwartungsvoll. Schön, dass wenigstens einer von ihnen aller Anspannung zum Trotz seinen Spaß hatte.

»In Ordnung«, erwiderte der tote Archivar. Und schwieg dann.

»Na, bitte«, meinte Jack.

Oz schüttelte den Kopf. »Es war deine Idee. Und wer weiß, was er mit dem anstellt, der ihn ausspricht. Und außerdem bist du doch hier der Held. Wenn man die Prinzessin haben will, muss man die Dinge schon selbst in die Hand nehmen. Vor allem, wenn man sie ...«

»Oz!«, fuhr Jack ihm ins Wort.

»Himmel, da spricht der Kater in mir. Für ihn ist das Leben viel einfacher als für uns Menschen. Besonders wenn es um Techtelmechtel mit dem anderen Geschlecht geht.«

Sie blickten beide zu Ramses, der sie aus unergründlichen Augen musterte.

»Du steckst aber gar nicht im Kater«, bemerkte Jack.

»Umso wichtiger, dass wir uns beeilen.« Oz richtete seine geisterhafte Brille. »Er ist mittlerweile meine natürliche Form.«

Jack trat einen Schritt vor, auch wenn es wohl egal war, an welcher Stelle er stand, wenn er ihn aussprach. Den Namen des Ifriten. Er war der Ruf, der sie zusammenbrachte. Während der Beschwörung durch Oz in London im Keller des Ministry of Souls, hatte der vermeintlich Letzte aller Ifriten ihnen verraten, wie sie ihn finden konnten. Er wollte befreit werden. Nun, das würden sie natürlich nicht tun. Niemals. Unter keinen Umständen.

»Worum werden wir ihn bitten?«, fragte Oz, ehe Jack die Silben über die Lippen bringen konnte. »Deinen Fluch zu brechen? Oder den Ifriten, der hinter Naima her ist, zu vernichten?«

»Die Vernichtung.« Jack musste nicht einmal nachdenken.

»Das wird Naima nicht gefallen«, brummte Oz.

»Die Vernichtung, um den Fluch zu brechen?«, versuchte es Jack.

Oz nickte. »Klingt gut. Kann aber sein, dass der Fluch dennoch weiterwirkt. Man kann nie sicher sein.«

Jack wusste, dass dies hier ein Spiel mit dem Feuer war. Aber er hatte keine andere Wahl. Er atmete tief durch. Und dann sagte er den Namen des Ifriten, der ihre Waffe werden sollte. »Hârûn ar-Raschid.«

Jack wusste nicht, was er erwartet hatte. Irgendetwas Besonderes, vermutlich. Einen Knall. Dass Ramses fauchen würde. Dass die Zwischenwelt in ihren Grundfesten erschüttert würde. Dass eine dramatische Rauchsäule aus dem Nichts vor ihnen in die Höhe fahren würde und der Ifrit aus ihr hervorkam.

Doch alles blieb, wie es war. Jack und Oz sahen sich verwundert an.

»Vielleicht ist er irgendwie … kaputt?«, versuchte sich Oz an einer Erklärung.

»Als Kater bist du schlauer«, sagte Jack und runzelte die Stirn. »Habe ich ihn falsch ausgesprochen?«

»Frag doch Ramses«, erwiderte Oz beleidigt. »Und nein, er klang genau richtig. Wenn der Name nicht wirkt, hat uns der Ifrit betrogen. Er …«

Ein Schaben ertönte in der ansonsten völlig stillen und verschwommenen Welt. Ein Schaben, als würde ein Gefangener seine Eisenkugel hinter sich herziehen. Während eines kurzen Gefängnisaufenthalts hatte Jack einige Bedauernswerte gesehen, denen die Wärter solche Kugeln an ein Bein gebunden hatten, um sie daran zu hindern, ihren Aufenthalt hinter Gittern vorzeitig selbst zu beenden.

Nun fauchte Ramses tatsächlich.

»Ich denke, wir bekommen Besuch.« Jack wollte zu einem der

Fenster gehen und nachsehen, doch da wurde schon die Tür des unwirklichen Kaffeehauses aufgestoßen. Die Gestalt, die über die Schwelle trat, ließ dunkle Erinnerungen in Jack aufsteigen. Ihr Leib schien aus Nebel zu bestehen. Die Zähne waren alle so spitz, als wären sie gefeilt worden. Und in dem kahlen Kopf leuchteten zwei Augen so goldhell wie Sonnen. Jack hasste Ifriten. Naimas Jäger und diesen hier. Und er konnte Oz ansehen, dass es dem Archivar genauso erging. Auch wenn sich in seinen Blick, den er dem Rachegeist vor ihnen schenkte, das Interesse eines Gelehrten mischte.

»Meine Herren und Gebieter«, wisperte der Geist so unterwürfig, als wollte er sich jeden Moment zu Boden werfen. Er hatte die Größe eines Menschen angenommen. »Ihr seid gekommen, um mich zu befreien.« Bei diesen Worten blickte er an sich herab. Ein dünner Nebelfaden trieb wie eine Fessel von seinem rechten Bein fort und band ihn an eine Messingflasche. Sie war klein wie eine Teekanne und über und über mit Schriftzeichen verziert. Arabische Schriftzeichen. Sie musste sehr alt sein. Das Messing war matt und angelaufen. Ein paar trockene Algenreste klebten an der Flasche. Kein Wunder. Wenn sich Jack richtig erinnerte, hatte sie laut dem Märchen aus Oz' Buch ein Fischer gefunden. Sicher hatte er sie aus dem Meer geholt und unachtsamerweise das Siegel entfernt, das den in ihr Gefangenen daran hinderte zu fliehen. Es entging ihm nicht, dass der Ifrit es tunlichst vermied, die Flasche zu berühren.

»Du … bist also entkommen.« Jack erinnerte sich noch gut an den Kampf der Ifriten. Dieser hier war von Naimas Jäger beinahe in Stücke gerissen worden. Oz war es gelungen, beide für kurze Zeit zu zähmen, ehe der Rachegeist, der Naimas Tod wollte, seinen Artgenossen fast umgebracht hatte. Dieser war daraufhin geflohen.

»Mir schien, dass unsere Unterhaltung beendet war. Also habe ich den Bannkreis verlassen.«

Nun, die Sache war ganz und gar anders gelaufen. Aber sicher war dies nicht der Moment für Spitzfindigkeiten.

Der Ifrit ging zu der kleinen Bühne, als wäre er der Erzähler der Nacht, der ihnen eine seiner Geschichten zum Besten geben wollte. Finsternis drang ihm aus dem Leib. Er verströmte Hass und Elend und Tod. Mit einem süffisanten Grinsen setzte er sich auf den Stuhl, um den sich sonst die Zuhörer scharten. »Es erfüllt mein Herz mit Freude, dass ihr noch lebt.«

»Das war nicht dein Verdienst«, entgegnete Jack. Er fühlte eine tiefe Wut in sich aufsteigen.

»Ich wurde nicht geholt, um zu kämpfen. Ihr hattet doch geglaubt, ich sei der Ifrit, der den Tod in eure Stadt gebracht hat. Sagt, Herr, habt Ihr hier in der Madinat almutaa gefunden, wen Ihr gesucht habt? Oder seid ihr beide gekommen, um mich um Hilfe bei der Suche zu bitten? Sie euch zu wünschen?«

Naima. Jack hatte vor ihrem ersten Aufeinandertreffen mit diesem Ifriten gehofft, dass seine Beschwörung ihn auf die Spur der Prinzessin bringen würde. Er hatte da nicht geahnt, dass es zwei von ihnen gab. Den Jäger und diesen hier. »Wir brauchen in der Tat deine Hilfe.« Jack würde Naimas Namen nicht erwähnen. Es konnte nicht gut sein, wenn dieses Geschöpf von ihr wusste. »Aber nicht bei einer Suche.«

Der Ifrit beugte sich vor und bedachte Jack mit einem interessierten Blick. »Was wollt Ihr, Herr?«

»Deine Magie.« Jack musste sich alle Mühe geben, ruhig zu klingen. Selbstsicher. Überlegen. Nicht ganz einfach, wenn man einen nahezu unbezwingbaren Rachegeist vor sich hatte. Aber er hatte in der Zeit, die er sich auf Londons Straßen hatte durchschlagen müssen, gelernt, seine Gefühle hinter einer Maske zu verstecken. Sich nichts anmerken zu lassen. Das Herz spiegelte sich nur allzu leicht auf dem Gesicht wider. Aber dieser Ifrit wollte genauso etwas von Jack und Oz, wie sie etwas von ihm wollten.

»Meine Magie gehört Euch, Herr.« Das Lächeln des Geistes war so verschlagen, dass Jack es ihm am liebsten vom Gesicht gewischt hätte. »Allerdings ...« Er machte eine kunstvolle Pause. »Allerdings würde ich mich über eine kleine Gefälligkeit von Euch freuen, Herr.«

Verdammt, dachte Jack. An dem Punkt waren sie schon einmal gewesen. »Wir werden dich nicht in unsere Welt bringen, um dich dort freizulassen«, sagte er so bestimmt, wie er konnte. »Aber ich habe etwas anderes, das ich dir anbieten kann.«

»So?« Die Frage hatten der Ifrit und Oz zur selben Zeit gestellt.

»Du darfst mit in unsere Welt, um dort gebunden zu bleiben.« Er sah den Ifriten auffordernd an und wartete einen Moment.

Der Geist verzog das Gesicht, als hätte er sich auf die Lippen gebissen. »Du wagst es so ...« Flammen züngelten mit einem Mal auf seinem Leib. Ganz schwach nur, doch sie tanzten überall auf seiner Haut. »Herr«, sagte er dann. Es fiel ihm hörbar schwer, sich zusammenzunehmen. »Sicher haben meine Ohren die falschen Worte vernommen. Einzig die Freiheit ist mein Wunsch. Und wie es unter uns Ifriten heißt, ein Wunsch für einen Wunsch. Es ist gewissermaßen unser Geschäft, euch Menschen die geheimsten Sehnsüchte zu erfüllen. Denn dann sind wir am mächtigsten. So ungleich stärker als sonst. Aber wir haben nichts zu verschenken. Ihr wollt meine Magie, ich will, dass Ihr dieses schreckliche Ding zerstört.« Er sah mit blankem Hass auf die Messingflasche.

»Deine Ohren haben alles so vernommen, wie ich es gesagt habe. Wir bringen dich in die echte Welt. Doch die Flasche, die dich bindet, bleibt. Du bist damit unter unserer Kontrolle.« Er neigte den Kopf zu Oz. »Das stimmt doch, oder?«, wisperte er.

Der Archivar nickte andeutungsweise. »So müsste es eigentlich sein.« Er rückte sich die Brille zurecht, offenkundig froh, dass er in dieser Sache mit seinem Wissen prahlen konnte. »Die Ifriten, die an eine Flasche gebunden sind, können nicht aus freiem

Willen handeln. Sie sind gewissermaßen gezwungen, sich dem Willen des Besitzers der Flasche zu unterwerfen. Sie sind also Sklaven, die …«

»Das reicht, das reicht«, zischte Jack. Himmel, hatte Oz denn gar kein Gespür für den richtigen Moment, um aufzuhören?

»Sklave?«, donnerte der Ifrit. Die Flammen sprossen nun höher. Seine Augen leuchteten, als wäre in ihnen ein Feuer entzündet worden.

»Verbündeter«, entgegnete Jack rasch. Das leichte Zittern in seiner Stimme konnte er nicht unterdrücken. Verflucht, das lief nicht ganz nach Plan. »Du kannst dich rächen.«

Die Flammen züngelten noch immer auf der Haut, doch die Augen leuchteten nicht mehr ganz so hell. »Rache?« Der Ifrit schien das Wort zu kosten wie eine Frucht, die ihm offenbar schmeckte. »An wem?«

Jack trat einen Schritt auf ihn zu. Die Hitze der Flammen strich über seine Haut und erinnerte ihn daran, dass er auch in dieser Welt ein verletzbarer Mensch war. »An dem anderen Ifriten.« Er sprach so beiläufig, als plauderte er mit dem Geist über das Wetter. »Du erinnerst dich? Groß. Dunkel. Silberne Augen.«

Die Flammen wuchsen so schnell, dass Jack beinahe zurückgewichen wäre. Er musste sich zwingen, stehen zu bleiben. Er durfte nicht schwach wirken. Nicht jetzt. Funken lösten sich von der Haut und schwebten wie brennende Insekten durch die Luft. Oh, offenbar erinnerte er sich.

»Der andere.« Die beiden Worte schienen nach Hass zu schmecken.

»Er hat dir Schmerzen zugefügt und dich fast vernichtet.« Oz ruckte an seiner Brille herum, die scheinbar selbst dann nicht auf seiner Nase sitzen bleiben wollte, wenn er tot und sie nur das geisterhafte Abbild einer echten Sehhilfe war.

»Ich bin ein Ifrit. Unbesiegbar.« Der Geist war von seinem Stuhl aufgesprungen.

»Natürlich bist du das«, beeilte sich Jack zu sagen. »Ich gebe dir die Möglichkeit, dich an ihm zu rächen. Ihn zu vernichten. Mein Wunsch ist dein Wunsch.« Jacks Worte klangen in seinen Ohren sehr gut.

Der Ifrit sah das offenbar anders. »Mein Wunsch ist die Freiheit. Und deiner ist das Ende des anderen. Weshalb willst du, dass ich gegen ihn antrete?«

Es entging Jack nicht, dass die Unterwürfigkeit des Rachegeistes versiegte und er ihn nicht mehr Herr nannte. Kein gutes Zeichen. »Ich bestimme«, sagte er. Ein Funke des Ifriten-Feuers schwebte auf ihn zu und verbrannte ihm die Haut auf seiner Hand. Er unterdrückte den Impuls, ihn sich hektisch fortzuschütteln und pustete den Funken stattdessen betont gleichmütig weg. Himmel, er hätte die Hand am liebsten in kaltes Wasser gehalten, so sehr schmerzte sie. »Mein Interesse an dem anderen muss dich nicht kümmern.«

»Muss es nicht?« Der Ifrit war ein wenig größer geworden. »Vielleicht wollt ihr, dass dieser andere und ich uns gegenseitig schwächen, damit ihr uns dann vernichten könnt? Sagt, hattet ihr uns nicht auch in diesem schrecklichen Kreis zusammengepfercht?«

»Der Bannzauber nach Ibn Sina«, korrigierte Oz. »Natürlich kein ganz echter Zauber. Denn Magie ist, wie ich nun weiß ...«

»Danke für den Diskussionsbeitrag«, zischte Jack. Verflucht, er durfte die Kontrolle nicht verlieren. »Der andere wollte verhindern, dass wir ihm auf die Spur kommen. Er wollte Naima ...« Jack hätte sich am liebsten auf die Lippen gebissen. Doch der Name war ihm bereits entschlüpft.

»Naima?« Der Name klang furchtbar auf den Lippen des Ifriten. »Ist sie deine Geliebte?« Er bedachte Jack mit einem höhnischen Blick. »Vielleicht sollte ich den anderen aufsuchen. Ihn zu meinem Verbündeten machen und euch alle mit ihm gemeinsam jagen.«

»Wir wollen ihn vernichten, nicht dich«, versuchte es Jack noch einmal. Doch es war längst zu spät. Der Ifrit hatte sich entschieden. Er war ihr Feind. Er war es die ganze Zeit über gewesen. *Und du hast gedacht, du könntest ihn für deine Zwecke benutzen, Jack. Ein Spiel mit dem Feuer.* Er sah auf seine schmerzende Hand. *Und du hast dich ordentlich verbrannt.* »Wir werden nun gehen«, sagte er und wich zurück. »Du kennst unser Angebot. Wenn du dich mit dem anderen Ifriten einlässt, wird es dein Untergang sein.«

»Drohst du mir?« Die Flammen auf der Haut des Ifriten leckten hungrig nach Jack.

»Ich stelle fest. Wenn du unser Angebot annehmen willst, dann …« Jack stockte, als er leise Schritte hörte, die sich von ihm entfernten. Er blickte sich um und sah, dass Oz, der sich Ramses gegriffen hatte, zur Tür gewichen war.

»Dann?« Der Ifrit klang wie ein Kampfhund kurz vor dem Zubeißen.

Mit einem raschen Blick schätzte Jack die Entfernung zur Tür. Er musste schnell sein. Sehr schnell. »Du musst nichts unternehmen. Melde dich nicht bei uns. Ich frage einfach später noch mal nach«, rief er und lief los.

Oz war längst an der Tür angelangt und wollte sie aufziehen, doch der Ifrit stieß seine Hände nach vorne, und etwas Unsichtbares traf den toten Archivar am Hinterkopf.

»Au!«, schrie Oz und ließ unwillkürlich von der Tür ab. *Verflucht*, dachte Jack. Sie mussten durch die Tür kommen, wenn sie die Zwischenwelt verlassen wollten.

Mit der Flasche hinter sich ging der Ifrit auf sie zu.

Jack stolperte, als er mitten im Lauf anhielt und sich nach einem anderen Fluchtweg umsah. Die Fenster. Er hielt sich nicht lange mit Nachdenken auf. Sie mussten raus. »Komm, Katzenjunge«, rief er und sprang. Eigentlich war die Entfernung zu weit für einen Menschen. Doch dies war die Zwischenwelt. Und selbst wenn er nicht mehr offiziell im Dienst war, blieb Jack ein Soulman. Es schien fast, dass er flog, als er auf die Scheibe zuhielt und sie mit seinem Körper durchbrach. Das Manipulieren der Zwischenwelt war verboten. Aber das galt sicher auch für Rekrutierungsgespräche mit orientalischen Rachegeistern. Jack landete unsanft in der Gasse vor dem Kaffeehaus. Er hatte keine Ahnung, wo er hier war. Und er hatte keine Zeit, seinen Kompass herauszuholen, um eine neue Pforte ausfindig zu machen. Er wandte sich nicht um, als er ein wütendes Fauchen hörte, in das sich beschwichtigende Worte mischten.

»Ganz ruhig. Das ist alles seine Schuld.« Oz gelang es, selbst mit einem hasserfüllten Verfolger im Rücken vorwurfsvoll zu klingen, als er mit Ramses aus dem Fenster kletterte.

»Ich hoffe, du meinst den Ifriten«, entgegnete Jack knapp. »Konntest du nicht irgendwas zaubern?« Er blickte die Gasse entlang. Links oder rechts?

»Ich musste Ramses retten«, erwiderte Oz leicht gekränkt. »Übrigens, wohin …« Die nächsten Worte wurden vom Krach verschluckt, als das Kaffeehaus auseinandergerissen wurde. Fast schien es, jemand hätte eine Bombe in ihm entzündet. Entgeistert wandte sich Jack um und starrte auf die Ruine. Nur die Tür war stehen geblieben. Die Pforte. Mit einem Brüllen wuchs der Ifrit in die Höhe, bis er groß wie ein Riese war. Seine Augen schienen nun zu brennen.

»Einfach weg«, entschied Jack und lief los.

Kein Mensch hätte so rennen können. Jack hatte mittlerweile genug Übung darin, die Zwischenwelt zumindest ein wenig zu manipulieren. Doch selbst wenn er schnell wie eine Lokomotive unter vollem Dampf gewesen wäre, hätte er dem Ifriten auf Dauer nicht davonlaufen können. Der Rachegeist musste nur einen Schritt machen und hatte Jack und Oz fast wieder eingeholt.

»Dies ist meine Welt«, donnerte er. »Keine gute Idee, mich hier herauszufordern, kleiner Herr.«

Sie schlüpften in eine Gasse, in der die Häuser so eng standen, dass der Ifrit sie hoffentlich für einen Moment aus den goldenen Augen verlor. Die Gasse endete in einer Art Nebel. Ein Übergang in den nächsten Teil der Zwischenwelt. Sie gehörte einem anderen Toten, der dort von seinem Leben Abschied nahm. Jacks erster Instinkt war es weiterzurennen. In diesen nächsten Teil zu springen und dort eine vielleicht noch offen stehende Pforte zu finden. Doch der Riese würde ihnen mühelos folgen. Sie waren für ihn so klein wie Mäuse. Sie … Jack blieb so abrupt stehen, dass Oz gegen ihn lief.

»Hey«, rief der Geist. »Was soll das?« Er sah verärgert zu Jack, dann blickte er nach oben. Der Gigant suchte sie zwischen den Häusern.

Jack aber starrte wortlos auf den Übergang. Er erkannte die Umrisse einer Gestalt, die auf sie zukam. Hinter ihnen erklang das Brüllen des Ifriten. »Da ist jemand«, wisperte Jack atemlos.

»Ist das da ein Schatten? Dann nimm du ihn. Ich werde gegen den Ifriten kämpfen.« Mutige Worte, doch Oz klang, ohne das Fell des Katers, weit weniger forsch als sonst.

»Nein«, erwiderte Jack, während er fieberhaft überlegte. Das würden sie nicht überleben.

Das Brüllen des Ifriten erfüllte die Gasse.

»Es ist keine Frage des Kampfes, sondern der Größe.«

Jacks Herz schlug so schnell, dass er fürchtete, der Ifrit könnte es bemerken. Die Sorge war nicht unbegründet. Naimas Jäger hatte die Herzen der Lebenden tatsächlich hören können. Doch dieser Ifrit hier, der ihnen auf den Fersen war, schien zu sehr in Rage, um auf solche Feinheiten zu achten. Er brannte. Die Flammen griffen in die Luft, als wollten sie alles um sich herum in Brand stecken. Stinkender Rauch erfüllte die Zwischenwelt.

Jack hielt die Luft an, doch die Augen zwang er weiter auf, auch wenn der Qualm sie tränen ließ. Oz, Ramses und er kauerten hinter einem Stein. Sie waren kaum größer als Mäuse.

Der Ifrit war ein brennender Riese. Die Messingflasche aber musste ihre Größe behalten haben. Sie war daher so viel kleiner als der nebelhafte Leib des Geistes. Er zog sie scheppernd hinter sich her, während er sie suchte, und war dann nach einigen Augenblicken nicht mehr zu sehen. Und wo war die Gestalt, die durch den Übergang gekommen war? Jack blickte sich suchend um, doch er fand keine Spur von ihr. Er presste die Lippen aufeinander. Das war nicht gut. Vielleicht war es Naimas Jäger.

Stumm gab Jack das Zeichen zum Aufbruch. Sie hatten hier nichts mehr verloren. Und sie durften nicht länger verweilen. In Gedanken versunken folgte Jack der Gasse und merkte nur am Rande, dass Oz seinen Zauber aufhob, der sie hatte schrumpfen lassen. Sie wuchsen wieder zu normaler Größe heran, und der Rauch hing beißend in der Luft, als wollte er sich an sie heften, damit der Ifrit sie fand. In dem Trümmerhaufen, der einmal das Kaffeehaus gewesen war, stand tatsächlich nur noch die Tür. Die Pforte. Wenigstens hatte Rafik Wort gehalten. Sie war nicht verschlossen. Jack atmete tief durch. Es war ein Rückschlag. Aber er würde sich davon nicht entmutigen lassen. Er legte die Hand auf den Türknauf.

Und zuckte zusammen, als Ramses einen Laut von sich gab.

Er fuhr herum. Im ersten Moment fürchtete Jack, dass der Ifrit zurückgekommen war. Doch Ramses klang nicht alarmiert. Aus der Gasse kam die Gestalt auf sie zu, die sie zuvor am Übergang gesehen hatte. Zumindest vermutete Jack das.

»Ein Schatten«, zischte Oz und hob seine Hände, als wären sie Waffen.

Jack legte den Kopf schief. Und drückte dann Oz' Arme sanft hinunter. »Sieht nicht nach einem Feind aus«, meinte er, als er das Gesicht erkannte.

Ramses schlenderte offenkundig erfreut auf den Ankömmling zu.

»Sondern eher nach einem Freund.«

Naimas Diener saß mit Ramses auf dem Schoß inmitten der Trümmer auf einem Stuhl, der die Zerstörung des Kaffeehauses überstanden hatte. In Jacks Kopf erklangen Worte. Worte, die er nicht verstand. Sie waren wie die Gedanken eines anderen. Fragend sah er zu Oz. Der Archivar schien sie ebenfalls gehört zu haben.

»Abdal hier will wissen, wie es Naima geht«, übersetzte Oz. Der Diener schien noch immer stumm zu sein. Schon in London, als Jack ihn auf die andere Seite gebracht hatte, war kein Laut über Abdals Lippen gekommen. Nun, wenigstens teilte er jetzt seine Gedanken mit ihnen.

»Im Großen und Ganzen gut«, sagte Jack. »Abgesehen davon, dass ein irrer Ifrit ihre Seele stehlen will. Aber das kommt vor.« Er wusste selbst nicht, weshalb er so feindselig war. Vielleicht lag es daran, dass er sich wie in einem Theaterstück fühlte, ohne den Ablauf zu kennen. Der Diener war doch ein Zeuge dessen gewesen, was in London vorgefallen war. Und er war noch immer nicht ins Jenseits gegangen. Entweder konnte er seine Ermordung nicht verwinden. Oder er wollte über jemanden wachen. Es war nicht schwer zu erraten, um wen er sich sorgte. »Frag ihn, wer Naima vergiftet hat.« Jack setzte sich auf ein paar herumliegende Trümmer und blickte sich um. Falls der Ifrit zurückkam, wollte er sich nicht überraschen lassen.

Das Gesicht des Dieners wurde hart wie Stein. Seine Lippen bewegten sich. Formten stumme Worte.

»Es ist der Wunsch nach Rache, der einem Ifriten die Macht gibt«, soufflierte Oz.

»Was hat der Ifrit mit allem zu tun?«, fragte er gereizt. »Rachegeister vergiften ihre Opfer wohl kaum.«
Der Diener sah ihn tadelnd an. Wieder bewegten sich seine Lippen.
»Es ist der Wunsch nach Rache, der einen Menschen zum Ifriten macht. An dem Abend, an dem du kamst, wurde die Familie vergiftet.«
»Der Emir ist verbrannt«, belehrte ihn Jack.
Abdal lächelte nachsichtig. Und traurig.
»Der Wunsch nach Rache ist ebenfalls ein Gift. Selbst der beste Mann kann ihm erliegen.« Abdal und Ramses hoben die Köpfe, als hätten sie etwas vernommen, das Jack entgangen war. Einen Augenblick später hörte er es auch. Das Brüllen. Der Ifrit kam zurück.
»Ihr müsst gehen«, sprach Oz die unhörbaren Worte des Dieners aus.
»Ich will mehr wissen«, drängte Jack. »Wer hat alle getötet? Warum hat sich der Ifrit ausgerechnet Naimas Familie ausgesucht? Warst du schon immer stumm? Was …« Jack beendete den letzten Satz nicht. Abdal hatte Ramses vom Schoß genommen und eine Hand auf Jacks Arm gelegt. Sein Mund zitterte, als seine Lippen ein paar hastige Worte formten.
»Was hat Abdal gesagt?«, fragte er, ohne den Blick von dem stummen Diener zu lassen.
»Lügen können krank machen«, sagte er leise. »Doch die Wahrheit kann töten.« Oz zögerte, als fürchtete er, die nächsten Worte könnten seine Lippen verbrennen. »Es sind schreckliche Dinge in dieser Nacht geschehen. Und der Tod war nicht das Dunkelste.«
Abdal sprach leise weiter.
»Er wird es uns sagen«, übersetzte Oz. Ramses neben ihm machte einen Buckel und fauchte heiser. Der Ifrit kam näher.
Der Diener erhob sich und sprach hastiger als zuvor. Die Au-

gen, in denen Jack schon einmal eine unermessliche Angst gesehen hatte, färbten sich dunkel vor Furcht.

»In der Madinat almutaa findet eine Heerschau statt. Sie sammeln sich. Der ...« Oz rückte sich die Brille zurecht. »Nun, dieses Wort ist schwer zu übersetzen.«

»Oz!«, drängte Jack.

Der Archivar runzelte die Stirn. »Schattenspieler. Ja, so könnte man ihn nennen. Der Schattenspieler ruft sie. Sie hassen die Lebenden. Ihr Wunsch nach Rache ist auch sein Wunsch nach Rache.«

Mit einem Mal wurde es kalt. Jacks Atem bekam ein weißes Kleid. Frost perlte auf seiner Haut. Das Atmen schmerzte. Fragend blickte er von Oz zu Abdal.

Der Diener deutete auf die Pforte. Seine Lippen formten noch einmal ein paar schnelle Worte. Dann eilte er so geduckt wie ein Dieb in der Nacht davon.

Verblüfft sah Jack ihm nach. »Was ... was war das denn?«, fragt er Oz verärgert, als wäre dieser schuld an allem. Es war nun so kalt, dass seine Beine steif wurden.

»Sie suchen mich. Wir müssen gehen«, übersetzte der tote Archivar und winkte den Kater zu sich. Ihm schien die Kälte nichts auszumachen. Ramses hingegen wirkte außerordentlich unglücklich.

»Gehen?« Nur zögerlich schritt er auf die Pforte zu. Abdal war am anderen Ende der Gasse angelangt und wandte sich zu ihnen um. Seine Lippen bewegten sich noch einmal.

»Was hat Abdal gesagt?«, fragte er, während er die Tür aufstieß.

»Sie kommen.«

»Wer?« Das eine Wort fühlte sich wie eine Klinge in Jacks Kehle an.

»Ich glaube, er meinte die dort.« Oz deutete auf die Gestalten, die mit einem Mal aus der Gasse kamen.

Jack presste die Lippen aufeinander. Im ersten Moment hatte er befürchtet, Tante Alima oder ein anderes Mitglied ihrer finsteren Sippe wäre erschienen. Doch es waren offenbar normale Geister. Noch nie hatte Jack mehr von ihnen auf einmal in der Zwischenwelt gesehen. Es waren Dutzende. Vielleicht Hunderte. Er sah, wie Abdal die Arme ausbreitete, um sie aufzuhalten. Dann sprang Ramses durch Oz hindurch ins Diesseits. Die Geister griffen nach Abdal.

Hilflos sah Jack dem Diener nach, dann sprang auch er durch die Pforte.

IN DER FALLE

»Wie ist es gelaufen?«

Naima hatte im Garten auf sie gewartet. Jack und Oz waren im Morgengrauen am Palast angekommen. Die Zeit in der Zwischenwelt verging nie so wie im Diesseits. Ihr für Jack beinahe tödlicher Ausflug hatte auf der anderen Seite sicher kaum mehr als eine halbe Stunde in Anspruch genommen. Hier aber war eine ganze Nacht vergangen. Die Dienerin, die ungeduldig am Tor auf sie gewartet hatte, war von Naima dort postiert worden. Sie hatte Jack und Oz, der nun wieder die Gestalt des Katers besaß, zu ihr geführt. Jack konnte Naima die Sorge vom Gesicht ablesen. Die Wächter, die ihr Bruder ihr auch jetzt, während die meisten Menschen im Palast noch schliefen, an die Seite befohlen hatte, standen gelangweilt so weit entfernt, dass sie wohl keines der gesprochenen Worte hören konnten.

»Eigentlich gar nicht so schlecht«, behauptete Jack. Dann seufzte er, als er Oz' fragenden Blick bemerkte. »Es gibt Gutes zu berichten.« Er zögerte. »Aber auch sehr Übles.«

»Wir haben den Ifriten gefunden«, sprang Oz Jack hilfreich zur Seite.

»Ja«, rief er in gespieltem Optimismus. »Das stimmt. Gut, nicht?«

»Und wir haben deinen stummen Diener getroffen«, fügte Oz hinzu. »Auch gut, oder?«

»Abdal?« Naima runzelte verwundert die Stirn. »Er hat versucht, mich vor dem Ifriten zu beschützen. Und ich habe ihn gespürt, als ich aus dem Palast flüchten wollte. Wieso war er da? Und was hat der Ifrit gesagt?«

Jack wechselte einen kurzen Blick mit Oz. In seinem Kopf wob er schon neue Worte für eine Lüge zusammen. Eine kleine Geschichte, die … Er schüttelte den Kopf, als müsste er sich selbst tadeln. Nur die Wahrheit. Jack schloss für einen Moment die Augen und sog die nach Blüten und Leben duftende Luft ein. »Oz' Ifrit wird uns nicht helfen. Er ist ein Monster. So wie dein Jäger. Wir …«

»… sollten ihm besser nicht mehr über den Weg laufen«, beendete Oz den Satz. »Aber wieso mein Ifrit?«

Jack winkte ab. »Und warum Abdal weiterhin da ist, kann ich dir nicht sagen. Vielleicht ist er noch nicht so weit. Oder …«

»… er will mich schützen. Kann ich mit ihm sprechen?«

Jack verzog das Gesicht, als hätte er in eine Zitrone gebissen. »Dazu müssten wir ihn befreien. Überhaupt ist das mit dem Sprechen so eine Sache. Er redet nicht auf die herkömmliche Art. War er eigentlich schon immer stumm?«

Naima schüttelte den Kopf. »Ich weiß nicht, weshalb er als Geist nicht spricht.«

»Gut«, meinte Jack. »Er kann einem dafür die Worte im Kopf erklingen lassen. Ehe er … sagen konnte, warum der Ifrit ausgerechnet deine Familie umgebracht hat, wurde er …«

»… entführt«, schloss der Kater. »Von einer Meute wütender Geister.« Er zögerte. »Ein Teil der Schattenarmee, vermute ich. Abdal sagte, dass eine Heerschau in der Zwischenwelt stattfindet. Damit konnte er nur die Schattenarmee gemeint haben. Ich könnte mir vorstellen, dass die Geister dazugehören.«

»Kann ich mal einen Satz beenden?« Jack nahm Naimas Hand. »Es tut mir leid. Ich weiß, dass du an ihm hängst.«

Sie nickte tapfer und zog vorsichtig ihre Hand fort. Dabei sah sie zu den Wachen, die damit beschäftigt waren, nicht im Stehen einzuschlafen. »Es gibt also nur eines, was wir tun können.«

»Ja«, meinte Jack. »Wir müssen …«

»… ihn befreien.«

Für einen Augenblick glaubte er, sich verhört zu haben. »Was?«, rief er dann so laut, dass die Wachen ihre Köpfe in seine Richtung drehten. »Bist du wahnsinnig, Prinzessin?« Er sprach das Wort aus, als würde es *Verrückte* bedeuten.

»Er ist mein Vertrauter.«

»Er ist tot. Was macht es da für einen Unterschied, wo in der Zwischenwelt er sich herumtreibt?«

»Also das«, mischte sich Oz ein, »kann man so nicht stehen lassen.«

»Ich schulde ihm etwas«, beharrte Naima. Ihre Sorge wich einem Tatendrang, der Jack nicht gefiel.

»Mir auch«, erklang es von unten.

»Und«, Naima sah Jack überlegen an, »wenn er etwas über den Ifriten weiß, wird uns das helfen. Vielleicht können wir so mich und dich retten. Wenn wir also dieses ganze Abenteuer überleben wollen, dann müssen wir dafür sorgen, dass Abdal überl… gerettet wird. Und mit seinem Wissen besiegen wir unseren Feind.«

»Geister sind sehr wertvolle Menschen«, murrte Oz.

Jacks Mund öffnete und schloss sich wieder, ohne dass auch nur ein Wort herausgekommen war. »Aber du weißt nicht, ob er uns wirklich helfen kann«, brachte er schließlich hervor.

»Es ist dennoch das Richtige«, entgegnete sie. »Und wir haben keinen anderen Plan, oder?«

Verdammt, dachte Jack. Sie hatte recht. Er senkte geschlagen den Kopf. »Na gut«, zischte er. »Wir machen es so. Aber es wird auffallen, wenn du fort bist.«

»Ich werde behaupten, ich sei krank.« Naima lächelte ihn an und wandte sich zum Palast um. Sie schlenderte entspannt über den Weg, der sie an den drei Bananenbäumen vorbeiführte, unter denen sie Jack in der Zwischenwelt mit einem Ast von den Beinen geholt hatte. Er konnte ihr nur wortlos nachsehen. Dann folgte er ihr vorbei an den Wachen, die ihn so misstrauisch ansahen, als vermuteten sie in ihm einen Attentäter. »Ich bin hier nicht der Böse«, brummte er, auch wenn sie ihn nicht verstanden. »Aber den Kater solltet ihr im Auge behalten.« Er sah zufrieden, wie Oz die Erwiderung, zu der er ansetzte, nur mit Mühe heruntschluckte.

»Miau«, grollte er stattdessen und funkelte Jack verärgert an.

Die Vorbereitung für ihren Rettungsversuch war denkbar schnell abgeschlossen. Jack hatte noch versucht, Naima davon zu überzeugen, im Palast zu warten, während er mit Oz den stummen Diener befreien wollte. Doch sie hatte das nicht einmal einer Antwort gewürdigt, und Oz hatte angemerkt, dass es in dieser Angelegenheit schon zwei mit Verstand brauchen würde. Also Naima und ihn. Die Prinzessin hatte bei diesen Worten gelächelt und dem toten Archivar dann ein Zeichen gegeben zu schweigen. Ihre beiden Wächter, die ihr wie Schatten folgten, hätten sonst noch den sprechenden Kater bemerkt. »Wir sehen uns, wenn die Sonne untergegangen ist«, hatte sie gewispert, ehe sie in einen Flur abgebogen war, der zu ihren Gemächern führte. Jack hatte für einen Moment überlegt, ihr zu folgen, doch die beiden Wachen gaben ihm mit ihren Blicken den eindeutigen Hinweis, dass dies keine gute Idee wäre.

Das seither andauernde Warten zehrte an Jacks Nerven. Er war zum wiederholten Male aufgestanden und hatte seine Ausrüstung überprüft. Uhr. Kompass. Phiolen. Er trug wieder seinen Dienstanzug, der gefunden und sogar gereinigt worden war. In dem orientalischen Gewand konnte er kaum richtig rennen. Und ein weißer Anzug passte einfach nicht zu ihm. Als es endlich klopfte, blickte sich Jack verwirrt um. Naima war nicht sehr genau gewesen, als sie den Zeitpunkt ihres Treffens genannt hatte.

Es war schon dunkel. Was den Ort anging, so hatte Jack indes mehr auf die Tür und weniger auf das Fenster gesetzt. Warme Luft drang herein, als er es öffnete.

Naima stieg so geschmeidig wie eine Katze in das Zimmer. Und Jack starrte sie wortlos an. Sie trug Sachen, die einem Straßenjungen gehören konnten. Eine einfache Hose und ein ebenso schmuckloses Hemd aus dunklem Stoff. Das Haar hatte sie unter einem Tuch verborgen. Einzig ihr Gesicht entlarvte die Lüge, die die Kleider erzählten.

»Woher …?« Er trat an das Fenster und sah an der Wand entlang. Keine erkennbaren Vorsprünge. »Und wie …?«

»Keine Angst«, beruhigte ihn Naima. »Ich führe euch.« Sie sah ihn an. »Was ist?«

Er gab keine Antwort und trat auf sie zu. Sie waren alleine. Er blickte kurz zu Oz. Weitestgehend. Ein wertvoller Augenblick. Und im Angesicht der Umstände durfte man keinen davon verschwenden. Er nahm ihr Gesicht in seine Hände und küsste sie so lange, bis er jemanden aus Höhe seiner Knöchel sich räuspern hörte.

»Wollen wir heute noch los?«

Naima löste sich von Jack, und er stand kurz da und versuchte, diesen Moment irgendwie festzuhalten. Ihn nicht gehen zu lassen.

»Ich vermute, wir nehmen nicht die Tür, oder?«, fragte Oz.

Naima war wieder an das Fenster getreten und lächelte den Kater an, als hätte er einen Witz gemacht. »Katzen sind die geschicktesten Kletterer. Ramses hat mich gelegentlich begleitet, wenn ich den Palast verlassen musste.« Sie sah prüfend in die Nacht. »Oft hat sich nicht die Gelegenheit dazu ergeben. Aber es war schön, manchmal unter normale Menschen zu kommen.«

Jack trat neben sie und blickte hinab. Sein Zimmer lag hoch genug, um sich den Hals beim Herunterklettern zu brechen. »Heute werden wir unter Geister kommen«, bemerkte er. Der

Dienst im Ministerium hatte ihn ein wenig schlapp werden lassen. Doch jeder Straßenjunge Londons konnte klettern. Oft genug hatte er Mauern auf der Flucht vor jemandem überwinden müssen. Englische Backsteinmauern boten indes weit mehr Vorsprünge als orientalische Palastwände.

»Dann wollen wir sie nicht warten lassen«, erwiderte Naima. Und bei diesen Worten schwang sie sich hinaus in die Nacht. Jack seufzte. »Na komm, Fellknäuel. Oder willst du ewig hierbleiben?«

»Ja«, entgegnete Oz. »Aber dann würde ich wohl den ganzen Spaß verpassen.«

Naimas gewisperte Kommandos wiesen Jack den Weg, doch er wäre dennoch mehr als einmal beinahe abgestürzt. Dass sich Oz während des waghalsigen Abstiegs an seinen Rücken krallte, machte die Angelegenheit nicht einfacher. »Ich denke, Ramses hat das schon mal gemacht« zischte er gereizt, als der Kater endlich losließ und kurz vor dem Boden mehr oder weniger elegant in den Garten sprang.

»Ja, aber ich nicht«, erwiderte Oz hochmütig.

Es war so still, dass jeder Schritt unangenehm laut klang. Naima lotste sie zu einer Mauer, an die sich ein weitverzweigter Busch drückte. In seinem Schutz suchte die Prinzessin eine Stelle, an der man sie unbeobachtet überwinden konnte. Als Jack schließlich den harten Boden der Straße unter den Füßen spürte, atmete er tief durch. Alles, was jetzt kommen würde, konnte nur einfacher sein.

»Wie gelangen wir eigentlich wieder rein?«, fragte er Naima und nickte in Richtung des Tores. Zwei Wachen standen dort und hielten die Blicke starr auf die Straße vor ihnen gerichtet.

»Meine treueste Dienerin wird auf dem Weg zum Tor auf uns warten. Sie glaubt, dass ich der Stadt einen heimlichen Besuch abstatte, und wird die Wachen ablenken, damit wir ungesehen wieder zurückkehren können.«

Wie schon in Suez hatte die Nacht auch hier nicht das Leben

aus den Gassen vertrieben. Im Gegenteil. Fast schien es, als würde es erst jetzt, da mit dem Tag auch die Hitze zumindest ein wenig verschwand, in die Straßen zurückkehren. Die Blicke, die Jack von den vielen Menschen, denen sie begegneten, auf sich zog, waren wie zu erwarten reichlich abweisend. Er ließ sich davon nicht beeindrucken. Immerhin hatte er die Prinzessin an seiner Seite. Auch wenn man sie in der Nacht für einen Jungen halten musste. Vermutlich erkannten die Leute in ihnen einen englischen Geschäftsmann oder Diplomaten und seinen einheimischen Diener. Und seine Katze. Er rückte sich den Zylinder zurecht.

»Die Maschrabiyya werden erst geöffnet, wenn die Sonne fort ist und der Wind Kühle in die Häuser trägt«, wisperte Naima, als sie an einem prachtvollen Anwesen vorbeikamen, in dem Lampen entzündet worden waren. Dabei deutete sie auf die kunstvollen Holzgitter, die vor die Fenster und die Balkone gesetzt waren. »Am Tag ruhen die Menschen, wenn sie können. In der Nacht fangen sie mit ihren Geschäften an.« Sie wirkte so glücklich während ihres Spaziergangs zum Haus des toten Geschichtenerzählers, als hätte sie es ihr Leben lang entbehren müssen, frei und ungezwungen durch die Straßen zu gehen. Nun, im Grunde war es wohl auch so. Sie liebte die Menschen dieses Landes. Jack konnte es deutlich von ihrem wunderschönen Gesicht ablesen. Die Freude, die sie darauf trug, war so ansteckend, dass sich die feindseligen Blicke der Leute, mit denen Jack bedacht wurde, wandelten, als sie den vermeintlichen Jungen an seiner Seite sahen. Selbst Jacks Anspannung ließ unweigerlich nach. Es war ein seltsamer Moment der Unbeschwertheit, der endete, als sie in die stille Gasse eintraten, in der Rafik gestorben war.

»Was, wenn er schon rübergegangen ist?«, brummte Oz. Sie waren endlich alleine. Keine fremden Ohren, die ein sprechender Kater hätte verwundern können.

Jack zog sich den Zylinder vom Kopf, ehe sie das Haus betraten. »Ist er nicht«, erwiderte er. Das Schimmern der Pforte war durch das Fenster gut zu erkennen. Der Raum war ganz und gar dunkel. Rafiks Leichnam war fort, doch noch hatte offenbar niemand Besitz von dem leeren Haus ergriffen. Selbst im fortschrittlichen London wurden die Häuser der Toten zumindest einige Tage lang gemieden. Leise drückte er die Tür auf.

Mit einem Lächeln begrüßte sie der Geist des Geschichtenerzählers. Er saß auf einem Kissen und hatte die Arme ausgestreckt, als wollte er sie umarmen.

»Keine Angst, das da ist unser ... Gastgeber«, bemerkte Jack. Dann fiel ihm ein, dass Naima die Seele des Verstorbenen nicht sehen konnte. »Dieses Haus hat einem Erzähler gehört. Rafik. Er ist noch hier. Zumindest sein Geist. Oz«, sagte er an den Kater gewandt, »du musst übersetzen.« Er deutete auf Naima. »Dies ist ...« Er überlegte, ob er ihre wahre Identität enthüllen sollte. Doch ehe er weitersprechen konnte, hatte sich Rafik erhoben und trat mit verwunderter Miene auf Naima zu.

Er sagte etwas auf Arabisch und verbeugte sich vor ihr.

»Er freut sich, Naima kennenzulernen«, erklärte Oz.

»Erkennt er mich?«, fragte sie verblüfft und sah ungefähr in die Richtung, aus der die für sie körperlose Stimme gekommen sein musste. Dann sagte sie etwas in ihrer eigenen Sprache.

Rafik lächelte und antwortete.

»Oz«, meinte Jack auffordernd, der wissen wollte, was da geredet wurde.

»Er würde sie überall erkennen. Sie trägt die Liebe ihrer Mutter für die Menschen in sich. Aber sie soll aufpassen, wenn sie uns hinüberbegleitet. Die Dunkelheit zieht in der Madinat almutaa auf. Er fühlt es.«

»Ach, das habe ich noch nicht mitbekommen«, erwiderte Jack bissig.

»Ich bin nur der Übersetzer. Und außerdem gehört das eigentlich nicht zu meinen Aufgaben als heldenhafter Kater.«

Jack hob die Augenbrauen, doch er verkniff sich jeden Kommentar. »Unser geschätzter Erzähler soll bitte noch eine Weile darauf verzichten hinüberzugehen. Wir müssen jemanden holen. Sag ihm, die Geschichte, die er dafür erhält, wird umso schöner. Auch wenn ich nicht weiß, ob sie ein gutes Ende nimmt.«

Diesmal war es Naima, die Jacks Worte in die andere Sprache übertrug, auch wenn sie Rafik nicht sehen konnte.

Der Erzähler verbeugte sich ein weiteres Mal und wies mit der Hand auf die Pforte.

»Alleine könntest du nicht hinüber. Wenn aber ein Soulman in deiner Nähe ist, kannst du den Schritt auf die andere Seite machen«, sagte Jack. »Bereit?«, fragte er dann.

Naima zögert einen Moment. Kein Wunder. Sie war nur um Haaresbreite aus der Zwischenwelt entkommen und hatte die Rückkehr ins Diesseits beinahe mit dem Leben bezahlt. Doch sie nickte entschlossen.

»Nicht so ganz«, murmelte Oz, als Jack über die Schwelle trat.

Das Kaffeehaus auf der anderen Seite war noch immer eine Ruine. Jack stolperte über die Trümmer und half Naima, die kurz nach ihm durch die Tür kam. Misstrauisch sah er sich um, doch von dem Ifriten, den sie hier getroffen hatten, war weit und breit keine Spur zu erkennen. »Dein Diener ist in dieser Richtung verschwunden«, sagte er und deutete die Gasse entlang. Hinter ihm wackelte Oz murrend über Steine und Holz. In seinen Armen hielt er Ramses.

Das Ende der Gasse war unscharf. Ein Übergang in einen anderen Teil der Zwischenwelt. Sie gehorchte nur wenigen Regeln. Veränderte sich laufend. Verwirrte die Sinne. Und … war für diejenigen, die sich in ihr zurechtfanden, formbar. Vielleicht würden sie die Geister, die Abdal entführt hatten, direkt hinter dem Übergang finden, wenn es Jack gelang, ihn entsprechend zu lenken. Vielleicht aber waren sie auch schon weit entfernt. »Da geht es zur Schattenarmee.« Es sollte unbeschwert klingen. Doch als Jack in die ernsten Gesichter seiner Freunde blickte, blieben ihm alle weiteren lockeren Worte im Hals stecken. Für Naima ging es darum, einen Vertrauten zu retten. Selbst wenn er längst tot war.

»Wir werden ihn finden«, sagte er leise und nahm ihre Hand.

Als sie den Übergang direkt vor sich hatten, blieb Jack stehen. »Ich muss an ihn denken«, erklärte er, als er Naimas fragenden Blick bemerkte. »So habe ich auch dich gefunden.«

»Nun, ich meine, da war viel Zufall im Spiel«, sagte Oz. Ramses tippelte an seiner Seite und drückte seine Nase gegen den Boden. Ein Fauchen entwich der Katzenkehle. Vermutlich hatte der Kater die Geister gewittert.

Jack schloss die Augen und rief sich das Bild des stummen Dieners in den Kopf. Das kahle Haupt. Das faltige Gesicht. Der ängstliche Blick. »Denkt daran, immer schön unauffällig bleiben.« Er hielt die Augen geschlossen, als er nach Naimas Hand griff und mit ihr zusammen den Schritt in den nächsten Teil der Zwischenwelt machte.

»Bei allen Geistern der Wüste.« Naimas Hand löste sich von Jacks.

»Immer schön unauffällig, was?«, hörte er Oz sagen.

Langsam öffnete Jack die Augen. Und wünschte sich, er hätte es nicht getan. Sie waren dort, wo sie Naima gerettet hatten. Ein Teil der Zwischenwelt, in dem der Himmel ebenso grau wie der Boden war. Ein Teil der Zwischenwelt, in dem der Palast von Ra's al-Chaima stand. Ein Teil der Zwischenwelt, in der Naimas Jäger herrschte. Der Ifrit. Der Schattenspieler. »Du brauchst da nicht wieder reinzugehen«, sagte er. Jack konnte sich kaum vorstellen, wie es für Naima sein musste, erneut an diesem Ort zu sein. Der Ifrit hatte sie hierhin entführt. Der verräterische Leiter des Ministry of Souls hatte sie von hier aus zurück ins Diesseits bringen sollen, damit Naima dort an den Folgen eines Giftanschlags starb. Der Palast vor ihnen war also sicher nicht ihr bevorzugtes Ausflugsziel.

»Sie kann wohl kaum hier warten.« Oz hatte recht. Natürlich.

Es gab keine Düne. Keinen Felsen. Nichts, hinter dem sie sich hätte verbergen können.

Naima straffte sich. »Ich komme mit. Und jetzt?«, fragte sie.

Eine gute Frage. Und Jack hatte keine Antwort. Sie hatten nicht wissen können, was sie erwartete. Sie sollten umkehren. Sofort. Wenn der Schattenspieler hier war und Naima bemerkte, war sie verloren. Jack wollte sich gerade abwenden, als er die Geister sah. Sie gingen schwerfällig, als hätten sie bereits einen langen Marsch hinter sich, auf das Tor des Palastes zu. Sie waren noch ein wenig entfernt, doch wenn sich Jack nicht irrte, würden sie genau an ihnen vorbeimarschieren.

»Wachen?«, fragte Oz, der sie ebenfalls bemerkt hatte.

»Nein.« Die Antwort hatte Naima gegeben. »Es sieht eher so aus, als kämen sie gerade an.« Sie sah prüfend zu Jack. »Das hast du doch nicht wirklich vor, oder?«

Er grinste sie schief an. »Du meinst, dass wir uns an sie hängen und so tun, als wären wir ebenfalls Geister? Uns so in den Palast schmuggeln und deinen Freund suchen? Hört sich doch nach einer guten Idee an.«

»Das ist Irrsinn«, entfuhr es Oz. »Der Ifrit wird uns sofort bemerken.«

Jack schüttelte den Kopf. »Er erwartet uns nicht. Wenn er überhaupt zu Hause ist. Keine Ahnung, was Rachegeister aus der Wüste üblicherweise so treiben. Vielleicht ist er damit beschäftigt, seine Schattenarmee aufzustellen.« Er atmete tief durch. »Es ist einen Versuch wert. Wenn jemand eine bessere Idee hat, dann sollte er sie jetzt nennen.«

»Das ist Irrsinn«, wiederholte Oz fassungslos.

»Ja«, sagte Jack. »Aber es ist unser Irrsinn.«

Die Geister sahen aus, als wären sie gerade erst gestorben. Sie schienen weder in die Wüste noch nach Europa zu gehören. Jack, der, abgesehen von seinen Gängen in die Zwischenwelt, London mit Naima und Oz zum ersten Mal wirklich verlassen hatte, versuchte zu erraten, woher sie wohl stammten. Ihre Haut war so dunkel, als hätte die Nacht sie gefärbt. Sie nahmen Jack und die anderen kaum zur Kenntnis, als sich diese hinter ihnen einreihten. Nur Ramses warfen sie missbilligende Blicke zu. Kein Wunder, die meisten Geister verabscheuten Katzen. Oz war eine der wenigen Ausnahmen. Von Agatha und Terry einmal ganz zu schweigen.

Der Marsch war von einer Stille erfüllt, die Jack in den Ohren dröhnte. Die Idee, die ihm eben noch so genial vorgekommen war, erschien ihm mit jedem Schritt auf das Tor des Palastes zu törichter. Sie liefen ihrem Feind direkt in die Arme. *Ja, Jack*, versuchte er sich zu beruhigen. *Aber er rechnet nicht damit, dass ihr hier seid. Das ist euer Vorteil.* Dummerweise linderte der Gedanke Jacks Nervosität überhaupt nicht. Naimas Gesicht war zu einer Maske erstarrt. Er selbst zog sich den Zylinder tiefer in die Stirn und bedeutete ihr, es ihm mit ihrem Tuch gleichzutun. In dieser Welt waren Menschen und Geister zwar äußerlich nicht zu unterscheiden, doch er wollte sein Schicksal nicht herausfordern.

»Der Kater bleibt besser hier«, raunte er Oz zu, als sich die Flügel des Tores in der Mauer öffneten. Dabei drehte er sich um und gab dem Kater ein entsprechendes Handzeichen.

Ramses sah ihn so abschätzig an, als hätte ein Diener seinem Herrn einen Befehl erteilt. Hatte er begriffen, was Jack von ihm wollte? Anstalten anzuhalten machte er zumindest nicht. Erst als Oz zu ihm ging, sich kurz bückte und ihm etwas ins Ohr wisperte, trabte er erhaben zu der Mauer und drückte sich so eng in einen Spalt, dass er beinahe mit dem Stein verschmolz.

Was hinter der Schwelle lag, war nicht zu erkennen. Alles schien so verschwommen, als würde Jack es durch milchiges Glas betrachten. Die Geister, denen sie folgten, verweilten einen Moment lang zwischen den geöffneten Flügeln, als lauschten sie einer unhörbaren Stimme. Dann gingen sie weiter und verschwanden aus Jacks Blickfeld. »Das gefällt mir nicht«, raunte er Naima zu.

Zur Antwort drückte sie seine Hand und zwang sich ein aufmunterndes Lächeln auf die Lippen.

Nur noch ein Schritt, und sie würden selbst den Innenhof betreten. Jack war unsicher. Das hier erschien ihm falsch. Wieso konnte er nicht sehen, was jenseits des Tores lag? Er atmete tief durch. Und machte mit Oz und Naima den entscheidenden Schritt.

Für einen Moment schien es, als wäre er losgelöst von diesem Ort. Er spürte den Boden unter den Füßen und Naimas Finger in seiner Hand. Doch weder das Tor noch etwas anderes außer seinen Freunden war zu erkennen. Es gab kein Geräusch. Keinen Geruch. Nichts. Er wollte weitergehen, aber da war eine Barriere, die er nicht überwinden konnte. Unwillkürlich trat er zurück, doch auch hier war eine unsichtbare Mauer, die es ihm nicht erlaubte, den nächsten Schritt zu machen. Das Unbehagen, das ihn bis hierhin erfüllt hatte, wich purer Angst. Er kam sich vor wie eine Maus, die in eine Falle getappt war. Und die darauf wartete, das Leben zu verlieren. Dann klarte sich die Welt mit einem Mal auf. Etwas drückte ihn über die Schwelle auf den Innenhof.

Fassungslos blickte sich Jack um. »Verdammt!« Er zog sich den Zylinder noch tiefer ins Gesicht.

Nie zuvor hatte er so viele Geister zur selben Zeit gesehen. Nicht einmal bei der Zerstörung des Archivs. Durch London waren sicher ein paar Tausend marschiert. Doch dies hier waren … zu viele. Viel zu viele. Sie standen so dicht aneinandergedrängt, dass er kaum den Palast erkennen konnte. Die Dunkelhäutigen entdeckte er nicht weit entfernt. Sie waren neben einigen Geistern stehen geblieben, die vermutlich irgendwo aus Europa kamen. Aus Jacks Zeit indes stammten sie sicher nicht, so altertümlich, wie ihre Kleidung war. Aber Jack sah auch Menschen, die ihm völlig fremd waren. Gesichter, von denen einige denen ähnelten, die er schon einmal in Londons Straßen gesehen hatte. Sie stammten aus China oder Indien, und alle waren so unterschiedlich. Doch etwas einte sie. Der Hass in diesen Gesichtern war immer derselbe. Eine Armee der Enttäuschten und Wütenden. War das also die Schattenarmee?

Jack machte an der Mauer ein wenig freien Platz aus und zog Naima mit sich. Oz folgte ihnen mit offenem Mund. Er rempelte aus Versehen einen Mann an, der seiner Kleidung nach aus der Wüste stammen musste, und sagte etwas, das wie eine Entschuldigung klang. Der Geist musterte ihn kurz und stieß Oz grob beiseite.

»Was ist hier los?«, raunte Jack und hoffte, dass niemand sie bemerkte. »Was soll das alles hier?«

Oz blickte ihn noch immer verstört an, dann aber riss er sich merklich zusammen. »Der Ausdruck, den er verwendet hat, lautet übersetzt Heerschau.«

Jack wechselte einen kurzen Blick mit Naima.

»Hattet ihr nicht gesagt, dass auch Abdal von einer Heerschau gesprochen hatte?«, fragte sie leise. »Dann wird er wohl diese hier gemeint haben. Und wer hat dieses Wort verwendet?«

Oz starrte sie einen Moment lang voller Angst an. »Der Torwächter«, wisperte er. »Habt ihr ihn nicht gehört? Nein? Vielleicht können nur Geister seine Stimme verstehen. Er hat gefragt, warum wir da sind. Was wir hier wollen. Meine Antwort hat ihm offenbar gefallen.«

Jack sah sich prüfend um. Die Seelen schienen auf etwas zu warten. Oder vielleicht auf jemanden? Spannung lag in der unwirklichen Luft, als würde sich jeden Moment ein Gewitter entladen. »Wie lautete sie?«

Oz blickte ihn an, als könnte er selbst nicht glauben, was er gesagt hatte. »Rache«, wisperte er. »Darum geht es doch bei allem hier, oder?«

Ja, dachte Jack. *Verdammt, der Wunsch nach Rache.* Er verlieh dem Ifriten seine Macht. Und diese Geister hier spürten diesen Wunsch wohl ebenfalls in sich. Offenbar hatte er sie schon eine ganze Weile davon abgehalten, von der Zwischenwelt zu lassen und endlich ins Jenseits zu wechseln. Die Geister, die der Ifrit gerufen hatte, schienen nicht nur aus allen Teilen der Welt zu stammen. Sie kamen auch aus völlig unterschiedlichen Zeiten.

»Gut, wir sind also schon mal drin. Aber wo ist Abdal?«

»Woher soll ich das wissen?«, zischte Oz ein wenig zu laut. »Ich bin doch kein Informationsdienst.«

Jack bemerkte den Geist von gerade, der sie aufmerksam musterte. Er schien ein kampfbetontes Leben hinter sich gebracht zu haben. Die Narben auf dem harten Gesicht sahen für Jack sehr nach Schnitten aus. Sein Blick strich prüfend über sie und blieb für Jacks Geschmack zu lange an Naima haften. Langsam schob er sie fort, an der Mauer entlang. Der Blick des Geistes folgte ihnen.

»Er wurde hierhergebracht. Gegen seinen Willen. Draußen wird er nicht sein.« Jack sah zum Palast. »Wir versuchen es da drin.«

»Bist du wahnsinnig?« Oz blieb kurz stehen. »Wer weiß, wer da ist?«

Jack drückte sich weiter an der Mauer entlang. »Die hier alle auf jeden Fall nicht.«

Jacks Herz schlug so fest in seiner Brust, dass es schmerzte, als sie vorsichtig einen Weg zum Palast suchten. Er wollte auf das Haupttor zuhalten, doch Naima schüttelte unmerklich den Kopf und wandte sich einem der vier Türme zu, die das Hauptgebäude einfassten. Jack überließ ihr die Führung und sah sich nach dem Geist um, der ihnen eben noch seine ungewollte Aufmerksamkeit geschenkt hatte. Er konnte keine Spur von ihm ausmachen. Erleichtert lächelte Jack.

»Lass das«, wisperte Oz. »Die Seelen hier sind voll Wut. Keine läuft gut gelaunt herum.«

Nun, das hatte etwas für sich. Jack setzte eine grimmige Miene auf und ließ sich von Naima zu einer kleinen Tür leiten, die am Fuß des Turms lag. Während die Prinzessin sie aufdrückte, schirmten Jack und Oz sie ab.

»Ich frage mich, worauf sie warten«, murmelte er.

»Das ist doch klar«, erwiderte Oz in einem Tonfall, in dem für Jacks Geschmack zu viel Angst mitschwang. »Es ist eine Armee. Und sie wartet auf ihren Anführer. Und auf den Krieg.«

Leise atmete Jack durch, als sie die Tür hinter sich schlossen. Laut zu sprechen wagte er dennoch nicht. Die Schattenarmee mochte sich auf der anderen Seite der Tür befinden. Doch auch hier drin konnte es Geister geben, die ihnen wenig wohlgesonnen waren. Oder den Ifriten. Sie waren in einem dunklen Flur, von dessen Ende her ein Lichtschein zu ihnen drang. Das fahle Licht zeichnete die untersten Stufen einer Treppe in die Finsternis.

»Wir müssen verhindern, dass sie in unsere Welt gelangen«, raunte Oz heiser.

»Ja, sie würden den Krieg nach England tragen«, pflichtete Jack ihm bei.

»Das ist es nicht.« Oz klang, als würde er Jack tadeln. »Denk an das Gleichgewicht. Die Anwesenheit der Lebenden zerstört die Zwischenwelt. Aber wenn zu viele Seelen ins Diesseits zurückgelangen, kann dies auch mit unserer Welt geschehen.«

Verdammt. Er hatte recht. Jack seufzte schwer. »Geht es dem Ifriten darum? Will er das Diesseits vernichten?«

Oz schüttelte den Kopf. »Wohl kaum. Dann hätte er ja nichts mehr von seiner Rache. Ich denke, dass er in seinem Hass das Risiko in Kauf nimmt. Leute tun solche verrückten Dinge. Manche verstecken sogar lebende Prinzessinnen an Orten, an denen sie nichts zu suchen haben.«

»Danke für den subtilen Hinweis«, gab Jack zurück. »Also, gibt es hier ein Gefängnis?«, fragte er. Seine Stimme gebar leise Echos in der Stille.

»Nicht im Palast«, antwortete Naima. »Es gibt eines in der Wüste. Vor der Stadt.«

»Bietet bestimmt eine reizende Aussicht«, kommentierte Jack.

Er seufzte. »Wenn Abdal gefangen genommen wurde, wird er hier irgendwo unter Bewachung stehen. Wo kann das sein?«

»Gefangene wurden nie im Palast untergebracht«, wisperte sie. »Aber die Urteile über sie werden im Thronsaal gefällt.«

Ausgerechnet. Jack hatte nicht die besten Erinnerungen an diesen Ort. Aber wenn sie den Diener tatsächlich finden wollten, hatten sie keine Wahl, als dort hinzugehen.

»Es gibt vermutlich einen geheimen Weg, bei dem wir uns alle den Hals brechen können?«, vermutete er.

Zur Antwort schenkte sie ihm ein Lächeln. Sie konnte ihre Anspannung nur schlecht darunter verbergen.

»Wir finden Abdal«, versprach er ihr. »Und der Ifrit wird dich nicht in die Finger bekommen. Das lasse ich nicht zu.«

»Und wie willst du ihn daran hindern?«, fragte Oz missmutig.

»Na, ich habe doch einen Zauberer an meiner Seite. Was sollte da schon schiefgehen?«

Wie still es hier war, wenn sie schwiegen. Jack erwartete unbewusst, jeden Moment Schritte zu hören. Stimmen. Das Geräusch eines Luftzugs. Oder wenigstens fernes Vogelgezwitscher. Doch an diesem Ort gab es keine Laute außer denen, die sie selbst verursachten. Vorsichtig schlichen sie durch den Flur auf den Lichtschein zu. Dort öffnete er sich in einen breiten, von Marmorsäulen gesäumten Gang. Dutzende Männer hätten hier nebeneinander Platz gefunden, aber sie waren allein.

»Das gefällt mir nicht«, flüsterte Jack heiser.

»Wieso?«, fragte Oz ebenso leise. »Weil hier mal keine Feinde sind?«

»Genau.« Jack zwang sich ein nervöses Lächeln auf die Lippen. »Hier sollte es doch von ihnen wimmeln.« Er sah den leeren

Gang hinunter. »Wo ist dein halsbrecherischer Weg?«, wollte er von Naima wissen.

Sie zögerte einen Moment. »An der Außenseite des Palastes entlang. Wir klettern durch dieses Fenster dort.« Sie deutete auf das von einem dunklen, übermannsgroßen Holzrahmen eingefasste Glas.

»Gibt es ein *Oder?*«, fragte Oz hoffnungsvoll.

»Die Treppe am Ende des nächsten Ganges. Aber dort stehen normalerweise Wachen.«

Jack strich über die Phiolen in seiner Tasche. Viele waren es nicht. Aber sie würden reichen müssen. Er blickte zu Oz. Als Kater hätte er die Klettertour sicher geschafft. Und zwar auf Jacks Rücken festgekrallt. Doch als leicht untersetzter Geist, der sicherheitshalber auf seine Magie verzichten musste? Unauffällig? Niemals. »Wir nehmen die Treppe«, entschied er. »Als wir dich hier gesucht haben, waren da auch keine Wachen.« *Aber da war auch keine Schattenarmee im Hof, Jack*, sagte er sich. Naima führte sie zu dem Gang, der an den Stufen endete. Jack hatte das Gefühl, dass ihn verborgene Geister musterten. Jeden seiner Schritte verfolgten. *Du wirst verrückt, Jack. Wenn alles vorbei ist, solltest du mit Naima für mindestens ein Jahr in ihrem geliebten Garten sitzen und ihn nicht verlassen.*

Hinter jeder Ecke vermutete er einen Geist. Eine rachsüchtige Seele, die sie angreifen würde. Oder gar den Ifriten selbst. Doch sie waren scheinbar die Einzigen im Palast, und schließlich standen sie vor der Tür, die in den Thronsaal führte.

»Wie kommen wir wieder raus, falls man uns bemerkt?«, wollte Jack wissen.

»Da ist ein Nebenraum mit einem Balkon.« Naima flüsterte so leise, dass Jack sie kaum verstand. »Und dort beginnt der halsbrecherische Weg.«

»Es gibt einen weiteren«, hörte Jack den toten Archivar wispern. Naima und er sahen ihn fragend an. »Der Marble Arch.«

»Ist er noch da?«, fragte Naima. In ihrer Stimme schwang deutlich hörbar die Hoffnung mit, dass das Schattentor verschwunden war. Vielleicht hoffte sie, dass es sich nach der Befreiung der Geister aus dem Archiv des Ministeriums dauerhaft geschlossen hatte. Eine Hoffnung, die auch Jack erfasste.

»Lass uns nachsehen«, raunte er.

Und drückte die Türflügel in den Thronsaal auf.

Ein unwirkliches Licht erfüllte den Raum. Es sickerte aus dem Boden und der Decke und war so fern und kalt wie das des Mondes. Im ersten Moment schien der Thronsaal leer. Leer bis auf den Herrschersitz. Und den Marble Arch. Er klaffte in einer der Wände und schimmerte blass wie von Sternen beschienen. Wie jede Pforte, die noch offen stand. So viel also zur Hoffnung, dass sich das Schattentor geschlossen hatte.

»Wo ist …?«, begann Jack seine Frage, doch dann verstummte er. Auf dem Thron saß jemand. Der Ifrit? Jack griff unwillkürlich nach seinen Phiolen.

Doch Naima legte eine Hand auf seinen Arm. Auch sie hatte die Gestalt entdeckt. »Abdal.« Sie wollte loslaufen, Jack aber hielt sie fest. »Warte«, zischte er. Das alles hier gefiel ihm nicht. Steckte der Diener mit dem Ifriten unter einer Decke? Oder war er gar der Herr des Rachegeists? Ein Verräter? Das Gefühl, beobachtet zu werden, wurde so stark, dass Jack glaubte, Blicke wie Finger auf der Haut zu spüren. »Halt die Augen offen«, raunte er Oz zu.

»Natürlich halte ich sie auf. Warum sollte ich sie denn auch schließen?«

Jack verkniff sich einen Kommentar. Er hatte vergessen, dass der Archivar im Grunde mit Ironie nichts anfangen konnte und etwa so schlagfertig war wie der verstaubte Terry. Zumindest wenn er sich nicht im Körper eines selbstbewussten Katers befand. »Pass einfach auf.« Jack nahm Naimas Hand und ging mit ihr langsam auf Abdal zu. Ihre Schritte hallten laut in dem leeren Thronsaal wider. Jacks Blicke wechselten zwischen dem in sich zusammengesunkenen Diener und dem Marble Arch hin und her. Jeden Moment erwartete er, dass sich die Flügel des Tores öffnen würden und der Ifrit, der Schattenspieler, hindurchtrat. Doch nichts geschah. Und als sie schließlich vor dem Thron standen, riss sich Naima von Jacks Hand los und stolperte auf Abdal zu.

Der Diener schien zu schlafen. Jack hatte noch nie davon gehört, dass Geister in der Zwischenwelt nicht bei Bewusstsein waren. »Das gefällt mir nicht«, raunte er.

»Du wiederholst dich«, erwiderte Oz heiser und rückte sich die Brille zurecht.

Als Naima die Hand auf Abdals Schulter legte, schrak der Geist auf und starrte sie wie von Sinnen an.

Sie flüsterte etwas und strich ihm beruhigend über den Arm.

Der Diener brauchte offenbar einen Moment, ehe er begriff, wen er da vor sich hatte. Er schüttelte unwirsch den Kopf und schlug Naimas Hand fort. Dann deutete er nachdrücklich auf die Tür, die aus dem Thronsaal führte.

Naima schien verzweifelt und legte wieder eine Hand auf den Arm des Dieners.

Erneut schlug er sie fort, und seine Lippen bewegten sich, ohne dass ein Laut über sie kam. Dafür nahm Jack die Worte des Dieners in seinen Gedanken wahr.

Naima legte die Stirn in Falten. Sie sagte etwas auf Arabisch, und ihre Stimme brach dabei, als säße ihr ein Splitter in der Kehle.

»Was reden sie?« Jack sah von ihr kurz zu Oz.

Der Magier begann seinen Mund zu bewegen, als versuchte er, die gedachten Worte nachzusprechen. »Wie es scheint«, meinte er schließlich, »will Abdal nicht, dass wir ihn mitnehmen. Er ist nicht glücklich darüber, dass wir hier sind.«

»Warum?«, fragte Jack. Nun, ein Verräter war Abdal offenbar nicht. *Sie suchen mich.* Abdals Worte fanden mit einem Mal einen Weg aus Jacks Erinnerungen. Warum hatten sie ihn gesucht? Ausgerechnet ihn? Es gab nur eine Erklärung. Weil er eine Spur zu Naima war. Nun, die Diener des Ifriten hatten ihn gefunden. Und auf einen Thron gesetzt. Mit einem Mal kam Jack der Thronsaal wie eine Falle vor. Eine Falle mit Abdal als Köder.

»Weil die Prinzessin in Gefahr ist«, übersetzte Oz. »Ich habe übrigens darauf hingewiesen, dass ich kein Über…«

»Oz!«, unterbrach ihn Jack. »Weiter.«

Er öffnete den Mund, doch es war nicht der Archivar, der sprach.

»Der Ifrit hat ihn geholt, um mich zu bekommen.« Naimas Stimme war so tonlos, als wäre alle Hoffnung aus ihr gewichen.

Jack presste die Lippen aufeinander. Vermutlich hatte der verfluchte Ifrit wieder jeden ihrer Schritte in der Zwischenwelt beobachtet. Hatte zugelassen, dass Abdal ihnen im entscheidenden Moment zu Hilfe geeilt war. *Du hast deinen Feind unterschätzt, Jack*, schalt er sich. Und sie waren mitten in seine Falle hineingetappt.

»Er braucht mich, bevor er seine Schattenarmee in den Krieg schicken kann.«

»Ja, das wissen wir bereits«, hörte Jack den Archivar sagen. »Er will deine Seele, um seinen Zauber zu vollenden. Um als Mensch mit magischen Kräften ins Diesseits zurückkehren zu können. Wir sollten uns also besser auf den Weg machen, ehe er noch bemerkt, dass wir hier sind.«

Naima runzelte erneut die Stirn und tauschte ein paar arabische Sätze mit Abdal. Dabei schüttelte sie den Kopf und wich einen Schritt von dem Diener fort, als fürchtete sie, von seinen Worten verletzt zu werden.

»Er warnt sie, dass auch ihr Bruder in Gefahr ist«, sagte Oz diesmal ohne Aufforderung.

Naimas Gesicht zeigte einen Ausdruck von tiefstem Schmerz. Jack wollte zu ihr gehen, doch er hatte das Gefühl, dass er in diesem Moment dort fehl am Platz wäre. »Wieso Amir?«, raunte er Oz zu, als müsste dieser die Antwort kennen. »Der Schattenspieler braucht doch nur noch Naimas Seele, oder?«

Oz antwortete nicht sofort. Seine Lippen bewegten sich ebenso stumm wie die des Dieners auf dem Thron. »Sechs liebende Seelen für die in Rache verbrannte«, sagte er, als würde er einen Text nachsprechen. »Und ein Leib für den im Feuer verbrannten.« Nun sagte Naima etwas. »Warum ausgerechnet meine Familie?«, übersetzte Oz.

Ein Leib für den im Feuer verbrannten. Sechs liebende Seelen. Wie viele Tote hatte es im Buckingham Palace gegeben? Den Emir und seine fünf Verwandten. Abdal hatte außerhalb des Kreises gelegen. Seine Seele war die einzige, die nicht verschwunden war. Er war kein Schatten geworden. *Verdammt, Jack, du ahnst, warum dieser Ifrit ausgerechnet Naimas Familie ausgesucht hatte*, dachte er bei sich. Aber das war unmöglich. Oder?

»Der Ifrit hat mir die Stimme gestohlen«, übersetzte Oz weiter. »Ich habe ihn gesehen, im Kreis der Familie, und angefleht, sie in Ruhe zu lassen. Seine eigene Seele nicht aufzugeben. Er war wankelmütig. Besonders als er Euch sah, Prinzessin. Meine Worte haben ihm nicht geschmeckt, und so hat er sie mir genommen. Doch sie können weiter gehört werden in dieser Welt.« Oz sprach hastig, um nichts zu verpassen.

Wieder sagte Naima etwas. Die Verzweiflung in ihrer Stimme schnitt Jack ins Herz.

»Warum ausgerechnet meine Familie?«, murmelte Oz.

Abdal blickte von ihr zu Jack.

»Der Mann, der Euch gerettet hat, weiß es«, sagte Oz. »Ich sehe es in seinen Augen.« Naima sah verwirrt zu Jack.

»Wieso weißt du es?«, fragte der Archivar vorwurfsvoll. Er wurde abgelenkt, als sich Abdals Lippen erneut bewegten. »Nimm mir die Bürde der Wahrheit ab, Mensch«, übersetzte Oz.

Naima starrte Jack an, als würde sie ihn zum ersten Mal sehen. »Warum meine Familie?«

»Ich ... ich bin nicht sicher«, brachte Jack hervor. *Doch, das bist du,* fügte er in Gedanken hinzu. Es war die einzig sinnvolle Antwort auf Naimas Frage. Sechs Tote. Fünf Schatten und ein stummer Diener. Eine gerettete Prinzessin. Und wo war der Emir? Sie hatten gedacht, er sei verschwunden. Vielleicht schon ins Jenseits gewechselt. Doch er war immer da gewesen.

»Warum?«, drängte Naima. Sie sah ihn gequält an.

Jack hatte sie vor der Wahrheit über den grausamen Flammentod ihres Vaters schützen wollen. Und nun musste er ihr nicht nur diese Wahrheit offenbaren, sondern eine noch schrecklichere. Er holte tief Luft, als müsste er sie herausschreien, damit er sie endlich loswurde. »Dein Vater ist nicht vergiftet worden. Er wurde verbrannt. Er hat sich selbst verbrannt, um zu einem Ifriten zu werden.« Er hatte in der Tat geschrien.

Und Naima starrte ihn an, als hätte er sie geschlagen.

DER IFRIT

Die Worte ergaben im ersten Moment keinen Sinn in Naimas Kopf. Wie konnte der Ifrit ihr Vater sein? Sie sah Jack an, der dastand wie ein Verbrecher, der ein Geständnis abgelegt hatte. »Wieso verbrannt? Du hast nie etwas davon gesagt.«

»Alle anderen waren in dieser Nacht vergiftet worden.« Die Worte kamen nur zögerlich aus seinem Mund.

Naima wusste sofort, dass sie keines von ihnen hören wollte. Und doch stand sie wortlos da und ließ ihn reden.

»Deinen Vater aber«, Jack hielt kurz inne und sah zu Abdal, als müsse er sich von ihm bestätigen lassen, was er sagte, »deinen Vater hatte ein Feuer gefressen. Ich dachte, man habe ihn auf besonders grausame Weise umbringen wollen. Ich wollte dir das ersparen.«

Naima schüttelte den Kopf, als könne sie sich so vor dem schützen, was sie gerade gehört hatte. Vor dem schützen, was es bedeutete.

Jack griff hastig ihre Hand. »Es tut mir leid«, sagte er leise.

Sie sah in seine Augen und erkannte darin eine so selbstlose Zuneigung, dass sie normalerweise Glück empfunden hätte. Doch nun fühlte sich diese Zuneigung schal an. Alles war mit einem Mal wertlos. Ihr Herz schlug fest im Takt ihrer Wut und ihrer Trauer. »Mein Vater hat sich selbst verbrannt? Er ist der Ifrit?« Wie lächerlich sich das anhörte. Und doch waren diese Worte wahr. Sie spürte es sofort. Wenn sie ehrlich zu sich war, ergab nun alles einen Sinn. Sie hätte die Zeichen erkennen können. Die Verzweiflung ihres Vaters im Angesicht der Tyrannei, der sein Land ausgesetzt war. Die dunklen, einsamen Stunden, die er vor der Abreise nach London in der Bibliothek verbracht hatte. Der Schatten, der seit dem Ableben ihrer Mutter über seine Seele gefallen war. Naima hatte sich nach seinem Tod oft gefragt, wo sein Geist war, und gehofft, dass er bereits an einem schöneren Ort weilte. Alles ergab einen Sinn. Wieso war sie nicht früher darauf gekommen? *Weil der Ifrit gesagt hat, dass er deine Seele als die siebte braucht, Naima. Die deines Vaters wurde nicht geopfert. Sechs liebende Seelen für die in Rache verbrannte. Deshalb ist deine die siebte.* Sie dachte an ihr Gespräch mit dem Ifriten zurück, das sie dort draußen auf dem Innenhof geführt hatte. Sie hatte das gesagt, was ihr Vater sie über Frieden gelehrt hatte. Ohne zu begreifen, dass er selbst nicht mehr an seine Worte geglaubt hatte. Aber sie tat es. Sie klammerte sich an diese Worte und an das Bild ihres Vaters, als könnte sie in dieser und jeder anderen Welt verloren gehen, wenn sie von ihnen abließ.

»Warum?« Sie kannte die Antwort, aber sie musste es hören, damit sie zur Wahrheit wurde.

Abdal sah sie nicht an, wie er es sonst oft getan hatte. Nicht unnachgiebig, wenn er sie dazu hatte ansporen wollen, über sich hinauszuwachsen. Nicht voller Stolz, wenn sie es geschafft hatte, ihn zufriedenzustellen. Sondern voll Mitleid. Nur einmal hatte er sie so angesehen. An dem Tag, an dem sie vom Tod ihrer Mutter erfahren hatte.

Die Dunkelheit ist in seinem Herzen aufgezogen.

Der Satz war in ihrem Kopf erklungen. Unwillkürlich sprangen ihr ein paar Worte auf die Zunge, die ihr Vater ihr beigebracht hatte. »Das Herz ist ein gefährliches Ding. Es füllt sich allzu schnell mit Licht oder Dunkelheit. Und du musst aufpassen, was du hineingibst, denn ...«

... es macht alles stärker. Ist es Liebe, dann wirst du von Güte erfüllt. Ist es Hass, dann wirst du von ihm verzehrt. Abdal lächelte sie traurig an. Auch er kannte diese kleine Weisheit ihres Vaters.

»Er war es, mit dem ich diese Worte gewechselt habe.« Sie deutete anklagend auf eines der vielen Fenster, die zum Innenhof wiesen. An den Ort, an dem sie mit dem Ifriten gesprochen hatte.

Liebe und Hass reimen sich leider sehr gut aufeinander. Abdal sah auf, als hätte er etwas gehört, das Naimas Ohren entgangen war. *Ihr müsst gehen*, hörte sie seine Stimme eindringlich in ihrem Kopf. *Es war töricht, dass Ihr gekommen seid. Er braucht Eure Seele für seine Wiederkehr. Und den Leib Eures Bruders. Versagt ihm beides. Dann kann er nicht gewinnen.*

»Nun, das löst nicht das Problem, dass er einfach warten kann, bis die Prinzessin stirbt.« Oz rückte sich seine Brille zurecht. Er konnte Abdal ebenfalls verstehen. Im Gegensatz zu Jack. Nun, es war keine Zeit für lange Übersetzungen.

Wenn der Prinz stirbt, ist sein Plan endgültig gescheitert. Ihr müsst Euch ihm bis dahin entziehen, Prinzessin. Es sei denn ... Abdal sah von Naima zu Jack, der noch immer ihre Hand hielt. *Ihr dürft keinen männlichen Nachfolger zur Welt bringen, Prinzessin.*

Naima spürte, dass sie errötete. »Komm mit uns, alter Freund«, sagte sie. »Dann war unsere Torheit nicht umsonst.«

Abdal schüttelte energisch den Kopf und hob die Hände.

Naima erkannte zu ihrem Schrecken dünne Bänder aus dunklem Rauch, die ihn an den Thron fesselten.

Eilt Euch.

Die Worte erklangen laut wie ein Schrei in Naimas Kopf. Von draußen her drangen plötzlich Stimmen in den Thronsaal. Wie ein Summen. Dunkel und grollend.

Sie wissen, dass Ihr hier seid, Hoheit.

Auch Jack hatte sie gehört. Er ging, von Oz begleitet, zu einem der Fenster und blickte hinaus. Seine Miene verfinsterte sich. »Verdammt, das sieht nicht gut aus.«

»Was ist?« Naima atmete tief durch.

Er ist hier. Die Antwort erklang in ihrem Kopf. *Er ist geschwächt. Verletzt. Aber er ist dennoch gefährlich.*

»Dein ...« Jack presste die Lippen aufeinander. »Der Schattenspieler. Er ist da. Mitten auf dem Platz. Will sich vielleicht seine Armee ansehen. Sieht nicht gut aus. Er muss einiges abgekriegt haben, als er durch sein verfluchtes Schattentor geworfen wurde. Doch das ist nicht unser Problem. Zeit zu gehen, solange er nicht bemerkt, dass seine Falle zugeschnappt ist. Sonst bekommen wir doch noch ein Problem.« Jack machte Anstalten, zurück zu Naima zu gehen, doch Oz hielt ihn fest.

»Da ist unser Freund. Der, der eben aufmerksam auf uns geworden ist. Er geht zu ... dem Ifriten hin.« Oz zischte nervös. »Jetzt haben wir ein Problem.«

Er wird Euch holen. Flieht.

»Nicht ohne dich.« Naima flüsterte. Und Abdal lächelte. *Töricht. Aber solange Euer Herz von Güte und Selbstlosigkeit erfüllt bleibt, ist nichts verloren. Selbstlosigkeit ist etwas, das der Ifrit nicht kennt.*

Naima griff nach den Bändern und zerrte an ihnen. Die Berührung schmerzte, doch sie ließ nicht los. Ihre Finger lösten sich erst, als Jack bei ihr war und sie zurückriss.

»Komm, verflucht!«

Für einen Moment verlor Naima die Kontrolle. Das alles war zu viel. Zu viel Finsternis. Zu viel Grausamkeit. Sie schlug nach Jack. Er starrte sie verwirrt an. Dann packte er sie und zog sie mit sich.

»Jetzt löst er sich auf«, rief Oz, der am Fenster stehen geblieben war.

»Vorschläge?«, presste Jack hervor.

Doch bevor Oz antworten konnte, sickerte ein feiner Nebel in den Thronsaal. Naima war wie erstarrt. Sie wusste, was das bedeutete. Tausenundein Gedanke erfüllte ihren Kopf. Sie bekam kaum noch Luft. Das war ihr Vater. Und doch war er es nicht. Wie sollte sie ihn ansehen? Was sollte sie fühlen? Sie krallte sich an Jack, als fürchtete sie, ohne ihn in all der Dunkelheit zu ertrinken.

Der Nebel gebar einen Leib. Eine zerrissene Gestalt. Zwei Beine stampften schwer auf den Boden. Arme drückten sich aus den Schultern. Und ein Kopf wuchs langsam aus dem Hals. In dem Gesicht leuchteten sternensilberne Augen. »Endlich.« Die Stimme des Ifriten füllte den ganzen Thronsaal. Er sah tatsächlich anders aus als bei ihrem letzten Aufeinandertreffen am Marble Arch. Oz' Zauber hatte ihn in die Zwischenwelt geschleudert. Ob es die Nachwirkungen dieser Magie waren oder aber die Folgen einer Auseinandersetzung mit den Geistern, die zusammen mit ihm hinübergewechselt waren, konnte sie nicht sagen, doch der Ifrit sah mitgenommen aus. Wie ein Kater, der sich mit einem Rivalen gemessen hatte. Seine schwarze Haut war gemasert von grauen Linien, als hätte er Narben davongetragen. Eines seiner sternsilbernen Augen erschien matter zu leuchten als das andere. Und seine Bewegungen wirkten ein wenig schwerfälliger.

Naima konnte ihn nur anstarren. Sie vermochte kein Wort zu sagen. Sie war wie gelähmt. Etwas in ihr schien zerbrochen. Und sie hatte das Gefühl, von oben auf sich herabzublicken. Schwach und wehrlos. Sie klammerte sich an Jack. Und vor ihr streckte der Ifrit seine Hand nach ihr aus. Ein verwundetes Tier. Und daher besonders gefährlich.

»Kommt, Prinzessin. Lasst es uns beenden. Ich führe Euch wieder zu Eurer Familie.«

Er weiß nicht, dass du seine wahre Identität kennst, Naima. Sie starrte ihn wortlos an. Wut. Sehnsucht. Trauer. Ihre Gefühle rissen sie wie ein wilder Fluss mit sich. Schlugen über ihr zusammen. Sie versuchte vergeblich, in der nebelhaften Fratze das Gesicht ihres Vaters auszumachen.

EIN OPFER

O z!« Jack schrie den Archivar an, der ebenso starr wie Naima dastand. Der Klang des eigenen Namens riss ihn aus seiner Bewegungslosigkeit. Der Zauber, den er im nächsten Moment sprach, erfüllte den Thronsaal mit gleißendem Licht. Der Ifrit brüllte und verblasste und hing dann wie betäubt in der Luft.

»Los!« Jack griff Naimas Hand. Er zerrte sie mit sich zur Tür, und Naima lief wie träumend mit ihm. Er blickte zurück. Abdal saß gefesselt auf dem Thron und sah ihnen nach.

»Warum nehmen wir nicht den Marble Arch?«, rief Oz kurzatmig.

»Weil er uns nach London bringt. Und der Ifrit würde uns sofort finden«, erwiderte Jack angespannt.

Sie hatten den Ausgang fast erreicht, als die beiden Flügel wie von Geisterhand zufielen. Und hinter ihnen drang eine Kälte auf sie zu, als würde eisiges Wasser den Raum fluten.

»Jetzt haben wir ein Problem«, zischte Oz nervös.

»Ach, noch eines?« Jack hieb vergeblich gegen die Türflügel. Dann fuhr er herum.

Der Ifrit hatte sich wieder gefangen und war nun sicher mehr als zwei Meter groß. Flammen züngelten auf seiner Haut, als würde seine Wut sie anfachen. Er war so gewaltig, dass er den Blick auf Abdal völlig verdeckte.

»Na los«, presste Jack hervor. »Zeig ihm, wer der stärkere Magier ist.«

»Er.« Oz flüsterte so leise, als wollte er um keinen Preis die

Aufmerksamkeit des Rachegeistes auf sich lenken. Oz bewegte die Finger. »Es geht nicht«, wisperte er erschrocken.

Jack blickte den Magier verwundert an. Sein altes, ziemlich verschrobenes und schüchternes Wesen zeigte sich nicht unbedingt im richtigen Moment. Wortlos zog er eine der Phiolen hervor. Sie glitzerte, als würde da ein schwaches Licht in ihr scheinen. »Halt!« Jack kam sich vor wie David aus der Bibel, der gegen Goliath antrat. Töricht. Verzweifelt.

Der Ifrit wurde in der Tat ein wenig langsamer. »Du bist ein Ärgernis, Mensch.« Er spie das letzte Wort aus, als würde es einen fauligen Geschmack auf seiner Zunge hinterlassen. »Was willst du gegen mich ausrichten? Er könnte es eher.« Die Hand des Rachegeistes wies auf Oz. »Doch er ist in Angst ertränkt. Magie aber braucht Mut. Oder Hass, damit sie stark ist.«

»Sei mutig, Oz«, stieß Jack hervor. »Und öffne die Tür.«

»Ich will sie.« Der Ifrit deutete auf Naima.

Jack stellte sich vor sie. »Ich auch.«

Und mit diesen Worten öffnete er die Phiole. In der echten Welt hatten selbst viele nicht ausgereicht, um den Ifriten zu binden. Doch dies hier war die Zwischenwelt. Und die Wirkung der Phiolen schien an diesem Ort unberechenbar. Sie konnten hier wie ein moderner Sprengsatz wirken. Ein Licht sickerte aus dem Glasfläschchen. Es floss in den Raum, stieg empor und wurde immer heller. Der Ifrit wich knurrend vor dem Licht zurück, doch dann loderten die Flammen auf seinem Leib so heiß auf, dass Jack die Hitze spürte. Und der Rachegeist ging wieder auf sie zu.

Rasch stellte Jack die Phiole ab und zog eine weitere aus der Tasche. Hinter sich hörte er Oz etwas murmeln und an der verschlossenen Tür zerren. Ohne sich umzuwenden, öffnete er die nächste Phiole und platzierte sie neben die andere. Das Licht wurde heller. Und ein Sog erfasste den Ifriten. Seine Gestalt zerfaserte ein wenig. Sie wurde auf die Phiolen zugezogen, als würden unsichtbare Finger nach ihm greifen.

Ein Hochgefühl stieg in Jack auf. »Das ist sein Ende.« Er konnte es selbst nicht glauben. Mit zitternden Händen zog er eine weitere Phiole hervor und öffnete sie rasch. Klimpernd stellte er auch sie auf den Boden. Dann griff er Naimas Arm. Sie sah ihn an, als würde sie träumen. Als könnte sie nicht glauben, was geschah. Der Ifrit schrie und tobte. Von seiner Haut löste sich dunkler Qualm, der das Licht verdunkelte. Doch der Sog wurde stärker, nun da drei Phiolen geöffnet waren.

Der Ifrit krallte seine Finger in eine der Wände, während er unaufhaltsam auf die Phiolen zugezogen wurde. Steinbrocken regneten auf sie herab, und Jack drückte Naima nach hinten, bis sie mit dem Rücken gegen die Türflügel stießen. »Oz«, rief er und suchte in seiner Tasche nach der letzten Phiole.

»Ich habe es gleich.« Der Magier klang nun wieder ein wenig zuversichtlicher. Allerhöchste Zeit. Weitere Teile der Wand brachen heraus. Es war schön, wenn es Jack vielleicht gelang, den Ifriten zu besiegen. Aber es half nichts, wenn Naima und er dabei ums Leben kamen.

Ein Fuß des Ifriten kam mit einer der Phiolen in Berührung. Der Schrei, den das Wesen ausstieß, machte Jack beinahe taub. Er ließ die letzte Phiole, die er gerade ertastet hatte, wieder los und presste sich die Hände auf die Ohren. Naima tat es ihm gleich. Sie mussten durchhalten. Nur noch ein wenig. Dann hätten sie es geschafft. Sie …

Der Ifrit riss auf einmal das Maul so weit auf, dass Jack tief in seinen Rachen blicken konnte. Und ein Feuer fuhr zwischen den Lippen des Ifriten hindurch, das nach den Phiolen griff. Beinahe hätten die Flammen auch Naima und ihn erwischt, doch sie beide stolperten fort, prallten gegen Oz und fanden sich alle drei auf dem Boden wieder.

Die Phiolen zerflossen in dem Feuer. Der Sog endete. Und der Ifrit stand schwer atmend vor ihnen.

In diesem Moment verlor Jack endgültig den Mut. Wie sollte

man das Ungeheuer besiegen? Welche Waffe konnte es töten? Er hörte nur noch ein Dröhnen, das geblieben war, nachdem der Schrei des Geistes geendet hatte.

Seine sternsilbernen Augen waren auf Naima gerichtet. Und sie blickte traurig und geschlagen zurück. Auch sie fand offenbar keinen Mut mehr in sich. Es schien, als hätte sie alles verloren. Der Ifrit machte einen weiteren Schritt und nahm wieder ihre Größe an. Er würde Naima das Leben aus dem Leib reißen. Jack zog die letzte Phiole hervor, und die Gestalt des Ifriten zerfaserte erneut. Verwirrt starrte Jack auf die Phiole und steckte sie wieder ein. Er hatte sie doch noch gar nicht geöffnet? Über das Dröhnen in seinen Ohren hörte er Naima einen Namen rufen. Abdal.

Im ersten Moment begriff Jack nicht. Dann aber erkannte er den Diener. Die Bänder, die ihn an den Thron fesselten, waren so stark gespannt, dass es schien, sie würden jeden Augenblick reißen. Als würde ihm die eigene Existenz nichts bedeuten, war Abdal von hinten gegen den Ifriten gesprungen. Die Bänder hatte er ihm wie Schlingen um den Hals geworfen. Dann rammte er ihm die Fäuste in den Leib, und die Gestalt des Rachegeistes zerfaserte weiter. Jack war sprachlos. Selbst wenn der Ifrit geschwächt war, konnte Abdal nicht gewinnen. Und Jack fürchtete, dass ihr Feind dem toten Diener weit Schlimmeres antun konnte als eine ewig währende Gefangenschaft. »Oz. Jetzt wäre ein guter Zeitpunkt.« Er sah, wie der Magier ein wenig wacklig auf den Beinen zurücktaumelte. Dann schwangen die beiden Türflügel lautlos auf. »Ich habe nie an dir gezweifelt«, sagte Jack und zog Naima mit sich.

»Nein.« Sie wehrte sich. »Wir können ihn nicht hier zurück…« Sie brach ab, als würde sie einer Stimme lauschen, die Jack nicht verstand. Abdals Stimme.

Der Ifrit wuchs auf das Doppelte seiner ursprünglichen Größe und hatte dem stummen Diener eine Hand um den Hals gelegt.

Naima nickte. Ihre Augen verschwammen vor Tränen. Dann

wandte sie sich rasch ab, und endlich ließ sie sich von Jack fortziehen. Ein letztes Mal blickte er sich um. Abdals Gestalt verging für einen Moment, als würde der Ifrit sie aus dieser Welt auslöschen. Das Grauen auf dem Gesicht des toten Dieners erschütterte Jack bis in sein Herz. Dann wurde die Gestalt wieder sichtbar. Aber sie flackerte nur noch. Weiter, rief er sich zu. Sonst war Abdals Opfer umsonst.

Der Gang war leer. In Jacks Kopf überschlugen sich die Gedanken. Sie mussten raus aus der Zwischenwelt. Eine Pforte. Der Marble Arch kam definitiv nicht infrage. Es blieb nur die Tür im zerstörten Kaffeehaus. Oder sie fanden durch Zufall eine andere Pforte.

Sie hetzten die Treppe hinab. Ihre Schritte waren furchtbar laut, doch noch immer war niemand außer ihnen hier. Jack betete innerlich, dass der Diener es schaffte, und den Ifriten nur ein wenig länger zurückhielt, ehe er ganz verging.

Auf dem Flur, der zu dem Seiteneingang im Turm führte, stolperte Oz einige Male. Und dann endlich hatten sie die Tür erreicht. Jack riss sie auf und lief mit Naima hinaus. Wenn sie Glück hatten, würden die Geister sie vielleicht gar nicht bemerken und …

»Jetzt haben wir ein Problem.«

Jack warf Oz einen vorwurfsvollen Blick zu. »Könntest du bitte damit aufhören, das ständig zu sagen?«

Vor ihnen bildete die Schattenarmee eine undurchdringliche Mauer. Jack starrte in Gesichter, die Naima und ihn so hasserfüllt ansahen, als würden sie ihnen das Leben neiden, das sie beide noch besaßen. Und ganz vorne erkannte Jack vier Gestalten, die ihm nur allzu bekannt waren. Naimas tote Verwandte. Sie waren ursprünglich fünf gewesen, doch einer hatte beim Kampf um das Archiv des Ministeriums seine Existenz verloren. Aber auch die übrigen vier waren furchteinflößend. Vor allem die Anführerin.

»Tante Alima«, sagte Jack heiser vor Anspannung und nickte

ihr wie zum Gruß zu. Dann zog er die letzte Phiole hervor. Sie war so lächerlich klein. Jack kam sich vor, als hielte er sie einer gigantischen Welle aus Dunkelheit entgegen. »Wir machen es wie im Park«, zischte er Oz zu. Er sah zu Naima. »Dann fliehen wir, und alles wird gut.«

Er konnte ihr ansehen, dass sie ihm nicht glaubte. Aber sie zwang sich ein Lächeln auf die Lippen, und in den Ausdruck der fassungslosen Leere auf ihrem Gesicht mischte sich ein wenig von dem, was sie für ihn empfand. Liebe.

Jack hob die Phiole hoch in die Luft. »Bereit, Oz?«

Der Magier straffte sich. Doch dann stolperte er einen Schritt nach vorne und starrte auf das Meer aus Geistern, als hätte er dort jemanden erkannt.

Das Meer geriet in Unruhe. Auch Tante Alima und die anderen drei Schatten bemerkten es.

»Das ... das war ich nicht«, murmelte Oz entschuldigend.

»Ist nicht schlimm«, erwiderte Jack. »Aber wenn du das nicht bist, wer dann?«

»Da!« Naimas Stimme klang so rau, als hätte sie seit Jahren kein Wort mehr gesagt. Sie deutete auf das Tor in der schneeweißen Mauer.

Jack schien es, als würde von dort aus etwas durch das Meer pflügen. Etwas sehr Wütendes.

»Ramses«, rief Oz erfreut.

Die Seelen sprangen zur Seite, als könnte die Berührung mit dem Kater ihnen schaden. Der Riss, der in den Reihen der Geister entstand, zog sich bis zu Jack und den anderen. Tante Alima und die übrigen Schatten wurden von den Fliehenden mitgerissen. Ramses wurde langsamer und tippelte offenkundig zufrieden mit sich zu Naima. Er hockte sich vor sie, als erwartete er eine Belobigung für sein Erscheinen.

Jack konnte es nicht fassen. Ramses hatte das Meer aus Geistern geteilt. Der Weg zum Tor war frei. Vielleicht nicht lange.

»Los«, zischte er. »Du nimmst die Katze.« Er steckte die Phiole wieder ein und rannte mit Naima an der Hand los. Oz war neben ihm. Hinter ihnen rief Tante Alima etwas auf Arabisch. Einige der Geister liefen daraufhin auf Jack und Naima zu. Doch ehe sich ihnen eines der Wesen in den Weg stellen konnte, riss Oz Ramses in die Höhe, und das Fauchen des Katers ließ die Geister zurückschrecken.

Jack sah sich kurz um. Die Schneise, die Ramses geschlagen hatte, füllte sich hinter ihnen wieder. Doch keiner wagte es, sich vor sie zu stellen. Mit letzter Kraft erreichten sie das Tor. Aus dem Palast erklang ein unmenschlicher Schrei, der Jack fast das Herz stehen bleiben ließ. Schmerz. Wut. Hass. Alles war darin zu hören. Der Schattenspieler hatte offenbar den ungleichen Kampf gegen Naimas Diener gewonnen. Und begriffen, dass er dennoch verloren hatte. Dass seine sicher geglaubte Beute entwischte. Zu Jacks Entsetzen schlossen sich die Torflügel. Er wollte Oz' Namen rufen, doch der Magier hatte bereits reagiert. Die Anwesenheit seines tierischen Begleiters musste ihm neuen Mut beschert haben. Er wisperte reichlich kurzatmig ein paar Worte in die Luft, und die Flügel verharrten, ohne sich ganz zu schließen. Als sie die Schwelle überschritten, glaubte Jack, unsichtbare Finger auf der Haut zu spüren. Vielleicht war es der Torwächter, der sie bei ihrem Eintritt geprüft hatte. Die Finger rutschten ab, und sie passierten das Tor. Dann fielen die Flügel zu. Und hinter ihnen erklang der Schrei ein weiteres Mal. Diesmal aber waren nur noch Wut und Hass darin.

HAUPTMANN SMITH

»Wie geht es ihr?« Jack schloss die Tür zu seinem Gästezimmer, nachdem er Oz in Katzengestalt hineingelassen hatte, und ging hastig auf das Bett zu und setzte sich. Er sprang jedoch sofort wieder auf, als könnte er sich an dem Laken verbrennen, und schritt auf und ab.

Oz musterte ihn einige Augenblicke, dann tippelte er zum geöffneten Fenster und rollte sich dort, wo es ein wenig kühler war, zusammen. »Sie ist krank.« Er folgte Jacks Gang durch den Raum mit dem Blick. »Das sagen zumindest ihre Dienerinnen. Alle sind in Sorge. Der Emir hat schon nach seinem Leibarzt geschickt.«

»Der Emir.« Jack setzte sich auf einen Stuhl, der an einem kleinen Tisch stand, schlug auf die Tischplatte, als würde er auf ihr den Ifriten vermuten, und erhob sich sofort wieder, um erneut herumzulaufen. Sie hatten es tatsächlich unbehelligt zurück aus der Zwischenwelt geschafft. Waren von Rafiks stillem Haus bis zum Tor in der Mauer gelangt. Naimas Dienerin hatte auf sie gewartet und die Wache abgelenkt. Sie waren ungesehen in den Palast geschlichen. Naima hatte den ganzen Weg über kein Wort gesprochen und war dann wortlos in ihr Zimmer verschwunden. Die restliche Nacht hatte Jack gegrübelt. Auf ein Lebenszeichen von ihr gehofft. Er wollte zu ihr. Sie in den Armen halten und ihr versprechen, dass er eine Lösung für alles finden konnte. Aber er wusste, dass er keine Ahnung hatte, was sie tun sollten. »Ich habe dem Emir eine Botschaft überbringen lassen. Warum lässt er mich nicht rufen? Was ist so schwer daran zu verstehen, dass ich ihn dringend sprechen muss?« Er funkelte Oz wütend an.

»Keine Ahnung«, versetzte der Kater. »Ich bin doch hier nur dazu nutze, alle zu retten, wenn sie …«

Ein Klopfen unterbrach ihn, dann wurde die Tür aufgestoßen, und Jack blickte in das misstrauische Gesicht eines Palastwächters. Es war gleich, in welchem Teil der Welt er sich aufhielt. Die Wächter in Palästen schienen immer unpassend gekleidet. Die Bärenfellmützen in London oder hier die bunten Turbane. Der Mann bezog Stellung in Jacks Zimmer.

Dann betrat Naimas Bruder den Raum. »Ramses mag Euch, wie es scheint.« Seine Stimme war so weich. Unvorstellbar, dass in ihr ein böses Wort erklingen könnte.

Lass dich davon nicht täuschen, Jack, sagte er sich. *Männer wie er kämpfen nicht mit Waffen, sondern mit Worten. Und ihre Stimme ist ihre mächtigste Waffe.*

»Mit wem habt Ihr geredet, Mr Smith?« Er sprach bedächtig und mit schwerem Akzent. »Ich sehe hier nur den Kater, doch ich hörte einen Mann.«

Oz legte den Kopf schief. »Miau.« Er klang noch immer wie ein Mensch, der eine Katze imitierte. Es war kaum zu glauben. Der einzige Magier der Welt scheiterte an einer simplen Tiernummer.

»Ich weiß, woran Eure Schwester leidet«, sagte Jack hastig, ehe der Emir noch unangenehme Fragen stellen konnte. Jack sah zu dem Wächter. Würde der Mann sie verstehen? Jack musste es wagen. »Es ist eine … schwierige Geschichte. Ich muss sicher sein, dass nur Ihr sie hört.« Er räusperte sich. »Ich trage eine Waffe bei mir, mit der ich Euch umbringen werde.« Er setzte eine freundliche Miene bei diesen Worten auf und beobachtete den Wächter. Im Gesicht unter dem Turban regte sich nichts. Der Mann stierte Jack nur weiter stoisch an, als wartete er bloß darauf, dass dieser eine Bewegung machte und ihn zum Eingreifen zwang.

»Ihr pflegt eine interessante Art des Humors in Eurem England, Mr Smith«, bemerkte der Emir. Er nahm sich den Stuhl und setzte sich.

Jack seufzte. Unter den Blicken des Wächters konnte Oz sich nicht zu erkennen geben. Er würde alleine überzeugend genug sein müssen, um den Emir auf ihre Seite zu ziehen. Jack hatte zwar keine Ahnung, wie sie mit seiner Hilfe den Ifriten besiegen sollten. Doch wenn er alles richtig verstanden hatte, war Amir der zweite Schlüssel, den der Rachegeist brauchte, um endgültig in die Welt der Lebenden zurückkehren zu können. »Sagt, Hoheit, erinnert Ihr Euch noch an den Tag, an dem Ihr London verlassen habt? Meine Geschichte beginnt dort. Dieser Tag, der meinem Leben eine ganz und gar unerwartete Wendung gab, hatte nach Tod geschmeckt.« Die Worte flossen Jack über die Lippen wie ein aufgestauter Fluss, der endlich in die Freiheit entlassen wurde. Er ließ nichts aus. Beschrieb die Toten im Buckingham Palace. Naimas Rettung vor dem Ifriten. Die Suche nach ihr. Oz' Tod. Der Emir blickte den Kater verwundert an und musterte ihn so eindringlich, als könnte er den Mann unter dem Fell erkennen. Jacks Geschichte berichtete von der Suche nach Naima. Ihrer erneuten Rettung. Der Zerstörung des Archivs. Der Flucht nach Ra's al-Chaima. Und Abdals Enthüllung, der ihnen gesagt hatte, wer der Ifrit war. Als er endlich geendet hatte, stand die Sonne ein gutes Stück höher am Himmel. Wie lange hatte er gesprochen? Eine Stunde? Mindestens. Sein Hals war rau, als hätten die Worte ihn zerkratzt.

Der Emir hatte die ganze Zeit über nichts gesagt und ebenso bewegungslos dagesessen wie Oz. »Was Ihr erzählt habt, Mr Smith«, sagte er nun, »kommt aus den Schatten eines verwirrten Geistes.« Er sprach ganz sanft, als wollte er den Wahnsinn, den er offenbar in Jacks Kopf vermutete, nicht noch weiter hervorlocken. »Aber wir haben hervorragende Ärzte. Der Beste seines Fachs ist auf dem Weg, um meine Schwester zu heilen. Er wird sich auch um Euch kümmern.« Langsam erhob sich der Emir, doch Jacks Hand schnellte vor und hielt ihn am Arm fest.

Als der Wächter sich daraufhin in Bewegung setzte, ließ er schnell los. »Ich kann es beweisen. Aber dazu müsste Euer Wächter …« Die Klinge, die sich einen Moment später gegen die Haut seines Halses drückte, ließ ihn verstummen. Jack warf Oz einen Blick zu. Der Kater machte indes keine Anstalten, sein Geheimnis zu offenbaren.

»Ich bin sehr nachsichtig«, sagte der Emir. Er stand auf und trat zu dem Bewaffneten. »Aber ich bin kein Narr. Zu Eurem eigenen Besten werdet Ihr hierbleiben und auf den Arzt warten. Und dann werden wir sehen, was wir für Euch tun können.«

»Aber Euer Vater«, brachte Jack hastig hervor. »Er will Euch töten. Und er will Naima töten.«

Der Emir lächelte nachsichtig. »Mein Vater wurde Opfer eines Anschlags. Ebenso wie meine engste Familie. Das Märchen vom Ifriten ist …«

»… wahr.«

Alle Augen wandten sich zur Tür, die geöffnet worden war. Naima stand dort auf der Schwelle. Wie verletzlich sie aussah. Selbst als Jack sie aus der Zwischenwelt zurückgebracht und Oz sie mit seiner Magie vor dem Gifttod gerettet hatte, hatte sie stärker ausgesehen. Wehrhafter. Nur allzu gerne wäre er zu ihr gelaufen und hätte sie gehalten. Die Klinge an seinem Hals aber überzeugte ihn stehen zu bleiben.

»Es stimmt, was er gesagt hat.« Sie schritt in den Raum, als sei sie hier die Herrscherin und nicht ihr Bruder. »Wort für Wort. Ich habe alles von draußen gehört.«

Jack musterte ihr Gesicht. Da waren noch immer die Spuren der Traurigkeit über die Wahrheit. Doch unter all der fassungslosen Wut erkannte er auch eine zaghafte Entschlossenheit.

Naima sagte ein paar Worte auf Arabisch zu dem Wächter, der daraufhin fragend zum Emir blickte. Für einen Moment schien

Naimas Bruder unentschlossen, doch dann nickte er, und der Wächter zog widerwillig sein Schwert zurück. Langsam ging er zur Tür. Als er sie von außen zugezogen hatte, machte der Emir eine auffordernde Geste. »Ich habe deinem Wunsch entsprochen, Schwester. Doch das ändert nichts daran, dass alles, was der Mann gesagt hat, ein Märchen ist.«

»Oz!«, sagten Naima und Jack im selben Moment. Ein Lächeln erschien flüchtig auf ihrem Gesicht. Wie ein Sonnenstrahl in einer finsteren Nacht.

Der Emir sah seine Schwester und Jack an, als sei er sicher, dass nicht nur der Engländer, sondern auch sie den Verstand verloren hatte.

»Eure Hoheit«, sagte der Kater erhaben.

Amir stolperte einen Schritt nach hinten und stieß dabei den Stuhl um. Fassungslos starrte er Oz an.

»Wie sehr begrüße ich es, dass ich endlich zu Euch sprechen darf.« Der Kater klang, als wäre er der Gesandte der Queen, der zum Staatsbesuch geschickt worden war. »Es ist ein Wunder, dass noch nicht mehr Schreckliches geschehen ist. Ich meine, in Anbetracht des amateurhaften Verhaltens dieses Soulman. Aber …«

»Oz!« Wieder hatten Naima und Jack gleichzeitig gesprochen.

»Bruder«, fuhr Naima fort. »Es ist wahr. Alles. Und wir brauchen deine Hilfe.« Sie blickte ihn ernst an. »Wir müssen nicht nur uns retten. Es geht um mehr. Viel mehr.«

»Was … wovon redest du?« Es fiel dem Emir hörbar schwer, die Fassung zurückzugewinnen. Er starrte noch immer Oz an, als hoffte er, dass sich der Kater gleich in Luft auflösen würde.

»Der Ifrit …« Naima straffte sich und atmete tief durch, als müsste sie Kraft sammeln. »… unser Vater hat sich in seinem Wunsch nach Rache verloren.«

Amir löste langsam den Blick von Oz und starrte sie an wie eine Fremde.

»Er hat ein Schattentor geöffnet. Und er gebietet über ein Heer aus Soldaten, die er hindurchschicken will in unsere Welt. Ein Heer, das nicht sterben kann. Ein Heer, mit dem er alles Leben in England auslöschen will, um sich für das Leid zu rächen, das die Königin dieses Landes auf ihre Schiffe geladen und zu uns gebracht hat.«

Die Lippen des Emirs bewegten sich stumm, als müsste er das Gehörte nachsprechen. »Eine unsterbliche Armee gegen unsere Feinde.«

Der Satz gefiel Jack nicht. In seinen Ohren klang er wie eine finstere Drohung.

»Wir müssen das verhindern.« Naima blickte ihren Bruder eindringlich an.

»Natürlich«, erwiderte er sofort. Der Emir fuhr sich mit der Hand über das Gesicht, als wollte er ein paar unliebsame Gedanken fortwischen.

Jack sah ihm an, dass er kaum glauben konnte, was er gehört hatte. Kein Wunder. Selbst als Soulman, der die Zwischenwelt kannte, hätte Jack ebenfalls Probleme, eine Geschichte für bare Münze zu nehmen, in der ein Rachegeist seine Schattenarmee auf die Welt loslassen wollte. Wie schwer musste es da dem Emir fallen, zumal sich der Rachegeist als der eigene Vater herausstellte, der den Leib seines Sohnes brauchte.

»Ich weiß, dass dies alles verrückt klingt, Hoheit.« Jack widerstand dem Drang, dem jungen Mann wie ein großer Bruder auf die Schulter zu klopfen. »Aber wir müssen handeln, ehe es zu spät ist.«

»Ihr meint, ehe mein Vater durch sein Schattentor kommt und mich ...«

»Er wird Eure Seele vernichten und Euren Körper in Besitz nehmen. Euer Schicksal wird schlimmer sein als der Tod, Hoheit.« Oz trabte bei seinen Worten auf und ab, und Jack sah vor seinem geistigen Auge den neunmalklugen Archivar, wie er sich seine Brille zurechtrückte. »Vorher muss er Eure Schwester töten und sich ihre unsterbliche Seele einverleiben.«

»Danke, das war sehr hilfreich«, bemerkte Jack sarkastisch.

Der Emir hob abwehrend die Hände, als wollte er sich vor dem schützen, was er gehört hatte. Der Blick, den er Oz zuwarf, glich dem eines Kindes, das unverhofft erfahren hatte, dass alle Märchen der Welt plötzlich wahrhaftig geworden waren. »Wenn …«, er gab sich sichtlich Mühe seine Fassung zu bewahren. Mit einem Mal straffte er sich. Vielleicht hatte er sich daran erinnert, dass er der Emir dieses Landes war. Von Herrschern durfte sicherlich erwartet werden, dass sie mit jeder Lage umzugehen wussten. »Falls alles stimmt, was ihr sagt, dann müssen wir ihn aufhalten.« Das Lächeln, das er Jack schenkte, war fast entschuldigend. »Auch wenn der Gedanke, dass eine unbesiegbare Armee unsere Feinde schlägt, durchaus ihren Reiz hat.«

»Rache ist ein Feuer, das alles verzehrt.« Naima trat zu ihrem Bruder und schloss ihn so fest in die Arme, als wollte sie ihn daran hindern fortzugehen. Für einen Moment war nur ihr leises Weinen zu hören. Dann löste sie sich von Amir und fuhr sich mit der Hand über ihre tränennassen Augen. »Ich kann es selbst jetzt nicht glauben. Doch ich war dort, Bruder. In der Madinat almutaa. In seiner Gewalt. Wir beide sind das, was er noch braucht, um zurückkehren zu können.«

»Warum ist er nicht längst hier?«, wollte der Emir wissen.

Eine berechtigte Frage. Jack war sich nicht sicher. Er kannte sich mit Kriegen nicht aus. Vielleicht machte sich der Ifrit gerade bereit für seinen Schlag. Sammelte seine Armee. Er hatte einen geheimen Zugang ins Herz seines Feindes geöffnet. Und nun, da das Ministerium ohne Führung war und sich von der Zerstörung des Archivs erholte, gab es auch keine Waffen mehr, die er fürchten musste. Die meisten der Phiolen waren im Archiv verwahrt worden. Und der Nachschub … Verdammt! Jack schlug sich mit der Hand gegen die Stirn, als wollte er sich selbst dafür maßregeln, dass ihm der Gedanke nicht früher gekommen war. Wieso hatte er geglaubt, ihm stünde nur noch die Phiole in seiner Tasche zur Verfügung? Die Länder hier waren die Heimat der Ifriten und ihrer Jäger. Er würde doch sicher geeignete Phiolen finden, in die er Geister sperren konnte. »Hoheit.« Jack räusperte sich, als kratzte ihn der Ehrentitel im Hals. Er hatte sich, obwohl seine Zeit auf Londons Straßen im Schatten des Gesetzes vorüber war, nicht daran gewöhnen können, anderen nur aufgrund ihrer Herkunft Respekt entgegenzubringen. »Mein Ministerium bezieht den Sand für diese hier aus einem der Länder der Wüste.« Er zog die letzte Phiole hervor.

Verwundert betrachtete der Emir das Glasfläschchen.

»In Suez haben wir eine Frau getroffen, die sagte, dass es solche wie mich auch hier gibt. Weise und auserwählte Männer, die Geister fangen.«

Der Emir löste den Blick von der Phiole und betrachtete irritiert Oz, der hustend ein Lachen unterdrückte. »Ja, sie gibt es. In unserer Sprache nennt man sie Siad al ruh. Doch ihre Kunst wird nur noch im Geheimen ausgeübt. Dies sind moderne Zeiten, Mr Smith. Die Welt schreibt ihre Märchen nun mit Elektrizität und Stahl. Darin reiten die Leute auf Dampflokomotiven und fliegen mit Ballons. Ifriten und Magie sind …« Er stockte, als sich Oz aufrichtete.

»Hoheit.« Das Wort kam ihm weitaus geschmeidiger über die Lippen als Jack, wenngleich es bei ihm eher wie *Diener* klang. Sicher kein Wunder, wenn man im Körper des heimlichen Herrschers des Palastes steckte. »Vielleicht glauben die Menschen nicht mehr an diese Dinge, so wie sie es früher getan haben. Vielleicht werden die Märchen heute so geschrieben, wie Ihr es beschrieben habt. Als Geschichten des Fortschritts und seiner Wunder. Aber die alten Erzählungen sind dennoch keine Lügen. Was einmal war, kann zurückkehren. Wir brauchen die Siad al ruh. Ihr Wissen. Ihre Waffen. Wir müssen die Schattenarmee besiegen. Oder Euer Vater wird die Welt, so wie Ihr sie kennt, im Feuer seiner Rache verbrennen.«

Vielleicht hätten Naima und Jack mit ihren Worten nicht halb so viel erreichen können wie Oz. Der Emir musste die Magie sehen, um vollständig an sie zu glauben. Von ihr aus dem Maul seines Katers hören. Selbst wenn die Worte von einem nun wieder reichlich vorlauten Archivar stammten.

»Ich wüsste nicht, wo sich einer der Siad al ruh aufhält«, sagte er langsam, als müsste er jedes Wort prüfen. »Ich kann meine Wesire rufen lassen. Meine Berater. Sie sind die Weisesten des Landes.«

Vor Jacks geistigem Auge sah er eine Reihe alter, weißbärtiger Männer. In seiner Welt hätten sie vermutlich Adelstitel getragen. Er schüttelte den Kopf. »Nein«, sagte er so entschieden, dass der Emir fragend eine Augenbraue hob. »Wir brauchen keine Weisheit, sondern Klugheit. Und die findet man in den engen Gassen. Dort, wo die Schatten tief sind und auch am Tag nicht ganz verschwinden.«

»Die Suqs.« Das Lächeln auf Naimas Lippen war so schwach wie ein leichter Windhauch. Aber es brach die Maske aus Traurigkeit und Entsetzen, die sie auf dem Gesicht getragen hatte.

Amir nickte. »Ich werde Rachid ausschicken.« Auf Naimas fragenden Blick hin ergänzte er: »Abdals Nachfolger.«

Naima presste die Lippen fest aufeinander und sagte nichts.

»Gut«, ließ sich Oz rau vernehmen. »Wenn wir es schaffen, die Siad al ruh zu finden und ihre Waffen in die Hände bekommen, dann steht immer noch eine Armee in der Zwischenwelt bereit, um gegen uns zu kämpfen. Nun, in den Reihen unserer Feinde verbreite ich Angst und Schrecken. Aber die Schattenarmee ist … beachtlich groß, wie wir gesehen haben.«

Oz hatte recht. Jacks Wunsch, den verfluchten Ifriten aufzuhalten, hatte ihn nicht zum ersten Mal in diesem ganzen Abenteuer schneller reden als denken lassen. Wie viele dieser orientalischen Soulmen würden nötig sein, um die Schattenarmee zu besiegen? Hundert? Tausend? Selbst wenn sie alle aus den Gassen der Stadt herauslocken konnten, so würden es sicher viel zu wenige sein. Wenn es überhaupt noch ein paar von ihnen gab. Sie könnten eher mit den Geistern fertigwerden, die nach Ra's al-Chaima strömten. Er runzelte die Stirn.

»Ah, unser Soulman beginnt, die Lage zu verstehen.« Oz strich Naima um die Beine. »Wir brauchen einen anderen Plan.«

»Ja, du hast recht. Wir werden die Schattenarmee nicht angreifen«, sagte Jack bedächtig.

»Was?«, entfuhr es Oz. »Das ist dein Plan?«

»Er erscheint mir ein wenig mutlos«, bemerkte der Emir.

Jack hob die Hand. »Hoheit.« Verflucht, das Wort wollte einfach nicht geschmeidig über seine Lippen kommen. »Kein Geist kann ohne Weiteres aus der Zwischenwelt, wie sie in meinem Land heißt, wieder in die Welt der Lebenden gelangen. Der Ifrit, den wir beschworen haben …«

»… ich beschworen habe«, hörte Jack den Kater beleidigt murmeln.

»Dieser Ifrit aber hat uns von Wegen berichtet, die Geister gehen können. Sie brauchen dazu einen Todesfunken. Einen Todesfunken, der gestohlen wird und der die Geister, die ihn hergeben mussten, vergehen lässt. Als hätte es sie nie gegeben.«

Auf dem Gesicht des Emirs zeigte sich nur Verwirrung. Naimas Augen hingegen weiteten sich. »Die Suchenden.«

Jack überhörte Oz' neuerliches Husten. »Genau.« Er nickte. »Wir haben Geister beobachtet, die hierherkommen. Sie laufen über das Meer, sammeln sich und nehmen sogar andere Seelen gefangen. In Eurer Stadt haben wir sie im Lazarett entdeckt. Und auch Eure Tante war dort.« Himmel, laut ausgesprochen klang all das wirklich wie ein Märchen. Und zwar wie ein sehr seltsames.

»Die Geister sind wütend«, nahm Oz den Faden auf. Offenbar hatte er begriffen, worauf Jack hinauswollte. »Sie neiden den

Lebenden ihr Leben. Oder sie wollen Genugtuung für etwas, das ihnen einmal widerfahren ist. Der Ifrit macht sich dies zunutze. Er lässt sie glauben, dass sie die Schattenarmee seien. Er ruft sie hierher.« Oz tippelte in die Mitte des Kreises, den Jack, Naima und der Emir bildeten, als beträte er eine Bühne. »Und das hat nur einen Grund.« Er machte eine dramatische Pause, um die Spannung auf seine Schlussfolgerung zu steigern.

»Diese Geister sollen für die wahre Schattenarmee geopfert werden.« Jack zuckte mit den Schultern, als er Oz' empörten Blick bemerkte. »Diese Rolle fiel sicher den Geistern im Archiv zu. Aber die sind fort.«

»Also wollt ihr nicht die Läufer, sondern die Bauern aus dem Spiel nehmen.« Auf Jacks fragenden Blick hin ergänzte der Emir: »Schach. Ohne diese Geister gibt es keine Schattenarmee. Und ohne Schattenarmee gibt es keinen Sieg des Ifriten. Meines Vaters.«

»Ganz genau«, sagte Oz.

Der Emir klatschte in die Hände, als müsste er sich selbst applaudieren, dass er gerade ein unlösbares Problem gelöst hatte.

Jack und Naima hingegen wechselten einen ernsten Blick miteinander. *Nein*, dachte er. So einfach würde es sicher nicht werden.

Jack kam sich schrecklich unnütz vor. Der Emir hatte seinen Diener ausgesandt, um eine Spur der hiesigen Soulmen zu finden. Und Oz hatte es auf sich genommen, im Lazarett die Lage zu erkunden. Das große Problem waren der Ifrit und seine Schatten. Nun, jeder Plan hatte Schwächen. In Jacks Fall war es die Tatenlosigkeit, zu der er verdammt wurde. Seine Rolle würde darin bestehen, die Geister zu fangen und damit die Schattenarmee zu schlagen, ehe sie auch nur einen Schritt auf englischen Boden hatte setzen können. Bis dahin saß er mit Naima im Garten des

Palastes. Es war ein seltener Moment der Vertrautheit. Gut, man durfte nicht zu den beiden Wächtern sehen, die unter dem Schatten einer Palme standen. Irgendwie gehörten sie schon zu ihnen, fand Jack.

Ihren Bruder hatte Naima nur mit Mühe von seinem Vorhaben abbringen können, sich mit seinen Wesiren zu beratschlagen. Nicht dass sie in einem von ihnen einen heimlichen Diener des Ifriten vermutete. Aber sie fürchtete, dass unachtsam ausgesprochene Worte am Ende den Weg zu ihrem Feind finden würden. Es war nicht auszuschließen, dass sein Arm und sein Ohr selbst jetzt, da er geschwächt war, bis in ihre Welt reichten. Sie hätten ihm wohl nie entkommen können, wenn er im Thronsaal bei vollen Kräften gewesen wäre.

»Was hat Abdal eigentlich gesagt?«, fragte Jack, als er an den Moment zurückdachte, in dem sich der Diener für sie geopfert hatte.

Ein Schatten fiel über Naimas Gesicht, als sie Jacks Erinnerung teilte. »Selbstlosigkeit. Er versteht sie nicht.« Sie sah auf einen Jasminstrauch, der perfekt in Form geschnitten war. Die weißen Blüten erfüllten die Luft mit ihrem schweren, süßlichen Duft, als wollten sie Jack und Naima daran erinnern, dass es nicht nur die Zwischenwelt und den Tod gab, sondern eine ganze Welt voller Leben.

Jack nickte stumm. Nein, dieses Wort verstand der Ifrit sicher nicht. Er blickte zu den Wächtern. Der eine gähnte herzhaft, als würde das Warten im Schatten ihm so sehr zusetzen wie eine Nacht ohne Schlaf. Der andere war gerade mit seiner Klinge beschäftigt und prüfte zum wohl einhundertsten Mal die Schärfe der Schneide. Ein winziger, unbeobachteter Moment. Er nahm ihr Gesicht in beide Hände und küsste sie mit so viel Nachdruck, als wollte er ein Versprechen geben. *Wir werden ihn besiegen. Egal wie.*

Sie lösten sich rasch voneinander, als sie ein Rascheln hörten. Oz kam angetigert.

Wunderbar, dachte Jack. Es hätte keinen unpassenderen Augenblick für seine Rückkehr geben können. Aber im Grunde konnte er froh sein, dass Oz sie gestört hatte und nicht die Wächter. Die beiden blickten nun wieder zu ihnen hin. Seine Angst, dass sie den Kuss bemerkt hatten, schien indes unbegründet. In diesem Fall hätten sie sich wohl kaum mit einem der üblichen, finsteren Blicke begnügt. »Du hast ganz schön lange gebraucht«, sagte Jack so ungerührt, dass die beiden Säbelschwinger hoffentlich nicht merkten, dass er eine Katze ansprach.

»Jetzt haben wir ein Problem.« Oz wandte den Wächtern seine Rückseite zu und war auf die Entfernung sicher nicht zu verstehen.

»Hatte ich dir nicht etwas zu diesem Satz gesagt?«, fragte Jack, wobei er betont interessiert ein Beet mit Blumen betrachtete, deren Blüten feuerrot leuchteten.

»Die gefangenen Seelen sind fort. Alle.«

Es fiel Jack schwer, weiter den Unbeteiligten zu spielen. Waren sie zu spät gekommen? Seine Fantasie malte ihm das Bild einer Armee aus Geistern in den Kopf, die durch die Straßen Londons marschierten. Einen alten Tod in das moderne Leben trugen.

»Keine Spur?« Naima streichelte Oz den Rücken.

»Ah, eine Wohltat«, kommentierte der Kater die Behandlung. »Es war ein weiter Weg, den …«

»Oz!«, unterbrach ihn Jack, der zum eigenen Erstaunen ein wenig eifersüchtig war.

Der Kater stieß ein empörtes Schnaufen aus. »Ja«, knurrte er. Offensichtlich ärgerte er sich, dass Jack ihm einmal mehr einen dramatischen Moment ruiniert hatte. »Es gibt eine Spur. Sie liegt so schwer in der Luft wie diese Gewürze, die sie in Suez auf dem Markt verkauft haben.«

»Wohin führt sie?«, fragte Naima.

»Aus der Stadt«, antwortete Oz. »Aber ich verstehe nicht, was sie dort suchen.«

Naima warf Jack einen verstohlenen Blick zu. »Er braucht einen Ort, an dem er sie alle versammelt und dann opfert. Einen passenden Ort.«

»Was ist dort?«, wollte Jack wissen.

»Die Totenstadt.«

Jack wäre nur allzu gerne direkt dorthin marschiert. Es brannte ihm auf den Nägeln, etwas zu unternehmen. Das Gefühl, warten zu müssen, während ihr Gegner im Geheimen seinen nächsten Schritt vorbereitete, war unerträglich. Doch er riss sich zusammen, so schwer es ihm auch fiel.

»Wir haben vielleicht nur eine Gelegenheit, die Totenstadt zu betreten«, hatte Naima gesagt, die ihm die Ungeduld vom Gesicht gelesen hatte. »Wenn sich die Geister wirklich dort sammeln, werden sie … meinem Vater unsere Anwesenheit mitteilen, sobald sie uns entdecken.«

Wie schwer es ihr gefallen war, die beiden Worte auszusprechen. *Meinem Vater.* Der Mörder. Der Feind. Der Schattenspieler. Es hätte Namen gegeben, die weit weniger schmerzlich gewesen wären und hinter denen sie sich hätte verbergen können. Doch sie wählte die Wahrheit. Und nichts verlangte mehr Mut. Und ja, sie hatte recht. Verdammt! Ihre Feinde sollten auf keinen Fall erfahren, dass sich Naima und ihr Bruder keineswegs als so wehrlos erwiesen, wie sie vielleicht glaubten.

Sie warteten. Stundenlang. Jack hatte schon die Hoffnung aufgegeben, dass der Diener überhaupt zurückkehren würde. Womöglich, so argwöhnte er, hatte er sich zu tief in die dunklen Gassen der Stadt gewagt und war dort … verloren gegangen. Auch in London gab es Straßen, die man besser mied, wenn man noch ein paar Jahre leben wollte. Mit allen Gliedmaßen, versteht sich. Irgendwann aber, als sie gerade dabei waren, das Abendmahl an einem langen Tisch gemeinsam mit dem Emir einzunehmen, wurde die Tür in den Saal, in dem sie saßen, geöffnet, und der Diener schlüpfte herein.

Er war selbst fast so lautlos wie ein Schatten und auch in etwa so unauffällig. Es lag wohl in der Natur von Bediensteten, dass sie so unsichtbar wie möglich waren. Er wisperte dem Emir einige Worte in die Ohren.

Amir hob die Augenbrauen und nickte dann ernst. Jack, der sich gerade ein mit Reis gefülltes Weinblatt in den Mund schob, versuchte, in ihren Mienen zu lesen. Wenn er sich nicht irrte, brachte der Diener keine ganz und gar guten Nachrichten.

Der Emir gab dem Mann ein Zeichen, der daraufhin ebenso lautlos wie zuvor zur Tür ging und sie aufzog. Zu Jacks Verwunderung betrat eine Handvoll Wächter gefolgt von einer gebeugten Frau den Saal. Sie wagte nicht, den Blick zu heben, und blieb verloren an der Tür stehen. Die Wächter indes traten vor den Emir. Jeder trug einen schweren Sack, und auf ein Zeichen des Dieners hin öffneten die Männer sie und schütteten den Inhalt auf den Boden. Das Scheppern, das erklang, gebar Echos im Saal, und Jack reckte den Kopf, um zu sehen, was die Wächter mitgebracht hatten. Aus dem Augenwinkel sah er, dass Naima den Blick dagegen auf die Frau richtete.

»Was soll das sein?«, fragte Amir auf Englisch.

»Flaschen aus Messing, Hoheit«, erklärte der Diener in derselben Sprache

Die Frau hatte noch immer nicht den Kopf gehoben. Doch Jack sah, dass ihr Blick aufmerksam umherstrich und alle im Saal verstohlen musterte. Und auf Oz hängen blieb. Etwas an ihr erschien Jack einzigartig. Er konnte nicht genau sagen, was es war.

»Bitte«, hörte er Amir sagen. Er löste den Blick von der Alten. Der Emir bedeutete ihr zu ihm zu kommen und betrachtete dabei interessiert eine der Flaschen. »Habt Ihr so etwas gesucht?« Die Frage hatte er an Jack gerichtet, doch der Emir suchte nicht nur in seinem, sondern auch in Oz' Gesicht nach einer Antwort. Er reichte Jack die Flasche.

Jack wog sie in der Hand, als könnte er ihren Zweck so besser als mit Blicken bestimmen. Ein normaler Mensch hätte in ihr nur ein Stück Messing vermutet, das sich lediglich dazu eignete, mit einer Flüssigkeit befüllt zu werden. Bis auf einige arabische Schriftzeichen war sie nicht sonderlich auffällig. Ein Soulman hingegen spürte die Kälte, die eine Seele hinterlassen hatte, die einmal mit der Flasche in Kontakt gekommen war. Vermutlich sogar mehrere. Sie war eiskalt in Jacks Händen. Außerdem ähnelte sie der Flasche, die der beschworene Ifrit hinter sich herzog. *Wiederverwertbar*, dachte er. *Nicht schlecht.* »Diese Flaschen sind anders als die, die ich kenne. Gibt es eine Spur derjenigen, die sie benutzt haben?«, fragte er den Emir, der daraufhin mit dem Kopf schüttelte. Was hatte Jack erwartet? Dass der Diener ihnen tatsächlich eine Schar orientalischer Soulmen brachte? Natürlich nicht. Er wechselte einen stummen Blick mit Oz und Naima. Der magische Kater schien durchaus angetan von den Flaschen. Er schnupperte an jeder von ihnen, und als er Jacks Blick erwiderte, nickte er zufrieden.

»Wie lautet ihr Name?«, fragte Naimas Bruder und sah zu der Alten, die noch immer den Kopf gesenkt hielt. Ihre Augen aber waren weiter verstohlen auf Oz gerichtet, der die Aufmerksamkeit indes nicht zu bemerken schien. Sie antwortete auf Geheiß des Dieners. Wenn sich Jack nicht irrte, lautete ihr Name Rachida. Die Stimme der Frau klang noch älter, als ihr Gesicht vermuten ließ.

»Die Weise«, übersetzte Naima leise die nächsten Worte des Emirs für Jack. »Weisheit ist etwas, das ich brauchen kann. Mein Diener berichtete mir, dass du eine Siad al ruh bist.« Sie sprach schnell und gedämpft.

Die Alte hob den Kopf und nickte andeutungsweise. »Das stimmt, Hoheit. Jedoch wird meine Weisheit nicht gegen eine Armee fremder Soldaten helfen«, übersetzte Naima. Dann nahm sie Jack die Messingflasche aus der Hand. »Aber gegen eine Armee aus Geistern?«, fragte sie erst auf Arabisch und schließlich so, dass auch Jack die Worte verstand.

Die Alte sah Naima einen Moment lang überrascht an, dann erwiderte sie etwas. Und der Emir bedeutete den Soldaten und seinem Diener den Saal zu verlassen. Auch die Bediensteten, die sich im Hintergrund gehalten hatten und deren Gewänder so kunstvoll mit der alabasterfarbenen Wand verschmolzen waren, dass sie nahezu unsichtbar schienen, gingen. Als die Tür geschlossen war, stellte Rachida eine Frage.

Naima und ihr Bruder blickten zu Oz, und Jack ahnte, was die Sätze bedeuteten. »Ich glaube, du kannst aufhören, den Kater zu spielen«, meinte er.

Oz reckte sich, als wollte er sich ein wenig größer machen. Und dann flossen auch über seine Lippen Worte.

Auf dem Gesicht der Alten schienen Furcht und Verzückung miteinander zu ringen. Sie starrte Oz an, als wollte sie ihn auf den Arm nehmen und nie wieder hergeben. Und gleichzeitig machte sie ein Zeichen mit den Händen, das sie vermutlich vor dem Bösen beschützen sollte, das unter seinem Fell lauern konnte.

Die Worte, die nun gewechselt wurden, kamen so schnell und durcheinander, dass Naima es bald aufgab, sie alle zu übersetzen. Jack konnte dem Verlauf der Unterhaltung nur noch durch Blicke in die Gesichter folgen. Und wenn er zumindest das Wesentliche verstand, verlief sie nicht so, wie Naima, Oz und er es erhofft hatten.

»Sie ist die Letzte in dieser Stadt«, fasste Naima schließlich das Gesagte für Jack zusammen. »Die Letzte der Siad al ruh. Es gibt nur noch einen, der diese Kunst beherrscht. Es ist ihr Bruder. Doch er ist weit entfernt von hier in der Wüste Nefud und bewacht die Ruhestätten gefangener Ifriten. Er ist dort mit seinem Sohn, der die Bürde einmal von ihm übernehmen wird.«

»Oh, ein kleiner Familienbetrieb«, bemerkte Jack sarkastisch. Verdammt. Er biss sich auf die Lippen. Er hatte wenigstens auf ein paar Männer gehofft. Aber alles, was sie nun hatten, waren ein wenig Plunder und eine Frau, die so alt schien, dass sie wohl bald selbst auf die andere Seite gehen musste. »Wie sollen wir es machen? Den ganzen Haufen dort einpacken und zur Totenstadt fahren? Wenn ihr mir immer die nächste verbeulte Flasche in die Hand drückt, kann ich sicher ein paar der Geister fangen, ehe deine finstere Tante vorbeischaut.« Die Worte waren Jack von selbst über die Lippen gekommen. Zu laut. Zu bitter. Er bereute sie, noch während sie im Saal verklangen. Aber die Anspannung zehrte an ihm. Und er fühlte den Fluch des Ifriten in sich, als würde dieser wie ein hungriges Tier in ihm lauern und nur auf den richtigen Moment warten, um sich zu zeigen. Und verflucht, er wollte Naimas Vater in die Hölle schicken, anstatt zu hoffen, dass sie die Magie eines vorlauten Katers vor ihm bewahrte.

»Das ist eine Möglichkeit, Mr Smith«, sagte der Emir so ruhig, als hätte es Jacks Ausbruch nicht gegeben. »Ich sehe indes noch eine andere.« Er legte die Fingerspitzen aneinander. »Die Kunst der Siad al ruh mag in meinem Land beinahe in Vergessenheit geraten sein. Ich selbst habe sie und die Ifriten, die sie bewachen, für ... die Vergangenheit gehalten. Zumindest bis zu diesem Moment.« Der Emir war sichtlich bemüht, alles zu glauben, was er über die Zwischenwelt und ihre Bewohner hörte. Jack war beeindruckt. »Wenn ich recht verstehe, dann können die Siad al ruh oder die Soulmen oder wie immer diese erleuchteten Männer«, er bedachte die Alte mit einem kurzen Blick, »und Frauen« heißen, die Geister sehen.«

Beim Wort *erleuchtet* bekam Oz einen kleinen Hustenanfall.

»Und um sie zu fangen, bedarf es lediglich dieser Gefäße, die im richtigen Moment geöffnet und wieder verschlossen werden.«

Lediglich? Jack fühlte sich in seiner Berufsehre gekränkt. Er war doch kein Straßenkehrer, der die Bordsteine vor dem Buckingham Palace säuberte. »Es ist eine hochkomplizierte Kunst,

Hoheit«, sagte er und überhörte Oz' neuerlichen Hustenanfall. »Wie sollte ein Mensch etwas fangen, das er nicht sehen kann?«

Der Emir antwortete ihm nicht sofort. Er wechselte wieder ein paar Worte mit Rachida. Die Frage, die er ihr stellte, ließ sie zweifelnd die Stirn krausziehen. Doch dann nickte sie widerwillig.

Auch Naima schaltete sich in das kurze Gespräch ein. Auf Jacks Blick hin sagte sie: »Die Flaschen sind offenbar in der Lage, mehr als nur einen Geist aufzunehmen. Soldaten werden sie mit sich führen und öffnen, um die Geister in der Totenstadt zu fangen. Sie sollen die Hände sein.«

»Und dreimal darfst du raten, wer ihre Augen sein und die kleine Armee anführen wird.« Oz klang beinahe ein wenig sarkastisch, als er hinzufügte: »Hauptmann Smith.«

»Ich fürchte, dies ist die einzige Möglichkeit«, sagte der Emir. »Es sei denn, Ihr fühlt Euch dieser Aufgabe nicht gewachsen, Mr Smith.«

Nicht gewachsen? Jack fühlte sich nun noch gekränkter. »Wir werden es machen, wie Ihr vorschlagt«, sagte er entschlossen. Welche Alternative hatten sie schon? Und für einen besseren Plan fehlte ihnen die Zeit. Jack hatte ohnehin das Gefühl, dass sie ihm zwischen den Fingern hindurchrann wie der Sand in den Uhren, die gelegentlich genutzt wurden, um die Zeit zu messen. Hauptmann Smith. Verdammt! Das hörte sich gar nicht mal so schlecht an.

TOTENSTADT

~~~

Oz schlich so unsichtbar und lautlos durch die Nacht, dass ihn nicht einmal die Vögel bemerkten, die in den Büschen nisteten. Die Totenstadt. Sie lag ein ganzes Stück von der Stadt der Lebenden entfernt, als wollten diese ihre verstorbenen Angehörigen weit genug weg wissen. Als wäre der Tod ansteckend. Die Häuser, die man in Ra's al-Chaima den Bestatteten baute, standen denen der eigentlichen Stadt, was ihre kunstvollen Formen und Ausschmückungen betraf, in nichts nach. Einzig die Größe verriet, dass ihre Bewohner nur noch wenig Platz benötigten. Die Nacht verbarg diesen Ort, doch Oz' Katzenaugen entging nichts. Geschwungene Hauseingänge. Dächer, die wie Zwiebeln geformt waren. Muster, die Wände schmückten. Oz fragte sich, ob die Leute sich so viel Mühe mit den Häusern gaben, um sich den Besuch bei ihren Toten angenehmer zu gestalten. Oder weil die Bewohner zu Lebzeiten auf beeindruckende Gräber gedrängt hatten, um auch nach ihrem Leben Größe und Macht zu demonstrieren. Die Zahl der Häuser war einigermaßen überschaubar, und Oz zweifelte nicht daran, dass an diesem Ort nur die Körper besonders einflussreicher Leute zu finden waren. Wer hingegen im Leben arm war, konnte auch im Tod keine Würdigung erwarten.

Die Spur der Geister hing schwer in der Luft. Der Kater wurde von ihr unweigerlich angezogen. Katzen hatten etwas übrig für die Toten. Vielleicht deshalb, weil sie die einzigen bekannten Lebewesen waren, die Seelen erkennen konnten. Abgesehen von den Soulmen und den Archivaren des Ministeriums. Und den Siad al ruh. Es verwunderte Oz daher nicht, dass er schon bald auf weitere Katzen traf. Die erste war ein mageres Ding, das vor der Tür zu einem schmalen Totenhaus saß und ihn anfauchte. Ramses' Instinkte drängten Oz, die Krallen auszufahren und zu demonstrieren, wer hier das Sagen hatte. Doch mit Mühe unterdrückte er den Impuls und zwang sich weiterzuschleichen. Er roch noch andere Katzen. Himmel, wie viele hatten ihre Spuren hinterlassen? Es waren genug, dass in Ramses unterschiedliche Empfindungen miteinander rangen. Zorn über Rivalen. Lust auf einen Kampf. Begierde, die Oz als Mensch nie so intensiv gefühlt hatte. Das alles machte ihn fast schwindlig. Doch über die unsichtbaren Fährten legte sich die Spur der Geister. Die Wut, die sie verströmt hatten, hüllte ihn ein wie Nebel. So viel Hass, der in Oz' Herz strömte und es schwer machte. Er spürte den Wunsch in sich, umzudrehen und zu gehen. Ein Wunsch, der den Kater regelrecht empörte.

Aus den Häusern, die an dem Weg lagen, dem Oz folgte, lugten weitere Katzen. Zwei machten Anstalten, Oz herauszufordern. Doch als sie näher kamen, fauchten sie nur wütend und drückten sich so eng an die Mauern, als wollten sie mit dem Stein verschmelzen. Sicher hatten sie den Menschen unter dem Fell gerochen.

Mit jedem Schritt, den Oz der Spur folgte, wuchs der Wunsch fortzulaufen weiter und beschämte Oz. Und irgendwann kam die Wut über die eigene Angst. *Himmel, Oz*, sagte er sich. *Du bist ein Magier. Und ein Kater. Wer könnte es schon mit dir aufnehmen?* Noch immer lautlos schlich er weiter, bis er Schritte hörte. Sie waren leise wie ein Blatt, das zu Boden fiel. Oz wandte sich unwillkürlich um. Und erschrak, als er die Augen sah. Dutzende. Sie musterten ihn abschätzig. Mit aller Macht unterdrückte er den Instinkt, die Katzen anzufauchen und sie mit einem selbstbewussten Auftreten zu verunsichern. Sie waren nicht gekommen, um ihn anzugreifen. Er wusste nicht, wer von beiden dies wahrnahm. Er oder Ramses.

Der Kater in ihm schrie und tobte. Er wollte seine Krallen ausfahren und sie in Fleisch und Fell stoßen.

Doch Oz zwang den Leib, den sie sich teilten, zur Ruhe. Er mochte Katzen grundsätzlich und fand ihre Anwesenheit meist angenehmer als die der Menschen. Wirklich gut aber kannte er sich nicht mit ihnen aus. Dass sie sich zusammenrotteten wie … eine pelzige Armee, erschien ihm indes mehr als ungewöhnlich. Vermutlich spürten sie die Geister. Und deren Nähe gefiel ihnen nicht. Aber weshalb folgten sie dann ihm? Besser, er wurde sie los und … Ein Gedanke nahm in seinem Kopf Gestalt an. Ein verrückter Gedanke.

Er straffte sich und überließ es Ramses mit seiner königlichen Selbstsicherheit, auf die Augen zuzugehen. Erst als er wieder den Impuls spürte, die nächstbeste Katze, es war ein gestreiftes Tier, das einem Tiger ähnelte und dem ein Auge fehlte, herauszufordern, übernahm er erneut vollständig die Kontrolle. Es brauchte hier diplomatisches Geschick.

Blickkontakt. Die gedachte Aufforderung stammte von Ramses. Oz konnte dessen Missmut deutlich fühlen.

Oz folgte dem Instinkt des Katers und suchte sich den stärksten und offenbar wildesten Kontrahenten aus der Menge. Der einäugige Tiger. Wie viel Magie konnte er einsetzen, um sich die Katzen gefügig zu machen und gleichzeitig nicht bemerkt zu werden? Vielleicht waren der Ifrit und Naimas dunkle Verwandte zu beschäftigt mit ihrer Schattenarmee, um ihn zu bemerken, wenn er ein klein wenig zauberte. Oder? Genauso gut konnte es sein, dass sie schon das leichteste Aufflackern von Magie so deutlich wahrnahmen wie einen Blitz in der Nacht. Nein, hier brauchte es eine andere Macht. Er straffte sich. Eine königliche Macht.

So erhaben, wie er konnte, ging er weiter auf die Augen zu. Es schien, als würde der Tiger einen Schritt nach vorne machen. Tatsächlich aber wichen alle Katzen hinter ihm einfach nur zurück. Als der Tiger das bemerkte, war es bereits zu spät.

Er war alleine.

Aber Oz war zu zweit.

»Ich bin euer König.« Er wisperte die Worte in die Nacht. So leise, dass sie allenfalls von einer besonders aufmerksamen Maus hätten gehört werden können. Doch im Angesicht so vieler Katzen auf einem Haufen traute sich wohl kein Tier, das den Namen *Beute* im Herzen trug, auch nur in ihre Nähe.

Die Katzen wichen noch einen Schritt zurück. Oz roch ihre Verwirrung. Ihre Furcht vor dem Kater, über dessen Lippen Menschenworte kamen. Und den Wunsch, sich ihm anzuschließen. Katzen mochten Menschen als ihre persönlichen Diener betrachten. Und sie waren meist Einzelgänger. Aber eines einte sie. Sie hatten etwas für Könige übrig. Vielleicht weil sie sich selbst als die eigentlichen Herrscher der Welt betrachteten. Und die Worte von Oz verstanden sie auf eine Weise, wie es nur Katzen konnten.

Der Tiger wusste, dass er nur zwischen zwei Möglichkeiten wählen konnte. Rückzug oder Kampf. Der Rückzug kam nicht infrage. Oz konnte es ihm vom vernarbten Gesicht ablesen. Die Spuren vieler Kämpfe zogen sich unter dem Fell entlang.

Ramses hingegen war in der Blüte seiner Jahre. Und er war bestens genährt.

»Unterwirf dich.« Die Worte kamen von Oz, doch die Überzeugung dahinter stammte von Ramses.

Der Tiger bedachte Oz mit einem abschätzigen Blick, der sagen sollte, dass es hier nur einen König gab. Und zwar einen, der bloß noch ein Auge besaß.

Die Anspannung in Oz' Körper wuchs. Er fühlte sich wie ein Vulkan, der jeden Moment ausbrechen würde. Dies war keine Angelegenheit eines Magiers. Oz zog sich zurück und überließ Ramses die Führung. Der Kater jubelte innerlich. Ein Beobachter hätte wohl nur zwei Katzen bemerkt, die sich stumm anstarrten.

Reglos wie Statuen, bis auf die zuckenden Schwänze. Mit einem Mal aber gab Ramses einen Laut von sich, der an ein jammerndes Kind erinnerte.

Und dann stürzten sich die Kater aufeinander.

Sie verbissen sich ineinander. Fellbüschel flogen in die Nacht wie die Federn eines gerupften Huhns. Krallen suchten das Fleisch des anderen.

Durch Ramses' Augen betrachtete Oz den Kampf fassungslos. So etwas hatte er noch nie erlebt. Die beiden Körper waren wie einer. Rollten über den sandigen Boden. Oz wunderte sich darüber, dass er keinen Schmerz spürte. Ein Hochgefühl hatte von ihm Besitz ergriffen. Ramses fühlte sich endlich wieder als Kater. Er folgte allein den Instinkten, die er Oz zuliebe unterdrückt hatte.

Eine Pause. Die beiden Körper lösten sich voneinander. Oz zählte kurz alle wesentlichen Körperteile durch. Alles noch da. Gut, ein paar tiefe Bisse hatte er abbekommen. Er atmete schwer. Doch der Tiger hinkte. Und er hatte sich als Erster gelöst.

Langsam ging Ramses auf den Kontrahenten zu. Und wieder ertönte das Jammern. Diesmal wurde es vom Tiger aufgenommen. Ramses sprang im selben Moment wie sein Gegner. Noch in der Luft verbissen sich die Tiere aufs Neue. Suchten ungeschützte Stellen am Leib des anderen.

Der Tiger mochte verletzt sein. Doch dass verletzte Gegner besonders gefährlich sind, merkte Oz einen Augenblick später. Die Krallen, die über sein Gesicht gezogen wurden, hinterließen einen so brennenden Schmerz, dass er sich am liebsten zurückgezogen und die Pfoten auf die Wunden gepresst hätte.

Nein. Ramses riss die Kontrolle nun ganz an sich. Er öffnete seinen Mund und schnappte zu. Die Zähne trafen den Hals des Tigers, und der Kiefer schloss sich. Drohend verharrte Ramses in der Bewegung.

Oz begriff, dass den Tiger nur noch ein Biss vom Tod trennte.

»Wenn du schlau bist, gibst du auf.« Die Worte klangen, als würde Oz während des Kauens reden. Sie verfehlten ihre Wirkung nicht. Vielleicht hätte der Tiger bis zum bitteren Ende weitergekämpft. Die Menschenworte aber rissen ihn aus dem blutroten Nebel der Wut, der sich vermutlich um seinen Katzengeist gelegt hatte, und ließen ihn nachdenken. Er senkte den Kopf, und Ramses zog sich zurück.

Gewonnen, dachten Ramses und Oz zur selben Zeit.

Die anderen Katzen hatten den Kampf interessiert beobachtet, und Oz fühlte ihre Blicke wie tastende Finger auf dem Fell. Ramses mochte in diesem Moment völlig gelassen und selbstbewusst sein. Berauscht noch vom Sieg. Doch der Magier war ein wenig nervös. Was, wenn er nun einen nach dem anderen herausfordern musste? Oz beschloss, sich ganz auf Ramses zu verlassen. Dies war eine Katzenangelegenheit.

Die Katzen waren wie Schatten in der Nacht. Schatten, die einen König erkannten. Ihren König. Ihn. *Schnapp nicht über*, ermahnte sich Oz. *Die Faszination, die du auf sie ausübst, wird die Nacht vielleicht nicht überdauern.* Er straffte sich und ließ den Blick über sie fahren. Konnte seine Idee funktionieren? Warum nicht? Er dachte an den Hinterhalt im Ministerium, in den sie den Ifriten gelockt hatten. Diesmal waren ihre Gegner weit zahlreicher. Aber sicher auch weit dümmer. Er versuchte, Ramses begreiflich zu machen, was er vorhatte. Die Gedanken des Katers waren nicht immer einfach zu verstehen. Sie drehten sich um ... die wesentlichen Dinge des Lebens. Doch es schien Oz, dass Ramses die Vorstellung, die Oz mit ihm teilte, gefiel. Auch wenn ihn die Fortführung des Plans, die Ramses offensichtlich vorschwebte, schockierte. *Nein*, dachte er bei sich. *Du kannst nicht alle Weibchen haben. Nein. Nein. Wirklich nicht.* Er zwang sich den Gedanken an einen eiskalten Regenschauer in den Kopf. Dann überließ er es Ramses, den anderen Katzen mitzuteilen, was er vorhatte. Es überraschte Oz nicht, dass die Kommunikation der

Tiere untereinander weit komplexer war, als es sich ein Mensch hätte vorstellen können. Alles schien ein Mittel zu sein, um ungesagte Worte miteinander zu wechseln. Ein Blick. Das Zucken der Ohren. Ein subtiler Duft. Es war kaum ein Ton zu hören. Nach einigen Minuten waren alle Fragen geklärt. Und Oz kam zu der Erkenntnis, dass die Welt der Menschen insgeheim vielleicht doch von Katzen beherrscht wurde.

Ein Nicken von Ramses gebot ihnen, hier zu warten. Dann machte sich Oz auf den Weg. *Himmel*, dachte er. *Wenn Ramses noch öfter mitmischt, bekomme ich Kopfschmerzen.*

Es fiel ihm nicht schwer, die Geister zu finden. Ihre Spur war so verlockend, dass er sich zusammenreißen musste, um nicht auf sie zuzulaufen wie auf einen Haufen wehrloser Mäuse. Ein wilder Jasminstrauch drückte sich in der Nähe eines der Totenhäuser aus der Erde und mischte den süßen Duft seiner perlenweißen Blüten in die Luft, als wollte er den der Geister überdecken. Oz wurde langsamer und so lautlos, dass selbst er seine Schritte nicht mehr hörte. Er drückte sich eng an den Boden, und das schwarze Fell von Ramses verschmolz so perfekt mit der Nacht, dass niemand ihn sehen konnte. Fast fühlte er sich wieder wie ein Geist. Er schob den Kopf so weit vor, dass er um das Haus herumblicken konnte.

Und erstarrte.

Oz glaubte sich zurück im Palast auf der anderen Seite. So viele Geister. Es waren Tausende. Sie verschwammen zu einer großen Masse. Sicher waren auch all die Seelen unter ihnen, die Jack und er auf ihrem Weg über das Mittelmeer beobachtet hatten. Und vielleicht auch die aus dem Lazarett. Unfreiwillige Opfer. Oz spürte, dass dies hier falsch war. Dass sich Katzen zusammentaten, war eine Sache. Aber dies hier verstieß gegen ... einfach alles. Er fühlte die Entrüstung von Ramses ebenso heiß wie seine eigene.

Die Geister hatten sich auf einem Platz versammelt, der von

mehreren Totenhäusern gesäumt wurde. Ein dicht belaubter Baum erhob sich in seiner Mitte, knorrig und verwachsen, und spannte seine Äste über die Seelen, als wollte er ihren Anblick verdecken. Und vor dem Stamm erkannte Oz bei näherem Hinsehen drei Gestalten, die beinahe so gekonnt mit der Nacht verschmolzen wie er. Schatten. Naimas Verwandte. Eigentlich waren sie zu viert. Oz kniff die Augen zusammen, doch er konnte nicht erkennen, wer fehlte.

»Es ist zu früh.«

Die Stimme kam von einem der Schatten und mischte sich in die Luft. Legte sich wie Frost auf Oz' Fell. Machte ihm das Herz schwer und fachte eine heiße Wut in Ramses an.

»Sie ist entkommen.«

Eine andere Stimme. Sie war ebenso kalt wie die erste. Die eine stammte von Alima. Die andere gehörte zu einem Mann.

»Er wird sie bekommen.«

Wieder Alima. Sie klang, als würde sie über eine Fremde sprechen, deren Schicksal ihr gleichgültig war.

Und Ramses' Wut griff wie ein Feuer auf Oz über. Es verbrannte die Furcht, die sich in seinem Herzen eingenistet hatte. Er würde verhindern, dass Naima zu solch einem Geschöpf wurde. Und wenn er dazu sterben müsste. Gut, er war bereits tot. Aber er würde alles wagen, wenn es sein musste. So wie Abdal.

»Und den Mann.«

Eine zweite Männerstimme. Es fiel Oz nicht schwer zu erraten, von wem sie sprachen. Er wartete noch einen Moment, doch die Schatten verstummten und gingen durch die Reihen der Geister. Sie kamen Oz dabei vor wie Hirtenhunde, die dafür sorgten, dass die Schafe beisammenblieben. Schafe, die bald geschlachtet würden. Oz fragte sich, welche Bedauernswerten hatten sterben müssen, damit die drei frei durch die Totenstadt laufen konnten. Irgendwann zählte er bloß zwei. Und dann zerflossen diese beiden mit der Nacht und waren fort. Nur noch die

Schafe waren da. Und Oz kam sich vor wie ein, zugegeben klein geratener, Wolf.

Er schlich so lautlos, wie er gekommen war, zurück, bis er wieder bei dem Katzenheer war. Seine Ankunft machte sie unruhig. Die Wut, die Ramses und er sich teilten, schien sie zu erfassen wie eine Welle, die sich in ihren Reihen ausbreitete. Einen Moment lang sah er sie an wie ein General seine Armee. Dann nickte er ihnen einen stummen Befehl zu. *Passt auf!* Wortlos ging er davon zu seinen Freunden, die am Rand der Totenstadt Aufstellung genommen hatten. Zurück blieben die Katzen.

»Warum hat das so lange gedauert?« Jack gab sich keine Mühe, seine Ungeduld zu verbergen.

»Oh«, erwiderte Oz, »ich habe mir ein wenig die Umgebung angesehen. Ist ganz reizvoll hier.« Oz' Augen mussten sich wieder an das Licht gewöhnen. Es stammte von den Häusern der echten Stadt und war so blass, als würde es von der Nacht erstickt. Aber gegen die Finsternis in der Totenstadt war es für die Katzenaugen die reinste Festbeleuchtung.

»Hast du sie entdeckt?« Naima klang besorgt. Sie trug dieselben dunklen Sachen wie ihr Bruder, und beide verschmolzen darin beinahe mit der Nacht.

»Sie und …« Oz stockte. Es schmerzte ihn, Naima den Kummer vom Gesicht lesen zu müssen, wenn sie an ihre Verwandten dachte. Als er sie das erste Mal getroffen hatte, war er äußerst hingerissen von ihr gewesen. Doch im Gegensatz zu Jack hatte er diese Gefühle für sie rasch wieder verloren. Für ihn war Naima eine Freundin, ihrem Titel zum Trotz. Und wenn er ehrlich war, hatte er vor ihr nie eine Freundin gehabt. Er fühlte Ramses in Gedanken den Kopf schütteln. Für den Kater stellte sich die Welt etwas einfacher dar. Freunde und erst recht Freundinnen kamen in ihr nicht vor, wenngleich weibliche Katzen zuweilen einen enormen Teil seiner Aufmerksamkeit beanspruchten.

Naima nickte, als wollte sie den Satz stumm beenden.

»Es waren drei. Ich denke, wir kommen gerade noch rechtzeitig.«

»Und wir werden sie nicht sehen können?« Amir schob sich an seiner Schwester vorbei und stierte in die Nacht, als könnte er ihr alle Geheimnisse entlocken, wenn er sich bloß genügend anstrengte.

»Die einfachen Geister zumindest nicht.« Die Anwesenheit des Prinzen missfiel nicht nur Oz. Vor allem Naima betrachtete ihren Bruder, als wäre er ein aus Glas gefertigtes Ei, das bei der leichtesten Berührung zerspringen könnte. Seine Leibwächter sahen das wohl ähnlich. Sie standen etwas abseits und blickten umher, als rechneten sie damit, dass jeden Moment einer der Toten aus seinem Haus trat.

»Eure Verwandten sind Schatten. Die übrigen Geister können nur die Alte und ich sehen. Und er.« Jack deutete auf ihn.

»Ramses«, murmelte der Emir.

»Nein, Oz«, berichtigte ihn Jack. Er wirkte angespannt.

Oz konnte es nicht nur hören. Als Kater roch er die Stimmung der Menschen um sich. Jacks Gefühle wurden allerdings beinahe von denen der Wächter überdeckt. Sie standen einige Meter entfernt in einer so perfekten Formation, als würden sie in eine Schlacht ziehen. Jede Messingflasche wurde von einem Mann gehalten. Und neben jedem Mann stand ein zweiter, der die Flasche übernehmen sollte, falls der ursprüngliche Träger … auf einen von Naimas Verwandten traf. Oz hatte beim Marsch auf die Totenstadt weit mehr als die einhundert Wächter gezählt, die mit ihnen hier standen und auf deren Gesichtern er abergläubische Furcht las. Die meisten Wächter waren gerade dabei, den Friedhof zu umstellen. Als ob sie mit ihren Schwertern etwas unternehmen könnten, um ihren Emir zu retten, falls die Schatten oder ihr Herr kamen. Aber der ranghöchste Wächter des Emirs hatte darauf bestanden, dass mehr Männer sie begleiteten als nur die Flaschenträger und deren Ersatz. Nun, insgesamt hatte der Emir nicht allzu viele Leute unter seinem Befehl. Kein Wunder. Sein Land war besetzt, und man erlaubte ihm nicht, zu stark zu werden.

»Denkt daran, Eure Männer müssen die Flaschen in dem Moment öffnen, wenn wir es ihnen sagen, und die Wege nehmen, die wir ihnen zurufen. Sie werden die Seelen spüren. Und das wird ihnen sicher nicht gefallen. Aber sie dürfen sich nicht davon irritieren lassen.«

Glücklich sahen die Wächter in der Tat nicht aus. Oz wusste nicht, welche Geschichte ihnen der Emir erzählt hatte. Was er gesagt hatte, um zu erklären, weshalb die Wächter mit angelaufenen Messingflaschen durch die Totenstadt laufen sollten. Die britischen Invasoren mochten den Menschen aus Ra's al-Chaima zeigen, dass die Welt dabei war, sich zu wandeln. Dass moderne Zeiten angebrochen waren. Doch der Glaube an das Alte wurzelte tief im Sand dieses Landes. Und vermutlich ahnten die Wächter, dass der Feind, dem sie sich heute stellten, nicht aus Fleisch und Blut war.

»Und wenn diese Schatten kommen?« Der Emir vermied es im Gegensatz zu Naima, die toten Verwandten beim Namen zu nennen. »Oder der Ifrit?«

Jack deutete lässig auf Oz. »Wir haben in England neuerdings ein Sprichwort. Wenn es Ärger gibt, wirf den Kater.«

Oz schnaubte entrüstet.

Das Lächeln, das Jacks Worte in die Gesichter von Naima und Amir malte, offenbarte, dass sie Geschwister waren. Hatte ihr Vater auch so gelächelt, ehe er sich in seinem Wunsch nach Rache verloren hatte? Oder stammte dieser Gesichtsausdruck von der zu früh verstorbenen Mutter?

»Es ist ein seltsames Land, Euer England, Mr Smith. Aber nun werden wir die seltsamen Seiten unseres Landes bestaunen.«

Jack straffte sich und nickte Naima zu. Er hatte sie gebeten, im Palast zu bleiben. Doch es gab keinen Ort auf dieser Welt, an dem sie wirklich in Sicherheit vor ihrem Vater und seinen Dienern war. Die beste Chance zu überleben hatte sie vielleicht, wenn sie bei ihren Freunden blieb. »Bereit?«, fragte Jack. »Gut. Dann jagen wir ein paar Geister.«

Den Menschen kam der Marsch durch die Totenstadt sicher so lautlos vor, als wären sie selbst Geister. Die Männer des Emirs waren bemüht, kein Geräusch zu verursachen. Oz hatte sie leise miteinander tuscheln gehört, als sie vom Palast aus losgezogen waren. Manche schienen überzeugt zu sein, dass man die Häuser der Toten nicht betreten durfte. Anderenfalls würde man sie nie wieder verlassen können. Andere glaubten, dass man den Zweigen der Bäume, die sich wie der auf dem Platz zwischen den Bauten in die Höhe streckten, nicht zu nahe kommen sollte. Ihre Äste würden unachtsame Besucher sonst umschlingen und nie mehr loslassen. Es war bei so viel Aberglauben ein Wunder, dass sich überhaupt jemand gelegentlich zu den Verstorbenen traute, um an sie zu denken.

Oz schritt mit Jack und Naima voran. Der Emir folgte umgeben von seinen Leibwächtern und in Begleitung der Alten. Sie ging schrecklich langsam über die ungepflasterte Straße. Wenigstens biss das Licht Oz nicht mehr in die an die Nacht gewöhnten Augen. Hier zwischen den Häusern der Toten war es so finster, als traute sich das Licht nicht in die schmalen Gassen.

Die Worte, die einer der Wächter angespannt seinem Kameraden zuwisperte, klangen in Oz' empfindlichen Katzenohren laut wie ein Ruf.

»Verdammt, sie sollen still sein.« Jack gab sich zwar Mühe, doch er war kaum leiser als der Mann, über dessen Unvorsichtigkeit er sich beschwerte.

»Sie haben Angst vor der Dunkelheit«, flüsterte Naima.

»Kein Licht!« Jacks Anspannung hing für den Kater so deutlich in der nachtschwarzen Luft, dass sie für einen Moment fast alles andere überdeckte.

Oz ahnte, woran der Soulman dachte. Auf der Flucht vor dem Ifriten durch den Keller des Ministeriums hatte sich Jack nur retten können, weil er seine Lampe zerschlagen hatte. Wo kein Licht ist, gibt es keine Schatten. Falls der Ifrit auf sie aufmerksam wurde, mussten seine Diener und er irgendwo in der Stadt jemanden finden, dessen Schatten und Leben sie stehlen konnten. Und so würden sie einen längeren Umweg nehmen müssen, um hierherzugelangen.

»Ich gehe voran.« Oz glitt lautlos an die Spitze und horchte. Für die Menschen mochte die Nacht still und leer sein. Doch für ihn war sie von Leben erfüllt. Das Rascheln einer Maus, die ihren Kopf zaghaft aus einem Loch im Boden steckte. Der unterdrückte Ruf eines Vogels, der von den Menschen aufgeschreckt wurde. Die Schritte der Wächter, die für Oz so laut wie das Stampfen von Riesen klangen. Doch alle Geräusche erstarben, als sie den Platz erreichten, auf dem der Baum seine mächtige Krone zwischen die Häuser und über die Geister spannte.

Jack hob die Hand, und die kleine Armee blieb stehen. Der Soulman war zwar in dieser absoluten Nacht fast blind. Doch die Seelen, die sich hier sammelten, schimmerten wie vom Vollmond beschienen. Zumindest für diejenigen, die sie erkennen konnten. Mit einem überraschten Keuchen trat die Alte neben Jack. Sie sagte kein Wort, doch Oz las ihr alles, was sie nicht sagte, vom Gesicht ab. Selbst wenn sie als orientalische Seelenfängerin Geister sicher gewohnt war, so dürfte dies hier dennoch ein einzigartiger Anblick für sie sein.

Naima und Jack tauschten leise Worte miteinander, und Jack war mit etwas offenbar nicht einverstanden.

Die Seelen hatten sie natürlich längst bemerkt. Hunderte Augenpaare richteten sich auf sie. Wenig freundliche Blicke fuhren über die Lebenden, die es wagten, die Stadt der Toten zu betreten.

»Es muss sein«, beharrte Naima leise. »Alles andere wäre nicht anständig.«

Anständig. Oz wusste nicht, worauf Naima da bestand. Aber er wusste, dass Anstand etwas war, das sie sich wohl nicht leisten konnten. Ihre Gegner besaßen ihn auch nicht.

Seufzend nickte Jack dem Emir zu und deutete unter die Äste des Baumes.

»Hört, ihr Toten.« Die Stimme von Amir klang leise, aber sie zitterte nicht. »Ich bin Euer Herrscher.« Sein Blick ging durch die Nacht, als könnte er diejenigen, an die er seine Worte richtete, dort irgendwo ausmachen. »Und ich weiß, wer euch hierhergerufen hat. Euch mit Versprechungen gelockt hat.«

Die Mienen der Seelen waren wie erstarrt. Wunderten sie sich darüber, dass der Emir gekommen war? Erkannten sie ihn überhaupt? Oder nahmen sie nur die Messingflaschen in den Händen der Wächter wahr?

»Er betrügt euch. Ihr werdet das Leben«, er stockte kurz, »den Tod verlieren und vergehen.«

»Was willst du, Mensch?« Eine der Seelen war vorgetreten, das Gesicht vor Wut verzerrt.

Der Emir suchte nach dem Ursprung der Stimme. Mehr als das konnte er nicht von dem Geist wahrnehmen. »Euch retten. Wir bringen euch an einen Ort, an dem …«

»Niemand nimmt uns unsere Rache«, schnitt der Geist Amir das Wort von den Lippen.

»Aber ihr …«

Diesmal war es Jack, der ihn daran hinderte weiterzureden. Er hatte ihm die Hand auf die Schulter gelegt und schüttelte leicht den Kopf. Die Berührung des Emirs hätte normalerweise seine Leibwächter auf den Plan gerufen. Doch die standen nur fassungslos da und hörten die Stimmen, zu denen sie keine Körper sahen.

»Niemand nimmt uns unsere Rache.« Fünf Worte, tausendfach wiederholt. Die Geister hatten sie wie eine Parole übernommen und wisperten sie in die Nacht. So viel zum Versuch, anständig zu sein.

Endlich reagierten die Leibwächter und zogen ihren Herrn zurück. Jack nickte Naima zu, die sich widerstrebend in den Kreis begab, den die Männer um ihren Bruder bildeten.

Auf einen Wink des Emirs hin traten die übrigen Wächter vor und umstellten vorsichtig den Platz. Sie hielten ihre Messingflaschen wie Klingen und sahen so verunsichert in die Nacht wie Kinder, die sich vor der Dunkelheit fürchteten. Kaum verwunderlich. Der Feind, dem sie gegenübertraten, war für sie unsichtbar. Nicht aber für Jack, die Alte und ... Oz. Er überließ Ramses einmal mehr im rechten Moment die Kontrolle. So selbstbewusst, als würde er nicht zwischen die Reihen zahlloser Geister, sondern durch einen Haufen Mäuse schlendern, ging der Kater los.

Der Ruf der Seelen erstarb, und sie wichen vor ihm zurück. Die Abneigung, die sie ihm entgegenbrachten, war ebenso deutlich spürbar wie die Furcht der Wächter. Die Geister bildeten eine Gasse und sahen zu dem, der ihre Parole als Erster ausgesprochen hatte. Er wich nicht zurück, sondern blieb stehen und ließ den Blick starr auf Oz gerichtet.

Als der Kater genau in der Mitte des Platzes vor dem Baum angekommen war, setzte er sich und sah sich um. Dann senkte er den Kopf. Als er ihn wieder hob, verzog er die Lippen zu einem ganz und gar menschlichen Lächeln. »Buh.«

Die Geister stoben auseinander, als wären sie ein Schwarm Vögel, in den jemand einen Stein geworfen hatte. Nicht nur der Hass auf die Lebenden einte sie. Die Angst vor dem Kater teilten sie sich ebenso. Die Nacht war plötzlich erfüllt von ihren Stimmen.

»Jetzt«, rief Jack vom Rand des Platzes. Niemand musste das Wort übersetzen. Die Männer reagierten auch so. Jeder von ihnen hob seine Messingflasche und zog den Stopfen heraus.

Vor diesem Moment hatte sich Oz ein wenig gefürchtet. Er hatte keine Lüge in den Worten der alten Seelenjägerin gerochen, als sie davon berichtet hatte, wie man mit den Flaschen Geister fing. Doch erst in diesem Augenblick würde sich zeigen, ob sie tatsächlich recht behielt. Ob ihr Plan aufging.

Ein Geist, der als Erster das Ende des Platzes erreicht hatte und an einem hageren Wächter vorbeischlüpfen wollte, schien von unsichtbaren Fingern gepackt und in die Höhe gerissen zu werden. Sein Schrei ließ alle anderen Stimmen ersterben und die Toten innehalten. Ungläubig starrten die Geister auf die Seele, die mit den Armen um sich schlagend auf das Messing zugezogen wurde. Die Gestalt des Wesens wurde so schmal, dass sie durch den Hals der Flasche passte. Der Kopf mit dem vor Panik aufgerissenen Mund war das Letzte, was von ihm zu sehen war. Dann verschwand er vollends in der Flasche. Das Messing begann zu schimmern, als hätte jemand ein helles Licht in seinem Inneren entzündet, das durch die Haut aus Metall schien.

»Wehrt euch!«

Oz wusste nicht, welcher der Geister den Ruf ausgestoßen hatte. Doch er riss die Toten aus ihrer Starre. Einige versuchten unverdrossen zu fliehen. Fünf oder zehn teilten sofort das Schicksal des ersten Gefangenen. Weitere Flaschen schimmerten nun, und die Seelen gaben für einen Moment ihren Fluchtversuch auf.

Doch während der Emir seinen Männern den Befehl gab vorzurücken, begannen die Geister damit, sich zu sammeln. Immer ein gutes Dutzend von ihnen tat sich zusammen und griff einen der Männer an. Normale Seelen konnten keine Menschen töten. Doch sie vermochten die Lebenden zu ängstigen. Ihnen die Furcht ins Herz zu pflanzen. Sie starr werden zu lassen.

Einer der Wächter stieß einen erschrockenen Ruf aus. Das Grauen war ihm ins Gesicht geschrieben, während einige Seelen an ihm vorbei den Kreis durchbrachen, der um sie gezogen worden war. Oz hätte in diesem Augenblick nur zu gerne gezaubert, doch er hielt sich zurück. Magie wäre zu verräterisch und würde am Ende den Ifriten anlocken. Aber es gab eine andere Möglichkeit. Er überließ Ramses die Kontrolle über das Maul, und der Kater stieß einen Laut aus, der wie der Schmerzensschrei eines Kindes klang. Oz fühlte die Ungeduld des Tieres. Beinahe ließ er sich von ihr mitreißen und selbst am Angriff teilhaben, doch das war nicht der Plan. Jack mochte sich für einen Hauptmann halten und der Emir glauben, dass er hier die Macht besaß. Der wahre König aber trug Fell. Und seine eigene Armee kam ihm nun zu Hilfe.

Während die Wächter sich mühten, die Reihen zu schließen, die an immer mehr Stellen von den Seelen durchbrochen wurden, und sich dabei heiser Kommandos zuriefen, drangen aus der Totenstadt neue Laute an Oz' Ohren. Laute, die nicht nur allen Mäusen, die in den Grabhäusern hausten, Angst bescherten. Wieder drängten sich Geister an den Männern vorbei. Diesmal aber kamen sie von außen. Ihre Gesichter waren vor Furcht verzerrt.

Die Wächter konnten wohl kaum unterscheiden, woher die Seelen auf sie zuliefen, die sie spürten. Doch das Schimmern ihrer Messingflaschen wurde heller, als weitere Geister in sie gezogen wurden. Oz wechselte einen kurzen Blick mit Jack. Er konnte dem Soulman vom Gesicht ablesen, dass er nicht begriff, was hier vor sich ging. Doch dann zeigte sich ein Ausdruck des Verstehens in seinen Zügen. Im Schein der Flaschen waren Gestalten zu erkennen, die um den Kreis der Männer einen weiteren geschlossen hatten. Spitzohrige Gestalten mit Augen, die in der Finsternis zu leuchten schienen.

Oz lief herum wie ein Hauptmann, der sich aus nächster Nähe einen Eindruck vom Verlauf der Schlacht verschaffen wollte. Für die Männer des Emirs musste alles hier völlig verrückt sein. Sie waren nahezu blind in der Nacht. Ihre Feinde nahmen sie fast nur mit den Ohren und den Herzen wahr. Dass sie dabei waren, diese Schlacht zu gewinnen, zeigte sich für sie alleine daran, dass ihre Flaschen immer heller schimmerten. Für Oz hingegen war die drohende Niederlage der Geister mehr als offensichtlich. Gut die Hälfte von ihnen war bereits gefangen. Und von den Schatten oder ihrem Herrn gab es keine Spur.

Ein Hochgefühl überkam Oz. Der an Überheblichkeit grenzende Mut des Katers riss ihn mit sich. Einzig das Licht, das von den Flaschen ausging, machte ihm ein wenig Sorge. Es durfte nicht so hell werden, dass die Wächter in seinem Schein einen Schatten auf die rauen Hauswände warfen. Und die Flaschen mussten ausreichen, um alle Geister an diesem Ort einzufangen.

Die Seelen rotteten sich nun um den Baum herum zusammen. Es waren noch immer zu viele, um sie ziehen zu lassen. Selbst wenn der Ifrit nur sie gegen Kämpfer seiner wahren Schattenarmee eintauschen könnte, wäre seine finstere Streitmacht zu machtvoll.

»Los!«, rief Oz. »Holt sie euch.«

Einige Männer sahen sich verwirrt um. Offensichtlich suchten sie den Mund, der zu der fremden Stimme passte, die sie auf Arabisch zum Vorrücken aufforderte. Doch in dem schwachen Schein der Flaschen konnten sie wohl kaum den Mann neben ihnen ausmachen. Langsam gingen sie aufeinander zu und zogen den Kreis enger.

Oz warf einen kurzen Blick zu seinen Freunden. Naima stand bei ihrem Bruder, der sich von der Alten schildern ließ, was geschah. Jack wich keinen Schritt von Naimas Seite. Es lief alles viel besser als gedacht. Sie würden die Schattenarmee besiegen, noch ehe diese das Schlachtfeld auch nur hatte betreten können.

Als wollte er Oz' Gedanken Lügen strafen, trat in diesem Augenblick einer der Geister vor. Während sich auf den Gesichtern vieler anderer Wut und Furcht miteinander mischten, schien er völlig gefasst. Vielleicht hatte er als Lebender Erfahrung mit dem

Kämpfen gesammelt. Er rief die Übrigen zu sich, dann deutete er auf einen der Soldaten, der zu jung für diesen finsteren Ort war.

»Nein!«, schrie Oz.

Der Geist, der die Führung übernommen hatte, schien in ihm das schwächste Glied der Kette zu erkennen, die sie binden wollte. Die Seelen stürmten auf den Wächter zu, und die ersten beiden wurden in dessen Messingflasche gezogen. Doch dann entglitt das Metall den vor Furcht zitternden Fingern des Jungen, und die Flasche fiel klirrend zu Boden. Er stieß dabei einen so ängstlichen Schrei in die Nacht, dass sich Oz' Fell sträubte.

Die Männer links und rechts von ihm hielten ihre Flaschen in seine Richtung, und weitere Seelen wurden gefangen. Doch noch viele mehr nahmen ihren Platz ein, und die nächsten Flaschen fielen zu Boden. Der Anführer der Geister gehörte offenbar zu denen, die keine Angst vor Katzen hatten. Er stellte sich mitten in den Kreis, den Oz' Armee um den der Menschen gezogen hatte, und winkte die Seelen an sich vorbei.

»Jack!«, rief Oz. Er lief auf die Geister zu, die den Kreis aufs Neue durchbrachen. Einige taumelten bei seinem Anblick zurück, doch die meisten sahen ihn in dem Chaos nicht. Die Angst des Jungen sprang auf die Männer in seiner Nähe, als wäre sie eine Krankheit.

Und dann holte einer von ihnen etwas aus seiner Tasche. Gras und Steine? Oz begriff nicht, was der Mann vorhatte. Während er sich hinkniete und die Steine hektisch gegeneinanderschlug, stolperte Jack in seine Richtung. Auch er sah den Mann und schien nicht zu begreifen, was da vor sich ging. Dann aber weiteten sich seine Augen. »Nein!«, schrie er.

In diesem Moment löste sich ein Funke von den Steinen und setzte das Gras in Brand. Der Mann warf ein paar trockene Zweige hinein, die er neben sich auf dem Boden fand. Der Schein biss Oz in die an die Nacht gewöhnten Augen. Er kniff sie zusammen. Nur vage erkannte er Jack, der auf den Mann zustürzte, während immer mehr Geister aus dem Kreis ausbrachen. Licht gegen die Dunkelheit. Himmel, wieso befolgten die Wächter nicht den Befehl, den der Emir ihnen vor dem Abmarsch gegeben hatte? Kein Licht. *Weil sie an der Angst in ihren Herzen ersticken, Oz*, gab er sich selbst die Antwort.

Die Flammen fraßen das Gras gierig und wuchsen so schnell, dass es die Schatten zwei der Männer in ihrer Nähe auf den sandigen Boden malte. Sie tanzten im Schein der Flammen, als wären sie von Leben erfüllt. Frost legte sich auf Oz. *Nein*, dachte er. *Bitte nicht.*

Dann war Jack da und trat Sand in das Feuer, während um ihn herum die Geister in die Freiheit strebten. Alle Flammen verloschen.

Fast alle.

Schreie erklangen.

»Jack!« Diesmal rief Oz den Namen als Warnung.

Der Narr, der das Feuer gemacht hatte, lag mit verdrehtem Kopf tot am Boden, während sich seine Seele nur einen Schritt entfernt verwirrt umsah. Die Schatten, die beide Körper im Flammenschein geworfen hatten, waren indes nicht mit dem Feuer vergangen. Sie hatten sich erhoben, und einer von ihnen hielt einen brennenden Zweig in der Hand. Er wandte Oz den Kopf zu. Der andere musste den Narren getötet haben.

»Jack!«, rief der tote Archivar zum dritten Mal. »Jetzt haben wir ein Problem.«

»Bitte nicht schon wieder dieser Satz«, presste er angespannt hervor und hob rasch eine der Messingflaschen auf, die zu Boden gefallen war. Dann sah er zu den Geistern, die aus dem Kreis flohen. »Halt sie auf. Ich kümmere mich um die beiden. Aber keine Magie.«

»Keine Magie? Was soll ich tun? Sie anfauchen?«

Statt zu antworten, richtete Jack die Messingflasche auf einen der Schatten. Das Geschöpf trat einen Schritt zurück, während das andere Wesen in die entgegengesetzte Richtung ging. Langsam, wie zwei Raubtiere, die ein in die Enge getriebenes Tier an der Flucht hindern wollen.

Oz musste den Drang unterdrücken, seinem Freund zu Hilfe zu kommen. Jack hatte recht, auch wenn er oft genug die falschen Entscheidungen traf. Die Geister mussten aufgehalten werden. Der Ifrit durfte sie nicht in die Hände bekommen. Mit einem Satz war Oz bei der Lücke, die in den Kreis geschlagen worden war. Er fauchte tatsächlich. Und der Geist, der dort stand, wich zurück. Offenbar erkannte er, dass diese Katze anders als die übrigen war. Eine der fliehenden Seelen sprang über Oz hinweg, doch die nächste stoppte ihren Lauf mit schreckgeweiteten Augen. Oz trat einen weiteren Schritt auf die Lücke im Kreis zu.

»Zu mir«, rief er in der Sprache der Wächter.

Doch keiner reagierte. Lag es an der Angst, die sie vor den beiden Schatten hatten? Jack und seine Gegner standen nicht allzu weit entfernt. Oder wollten die Männer keiner Stimme folgen, die sie nicht kannten? Es war gleich. Einige der Seelen überwanden ihre Abscheu und Furcht, die der Anblick eines Katers in ihnen auslöste, und liefen wieder los. Sie schlüpften an ihm vorbei. Und immer mehr Wächter verloren die Nerven. Nur einer der Schatten stand Jack noch gegenüber. Oz erkannte die beiden mit einem kurzen Blick. Den anderen fand er erst nach längerer Suche. Das Wesen ging langsam an den Männern des Emirs vorbei und ließ die Angst in ihnen wachsen.

Keine Magie. Solange der Schattenspieler nicht auftauchte, würde Oz nicht zaubern. Nein, er hatte andere Möglichkeiten. Eine andere Armee. Sie hatte sich lange genug im Hintergrund gehalten.

Der Ruf, den er ausstieß, ging fast unter in den Schreien der Toten und der Lebenden. Und die einzigen Ohren, die ihn aus der Luft fischten, waren spitz wie seine. Oz' Heer setzte sich lautlos in Bewegung. Zog den Kreis enger und schloss die Lücke wieder. Die Geister blieben stehen, als die Katzen plötzlich den Platz betraten.

Oz roch ihre Gefühle. Neugierde. Der Duft der Zwischenwelt zog sie an. Und Ärger. Der Anblick der beiden Schatten fachte die Wut in ihnen an. Gehorsam. Sie erkannten Oz, den Anführer. Und sie folgten seinem Befehl. *Macht Beute.* Zumindest war Oz' Ruf mehr oder weniger so gemeint. Er schien die richtige Tonlage getroffen zu haben. Eine Handvoll Geister schaffte es noch, aus dem Kreis auszubrechen, dann verstärkten die Reihen der Katzen die der Menschen nicht nur, sondern griffen an. Die Tiere fauchten und fuhren die Krallen aus.

Die Männer warfen den Tieren verwirrte Blicke zu, doch als die Seelen zurückwichen und damit die Furcht abnahm, die sie wie kaltes Wasser verströmten, schöpften die Menschen neuen Mut.

Oz konnte ihnen die plötzliche Zuversicht auch in der Dunkelheit von den Gesichtern ablesen. »Weiter so«, rief er in der Sprache der Wächter und anschließend in der seiner eigenen Armee. Neben ihm sah er den einäugigen Tiger. Mit einem respektvollen Nicken bedeutete er ihm seinen Platz einzunehmen. Dann sprang Oz fort in die Nacht und zu seinem Freund.

Er hatte Jack ein wenig aus den Augen verloren. Aber nun würde er ihm zu Hilfe eilen. Es war kaum zu erwarten, dass sich der Soulman auch nur ein einziges Mal selbst aus einer misslichen Lage befreien konnte.

Die Situation auf dem Platz war chaotisch, doch sie schien nicht mehr so aussichtslos wie noch vor wenigen Minuten. Die Katzen hatten die Kräfteverhältnisse durch ihr Eingreifen entscheidend verändert. Die Schatten waren gebunden. Einen sah Oz nicht weit entfernt. Das Geschöpf war nun im Kreis mit den anderen Seelen und versuchte immer wieder, Lücken in die Reihen seiner Feinde zu reißen. Vergeblich. Es war schwach. Nur schemenhaft zu erkennen. Es hatte im Gegensatz zu dem anderen keinen brennenden Zweig in den Fingern. Und alleine das Leuchten der Messingflaschen gab ihm nicht genug Kraft und Stärke, um seine ganze Macht auszuspielen. Selbst wenn noch der Rest der finsteren Sippe hier erschien, sollten sie unter diesen Umständen mit ihnen allen fertigwerden.

Jack hatte seinen Gegner immerhin gestellt. Das Wesen stand mit dem Rücken gegen die Wand eines der Totenhäuser gedrückt, und Jack hielt ihm den Hals seiner Flasche wie die Mündung einer Waffe entgegen.

»Ihr könnt ihn nicht aufhalten.« Das Wesen war eine Frau. Aber welche? Nicht Alima. Ihre Stimme würde Oz mittlerweile unter Tausenden heraushören. »Er wird sie bekommen.« Die Worte waren so kalt, dass sie Oz' Herz fast erstarren ließen. »Und ihn.« Das Kichern des Schattens war schlimmer als jede Drohung. Es klang ... siegessicher.

Oz folgte dem Blick des Wesens. Und erkannte ... einen dritten Schatten. Er klebte an einem Mann, der eine Fackel in Händen hielt. Kein Wächter. Er musste aus der Stadt gekommen sein. Mit angstverzerrtem Gesicht starrte er den Emir an. Die Leibwächter stürzten auf ihn und seinen Schatten zu.

Das Kichern erstarb plötzlich, und als Oz sich kurz umwandte, erkannte er gerade so die Reste des Schattens, die wie dunkler Nebel in die Flasche gezogen wurden. Das Messing schimmerte nun noch heller. »Der Emir«, zischte er Jack zu.

Der Soulman nickte wortlos und lief los.

Oz hatte Mühe, ihm zu folgen. Für einen Moment verlor er den Emir aus den Augen. Als er ihn wieder sah, lagen die Leibwächter ebenso am Boden wie der Mann, der seinen eigenen Schatten hergeführt hatte. Eine der Türen, die in die Totenhäuser führten, war zu einer Pforte geworden. Vielleicht gab es mittlerweile auch noch weitere in anderen Teilen der Totenstadt. Oz konnte das Schimmern deutlich erkennen. Es mischte sich in den Schein der Fackel, die das Geschöpf nun selbst in einer der nebligen Hände hielt. Mit der anderen umklammerte es den Hals des Emirs.

»Halt«, rief Jack und hob im Lauf drohend die Flasche.

Der Schatten packte fester zu, und der Emir keuchte, als würde er ersticken.

Oz erschauderte unter seinem Fell. Das Gesicht kannte er nur allzu gut. Tante Alima.

Jack wurde langsamer, doch er blieb nicht stehen.

Endlich konnte Oz zu ihm aufschließen. Besorgt sah er sich um. Von Naima fehlte jede Spur. Ein ungutes Gefühl stieg in ihm auf. Kalt wie brackiges Wasser.

Tante Alima bedachte Jack mit einem Lächeln. Ihre Stimme klang heiser und fern in der Nacht.

»Oz«, forderte Jack ihn auf.

Diesmal verzichtete er auf eine Bemerkung darüber, dass er kein Übersetzer war. »Ihr habt verloren. Eure Niederlage hat schon in der Stadt deiner Königin begonnen. Oder hast du geglaubt, dass ihr uns wirklich entkommen wärt?«

Jacks Gesicht wurde zur Maske. Er hielt den Blick starr auf den Schatten gerichtet.

Sorgte er sich denn gar nicht um Naima? Hinter Oz erklangen die Rufe der Männer. Und das heisere Zischen des Schattens, der die Geister um sich scharte.

»Helft mir.« Der Emir gab sich erkennbar alle Mühe, die Fassung zu bewahren, doch die Panik hatte längst Besitz von ihm ergriffen. »Ich will nicht meinen Leib für den Ifriten geben.«

»Ja«, erwiderte Jack und machte einen Schritt zur Seite. Zu Oz' Verblüffung ließ er die Flasche sinken.

»Was tut Ihr?« Der Emir wand sich im Griff seiner Tante.

»Er macht Platz.« Die Stimme war hinter dem Emir erklungen. Aus einem der Hauseingänge trat Naima. Sie musste sich verborgen und auf den rechten Moment gewartet haben. In ihrer Hand hielt sie eine der Messingflaschen. An ihrer Seite war Rachida. Sie war ebenfalls bewaffnet, und gemeinsam richteten sie die Hälse der Flasche auf Tante Alima. Langsam entfernten sie sich voneinander.

Der Schrei, den sie in die Nacht stieß, war so markerschütternd, dass Oz glaubte, taub zu werden. Der nebelhafte Körper wurde zur gleichen Zeit in zwei Richtungen gezogen. Die Finger glitten vom Hals des Emirs, der auf die Knie fiel, als hätte er sich zum Gebet niedergelassen.

Auf Naimas Gesicht rangen Mitleid und Siegesfreude miteinander.

Ihre Tante konnte kein klares Wort mehr hervorbringen. Nicht einmal zu einem Schrei war sie noch fähig.

Naima blieb stehen und hielt die Flasche auf das Wesen gerichtet, das früher ihre Verwandte gewesen war. Die Fackel war zu Boden gefallen, aber sie brannte weiter. Die alte Seelenjägerin hatte ihre Flasche abgelegt, sodass die Öffnung auf den Schatten deutete. Als sie einen Schritt zur Seite machte, stieß sie mit dem Fuß versehentlich gegen die Fackel. Ehe Oz recht begriff, was sie tat, hatte sie sich schon gebückt und den brennenden Holzstab ergriffen.

»Nein«, schrie Jack, doch es war zu spät.

Das Licht malte der Alten einen Schatten auf den Boden. Einen Schatten, der im nächsten Moment sternensilberne Augen öffnete und sich erhob.

Die schwarzen Finger drückten nur kurz zu, und das Genick der Frau brach wie ein morscher Zweig. Noch während sie zu Boden fiel, wuchs der Ifrit zur doppelten Größe eines Menschen heran. Der Schattenspieler sah schrecklich aus. Verzerrt. Deformiert. Wie ein verletztes Tier. *Also sei vorsichtig, Oz*, sagte er sich.

»Prinzessin.« Selbst seine Stimme offenbarte, dass der Ifrit Kraft verloren hatte. Sie klang brüchig wie die eines alten Mannes.

Jack verstand die arabischen Worte natürlich nicht. Er stellte sich schützend vor Naima und richtete seine Flasche auf den Ifriten.

Naima öffnete den Mund, doch kein Wort kam ihr über die Lippen. Stattdessen tat sie es Jack gleich.

Tante Alima verschwand so plötzlich in der Nacht, als wäre sie in die Finsternis hineingetaucht. Der Ifrit aber grollte wütend, als der Sog der Messingflaschen ihn erfasste. Für einen Moment glaubte Oz, dass er aus Torheit in die Falle getappt sei, die eigentlich für sein Geschöpf aufgestellt worden war. Doch dann schnippte der Rachegeist mit den Fingern, und die Flaschen begannen zu glühen. Naima und Jack ließen sie fallen, als hätten sie sich an dem Metall verbrannt.

»Ihr seht, dass Ihr Eurem Schicksal nicht entkommen könnt, Prinzessin. Und Ihr ebenso wenig, Emir.« Der Ifrit beugte den Kopf, und Oz war nicht sicher, ob diese Ehrerbietung spöttisch oder ernst gemeint war. Der Ifrit blickte über den Platz, auf dem sich die Geister, die nicht hatten fliehen können, zusammendrängten. Ein Wink von ihm ließ auch die Flaschen der Wächter so hell scheinen, als wären Feuer in ihnen entzündet worden. Nur wenige waren standhaft genug und blieben. Die meisten flohen, und der Kreis brach auf. Einzig die Katzen verharrten. In ihren Augen fing sich das Glühen der zu Boden gefallenen Flaschen. Doch dann bewegte der Ifrit seine Hand und ein Wind kam auf, der Oz' kleine Armee mit unsichtbaren Fingern packte und wie Laub zur Seite schob.

»Interessante Verbündete habt Ihr gefunden, Prinzessin. Ist Euer zaubernder Kater unter den Katzen? Oder hat er sich schon davongemacht? Dann wäre zumindest einer von euch schlau.«

Oz hätte ihm nur zu gerne gezeigt, dass er hier war, doch er drückte sich unter einen knorrigen Busch, der am Rand des Platzes aus dem Boden wuchs.

Eine Handvoll Männer tat sich zusammen. Sie zogen ihre Schwerter. Ehe sie aber nahe genug an den Ifriten herankamen, zischte er etwas, und die Männer überkam ein sichtbares Grauen, das sie innehalten und dann ebenfalls fliehen ließ.

Wortlos wankte der Emir auf den Ifriten zu. Er starrte ihn an und sah dabei aus wie ein Kind, das seinen Augen nicht trauen konnte. Vermutlich suchte er in der nebelhaften Fratze das Gesicht seines Vaters.

Der Rachegeist beachtete ihn nur beiläufig. »Kommt.« Seine Stimme fing sich im Wind und wurde von ihm weitergetragen. Der Schatten inmitten der verbliebenen Geister ging voran, und die Seelen folgten ihm.

Wie wollte der Ifrit sie opfern? Sie kamen so nahe an Oz vorbei, dass er seinen Kopf eng auf den Boden drücken musste, damit sie ihn nicht bemerkten. Als er sich traute, ihn wieder zu heben, sah er, dass die Pforte geöffnet worden war. Der Schatten stand auf der Schwelle, und auf einen Wink von ihm trat ein Geist nach dem anderen vor ihn.

Die Augen des Rachegeistes blitzten triumphierend auf. »Keine Angst«, wisperte er. »Ihr werdet eine wichtige Rolle bei meiner Rache spielen.«

Jetzt, Oz, sagte er sich. Aber als er sich unter dem Busch hervordrücken wollte, legte der Ifrit seine Finger um Naima und ihren Bruder. Jack sprang auf ihn zu, doch es war nur ein törichter Versuch. Wie ein störendes Insekt wurde der Soulman von einer unsichtbaren Hand weggeschlagen. Stöhnend kam er auf dem sandigen Boden auf, und Naima wand sich vergebens im Griff ihres Vaters. Ihr Vater. Hatte sie ihn bei diesem Namen genannt, seit sie wusste, wer ihr Feind war? Oz glaubte nicht. Und auch jetzt machte sie keine Anstalten, ihm zu zeigen, dass sie die Wahrheit kannte. Vielleicht wollte sie den Schmerz nicht noch weiter anfachen.

Die erste Seele trat zu dem Schatten auf die Schwelle. Und für den Bruchteil eines Augenblicks erkannte Oz eine weitere Gestalt. Sie stand auf der anderen Seite. Nicht in dem Totenhaus.

Die Pforte hatte sich in die Zwischenwelt geöffnet. Der Ifrit hatte sie offenbar auf seinen finsteren Palast gerichtet. Und dort sah Oz die wahre Schattenarmee. Als der Geist über die Schwelle trat, um die Welt der Lebenden zu verlassen, löste er sich auf. Und auf der anderen Seite schimmerte einer der dunklen Kämpfer kurz, als würde seine Gestalt von innen her leuchten. Er schien wieder eine Art von Leben zu besitzen. Keines, das von einem Herzen angetrieben wurde. Aber eines, das ihn von den anderen unterschied. Der nächste Geist trat zu dem Schatten auf die Schwelle, und als er die Seiten wechselte, löste auch er sich auf und gab einem Soldaten der Schattenarmee damit sein … Leben. Nein, verbesserte sich Oz, seinen Todesfunken. Der Anblick war schrecklich.

Der Soulman hatte sich mühsam wieder erhoben, und die Prinzessin sah aus, als wäre sie in sich zusammengefallen, wenn der Schattenspieler sie nicht gehalten hätte.

Keiner der Wächter war noch zu sehen. Sie mussten längst alle geflohen sein. Naima und Jack waren wehrlos. Und der Emir war ebenso wenig eine Hilfe. Ihr Plan war fehlgeschlagen. Oz senkte den Kopf. Alles hing an ihm.

Ein Rascheln ließ ihn aufhorchen. Zu leise für Menschenohren. Und offenbar zu unbedeutend für den Ifriten.

Das Rascheln fand nicht weit entfernt ein Echo. Oz lächelte. Vielleicht musste er nicht alles alleine erledigen. Es war reichlich schwer, Worte in Blicke zu fassen. Doch mit Ramses' Hilfe gelang es Oz. Zumindest hoffte er das.

Der letzte Geist trat irgendwann über die Schwelle. Und mit ihm verging auch der Schatten, der wie ein Torwächter dort gestanden hatte. Die Nacht war mit einem Mal trügerisch ruhig. Nichts war zu hören. Nichts, bis auf den Atem der Menschen und ein leises Rascheln.

»Mit diesem jämmerlichen Haufen wirst du niemanden besiegen.« Jack spielte sich auf wie ein Kater, der sich einem deutlich überlegenen Gegner stellen musste und nicht kneifen wollte.

»Ah, der Mensch spricht. Du …« Der Ifrit stockte und verengte die Augen zu silbernen Schlitzen. »Du trägst etwas in dir. Etwas von mir.« Er deutete mit dem Finger auf Jacks Herz, und der Soulman fasste sich mit einem überraschten Ausdruck auf dem Gesicht an die Brust. Die Finger, die er gegen sein Fleisch presste, wurden für einen Moment durchscheinend. »Mein Fluch. Ein Teil von ihm hat also dich getroffen. Nun, eigentlich hätte er die Prinzessin töten sollen. Wie es scheint, nistet der Fluch stattdessen in dir. Es ist eine Ironie der Geschichte. An dir habe ich mich nie rächen wollen. Und doch wirst du sterben. Du hast mir auch viel Kummer bereitet.«

»Ich bin untröstlich.« Jacks Stimme zitterte vor Schmerzen. Eines musste Oz dem Soulman lassen. Er mochte leichtsinnig und zu oft planlos sein. Aber er war mutig. Oder völlig verrückt. Jack ging langsam und unsicher um den Ifriten, sodass er zwischen ihm und der Pforte stand. Der Rachegeist folgte der Bewegung und zog seine Kinder dabei mit sich, bis er Oz den Rücken zuwandte.

»Aber du bist auch eine große Hilfe.« Der Spott in der Stimme des Ifriten war nicht zu überhören. »Erst findest du die Prinzessin in der Madinat almutaa, und dann führst du sie direkt hierher. An den Ort, an dem ich endlich zu dem werden kann, der ich sein muss.«

»Du musst tot sein.« Jacks gespielte Selbstsicherheit hatte Risse bekommen, die ebenso tief wie die der Fassaden der alten Grabhäuser waren. Jack zog seine letzte Phiole hervor. Wie lächerlich klein sie wirkte. Sie vermochte kaum die Nacht zu erhellen.

»Das bin ich. Aber ich werde wieder leben.« Der Ifrit blickte zu Naima und ihrem Bruder in seinem Griff. »Und dann nehme ich die Rache, die mir zusteht.«

»Das Herz ist ein gefährliches Ding. Es füllt sich allzu schnell mit Licht oder Dunkelheit. Und du musst aufpassen, was du hineingibst, denn es macht alles stärker. Ist es Liebe, dann wirst du von Güte erfüllt. Ist es Hass, dann wirst du von ihm verzehrt.« Naimas Worte waren so leise gewesen, dass sie selbst in der ruhigen Nacht kaum zu verstehen waren. »Ich habe dir dies schon einmal gesagt, als du mich gefangen hattest. Es sind die Worte meines Vaters.« Sie straffte sich. »Deine Worte.«

Der Ifrit ließ sie so unvermittelt los, als hätte er sich an ihrer Haut verbrannt. Dann stieß er sie und Amir von sich, und Naima fiel zu Boden. Sie wischte sich ein wenig Blut von der Stirn, als sie sich langsam wieder erhob.

Die Haut des Ifriten wurde so dunkel, dass er selbst für Oz' Augen nur noch schwer in der Nacht zu erkennen war.

Stumm blickte er zu Naima, und für einen Moment glaubte Oz, dass er sie gleich um Verzeihung bitten würde. Doch dann lachte er freudlos. »Du weißt es also. Das ändert nichts. Wir dienen alle einer höheren Sache, Tochter.«

»Einer höheren Sache?« Naimas Stimme zitterte. »Du willst Leid mit Leid vergelten. Du hast dein Herz mit dem Wunsch nach Rache vergiftet. Dies ist keine höhere Sache.« Mit jedem Wort wurde ihre Stimme wieder fester. Stärker. Sie machte einen Schritt über den sandigen Boden auf den Ifriten zu.

Und Oz konnte nur stumm zusehen.

»Wann wurde aus Trauer Hass? Als du begriffen hast, dass die Briten nicht mehr gehen würden? Als du erkannt hast, dass wir alle Gefangene in unserem eigenen Land sind? Oder als meine Mutter starb?«

Die Gestalt des Ifriten wurde kleiner, als würde die Nacht ihn aufzehren. Doch dann stieß er auch den Emir fort, und Flammen sprossen auf seiner Haut wie brennende Blüten. »Ich bringe unserem Volk das Leben. Und unseren Feinden den Tod. Und kein Mensch kann mich aufhalten.«

Kein Mensch? Oz straffte sich. Zeit, die Welt zu retten.

Sein Knurren war so leise, dass er es selbst kaum hörte. Der

Ifrit schien zu abgelenkt, um es zu bemerken. »Ich …« Ihm wurden die Worte von den Lippen geschnitten. Die Katzen kamen zurück. Sie sprangen aus der Nacht, als hätte diese sie geboren. Der Ifrit mochte einmal ein Mann gewesen sein. Doch nun war er ein Geist. Und wie die meisten dieser Geschöpfe schien er für Katzen nicht viel übrigzuhaben. Angewidert trat er einen Schritt fort von Naima und ihrem Bruder.

»Jack! Die Prinzessin.« Ein wenig Genugtuung verspürte Oz schon, als nun er den Soulman herumscheuchte. Sein Freund verstand, steckte die Phiole wieder fort und zog Naima mit sich.

Noch während der Ifrit die Hände hob, um die Katzen zu vertreiben, die ihn anfauchten, begann Oz' Worte in die Luft zu wispern. Seine Stimme zitterte unangemessen für einen Kater. Selbst Ramses' schier unerschöpfliches Selbstvertrauen konnte die Angst nicht ganz von ihm fernhalten. Er spürte sie wie Frost auf dem Fell. Doch er musste stark sein. Das Schicksal der Welt lag in seinen … Pfoten.

Der Ifrit bemerkte Oz unter all den Katzen, denen er sich gegenübersah, nicht. Dessen Magie spann sich wie unsichtbare Fäden durch die Nacht. Ehe der Rachegeist selbst einen Zauber sprechen konnte, stießen Triebe aus dem Boden. Sie schossen in wenigen Augenblicken einen Meter weit in die Höhe, gebaren Dornen und verdrehten sich ineinander. Sie schlangen sich dem Ifriten um die Beine, wuchsen, bis sie seine Arme erreichten.

Der Rachegeist grollte wütend. Die Flammen loderten heißer auf seiner Haut, als fachte seine Wut sie an. Einige der Triebe fingen Feuer, doch Oz sprach weiter. Rief die Magie, die überall in der Welt steckte, herbei und ließ den Boden neue Triebe gebären. Das Zaubern war so einfach. Als Lebender mit seinen alten Büchern hatte er zwar einen Geist beschwören können. Doch da war keine Zauberei im Spiel gewesen. Er hatte nur den Regeln gehorcht und einen kleinen Spalt zwischen den Welten geschaffen. Nun aber stellte er die Regeln auf. Erst im Tod hatte er gelernt, die Magie zu erkennen. Er musste sie bloß rufen, und sie kam ihm eilfertig zu Hilfe.

Doch auch der Ifrit vermochte sie zu beherrschen. »Der Kater«, rief er wütend und begann etwas zu flüstern.

Oz konnte die Worte nicht verstehen, aber er spürte sie. Die Magie, die er überall fand, war hell und warm. Der Ifrit aber suchte nach ihrer finsteren Art. Sie war wie kaltes Wasser, das alles ertränkte. Die Schreie der Katzen ließen ihn für einen Moment die Kraft verlieren. *Er tötet sie*, schoss es ihm durch den Kopf. Der Gedanke war schrecklich. Für diese kleine Armee hatte Oz die Verantwortung übernommen. Die Katzen folgten ihm. Ihrem König. Und er durfte nicht zulassen, dass sie starben. Auf keinen Fall. Oz sprang dem Ifriten direkt vor die Füße. »Lass sie!«

Ein weiterer Kater schrie gequält auf, dann erstarb das Geräusch.

»Sofort!« Oz' Ruf war wie ein Sturm, der seinen Feind fast von den Beinen holte.

Der Ifrit beugte sich in seinen Fesseln wie ein Baum, der von einem Orkan erfasst wurde. Dann richtete er sich wieder auf. »Du.« Das eine Wort schmeckte so sehr nach Wut und Hass, dass Oz sich schüttelte. »Da bist du ja. Du bist das wohl ungewöhnlichste Geschöpf in dieser ganzen Geschichte. Ich erkenne den Kater meiner Tochter und eine Seele, die ich in London genommen habe. Ja, ich erinnere mich an jeden, dem ich den Weg auf die andere Seite gewiesen habe. Ich will deinen Tod wiedergutmachen. Mehr noch. Ihn mit Sinn erfüllen. Sag, möchtest du dich mir nicht anschließen? Wir könnten die Welt mit unserer Magie heilen.« Die Stimme wurde plötzlich weich und sanft.

Und auf Naimas Gesicht zeigte sich eine furchtbare Qual.

Vielleicht, dachte Oz, *hatte ihr Vater so als Lebender geklungen*. Es war eine wunderbar schöne Stimme, die über die Lippen des Rachegeistes kam. Eine, der Oz nur allzu gerne gefolgt wäre. *Lass dich nicht verzaubern*, sagte er sich. Oder stammten die Gedanken von Ramses, der nie auf die Idee gekommen wäre, irgendeinem Menschen zu folgen wie ein ... Hund?

»Ich denke, ich heile sie lieber alleine«, gab Oz zurück und rief weitere Triebe herbei. Aus dem Augenwinkel sah er den Emir, der aus den Schatten zu dem Ifriten herantrat. Er wankte ein wenig, doch er schien unverletzt. Neben ihm erkannte Oz Jack. Er hatte sich schützend vor Naima gestellt und richtete eine offene Messingflasche auf den Ifriten. Das Geschöpf wehrte sich gegen ihre Macht, doch es zerfaserte langsam und wurde auf sie zugezogen.

»Was geschieht mit ihm, wenn er in diesem Fläschchen steckt?« Der Emir klang so beiläufig, als unterhielte er sich mit Jack und den anderen über die neuesten Entwicklungen in einem fernen Teil der Welt.

»Er wird gefangen und dann ...« Jack brach ab.

Oz ahnte, was er dachte. Sie würden ihn nicht in die Zwischenwelt bringen können. Dort wäre er zu gefährlich. Nein, er würde hierbleiben müssen. Verborgen im Wüstensand oder auf dem Grund des tiefsten Ozeans. Für immer.

»Könnten wir ihn nicht für unsere Sache einsetzen?« Der Emir betrachtete den Ifriten offenbar wie eine neumodische Waffe, deren Funktion er erst noch verstehen musste.

Oz konnte nicht glauben, was er da hörte. Doch dann blickte er zum ersten Mal in die Augen des jungen Mannes und erkannte eine Rücksichtslosigkeit in ihnen, die schrecklich falsch in dem schönen Gesicht erschien. So anders als der Ausdruck in Naimas Augen.

»Für Eure Sache?« Jack hielt die Messingflasche in beiden Händen und wandte dem Emir den Kopf zu.

»Unser Kampf für die Freiheit.« Der Emir würdigte Jack keines Blickes. Er sah nur auf den sich auflösenden Ifriten. »Er wäre eine mächtige Waffe. Und wenn wir die Invasoren vertrieben haben, können wir ihn töten.«

Auch Naima starrte nun den Emir an. »Das meinst du nicht

ernst, Bruder.« Sie klang so fassungslos, als misstraute sie ihren Ohren. »Er ist unser Vater. Er muss erlöst werden.«

Der Emir zögerte einen Moment. »Natürlich. Er muss erlöst werden. Aber gilt dies nicht auch für unser Volk? Wollen wir nicht ehren, wofür unser Vater starb?«

Dass niemand mehr auf den Rachegeist achtete, begriff Oz erst einen Moment später. Ein furchtbarer Lärm erfüllte die Nacht. Die Pforte in dem Totenhaus leuchtete hell auf. Der erste Geist der Schattenarmee setzte prüfend einen Fuß auf den Boden. Dann machte er einen Schritt über die Schwelle, legte den Kopf in den Nacken und hielt die Nase in die Luft, als wollte er den Duft der Welt der Lebenden schmecken. Als er sein Haupt wieder senkte, richtete er einen kalten Blick aus grauen Augen auf die Menschen, die um seinen Herrn standen. Seine Erscheinung war nicht wie die einer Seele, die sich gerade vom eigenen Körper gelöst hatte. Er war kaum von einem Menschen zu unterscheiden. Nur eines verriet, dass er nicht in diese Welt gehörte. Er war ebenso grau wie seine Augen. Als würde er alle Farben verabscheuen. Hinter ihm trat der nächste Geist aus der Pforte. Und dann noch einer. Die Schattenarmee kam, um ihrem Herrn zur Seite zu stehen.

»Bitte sag es nicht«, wisperte Jack.

»Jetzt haben wir ein Problem.«

ETWAS VON MIR

Zeit. Sie bräuchten mehr Zeit. Jack war sich sicher, dass sie den Ifriten besiegen könnten, wenn ihnen nur noch einige Minuten blieben. Er war geschwächt. Und hatte seine Kräfte offenbar überschätzt.

Doch ein Kämpfer der Schattenarmee nach dem anderen trat über die Schwelle, und mit jeder grauen Gestalt schwand Jacks Hoffnung, dass er allem hier ein Ende bereiten und Naima vor ihrem Vater retten konnte. Wenn sie doch nur nicht hier wäre. Er hätte es gewagt und versucht durchzuhalten. Die Flasche so lange in Händen gehalten, bis der Ifrit ganz und gar in sie hineingesogen wäre. Selbst wenn er dabei starb. *Und dann, Jack? Sie müsste auch irgendwo verborgen werden.* Nein, einer der Diener des Ifriten würde die Flasche sicher aus seinen kalten Fingern ziehen und am Ende irgendwann einen Weg finden, den Ifriten zu befreien. Nichts wäre gewonnen.

Schweren Herzens warf er die Flasche beiseite und griff Naimas Hand. Dann nickte er dem Emir zu. »Wir müssen fort.«

»Wohin?«, stieß sie hervor, während Jack sie mit sich zog.

»Erst mal weg von hier. Hört sich nach einem Plan an, oder?« Er versuchte, zuversichtlich zu klingen, doch selbst in den eigenen Ohren klangen seine Worte erbärmlich und nach Verzweiflung.

Eine der Gestalten, die aus der Pforte traten, stellte sich ihnen in den Weg. Jack erkannte sie nur schemenhaft. Er sah Hände, die nach Naima griffen. Er hatte schon die Finger um die Phiole in seiner Tasche gelegt, als er die Klinge auf dem Boden bemerkte.

Ein toter Mann hielt sie in den Fingern, als wollte er sich auch nach seinem Leben mit ihr verteidigen. Über den Platz irrten einige Seelen, die zu toten Wächtern gehörten und vermutlich auf der Suche nach ihren Pforten waren. Jack griff nach der Klinge und hieb sie in Richtung ihres Angreifers. Er spürte, dass er traf. Die Haut oder was auch immer dieses Wesen besaß, war so weich wie Oz' Fell. Er konnte nicht sagen, ob die Klinge hindurchschnitt. Aber ein schrilles Kreischen erfüllte im nächsten Moment die Nacht. Jack ließ die Waffe fallen, und das Wesen floh.

»Weiter«, keuchte Jack. Er warf einen kurzen Blick zurück, während sie liefen. Die Schattenarmee scharte sich um ihren Herrn. Sobald er dem Sog der Flasche entkommen war, hatte er sich kraftlos zu Boden geworfen. Im Moment würde hoffentlich niemand sie angreifen. Nun, das konnte sich schnell ändern.

»Oz!« Er suchte in der Dunkelheit nach dem Kater. Doch es waren so viele der Tiere hier. Er sah Augenpaare aufblitzen. Körper, die in der Nacht fast unsichtbar waren, sprangen an ihm vorbei. Sie machten es unmöglich, Oz ausfindig zu machen. Nun, wenigstens sorgten sie auch in den Reihen der Schattenarmee für Unruhe. Die grauen Gestalten mochten einen Weg aus der Zwischenwelt zurückgefunden haben. Doch der Anblick einer Katze versetzte sie weiter in Angst und Schrecken.

Jack lief auf das Ende der Totenstadt zu. Naima war an seiner Seite, der Emir nur knapp dahinter. Er stolperte, als er beinahe auf eine einäugige Katze trat, die Jack an einen Tiger erinnerte. Eine Gestalt sprang aus der Dunkelheit neben sie. Unwillkürlich blieb Jack stehen. Hastig schlug er nach ihr. Und erntete einen Schwall von Verwünschungen.

»Hast du keine Augen?«, stieß Oz hervor, nachdem er mit seinen Beschimpfungen geendet hatte.

»Wir müssen zum Palast«, erwiderte Jack kurzatmig.

Naima blieb ebenfalls kurz stehen. Sie beugte sich zu Oz hinab und nahm ihn in den Arm.

Jack gönnte ihr und ihrem Bruder keine Pause und lief weiter.
»Da werden wir nicht sicher sein«, entgegnete Naima keuchend.
»Meine Männer schützen uns«, sagte der Emir. »Wenn wir es bis zum Palast schaffen.«
Wenn. Oz' kleine Truppe verschaffte ihnen Zeit. Aber Jack bezweifelte, dass sie reichte. Sie würden wenigstens eine Stunde brauchen. Es waren einfach nicht genug Katzen. Sie ... bräuchten mehr. »Oz.«
»Himmel, kannst du bitte einmal aufhören, mich immer herbeizurufen, wenn dir die Ideen ausgehen?«, brummte der Kater beleidigt.
»Deine Idee mit den Katzen war hervorragend«, stieß Jack hervor.
Die Reihen der Totenhäuser zu beiden Seiten des Weges lichteten sich.
»Ach ja?« Oz klang misstrauisch.
»Und wir brauchen mehr.«
Die letzten Häuser. Jack kam es vor, als könnte er erst jetzt wieder richtig atmen.
»Mehr?«, fragte Oz.
»Alle.« Naima strich Oz über das Fell, was dieser mit einem erleichterten Schnurren bedachte. »Wir brauchen sie alle.«
Wie viele Katzen gab es in Ra's al-Chaima? Tausende waren es bestimmt. Jack vermochte nicht, sie zu zählen. Während sie durch die schläfrigen Straßen der Stadt rannten, kamen sie, als hätten sie nur darauf gewartet, ihrem Herrscher zu Hilfe zu eilen. Dem Herrscher, der in ihrem Fall ebenfalls vier Pfoten besaß. Oz hatte am Saum der Totenstadt einen Klagelaut ausgestoßen, der selbst dann noch zu hören gewesen war, als sie längst die ersten Häuser der Lebenden erreicht hatten. Er schien vom Wind weitergetragen zu werden und wurde nicht leiser. Die Tiere waren überall. Sie sprangen aus Hinterhöfen und Hauseingängen auf

die Straßen. Drückten sich unter Karren hervor und liefen allesamt auf die Totenstadt zu. Der Ifrit und seine Schattenarmee würden sich durch die Katzen kaum aufhalten lassen. Aber die Tiere würden den Vormarsch verlangsamen und den Menschen Zeit geben. Zeit, um sich auf das vorzubereiten, was unweigerlich kommen würde.

Die Sonne war noch nicht aufgegangen, als sie endlich den Palast erreichten. Die Wächter am Tor hatten Lampen entzündet. Auf Naimas Warnung hin befahl der Emir ihnen, das Licht zu löschen, ehe der verräterische Schein ihn streifte. Sie blickten ihn verwundert an, während er mit Jack und den anderen auf sie zustolperte, als wären sie vor der sterbenden Nacht selbst auf der Flucht. Und vielleicht glaubten sie, dass er den Verstand verloren hatte, als er ihnen befahl, auch im Palast alle Lampen zu löschen.

Jack wusste nicht, wozu diese Schattenarmee fähig war. Der Rachegeist und seine verbliebenen Diener konnten das dunkle Bild, das jeder Mensch im Licht warf, für sich nutzen. Keine Schatten. Es war Jacks einzige Idee gewesen, wie sie noch mehr Zeit gewinnen konnten. Jede Minute, die sie den Ifriten und seine Diener fernhalten konnten, würde ihnen helfen. Aber zuletzt mussten sie sich ihm stellen.

»Schlagt Alarm. Ruft alle Wächter herbei. Und dann müsst Ihr in einen dunklen Raum gehen, Hoheit«, wies Jack den Emir knapp an, als sie das Hauptportal durchschritten hatten und die kühlen Wände des Flures sie vor neugierigen Augen verbargen.

»Unsere Männer werden nicht ausreichen«, erwiderte der Emir. Er rang hörbar um seine Fassung. Kein Wunder. Immerhin hatte er gerade viele von ihnen verloren. Wer konnte sagen, ob alle Überlebenden ihr Grauen überwinden und zurückkommen würden. Und er war auf seinen toten Vater getroffen, der ihm das Leben aus dem Leib reißen wollte. Sicher nicht die schönste Erfahrung.

»Wir kümmern uns um Verstärkung. Und kein Licht«, ermahnte ihn Jack. »Nicht einmal eine Kerze darf dort scheinen. Und nehmt Eure Schwester mit. Ihr beiden seid der Schlüssel. Er darf Euch nicht finden.«

Einige Wachen kamen ihnen entgegengelaufen. Die Schritte klangen unnatürlich laut in der nächtlichen Stille. Nur der Mond und die Sterne verhinderten mit ihrem silbernen Licht, das durch die hohen Fenster auf den Boden und die Wände floss, dass sie alle blind waren.

Naima protestierte halbherzig. Sie wusste zwar, dass Jack recht hatte. Doch es gefiel ihr nicht, tatenlos zusehen zu müssen, wie er für sie in den Kampf zog. »Du musst diesen Krieg gewinnen, hörst du?«, sagte sie. Dann ließ sie Oz von ihrem Arm springen und folgte ihrem Bruder und den Wachen.

Den Krieg. Ja, alles war längst zu einer viel größeren Sache herangewachsen. Der Ifrit hatte eine Armee aufgestellt.

Und sie brauchten nun ebenfalls eine. Jack sah zu Oz. Aber die Katzen alleine würden sicher nicht reichen.

»Das ist so würdelos«, beschwerte sich Oz. Nicht zum ersten Mal, seit sie losgeritten waren. Die Rückkehr des Emirs und die Gerüchte über den Tod seiner Männer in der Totenstadt hatten den Palast in helle Aufregung versetzt. Diener, Wesire und Bewaffnete füllten so schnell die Flure, als hätten sie nur darauf gewartet, sich zu zeigen. Und keiner ahnte, was ihnen bevorstand. Jack war es recht leichtgefallen, in all dem Trubel ein Pferd zu stehlen. Der sprechende Kater schien es zu beunruhigen, doch es warf Jack nicht ab. Mit seinen übersichtlichen Kenntnissen über Pferde, die er als Laufbursche einer der Straßengangs Londons gesammelt hatte, gelang es ihm, das Tier in Richtung des britischen Hauptquartiers zu lotsen. Wenn er sich recht an die Worte des Jungen im Lazarett erinnerte, lag es am Ende derselben Straße.

»Was gefällt dir denn nicht an der Satteltasche?«, gab Jack zurück, während er über das buckelige Pflaster ritt. Der Morgen mischte schmutziges Grau in die sterbende Nacht, und die ersten Fenster in den Häusern wurden geöffnet. Verdammt, Jack hätte nur allzu gerne jeden Einwohner der Stadt vor dem Ifriten gewarnt. Aber das wäre wohl sowieso unnötig gewesen. *Er will nur den Emir und die Frau, die du liebst, Jack.* Er würde sie ihm nicht kampflos überlassen.

»Was ist, wenn die Gewehre gegen die Schattenarmee nutzlos sind?«, fragte Oz, statt zu antworten.

Hatte Jack das Wesen in der Totenstadt wirklich mit der Klinge verletzt? Es war zu dunkel gewesen, um sicher zu sein.

Ja, was? Jack hatte sich diese Frage auch schon gestellt. Aber was sollten sie sonst tun, um sich gegen die Schattenarmee zu wappnen? Der Ifrit würde nicht ohne sie zum Palast kommen. Jack war sich dessen sicher. Er war zu schwach. Und er hatte noch einen seiner Schatten verloren. Nein, er brauchte die verstorbenen Kämpfer, um seinen überlebenden Kindern den Tod zu bringen.

Jacks Herz schlug auf einmal schneller und schmerzte dabei, als säße ein scharfer Splitter darin. Die Anwesenheit des Ifriten schien den Fluch angefacht zu haben.

Die britischen Truppen unterhielten ihr Hauptquartier tatsächlich ganz in der Nähe des Lazaretts. Der einfache Häuserblock, den sie sich genommen hatten, gab keinen Hinweis darauf, dass hier die Soldaten der Königin untergebracht waren. Erst als Jack zwei Wachen in ihren roten Uniformjacken am Tor erkannte, wusste er, dass sie richtig waren.

Die beiden starrten ungläubig in den frühen Morgen, als sie das Pferd auf sich zugaloppieren sahen. Dann streiften sie ihre Überraschung ab und stellten sich ihm in den Weg.

»Bitte, jetzt darfst du«, sagte Jack.

»Ach, seit wann muss ich dich um Erlaubnis bitten?«, kam es aus der Satteltasche zurück.

Ein leises Murmeln drang aus ihr hervor. Und die beiden Wachen blieben so plötzlich stehen, als wären ihre Füße am Boden festgewachsen. Sie sahen einander erschrocken an, dann blickten sie zu Jack, der das Pferd etwas zügelte und in leichtem Trab an ihnen vorbeiritt.

»Noch nie einen Kater und seinen Diener gesehen?«, fragte Oz, als sie den Torbogen passierten. Die beiden schienen zu verblüfft, um etwas zu sagen oder gar Alarm zu schlagen.

Ein von Säulen gesäumter Innenhof schloss sich an das Tor an, vor dem die beiden Bedauernswerten Wache gehalten hatten. Ein kleiner Springbrunnen plätscherte in der Mitte. Jack stieg ab, hob Oz aus der Satteltasche und setzte ihn auf den Boden. Der Kater schüttelte sich, während das Pferd zum Brunnen ging und zu trinken begann.

Von draußen waren Rufe zu hören. Die beiden Wachen hatten ihre Starre nun offenbar abgelegt.

»Komm«, zischte Jack und riss das Eingangsportal auf.

Einige Soldaten stolperten schlaftrunken auf den Flur. Der erste schien sich in einem Traum zu wähnen, als er einen Mann mit einem schwarzen Anzug und einem Zylinder auf sich zulaufen sah. Und mit einem fluchenden Kater.

»Verflixt, wie soll man denn auf dem Boden laufen?«, grollte Oz, der sichtlich Mühe hatte, nicht über den glatten Marmorboden zu rutschen. Jack konnte dem Mann den Unglauben vom Gesicht ablesen, ehe er ihm die Faust auf die Nase drosch. Er sah sich flüchtig um. Immer mehr Stimmen waren zu hören. Jemand schlug nun auch im Gebäude Alarm. »Los«, sagte Jack. »Wir haben nicht viel Zeit.«

Sie brauchten nicht allzu lange, um den Kommandeur ausfindig zu machen. Sie mussten nur auf das ärgerlichste Gebrüll zulaufen. Mehrere Soldaten versuchten, Jack zu ergreifen, doch dank einiger leiser gewisperter Sprüche von Oz gelang es keinem von ihnen. Jack drängte den verblüfften Kommandeur zurück in das Zimmer, aus dem er auf den Flur getreten war. Dann schloss er die Tür ab.

»Was soll das?«, bellte der Mann. Oh, er gab sich sichtlich Mühe, seine Autorität zu wahren. Er war ein groß gewachsener Mann, der sich offenbar den Schädel rasierte. Angesichts des Nachthemds, das er noch am Leib trug, gelang ihm die Sache mit der Autorität nur unzureichend. Wenigstens verzichtete er darauf, sich schlagen zu wollen. Der Kommandeur sah aus, als würde er auch den Ifriten im Zweikampf besiegen können.

»Jack Smith, Mitarbeiter der Regierung Ihrer Majestät.« Auch Jack versuchte, würdevoll zu wirken. »Ministry of Souls.«

Doch der Blick des Offiziers sagte ihm, dass dieser ihn für einen Wahnsinnigen hielt. Er sah kurz zur Tür, gegen die einige seiner Leute von außen schlugen. »Das ist ein Scherz meiner Männer, oder?« Er sah nicht so aus, als hätte er viel für Scherze übrig.

»Das Ministerium ist geheim.« Jack seufzte. So kam er nicht weiter. »Ich bin im Auftrag Seiner Majestät hier.«

»Queen Victoria?« Die Stirn des Offiziers gebar einige Falten. Für einen Moment schien er Jacks Geschichte ein wenig mehr Glauben zu schenken.

»Im Auftrag des Emirs«, erwiderte Jack.

»Junger Mann«, der Glatzkopf straffte sich, »wir haben hier ein Lazarett in der Nähe. Ich bin sicher, dort werden auch Krankheiten des Geistes geheilt.«

Jack seufzte erneut. Verdammt, dafür hatte er keine Zeit. Falls sich seine Befürchtungen bewahrheiten sollten, würde der Ifrit mit seiner Schattenarmee schon bald den Palast angreifen. Wenn er nicht bereits da war. »Oz«, sagte er und schnippte mit dem Finger.

Der Kater rührte sich nicht. »Miau?«

Himmel, das klang so unecht, dass der Kommandeur es doch hören musste.

Der Mann legte Jack väterlich die Hand auf die Schulter. »Das kann den Besten von uns passieren.« Dann aber verengten sich seine Augen. »Moment.« Er packte Jack grob und sah ihm scharf ins Gesicht. »Ich habe Ihr Bild auf einem Fahndungsplakat gesehen. Sie sind der Terrorist, der in London die Anschläge verübt hat. Sie werden gesucht.«

»Bitte, Oz.«

Der Kater räusperte sich erhaben. »Sir, ich muss mich für meinen Begleiter entschuldigen. Er hat zwar Teile des Ministry of Souls nicht nur in Schutt und Asche gelegt, sondern auch die Zwischenwelt beinahe zerstört. Aber der gesuchte Massenmörder ist er dennoch nicht. Das am Rande. Wir brauchen Ihre Hilfe. Ich bin hier als Repräsentant im Grunde beider Länder. Großbritannien diene ich als Archivar des Ministeriums für endgültige Angelegenheiten und gleichzeitig bin ich der Palastkater des hiesigen Emirs. Ein Ifrit greift wohl bald den Palast an. Und wenn Sie erlauben, so würden wir gerne Ihre Männer zur Unterstützung unserer eigenen Leute hinzuziehen. Haben Sie bis zu dieser Stelle Fragen?«

Für einen Moment glaubte Jack, dass der Mann vergessen würde zu atmen. Oder sein Herz ganz einfach nicht mehr weiterschlug. Aber er stand nur da und starrte Oz an, als hoffte er, dass sich der sprechende Kater in Luft auflösen würde. »Das ist der Teufel«, wisperte er, als er begriff, dass Oz keineswegs vorhatte zu verschwinden. Er warf einen Blick zu seinem Schrank. »Oder der Whiskey.«

»Weder noch«, begann Jack, doch der Kommandeur stieß ihn fort.

Der Mann war mit wenigen Schritten bei der Tür und zerrte wie von Sinnen am Knauf. »Der Teufel!«, rief er dabei. Als er begriff, dass er die verschlossene Tür nicht würde öffnen können, wandte er sich um und drückte sich so fest gegen das Holz, als könnte er mit ihm verschmelzen.

Jack machte Anstalten, auf ihn zuzugehen, doch der Kommandeur schrie auf.

Einen Moment später aber beruhigte er sich und machte einen unsicheren Schritt nach vorne.

Verwundert blickte Jack ihm in die plötzlich glasigen Augen.

»Dies ist nicht der Mann, den Sie suchen«, hörte er Oz leise sagen.

»Dies ist nicht der Mann, den ich suche«, echote der Offizier langsam und seltsam betont, als würde er den Sinn der Worte nicht ganz verstehen.

»Sie werden Ihre Männer gegen den Ifriten schicken«, soufflierte Oz munter weiter.

»Ich werde meine Männer gegen den Ifriten schicken.« Der Mann stand da wie eine Marionette, die darauf wartete, bewegt zu werden.

»Der Kater bekommt ein schönes Stück Fleisch.«

»Oz!«

Jack musste sich mehrmals umblicken, um wirklich glauben zu können, dass hinter ihm etwa zweitausend britische Soldaten auf den Palast von Ra's al-Chaima zumarschierten. Er selbst ging neben dem Kommandeur, in dessen Arm es sich Oz gemütlich gemacht hatte. Seinen Vorsatz, sich nur von attraktiven Frauen streicheln zu lassen, hatte er offenbar aufgegeben. Lieber ließ er sich tragen und gelegentlich von dem Mann den Kopf tätscheln. Der Kommandeur wirkte noch immer wie benommen, während sie auf die breite Straße einbogen, die auf den Palast zuführte. Vor seinen Männern hatte er gewirkt, als hätte Jack ihm eine Droge verabreicht. Der Kommandeur hatte ziemlich geschickt, als er ihnen die Geschichte erzählte, die Oz ihm im selben Moment einflüsterte. Extremisten, die den Emir hier und die Queen in

London als Ziele auserkoren hatten. Extremisten, die nach zahlreichen Attentaten in der Hauptstadt des Weltreichs nun auch hier zuschlagen wollten. Es war eine reichlich wilde Geschichte. Aber sie kam von ihrem Kommandeur. Und sie fachte die Wut in den Herzen der Männer an. Einige waren erst kürzlich herbeordert worden und hatten die Anschläge in London, die in Wahrheit der Ifrit und seine Schatten begangen hatten, noch selbst mitbekommen. Sie wurden so wütend, dass sie sogar die Behauptung, dass Jack ein Geheimagent Ihrer Majestät sei, zur Kenntnis nahmen, ohne die Lüge in den Worten zu erkennen.

Die Menschen auf den Straßen waren stehen geblieben, und in ihren Blicken hatte Jack ebenso viel Angst wie Abscheu erkannt. Doch sie blieben zurück, drückten sich in Hauseingänge oder steckten heimlich die Köpfe aus den Fenstern. Was dachten sie wohl? Dass die Soldaten ihren Emir nun endgültig entmachten wollten? Hoffentlich nicht. Eine Truppe selbsternannter Freiheitskämpfer, die Amir zu Hilfe eilten, konnten sie nicht auch noch gebrauchen. Es war schon lebensgefährlich für die Soldaten, die keine Ahnung hatten, welchem Feind sie gegenüberstehen würden. Jack wandte sich kurz zu ihnen um und ließ seinen Blick über sie fahren. Er hatte ihnen gegenüber ein furchtbar schlechtes Gewissen.

»Es sind Soldaten«, hörte er Oz sagen, der ihm die Gedanken offenbar vom Gesicht abgelesen hatte.

»Es sind Soldaten«, echote der Kommandeur wie im Traum.

»Du hast Pause«, knurrte Oz leise. Dann fuhr er etwas lauter fort. »Kämpfen, töten, sterben. Das sind eben die Dinge, mit denen sie üblicherweise zu tun haben. Wenn es hier Phiolen zu katalogisieren gäbe, würde ich das genauso selbstverständlich übernehmen.«

»Und wenn ihre Gewehre nichts gegen die Schattenarmee ausrichten können?«

»Das war meine Frage gewesen, erinnerst du dich?« Oz seufzte.

»Wenn es nicht klappt …« Der Kater stockte kurz. »Der Ifrit will seinen Sohn und Naima. Und das werden wir verhindern. Egal, was es uns kostet. So wie die Soldaten. Ihre wichtigste Aufgabe ist es, ihre Königin und ihr Land zu schützen. Und genau das tun sie. Hier und jetzt. Und wir werden das auch tun.«

Jack sah Oz erstaunt an. So viel Ernsthaftigkeit hatte er nicht erwartet. »War das der Kater oder der Archivar in dir?«

»Das war einfach Oz.«

Die Wachen am Tor blickten den Soldaten mit versteinerten Mienen entgegen. Aber sie machten keine Anstalten, irgendetwas Dummes anzustellen. Gut, der Emir hatte seine Leute offenbar vorbereitet. Sie öffneten das Tor und traten mit erkennbarem Widerwillen beiseite.

»Sie werden auf unsere Anweisungen warten«, raunte Oz dem Kommandeur zu. »Und setzen Sie mich ab.«

Der Mann wiederholte die Sätze wie in Trance und ließ dann Oz zu Boden.

Jack sah den Soldaten nach, die das Tor durchschritten und im Innenhof des Palastes Aufstellung bezogen. »Was meinst du? Wie lange haben wir noch?«, fragte er schließlich, als die Letzten hindurchmarschierten.

»Ich denke, wir sollten uns beeilen. Sehr beeilen.« Oz blickte missmutig zum Himmel. »Ich hatte befürchtet, dass wir schon zu spät sind. Doch unser Glück hat bald ein Ende, wie es aussieht.«

Der Himmel war wie fast an jedem Tag strahlend blau, und nur wenige Wolken trieben friedlich vom Meer her darüber. Doch dort, wo er mit der Erde verschmolz, erkannte Jack einen grauen Schleier, der sich schnell auszubreiten schien. Wie ein Unwetter, das Anstalten machte, wütend um sich zu greifen. »Komm«, sagte Jack rau. »Ich fürchte, unser Glück hat sogar schon sehr bald ein Ende.«

Der Kommandeur hatte angefangen, die Soldaten so um den Palast zu verteilen, dass sie die Schattenarmee abwehren konnten. Hoffentlich. Jack wollte sich nicht ausmalen, was geschehen würde, wenn die Kugeln nicht halfen. Die Kämpfer des Emirs waren in der Unterzahl. Nur wenige der geflohenen Männer waren in den vergangenen Stunden von der Totenstadt zurückgekehrt. Und nun fanden sie sich in einem noch tödlicheren Konflikt wieder. Mit ihren Schwertern und Lanzen waren sie und die Palastwächter schlechter bewaffnet als die britischen Soldaten. Kein Wunder, dass sie ihr Land so leicht an die Truppen der Königin verloren hatten. Jack konnte nur hoffen, dass sie sich gegen die Schattenarmee besser schlugen. Und nicht am Ende noch ihre derzeitigen verhassten Verbündeten angriffen.

Jack sah in ihre Gesichter. Sie alle, gleich wo sie herkamen, dienten hier alleine ihrem jeweiligen Palast. Doch sie würden nicht zusammen kämpfen. Nicht so. Nicht ohne etwas, das sie miteinander verband. »Komm«, sagte er zu Oz. Und ehe der Kater antworten konnte, war Jack bereits losgerannt. Die Wachen am Tor hielten ihn nicht auf. Der Flur war voller Menschen. Diener und Bewaffnete liefen durcheinander. Befehle wurden gebrüllt. Irgendwo fiel in der Eile Geschirr zu Boden und zerbrach krachend.

»Was hast du vor?« Keiner schenkte Oz Beachtung.

Jack nahm ihn sicherheitshalber dennoch auf den Arm. Eine sprechende Katze war vermutlich zu viel für die Menschen, die sich gerade auf den Angriff vorbereiteten. Andererseits, wenn der Ifrit mit seiner Schattenarmee kam, würden sie sich ohnehin schnell daran gewöhnen, dass Dinge existierten, die sie höchstens in einem Märchen wähnten. Noch gab es sicher nur Gerüchte über die Ereignisse in der Totenstadt. Doch die würden bald zu einer furchtbaren Wirklichkeit werden. »Wir brauchen eine Rede«, erwiderte er.

Das graue Licht fiel schmutzig durch die hohen Fenster, und die Leute, an denen Jack mit Oz im Arm vorbeilief, sahen mit Sorge hinaus. Ein dunkler Raum. Jack konnte nur hoffen, dass der

Emir und Naima seiner Aufforderung gefolgt waren. Jack glaubte, eine der Dienerinnen zu erkennen, die Naima umschwärmt hatten wie Bienen ihre Königin. Er hielt sie am Arm fest, als sie an ihm vorbeilaufen wollte. »Oz«, wisperte er. »Du fragst.«

Die arabischen Worte kamen nicht aus Jacks Mund, obwohl er ihn mehr oder weniger passend zu ihrem Klang bewegte. Die Frau sah Jack verständnislos an. Sie schien aller Aufregung zum Trotz zu bemerken, dass etwas nicht stimmte. Verwirrt richtete sie ihre dunklen Augen auf Oz.

»Miau.« Der Kater blickte sie so unschuldig an, dass sogar Jack auf ihn hätte hereinfallen können.

Die Dienerin murmelte eine leise Antwort und sah wieder Jack an. Ein wenig zu spät bewegte er seinen Mund, als Oz noch ein paar Worte hinterherschob. Dann lächelte er sie aufmunternd an.

Die Frau sah aus, als wäre sie nicht sicher, ob sie gerade den Verstand verloren hatte. Sie stolperte fort von Jack und lief den Flur entlang.

»Da lang«, schnurrte Oz und nickte in die entgegengesetzte Richtung.

Der Raum, in den man den Emir und Naima gebracht hatte, war nicht schwer zu finden. Gleich vier Männer hielten auf dem Flur Wache. Zwei traten vor, als sie Jack bemerkten.

Jack ignorierte sie. Er musste sich beeilen. »Naima«, rief er, so laut er konnte. Einen Moment später hörte er ihre Stimme. Und dann die des Emirs. Die Wachen lauschten seinen Worten und traten langsam beiseite. Schnell zog Jack die Tür auf und schlüpfte mit Oz hindurch. Er sah … nichts. Gut so. Kein Licht, keine Schatten. »Der Ifrit kommt«, sagte er ins Dunkel. »Wir … werden gleich alle auf den Kampf einstimmen. Was immer auch geschieht, Ihr und Eure Schwester dürft diesen Raum nicht verlassen. Erst wenn die Finsternis mit Eurem Vater gegangen ist, könnt ihr beide wieder ins Licht treten.« *Sehr poetisch, Jack*, dachte er bei sich. *Und was ist, wenn die Dunkelheit nicht geht?* Er wollte es sich nicht vorstellen.

»Seid ihr in Ordnung?« Naima musste ganz nahe bei ihm sein. Jack glaubte fast, den Duft ihrer Haare in der Luft zu schmecken.

»Ja.« Oh verdammt, er wollte sie berühren. Sie festhalten. Sie nicht mehr alleine lassen. Er tastete mit den Fingern vergeblich durch die Schwärze.

»Haben Sie die Truppen Ihrer Königin mitgebracht?« Das war Amir. Natürlich. Ganz der Herrscher. Immer auf die wesentlichen Dinge konzentriert.

»Sie verteilen sich gerade.«

»Ich hoffe, dass Waffen tatsächlich gegen diese Schattenarmee wirken.« Der Emir klang, als würde er sonst Jack persönlich dafür verantwortlich machen, wenn dies nicht der Fall wäre.

»Ich denke, wir werden es als Erste erfahren«, sagte Jack.

»Ich habe Ausrufer in die Straßen geschickt, um den Leuten zu sagen, dass sie in den Häusern bleiben sollen«, meinte der Emir. »Wir können also ab jetzt nur noch warten.«

Warten. Genau das, was Jack hasste. »Sehr gut«, sagte er matt. Er wollte sich schon abwenden, als er Finger auf seiner Hand fühlte. Er griff nach ihnen und zog. *Bitte nicht der Emir*, dachte er bei sich. Der Körper, der sich im nächsten Moment gegen seinen drückte, duftete nach Naima. Sie schlangen ihre Arme so lautlos umeinander, als wären sie beide Schatten in der Nacht. Jack sog tief die Luft ein und hielt sie so fest, als wollte er sie nie wieder loslassen. Dann küsste er sie. Leise. Lange. Und mit so viel Liebe, dass sie die Prinzessin gegen all den Tod schützen konnte, der hinter der Tür auf sie lauerte. Es war ein Moment, der ewig hätte währen sollen.

Oz unterbrach ihn mit einem Räuspern. »Ich kann im Dunkeln sehen«, bemerkte er. »Und da ist noch dieser Ifrit.«

»Ja«, erwiderte Jack rau. Er löste sich widerwillig von Naima, die von ihm fortglitt.

»Und seine Schattenarmee.«

»Ich werfe dich dem Ifriten gleich vor die Füße.« Es schien Jack fast, als hätte er nur geträumt. Doch er schmeckte noch immer Naimas Liebe auf den Lippen. Und ausgerechnet hier, in der tiefsten Dunkelheit, spürte er eine Hoffnung in sich, die hell wie ein Lichtstrahl schien. Der Ifrit mochte mächtiger sein. Er mochte skrupelloser sein. Doch es war Jack, der etwas zu verlieren hatte. Sie alle hatten etwas zu verlieren. Und das war ihre Stärke.

Sie schlüpften so rasch durch die Tür, dass nur für einen kurzen Moment das graue Licht einen Weg hineinfand. Er konnte den Wachen die Fragen vom Gesicht ablesen. *Was geht hier vor? Weshalb versteckt sich der Emir? Wer greift uns an?* Wäre es besser, wenn sie wüssten, was auf sie zukam? Wenn er ihnen einfach die Wahrheit sagte? Nein, entschied er. Niemand würde ihm glauben. Und er konnte nicht allen Oz zeigen und ihn sprechen lassen. Diejenigen, die heute in den Kampf zogen, würden schnell begreifen, dass sie gegen Geschöpfe antraten, die es nicht geben durfte. Sie waren dann mitten in der Schlacht und hatten keine Zeit zum Nachdenken. Aber er würde dennoch etwas sagen müssen, ehe es losging. Etwas, das sie einte. »Zum Thronsaal«, sagte er, als sie die Wachen hinter sich gelassen hatten. Er blickte sich suchend um. Verdammt, hier sah alles gleich aus. Marmorböden. Gemusterte Wände. Hohe Fenster.

»Da lang«, sagte Oz belehrend. »Auch wenn ich nicht weiß, was du vorhast.«

»Da sind wir schon zu zweit«, murmelte Jack.

Sie fanden den Eingang zum Thronsaal unbewacht. Es war fast wie in der Zwischenwelt. Irgendwo da draußen wartete die Schattenarmee, und durch die Fenster floss das graue Licht wie schmutziges Wasser durch den Saal. Das größte von ihnen lag direkt gegenüber dem Thron. Jack ging darauf zu und öffnete die hohen Flügel. Dann machte er wieder einen Schritt zurück. Was immer auch den Himmel veränderte, hatte schon die Stadt erreicht. Und begann, sich über sie auszubreiten. Weder Sonne noch Wolken waren mehr zu erkennen. Es schien, als mischte sich die Welt der Toten in die der Lebenden.

»Ist dir in der Zwischenzeit eingefallen, was du hier willst?«, fragte Oz missmutig. »Oder genießen wir einfach nur ein wenig die Aussicht?«

»Ich ... ich brauche seine Stimme.« Jack sah Oz eindringlich an. »Sie alle brauchen etwas, für das sie kämpfen. Das ist unsere stärkste Waffe, verstehst du?«

»Nein«, erwiderte Oz. »Und welche Stimme brauchst du?«

»Die des Emirs. Sie muss für seine Soldaten in ihrer Sprache erklingen. Und für unsere Truppen in ihrer.«

Oz sah ihn an, als hätte er den Verstand verloren. »Noch ein Wunsch? Ich meine, wo wir gerade dabei sind.«

»Ja, sie muss überall zu hören sein. Am besten in der ganzen Stadt. Die Menschen sollen denken, dass ich er bin. Ihm würden sie glauben. Gleich, was er sagt. Und unsere Truppen sollen wissen, dass sie für diese Menschen kämpfen. Und nicht gegen sie.«

Oz seufzte. »Natürlich. Eine Stimme in zwei Sprachen. Und dann auch noch in der ganzen Stadt. Das ist ja fast so gruselig wie der Ifrit selbst. Und ich habe bloß keine Ahnung, wie ich so etwas anstellen soll.«

Jack lächelte ihn schief an. »Lass es einfach fließen. Du bist doch ein Magier, oder?«

»Der beste«, erwiderte Oz erhaben, während Jack so vor das Fenster trat, dass man ihn von unten zwar sehen, aber nicht genau erkennen konnte.

Worte waren nie Jacks Freunde gewesen. Er hatte bei so vielen Gelegenheiten die falschen gewählt. Die richtigen waren ihm erst zu spät eingefallen. *Du musst es fließen lassen, Jack*, sagte er sich und rief sich den Moment in der Dunkelheit zurück. Erinnerte sich an das Gefühl zu wissen, dass er nicht gegen jemanden kämpfte, sondern für etwas.

»Bereit?«, fragte er leise.

Oz wiegte den Kopf hin und her. Er hielt die Augen geschlossen. »Wir versuchen es.«

Jack atmete tief durch.

»Heute ist ein besonderer Tag.« Er schlug sich unwillkürlich die Hand vor die Lippen. Das war die Stimme des Emirs. Aus seinem Mund. Und sie klang so laut, als würde sie einem Riesen gehören. Noch einmal atmete Jack tief durch. Er sah die Soldaten im Innenhof des Palastes, die verwirrt zu dem geöffneten Fenster blickten.

»Der Himmel ist ein Vorbote unseres Feindes.« Verstanden sie wirklich, was er sagte? Ja, offensichtlich.

»Wir alle müssen uns diesem Feind stellen. Gleich, woher wir stammen. Gleich, in welcher Sprache wir ihm einen Namen geben. Ifrit. Rachegeist. Er macht keinen Unterschied zwischen Nationen. Geschlechtern. Alter. Er will Rache.«

Jack spürte, dass tatsächlich die richtigen Worte kamen. Er konnte es in den Gesichtern erkennen, die er da unten ausmachte.

Vielleicht hatten sie nur auf diesen Moment gewartet. Sich in seinem Herzen angestaut. Der Ifrit mochte behaupten, er würde für die Freiheit seiner einstigen Untertanen kämpfen. Doch Jack spürte, dass dies gelogen war. Naimas Vater wollte Rache. Und er hatte sich längst verloren in diesem dunklen Verlangen.

»Er tötet hier. Und er tötet in London. Er will den Em… mich«, er räusperte sich, »und er will die Königin auf der anderen Seite dieser Welt töten. Er kämpft gegen uns alle. Er ist stark. Fast unbesiegbar. Er wird euch wie aus einer dunklen Geschichte erscheinen. Und doch sind wir stärker. Denn wir kämpfen nicht gegen etwas. Sondern für etwas. An einem anderen Tag sind wir Feinde. Doch nicht heute. Heute sind wir eins. Der Kommandeur der britischen Armee hat von mir den Auftrag erhalten, unsere gemeinsame Streitmacht zum Sieg zu führen.«

Jack dachte an den Kuss. Wie seltsam die Liebe war. Sie hatte ihn angesprungen wie der Ifrit, als er im Innenhof des Buckingham Palace auf Naimas Tod gewartet hatte. Und nun ließ sie ihn nicht mehr los.

»Jeder von euch liebt jemanden. Und jeder, den ihr liebt, kann das Leben verlieren, wenn wir nicht gewinnen. Unser Feind fürchtet den Tod. Er will um jeden Preis leben. Wir aber fürchten den Tod nicht. Und deshalb werden wir leben. Und siegen.«

Jack stolperte zurück, als hätten seine Beine keine Kraft mehr. Von draußen hörte er ... nichts. Da war nur dröhnende Stille. Doch dann erfüllte ein plötzlicher Jubel den Innenhof. Er brandete auf wie das Meer, und er fachte den Mut in Jacks Herz an. Seine Worte hatten tatsächlich gewirkt. Der Ifrit war alleine. Sie aber nicht.

»Ich glaube, es hat geklappt«, meinte Jack.

»Ja«, erwiderte Oz rau. Seine Stimme zitterte ein wenig vor Rührung. »Das war ... nicht so schlecht.« Er schluckte. »Aber beim nächsten Mal kannst du dir etwas mehr Mühe geben.«

Der Zauber von Oz mochte die Soldaten Ihrer Majestät hierhergebracht haben. Doch als Jack wieder den Innenhof betrat, erkannte er in ihren Augen, dass ein neuer Zauber von ihnen Besitz ergriffen hatte. Der Zauber seiner Worte. Auch wenn keiner ahnte, dass er es gewesen war, der sie ausgesprochen hatte.

Jack versuchte, sich einen Überblick zu verschaffen. Die Torflügel in der Mauer waren geschlossen, und die Soldaten hielten diszipliniert ihre Stellung. Aus den Straßen kamen Rufe, die er nicht verstand. Sie klangen angsterfüllt. Sehr angsterfüllt. »Was ist da los?«, fragte er Oz.

»Es ist schwer zu verstehen«, erwiderte der Kater langsam. »Aber ich glaube, es heißt *Die Geister kommen*.«

Die Reihen der Palastwächter gerieten ein wenig in Unordnung, als sich die Männer gegenseitig ansahen. Dies führte dazu, dass auch die Briten unruhig wurden, die sich wohl fragten, was ihre Verbündeten so verwirrte.

»Es gibt ein Problem«, hörte Jack Oz raunen. »Wie soll unser verzauberter Kommandeur den arabischen Verbündeten Befehle geben?« Oz wartete gar nicht auf eine Antwort. »Richtig. Gar nicht. Es sei denn, es gäbe einen mutigen Mittelsmann. Einen, der das Vertrauen beider Seiten genießt.«

Jack hatte das ungute Gefühl, dass Oz ihn meinte. »Und wie soll ich übersetzen? Ich spreche auch nur eine der beiden Sprachen.«

»Oh«, erwiderte Oz in gespieltem Erstaunen. »Das stimmt. Gut, dass du einen fähigen Kater an deiner Seite hast. Und jetzt, auf zu unserem Kommandeur.«

Jack hoffte, dass Oz gut genug Arabisch sprach, um die Taktik, die sich der Kommandeur zurechtlegte, so zu übersetzen, dass die Wächter des Emirs am Ende nicht das Falsche taten. Er kam sich unsagbar dumm vor, als er mit Oz auf dem Arm durch die Reihe der Palastwächter lief und ihrem Anführer das sagte, was Oz ihm leise soufflierte. Er hielt den Kater dabei über der Schulter wie ein Kind, das ein Bäuerchen machen sollte. Er verstand kein Wort von dem, was er sagte. Aber er verstand den Blick des Mannes vor ihm. Offenbar war er den Worten seines vermeintlichen Herrschers zum Trotz nicht vollends überzeugt, dass er sich dem Kommando der verhassten Besatzer unterwerfen sollte. Andererseits war er von der Rede beseelt. Und er begriff wohl, dass es besser war, die Truppen mit den Gewehren neben sich statt gegen sich zu wissen. Er fügte sich. Auch wenn sein Blick noch etwas sagte. Er hielt Jack für ziemlich irre. Kein Wunder angesichts der Katze, die Jack spazieren trug.

»Ich fühle mich wie die Puppe eines Bauchredners«, murrte er, als er die Anweisungen übermittelt hatte.

»Alles wäre besser, wenn die Menschen mehr auf Katzen

hö…« Oz brach mitten im Satz ab. Mit einem Mal war es so still, als hätte die Welt vergessen zu atmen. Kein Vogel, keine Stimmen von den Straßen der Stadt. Nicht einmal der Wind strich noch durch den Innenhof.

»Was?«, fragte Jack heiser.

Der Schlag gegen das Tor klang, als hätte jemand einen Gong erklingen lassen. Tief und dumpf. Der Ton erfüllte ihn bis in sein Innerstes und ließ sein Herz stolpern. Die Männer um ihn herum schienen erstarrt.

»Es geht los«, raunte Oz.

Ein zweiter Schlag.

Das Metall hielt, doch es beulte sich nach innen, als würde ein Riese gegen das Tor prügeln.

Auf einen Befehl des Kommandeurs hin spannten die Soldaten ihre Gewehre.

Der dritte Schlag riss die Flügel aus den Angeln. Sie rammten drei Männer von den Füßen. Und dann traten zwei Angreifer der Schattenarmee durch das Tor. Sie waren nicht schwarz wie die Schatten, sondern ebenso grau wie das Licht dieses Tages. In ihren Gesichtern, die so glatt wie vom Flusswasser geschliffene Kiesel waren, steckten silberne Augen. Keiner war mehr vom anderen zu unterscheiden. Nur in ihrem Wuchs waren sie nicht gleich. Jenseits des Tores erhaschte Jack einen Blick auf den Rest der Schattenarmee. Ein Meer aus Kämpfern. Einige hielten einfache Klingen in den Händen, die so stumpf wirkten, dass sie wohl nur mit viel Kraft in menschliche Körper getrieben werden konnten. Sie sahen lächerlich altmodisch gegen die Gewehre der Briten aus. Die Waffen einer anderen Zeit. Gott wusste, wo sie die Schwerter herhatten. Aus welchen Gräbern sie die Klingen zusammengetragen hatten. Jack zweifelte indes nicht daran, dass die Schattenkrieger stark genug waren, diese Waffen in jeden Körper zu treiben. Oder die Hälse der Lebenden mit ihren Händen zu zerdrücken.

Die beiden Wesen standen einen Moment nur da und ließen ihren Blick über die Soldaten fahren, als zählten sie ihre Gegner.

Als der erste der Schattenkrieger den Innenhof betreten wollte, gab der Kommandeur das Zeichen, und ein Schuss löste sich. Er klang scharf wie zersplitterndes Holz und drang dem Wesen genau in die Brust. Getroffen blieb es stehen und sah an sich herab. *Fall um*, dachte Jack bei sich. *Fall um!*

Doch das Wesen fiel nicht, und das Loch in seiner Brust schloss sich wie die Oberfläche eines Sees, in den ein Stein geworfen worden war.

Jack schüttelte den Kopf. Das konnte nicht sein. Er hatte doch eines dieser Geschöpfe verletzt. Er hatte eine Klinge in seinen Leib getrieben und … Eine Klinge. Jack stolperte los, als die beiden Angreifer weitergingen. Eine Klinge. Er riss einem der Palastwächter das Schwert aus den groben Händen. Der Mann war zu überrascht, um zu reagieren. Mit der Waffe in der Hand und Oz im Arm rannte Jack auf die Schattenkrieger zu. Er schrie dabei so laut, als wollte er ihnen die eigene Angst ins Herz säen. Sie blickten ihn an und schienen ihn zu mustern. Vielleicht hatten sie nicht damit gerechnet, dass einer der Menschen so töricht war, sie offen herauszufordern. Sie hoben nicht mal ihre Schwerter, als Jack ausholte.

Faustschläge hatte Jack in seinem Leben viele verteilt und eingesteckt. Aber noch nie hatte er jemanden mit einer Klinge angegriffen. Und doch ging alles so leicht, als hätte er diese Übung schon Dutzende Male bestanden. Das Schwert fuhr zischend durch die Luft und trennte dem Schattenkrieger, der sich am weitesten in den Innenhof gewagt hatte, den Kopf von den Schultern. Die Waffen einer anderen Zeit. Der Körper fiel zu Boden, und als er aufschlug, verging er wie Frühnebel mit den ersten Sonnenstrahlen.

Für einen Moment waren alle wie erstarrt.

Und dann brach das Chaos aus.

Der Kommandeur wandte Jack kurz den Kopf zu und brüllte ihm einen Befehl zu.

»Los«, drängte Oz.

Jack nickte und lief. Die Waffen einer anderen Zeit gegen die Magie einer anderen Zeit. Vielleicht waren diese aus der Mode gekommenen Klingen ihre einzige Chance. Der Kommandeur schien das schnell begriffen zu haben.

Während die Schattenarmee durch das Tor drängte, überbrachte Jack den Befehl des Kommandeurs an den Anführer der Palastwächter. Mehr Schwerter. Die Briten schossen weiter auf die Schattenkrieger, und Jack musste sich anstrengen, um Oz' vorgesagte Worte in all dem Krach zu verstehen. Dann stolperte er wieder los. Mitten hinein in die Schlacht.

Die Briten waren nicht auf den Nahkampf vorbereitet. Ihre Gewehre sicherten ihnen nur dann Stärke und Überlegenheit, wenn der Feind nicht direkt vor ihnen stand. Himmel, sie schossen einfach weiter. Vielleicht hofften sie, dass die Geschöpfe zu Boden gingen, wenn sie von genug Kugeln getroffen wurden. Doch soweit Jack erkennen konnte, verlor keiner der Schattenkrieger sein untotes Leben. Nur wenige Schritte von ihm entfernt hieb einer von ihnen seine stumpfe Klinge in den Leib eines Soldaten. Und in das Rot seiner Uniformjacke mischte sich ein anderes Rot. Keuchend sank er zu Boden.

Jack hörte sich schreien. Er sprang zu dem Schattenkrieger, und ehe das Geschöpf seine Schneide aus der Brust des Sterbenden ziehen konnte, hatte er ihm schon den Kopf abgeschlagen. Mit dem Fuß schob er einem der Soldaten die Waffe hin, auf der noch das Blut seines Kameraden zu erkennen war. »Er würde wollen, dass du einige von denen ... nun, tötest«, sagte Jack, als er den Widerwillen, nach der Klinge zu greifen, im Blick des Mannes erkannte. »Haltet Abstand!«, schrie er, so laut er konnte. Leichter gesagt als getan. Die Schattenarmee drängte in den Innenhof und zwang die Verteidiger, sich zurückzuziehen. Die Palastwächter nahmen die vorderste Linie ein. Doch rasch wurden Lücken in ihre Reihen gerissen. Schneller, als Jack zählen konnte, traten die Seelen der Getöteten auf den Innenhof. Sie wuchsen wie schwarz-weiße Blüten aus dem Boden. Aus dem Palast kamen Leute gelaufen. Sie schienen Mühe mit den Bündeln zu haben, die sie in den Armen trugen. Die Schwerter.

»Bewaffnet euch«, schrie Jack den Soldaten zu. Er vermutete, dass er damit den Befehl des Kommandeurs vorwegnahm. Er sah zum Tor. Die Schattenarmee kam zwar langsamer voran, doch die Flut an Kriegern war nicht aufzuhalten. Und vom Ifriten oder seinen Dienern war keine Spur auszumachen. Jack wollte zum Palast laufen, um von dort einen besseren Überblick zu gewinnen, als ihn einer der Soldaten am Arm festhielt.

Er war sicher so alt wie Jack, doch seine Stimme zitterte wie die eines Kindes, das Angst vor der Nacht hatte. »Was sind das für Wesen?« Er klang auch so, als wäre er wieder fünf Jahre, und hoffte, von seinem Vater beruhigt zu werden.

Was nur sollte er sagen? Es war keine Zeit für lange Reden. Die Soldaten mussten kämpfen. Oder alles war verloren. »Sie sind Feinde. Und sie bringen allen, die du liebst, den Tod, falls du versagst. Auch wenn sie am anderen Ende der Welt leben.«

Die Angst verschwand nicht ganz aus dem Blick des Soldaten, doch er nickte und nahm eines der Schwerter entgegen, das ihm ein Diener des Emirs in die Hand drückte.

»Ist das nicht ein wenig zu viel Erfolgsdruck?«, fragte Oz in seinem Arm, während Jack auf das Portal in den Palast zurannte.

»Sie müssen kämpfen und siegen«, sagte Jack und wandte sich der Schlacht zu. In Geschichten klangen sie immer so geordnet. Reihen von Soldaten, die wie Figuren eines Schachspiels umhergeschoben wurden. Die Wirklichkeit war weitaus chaotischer. Die grauen Gestalten mischten sich wie Dreck unter die Verteidiger. Wie viele jenseits der Mauer darauf warteten, in den Innenhof zu gelangen, konnte Jack von hier aus nicht erkennen. »Vielleicht kannst du dafür sorgen, dass weniger von ihnen hereinkommen«, sagte Jack. Er wünschte sich ein paar Dutzend der Messingflaschen herbei. Doch die lagen in der Totenstadt. Voll mit Geistern, die irgendwann auf die andere Seite gebracht werden mussten. »Du ... verdammt!« Jack hoffte, dass seine Augen ihm einen Streich spielten. Der Schatten eines Soldaten hatte sich reichlich seltsam bewegt. *Du siehst Gespenster, Jack*, sagte er sich. *Nicht gut für einen Soulman.* Er starrte angestrengt in die Menge. Es war schon schwer genug, überhaupt etwas in dem Tumult zu erkennen. Einen einzelnen Schatten auszumachen war reine Glückssache. Oder auch nicht. Da! Schon wieder. Es schien, als würde jemand durch die Schatten der Soldaten springen. Sie gewannen für den Bruchteil eines Augenblicks an Körperlichkeit, um im nächsten Moment in sich zusammenzufallen. Es ging so schnell, dass Jack dem Schauspiel nur schwer folgen konnte. »Siehst du das auch?«, fragte er, ohne die Augen abzuwenden.

»Ich fürchte schon«, grollte Oz. Er klang, als habe er einen Rivalen bemerkt, der in sein Revier eingedrungen war.

Jack hatte sich bereits gefragt, wo die Diener des Ifriten steckten. Dass er sich angeschlagen nicht sofort selbst zeigen würde, konnte er nachvollziehen. Doch er verstand nicht, was dieser Schatten dort vorhatte. Er schien sich ohne Plan durch die Reihen der Soldaten zu bewegen. Es war, als suchte er den richtigen Weg. Wohin? Zum Kommandeur? Das Wesen bewegte sich grob in seine Richtung. »Ich denke, er will deine Marionette töten«, zischte Jack. Er griff nach seiner Phiole und wollte schon zum Kommandeur laufen, um ihn zu schützen.

»Warte«, knurrte Oz. »Ich glaube, er sucht nicht ihn.«

Tatsächlich bewegte sich der Schatten nun fort von ihm. Verflucht, war er schnell. Er irrlichterte wild umher, als wäre er ein Insekt in einem Sturm. Schließlich aber schlug er eine neue Richtung ein. Eine Richtung, die Jack nicht gefiel. »Er will zum Palast.«

»Naima«, entfuhr es Oz.

»Und der Emir. Er soll sie suchen.« Jack wandte sich dem Tor zu, das in den Palast führte. Wie viele Lebende brauchte der Schatten, um sich durch die Gänge zu bewegen? Vielleicht nur einen, wenn er es durch die Schlacht schaffte. Offenbar hatte er verhindern wollen, von Jack und Oz zu früh erkannt zu werden. So laut er konnte, rief Jack: »Schließt das ...« Mitten im Satz brach er ab, als ihm bewusst wurde, dass niemand ihn verstand. »Oz!«

»Typisch«, erwiderte der Kater. »Ich soll wieder übersetzen.«

»Nein, du sollst die Torflügel schließen«, schrie Jack. Er machte sich von innen an einem von ihnen zu schaffen. Sie waren schwer wie ein Pferdewagen, und Jack schaffte es kaum, sie auch nur eine Handbreit zuzudrücken. »Oz«, keuchte er, während er auf die Schlacht schielte. Der Schatten war nicht auszumachen. Aber er steckte irgendwo.

Oz' Wispern strich Jack wie ein kalter Windhauch über die Haut. Magie. Er hatte sie nun schon so oft erlebt, und doch erschien sie ihm jedes Mal wie ein Wunder. Die Torflügel bewegten sich wie von Geisterhand, während sich zwei der Palastwächter davor postierten.

Erleichtert trat Jack zurück, ehe sich das Tor vor ihm schloss. Er konnte nur hoffen, dass es den Soldaten gelang, die Schattenarmee fern vom Palast zu halten. Naima und den Emir aber konnten nur Oz und er schützen.

Ein Klirren ließ ihn herumfahren. Eine Dienerin hinter ihm hatte ein Bündel mit Schwertern fallen lassen. Sie trug den Ausdruck eines Kindes, das Zeuge eines Wunders wurde, auf dem makellosen Gesicht, als sie auf das Tor starrte, das sich von selbst schloss. Ihr Schatten zeichnete sich grau auf den Boden.

Die Torflügel waren beinahe ganz geschlossen, als einer der Schattenkrieger direkt vor dem Spalt erschien. Offenbar wollte er sich durch ihn hindurchdrücken. Dem linken der beiden Wächter stach er im Lauf seine Klinge so unvermittelt in die Brust, dass der Mann nicht einmal dazu kam, seine eigene Waffe zu heben. Der andere Wächter brauchte einen Augenblick, um seine Starre abzustreifen. Mit einem Schrei hieb er dem Angreifer den Kopf vom Hals. Und noch während er triumphierend die Klinge in die Luft reckte, bewegte sich sein Schatten. Er zuckte nur für einen kurzen Moment. Der Mann selbst bemerkte es nicht einmal. Dann schloss sich das Tor endgültig. Und Jack fühlte eine eisige Kälte auf der Haut. Ein weiterer Schrei erklang. Hell und panisch.

Jack sah aus dem Augenwinkel, wie die Dienerin zu Boden sank. Fast hätte er meinen können, dass sie ohnmächtig geworden war. Keine Wunde. Kein Blut. Doch während ihre Seele erschien, erhob sich auch ihr Schatten, und das Gesicht, das er zeigte, kam Jack nur allzu vertraut vor. »Alima«, wisperte er, als müsste er sie willkommen heißen.

Sie zischte ihn an wie eine Schlange. Ehe Jack seine Phiole aus der Tasche ziehen konnte, lief sie fort.

»Los«, rief er, ohne sich umzuwenden, und folgte ihr. Verdammt, sie war schnell. Jack rannte wie noch nie. Der Flur schien kein Ende zu nehmen, und draußen mussten so viele Menschen ihr Leben verloren haben, dass fast jede Tür, an der er vorbeilief, zu einer Pforte geworden war. Irgendwann erschien vor ihm eine breite Marmortreppe, die in die oberen Stockwerke führte. Doch der Schatten hielt sich nicht mit Stufen auf. Naimas Tante sprang auf das Geländer und von dort auf die Wand, an der die Treppe entlanglief.

»Das ist unfair«, hörte Jack Oz hinter sich keuchen.

»Setz es auf die Liste«, erwiderte er.

»So einfach darf es nicht sein. Zur Seite!«, rief Oz im nächsten Moment.

Jack konnte gerade noch den Kopf neigen, als er fühlte, wie etwas an ihm vorbeiflog. Die Luft schien sich zu einer Kugel zusammengeballt zu haben. Sie war kaum mit den Augen zu erkennen und riss einen Teil der Wand heraus. Ein klaffendes Loch blieb im Stein.

Tante Alima stürzte wie ein Vogeljunges, das aus dem Nest gefallen war, doch dann fand sie einen neuen Halt an der Wand und lief daran empor.

Wusste sie, wo Naima und ihr Bruder waren? Konnte sie die beiden spüren? Vielleicht.

Ein weiteres Mal versuchte Oz es mit seiner Magie. Doch auch diesmal riss er nur ein Loch in die Wand, und Alima sprang auf den Boden des nächsten Flurs. Einen Moment kniete sie dort und witterte. Drei Gänge führten auf die Treppe zu.

Jack hob seine Phiole, und der Schatten wandte ihm zischend den Kopf zu. Dann lief das Geschöpf los, hinein in den mittleren Gang.

Jack blieb stehen und steckte die Phiole wieder weg.

»Was tust du denn?«, fuhr ihn Oz an. Der Kater rutschte über den glatten Boden, ehe es ihm gelang anzuhalten.

Mit einem Lächeln auf dem Gesicht deutete Jack nach links. »Falsche Richtung.«

Er würde Alima zuvorkommen. Sich zu Naima und ihrem Bruder in den Raum stehlen und dort auf die Tante warten. Sobald sie die Tür öffnete, würde er bereit sein und sie fangen. *Und dann, Jack?*, fragte er sich. *Womit willst du ihren Vater besiegen?* Eine gute Frage. Er hoffte, dass ihm zur rechten Zeit eine Antwort einfallen würde.

Die Gänge sahen in Jacks Augen zwar alle gleich aus, aber er hatte sich die Lage dieses einen Raums eingeprägt, so fest er konnte. Nur drei Bedienstete kamen ihnen entgegen, und sie alle trugen die Angst wie eine Maske auf dem Gesicht.

»Versteckt euch!«, fuhr Jack sie an. Und auch wenn sie sicher die Worte nicht verstanden, so erfassten sie offenbar ihre Bedeutung. Er riss eine Tür auf und schob die beiden Männer und die Frau hindurch.

Der Lärm der Kämpfe drang dumpf auf den Flur. Das Tor in den Palast schien zu halten. Jack warf einen kurzen Blick durch eines der Fenster auf den Innenhof. Die Schattenarmee war zwar noch immer nicht vollständig eingedrungen. Aber die, die es durch das Tor geschafft hatten, trieben den Tod in die Reihen der Verteidiger. Jack sah die Seelen überall wie blasse Blüten. Einige standen reglos dort, als könnten sie das Ende des Lebens nicht fassen. Andere irrten umher. Vielleicht suchten sie ihre Pforten. Verdammt, es würde wohl an Jack sein, sich um sie zu kümmern, wenn er den Ifriten besiegte und falls er Naima rettete. Wenn. Falls. Er konnte auch genauso gut sterben. Immerhin trug er noch den Fluch des Rachegeistes in sich. Er fühlte ihn in sich. Der Zauber hatte Wurzeln in sein Herz getrieben. Aber er regte sich in diesem Augenblick nicht, und Jack hatte Zeit. Zeit, um alles in Ordnung zu bringen. Er rutschte, fast ebenso wie Oz, als er um die Ecke bog und die vier Wächter vor der Tür erkannte. Nicht gerade unauffällig. Aber sie lebten, was hieß, dass Alima noch nicht da war.

»Wie sage ich ihnen, dass sie gehen müssen?«, fragte er Oz, ehe sie in Hörweite der Wächter kamen.

»Vielleicht lässt du besser mich reden«, meinte Oz. »Und bewegst einfach den Mund.«

Die Männer blickten Jack misstrauisch entgegen, während er Oz auf den Arm nahm. Auch wenn er bereits einmal zu ihrem Herrn gerufen worden war, schienen sie ihm deshalb nicht zu vertrauen. Einer zog die Waffe, die anderen stellten sich demonstrativ vor die Tür.

»Jetzt«, wisperte Oz.

Und Jack begann seinen Mund zu bewegen. Oh, es war so entwürdigend. Oz stach ihm mit einer Kralle im Rhythmus seiner Worte gegen den Hals. Worte, deren Sinn Jack nur erraten konnte. Worte, die die Mienen der Wächter noch finsterer färbten.

Der Mann, der sich direkt vor die Tür gestellt hatte, erwiderte etwas. Und zog ebenfalls seine Waffe.

»Das läuft ja richtig gut«, murmelte Jack. »Los, mach irgendwas anderes. Ich muss da rein.« Er pflückte Oz unsanft von seiner Schulter, und der Kater kam wenig elegant auf dem Boden auf.

»Pass bitte etwas auf«, fuhr ihn der tote Archivar an.

Die Finsternis in den Mienen der Wächter verflog, und sie zeigten den Ausdruck des Staunens, den auch die Dienerin aufgesetzt hatte, ehe sie gestorben war.

»Ja, er kann sprechen«, sagte Jack. »Und glaubt mir, er spricht definitiv zu viel.«

Die Männer starrten ihn verständnislos an. Und sackten zusammen, als Oz leise Worte murmelte. Keiner rührte sich mehr.

»Geht doch«, meinte Jack und schob die Männer ein wenig beiseite. Sie waren wie Puppen. Nur ihre Augen bewegten sich noch. Die Blicke, die sie Jack zuwarfen, waren mehr als finster.

»Naima.« Er flüsterte ihren Namen so leise, dass er ihn selbst kaum verstand. Als er keine Antwort erhielt, legte er die Finger auf den Knauf der Tür. Er wollte sie aufziehen, doch ein Räuspern ließ ihn innehalten. »Was?«, fragte er, ohne sich umzuwenden.

Eine heisere Stimme floss durch den Flur. Eine Stimme, die Jack ganz und gar nicht leiden konnte.

»Jetzt haben wir ein Problem«, sagte Oz.

Die Phiole hatte Jack hervorgezogen, noch ehe er sich ganz umgewandt hatte. Er verbarg sie in der Hand und sah der Gestalt entgegen.

Tante Alima kam langsam auf sie zu. Jack konnte sich gut vorstellen, wie sie noch vor wenigen Wochen als lebende Frau durch diesen Flur gegangen war. Nun aber diente sie dem Ifriten. Und ihre Worte waren so voller Bosheit, dass es ihn schauderte.

»Danke, dass du mich zu meiner Nichte und meinem Neffen geführt hast.«

Für einen Moment war Jack sprachlos. Verdammt, er hätte sie

verfolgen sollen. Vielleicht hätte er sie dann rechtzeitig stoppen können. Doch so hatte er sie hergeführt. Ausgerechnet hierher. Nun, keine Zeit, um sich Vorwürfe zu machen. Es war noch nicht zu spät. Tante Alima spannte sich wie eine Katze vor dem Sprung. Eine Katze. Natürlich! Jack packte Oz mit einer Hand und warf ihn dem Schatten entgegen.

Der Kater hatte damit ebenso wenig gerechnet wie Naimas finstere Tante. Sein Fauchen mischte sich in ihr Kreischen. Und Jack sprang auf sie zu, richtete die Phiole auf sie und öffnete das Glasfläschchen.

Alima gelang es, den wütenden Oz von sich zu schlagen. Die Phiole aber hatte sie bereits erfasst. Der Schatten verblich. Alima machte ein paar Schritte auf Jack zu. Sie schlug nach ihm. Ein verwundetes Tier. *Unterschätze sie nicht, Jack*, ermahnte er sich. Er duckte sich, doch die Finger des Wesens strichen ihm über das Gesicht, und für einen Moment war seine Wange taub. Er taumelte zur Seite. Alima sprang auf die Tür zu und legte die Hände auf den Knauf.

Und Jack warf sich gegen sie. Es war, als tauchte er in eiskaltes Wasser. Alles Gefühl wich aus seinen Fingern. Aber er ließ nicht los. Alima zog die Tür auf. Das graue Licht drang in den nachtdunklen Raum. Und Jack stieß dem Schatten die Phiole mitten ins Gesicht.

Ihr Schrei erfüllte für einen Moment den Flur. Der Schatten wurde so hell, dass Jack die Augen schließen musste. Dann war es still.

Als Jack die Augen wieder öffnete, erwartete er unwillkürlich, dass sich der Schatten gleich wieder zeigen würde. Er konnte sich fast nicht vorstellen, dass die Anführerin dieser Geschöpfe tatsächlich fort war. Doch langsam begriff er, dass er Naimas Tante in der Hand hielt. Hastig verschloss er die Phiole und zog die Tür wieder zu. Als er sich schließlich auf die Beine drückte, blieb sein Abbild leblos zu seinen Füßen liegen.

»Das war gar nicht schlecht«, bemerkte Oz.

»Was ist da los?« Naimas Stimme. Sie drang leise hinter der Tür hervor, schwer vor Sorge. »Jack. Oz. Seid ihr das?«

»Es ist alles gut.« Etwas Besseres fiel ihm nicht ein. Was sollte er auch sagen? Die Wahrheit? Immerhin stimmte es doch. Mehr oder weniger. Alima steckte in der Phiole, die Jack in der Hand hielt. Und Naima war weiterhin sicher in der schattenlosen Finsternis.

Aus den Augenwinkeln sah er, wie sich Oz versteifte. »Kommen die übrigen beiden?«, fragte er. Zwei der Schatten mussten noch da sein, wenn er sich nicht verzählt hatte. »Übernimm du sie.« Jack fühlte sich wie betrunken vor Erleichterung und Siegesfreude.

Oz rührte sich nicht, und Jack wurde sofort wieder nüchtern.

»Nur einer kommt«, raunte er und schnupperte, als hätte er die Fährte einer anderen Katze aufgenommen. Er sah zum Ende des Flurs.

Und Jack hatte das Gefühl, wieder im Buckingham Palace zu sein. Zurück in der Nacht, in der alles begonnen hatte.

Das Wesen, das lautlos am Ende des Flures auf allen vieren erschien, glich einem Raubtier. Einem Raubtier mit sternsilbernen Augen.

»Verdammt, Jack. Sag endlich, was da los ist!« Naimas Flüstern war so leise, dass Jack es kaum hörte. Doch er glaubte, dass es der Fratze des Wesens ein Lächeln entlockte. Nun, das dort war eine Seele, die eingefangen werden musste. Zugegeben, eine sehr starke und große und todbringende Seele. Aber die Ifriten-Jäger in dieser Welt hatten solche wie Naimas Vater schon vor Jahrhunderten eingefangen. Also würde es doch erst recht einem Soulman mit seiner fortschrittlichen Phiole gelingen. Er sah auf das Glasfläschchen in seiner Hand. Allerdings hatten diese modernen Varianten der Messingflaschen einen entscheidenden Nachteil. Es passte immer nur ein Geist hinein. Es gab einen Weg, um eine Seele aus ihnen zu befreien. Um gewissermaßen Platz zu schaffen für eine andere. Leider war er äußerst ekelerregend. Der Sog einer Phiole konnte nicht unterbrochen werden. Aber es gab etwas, das stärker war. Jack hatte sich immer gefragt, wer es bei welcher Gelegenheit wohl entdeckt hatte. Selbst probiert hatte er es noch nie. Der alte Travis hatte ihm während seiner Ausbildung davon erzählt.

»Halt ihn auf, ich fange ihn.«

Der Ifrit ging langsam auf sie zu. Er sah noch immer mitgenommen aus. Vielleicht wäre er noch gefährlicher, wenn er gewartet und sich von den Kämpfen mit Jack und Oz erholt hätte. Vielleicht war er aber auch angeschlagen am gefährlichsten.

»Und womit willst du ihn fangen?«, raunte Oz. »Da steckt Tante Alima drin.«

Jack nickte unglücklich. »Ja, ich sauge sie heraus.«

»Das geht?« Oz klang mit einem Mal so interessiert, als plauderten sie im Archiv des Ministeriums über neue Erkenntnisse aus der Zwischenwelt. »Darüber sollte ich einen Fachartikel im *International journal of necromancy* schreiben.«

»Ich werde ihn und alle anderen von dir lesen«, versprach Jack und legte seine Lippen an den Rand der Phiole. Er glaubte, die Dunkelheit des gefangenen Geistes schmecken zu können. Lieber hätte er an einem von Londons rauchenden Schornsteinen geleckt. Er holte Luft und wollte anfangen, Alima wieder hervorzuholen, als der Ifrit stehen blieb und einen Arm hob. Er schien etwas in die Luft zu malen, und das Glas in Jacks Hand wurde weich wie Wachs.

»Nein«, rief er. Hastig presste er die Phiole gegen seinen Mund, doch sie zerlief, noch ehe er beginnen konnte, die Seele zu befreien, und tropfte dann auf den Boden. Fassungslos starrte er die kleine durchsichtige Lache zu seinen Füßen an. Nichts war mehr übrig. Weder Glas noch Geist. »Er hat sie geopfert«, wisperte er.

»Wie ist er hergekommen?« Oz stand reglos da und sah dem Ifriten entgegen. Wäre der Rachegeist nicht so viel größer gewesen, hätte es fast so ausgesehen, als würden gleich zwei Kater gegeneinander kämpfen.

»Es gibt genug Pforten im Palast«, sagte Jack matt. Verdammt, ohne Phiole war er aus dem Spiel. Jetzt musste er sich ganz und gar auf Oz verlassen. »Du schaffst das.«

»Was soll das?«, grollte der tote Archivar. »Ich bin doch keine Katze, der du ein Kunststück beibringen willst. Wir haben Stolz und einen eigenen Kopf.«

»Wenn du gewinnst, bekommst du Mäuse bis ans Ende deiner neun Leben«, versprach Jack und richtete sich seinen Zylinder. »Fette Mäuse zum Zerreißen und Zernagen.«

Oz keuchte. »Gut, ich mache es. Aber hör auf, vom Essen zu reden.«

Nur wenige Schritte trennten sie noch von dem Ifriten. Als Monster auf allen vieren hätte er wunderbar in jeden umherfahrenden Zirkus gepasst. Doch offenbar wollte er die Leben seiner Kinder in einer angemesseneren Gestalt beenden. Er stemmte sich auf die Füße, und sein Leib zog sich in die Länge, bis er eine menschenähnliche Form annahm. Der Kopf wurde breiter. Nur die Augen blieben, wie sie waren. Silbern und kalt. »Naimas Kater und ihr Kätzchen«, höhnte er.

»Damit meint er dich«, wisperte Oz.

»Ich spüre meinen Fluch in dir, Mensch.« Er hob eine Hand und deutete auf Jacks Brust.

Der Schmerz war unerträglich. Jacks Herz schien in zwei Teile zerschnitten zu werden. Es schlug so schnell, dass Jack fürchtete, es würde im nächsten Augenblick kraftlos stehen bleiben. Seine Finger verloren für eine Sekunde an Substanz, als würde er ausbleichen. Die Magie des Ifriten, die den Fluch in seinem Fleisch weckte, war wie Frost. Doch im nächsten Moment wich sie einem anderen, wärmeren Zauber. Einem, der Jacks Herz wieder ruhiger schlagen ließ. Der Zauber eines Katers. Erschöpft sank Jack auf die Knie. Er fühlte sich wie ein alter Mann. Hilflos musste er mit ansehen, wie die Magie der beiden aufeinandertraf. Er konnte sie sehen. Wie zwei Wellen in der Luft, die sich gegenseitig auslöschten. Sie prallten zusammen, und die Druckwelle warf Jack gegen die Tür.

»Jack?«

Er hörte Naima leise durch ein Rauschen in den Ohren. »Es wird alles gut.« Seine brüchige Stimme machte die Lüge mehr als offenbar. Er zwang seinen Blick auf Oz und Naimas Vater. Würde sich jetzt alles entscheiden? Ein Zauber von Oz ließ den Flur in so hellem Licht scheinen, dass Jack unwillkürlich die Augen schließen wollte. Doch er zwang sich, sie offen zu halten. Der dunkle Leib des Rachegeistes wurde grau wie der seiner Soldaten. Und dann fast durchscheinend. Oz blich ihn einfach aus. Hoffnung regte sich in Jack. Sie gab ihm die Stärke, sich auf die Füße zu drücken und einen Schritt auf die beiden zuzugehen. »Weiter«, rief er. Selbst seine Stimme klang wieder kraftvoller. Er hob einen Arm, um seine Augen zu beschatten.

Die Gestalt des Ifriten wurde fast durchscheinend, und in Jacks Kopf überschlugen sich die Gedanken. Wenn sie ihn vertreiben konnten, würde er mit Oz zusammen auf die Jagd nach ihm gehen. Sie würden sich eine der Messingflaschen aus der Totenstadt holen und nicht eher ruhen, bis er in ihr gefangen war. Dann würde Jack ihn persönlich in der einsamsten Wüste so tief vergraben, dass kein Mensch ihn je finden konnte. Er …

Das Licht erstarb so plötzlich, dass Jack einen Augenblick lang blind war. Es schien, als hätte die Sonne aufgehört zu scheinen. Helle Punkte tanzten ausgelassen wie ein Schwarm Fliegen vor seinen Augen. Als er wieder etwas sehen konnte, erkannte er, dass dunkler Nebel den Flur gefüllt hatte. Es war mit einem Mal kalt geworden, und Oz atmete stoßweise, als würden seine Lungen keine Luft mehr in all dem Dunst finden.

Die Dunkelheit war ganz plötzlich gekommen. Und sie hatte gesiegt. Der Ifrit sah noch schlimmer aus. Zerrissen. Vernarbt. Doch seine Gestalt, so entstellt sie auch sein mochte, war nun wieder fest, und er schritt auf die Tür zu. Er war schwach. Er stolperte. Der Kampf hatte ihm zugesetzt. Ohne Phiole aber war Jack nicht in der Lage, ihn zu besiegen.

Unwillkürlich hob er die Fäuste. Er wusste, dass es sinnlos war. Doch alles in ihm wehrte sich dagegen, tatenlos zuzusehen, wie der Ifrit Naima tötete.

Auf einen Wink des Geistes hin wurde Jack von unsichtbaren Händen gegriffen und fortgestoßen wie eine Lumpenpuppe. Die Tür öffnete sich.

»Kommt, meine Kinder.« Die Stimme hätte jede Hexe aus den finstersten Märchen das Schaudern gelehrt.

Als würden ihnen die Körper nicht mehr gehorchen, traten Naima und ihr Bruder aus dem dunklen Raum. Wie Marionetten gingen sie auf den Ifriten zu.

Offenbar beanspruchte schon dieser kleine Zauber all seine verbliebene Kraft. Der Ifrit beachtete Jack nicht einmal, als er einen Schritt auf Naima zumachte. *Und, Jack, was willst du jetzt tun? Dich doch mit dem Ifriten schlagen?*

Naima stand wortlos da und blickte ihrem Vater direkt in die silbernen Augen, während ihr Bruder auf die Knie sank, als wollte er um sein Leben betteln.

»Mein Sohn.«

Der Emir wurde emporgezogen.

»Ich muss meine Pläne ändern. Sieh, wie schwach ich bin. Ich müsste viele Wochen und Monate ruhen, ehe ich wieder bei Kräften bin. Aber wir können dies beschleunigen. Meine Verletzungen werden heilen. Wenn ich deinen Körper in Besitz genommen habe. Daher sollst du der Erste von euch sein. Du wirst meiner Rache eine Gestalt geben. Dann nehme ich deine Schwester. Sie wird mir das ewige Leben schenken.«

»Nimm ihn, Vater«, wimmerte der Emir und deutete auf Jack. »Bitte.«

»Seinen Körper?« Der Ifrit lachte, als würde er sich über die Worte eines Kindes amüsieren. »Es würde vielleicht sogar gehen. Denn wer mich in sich aufnimmt, muss etwas von mir in sich tragen. Du aber bist mir von allen Menschen auf dieser Welt der ähnlichste, Amir. In dir wäre ich am mächtigsten.«

Das Gesicht des Emirs wurde starr wie eine Maske.

Und in Jacks Kopf überschlugen sich erneut die Gedanken. Der Fluch war wieder erwacht und trieb in Jacks Fleisch aus. Oz lag wie betäubt da, und Jack spürte sein Herz stolpern. Der Fluch war hungrig. Vielleicht waren es seine letzten Minuten, aber er lebte. Noch. Jack spürte den Fluch wie ein Tier, das sich durch seinen Körper fraß. Er war dem Tod versprochen. Warum sollte er ihn nicht teilen? Der Ifrit schien die Gefahr, die Jack für ihn darstellte, nicht zu verstehen. Jack sah zu Naima. Was hatte ihr Diener noch gesagt? *Selbstlosigkeit. Er versteht sie nicht.* Nein, offensichtlich nicht. Vielleicht war sie der einzige Weg.

Naima erwiderte seinen Blick und runzelte die Stirn, als würde sie ahnen, dass er etwas vorhatte. Etwas, das ihr nicht gefiel.

»Ich liebe dich.« Er klang beinahe sorglos und schenkte ihr ein schiefes Lächeln.

Dann lief er los.

Der Ifrit bemerkte ihn nicht. Er hob seine Hand und deutete auf die Brust seines Sohnes.

Der Emir schrie, während sich die Gestalt des Ifriten auflöste. Einen Moment war sie wie feiner Nebel, der auf den Emir zustrich.

Jack warf sich gegen Amir. Und der Nebel umfing statt seiner ihn.

FEUER UND GIFT

Naima verstand nicht, was geschehen war. Jack. Er krümmte sich auf dem Boden. Amir lag ganz in seiner Nähe, das Gesicht grau gefärbt von dem schmutzigen Licht, das in jeden Winkel des Palastes floss. Und ihr Vater? Die nebelhafte Gestalt hatte sich aufgelöst. Er war tot. Oder? Es war ihr erster Gedanke, in den sich Erleichterung und Trauer mischten. Aber nach einigen Augenblicken ließ ihr Kopf die Wahrheit zu. Der Ifrit war nicht besiegt. Er war zu einem Menschen geworden. Sie wollte auf Jack zustürzen, doch ein Fauchen ließ sie herumfahren.

Oz richtete sich zitternd auf. Seine Augen blitzten, als er zu Jack blickte. »Weg von ihm.«

Naima hielt inne, und der Kater schnupperte. »Oh nein«, sagte er mit rauer Stimme. »Dieser Idiot.«

»Er … er ist …« Die Worte wollten Naima nicht über die Lippen kommen.

»Sieht so aus.« Oz streckte sich und tippelte dann vorsichtig auf den am Boden liegenden Jack zu.

Der Soulman drückte sich nur mit Mühe auf die Knie. Er schien schwach, aber das war er auch schon vorher gewesen, als der Fluch des Ifriten in ihm getobt hatte. Vielleicht hatte ihr Vater den Körper von Jack nicht nehmen können. Naima klammerte sich verzweifelt daran, dass dieser Gedanke zur Wahrheit wurde.

Auch Amir erhob sich. Er starrte fassungslos auf den Soulman, und nichts an ihm deutete darauf hin, dass er sich verändert hatte. Vielleicht also war ihr Vater tatsächlich einfach … verschwunden.

Die Hoffnung war so verführerisch schön wie die Trugbilder in der Wüste, die Reisende von ihren Wegen abbrachten und in den Tod führten.

Naima machte einen Schritt auf Jack zu, und Oz knurrte eine weitere Warnung. Doch sie hörte nicht auf ihn. Sie wollte zu Jack. Ihn festhalten, damit das Leben nicht mehr aus ihm heraussickern konnte. Er wandte ihr den Rücken zu, und als sie ihm eine Hand auf die Schulter legte, fuhr sie mit einem Schrei auf den Lippen zurück. Da war eine Kälte an ihm, die ihr die Finger mit Frost überzog. Eine boshafte Kälte.

»Keine Angst, meine Tochter.« Es war nicht Jacks Stimme, auch wenn sie zwischen seinen Lippen hindurchkam.

»Vater?« *Wieso fragst du, Naima? Wer soll es sonst sein? Lauf, oder er tötet dich.* Aber da war noch immer die trügerische Hoffnung, dass alles gut werden könnte. Wenn sie dem Hass nur genügend Liebe entgegenbringen würde. Sie blieb stehen. Doch dann drehte sich Jack um, und sie blickte in sternensilberne Augen.

»Es ist nicht alles verloren.« Die Stimme ihres Vaters klang so alt, als wäre er seit hundert Jahren auf der Welt. »Die Torheit dieses Mannes zwingt mich nur zu einem Umweg. Dein Tod wird mich mächtig genug machen, um die Körper zu wechseln. Um im Leib deines Bruders wieder zu erwachen. Dann kann uns nichts aufhalten.«

Sie wich vor ihm zurück, als er nach ihr griff. Und schlug zu. Er mochte ein Ifrit im Leib eines Menschen sein. Aber unter seiner Haut floss Blut, und in seiner Brust stolperte ein Herz seinem Ende entgegen. Er keuchte auf vor Schmerz. Er wollte noch einmal nach ihr greifen, doch ehe sich seine Finger um ihren Arm schließen konnten, erfüllten Worte den Flur. Worte, die etwa aus Höhe ihrer Knöchel kamen.

Oz' Magie vertrieb den Frost von der Hand, mit der Naima zugeschlagen hatte. Und als ihr Vater auf sie zugehen wollte, schien er gegen eine unsichtbare Mauer zu stoßen.

»Es ist vorbei.« Oz postierte sich vor ihr. »Du hast meinen Freund getötet. Das nehme ich persönlich.«

Tot? Naima wollte den Gedanken nicht zulassen. Jack, nein, der Ifrit, korrigierte sie sich, strich mit der Hand prüfend über die Barriere. Funken sprühten von seinen Fingern. Dann schlug er so hart dagegen, dass Naima unwillkürlich zusammenzuckte.

Irgendwo aus dem Inneren des Palastes erklangen aufgeregte Stimmen. Die Palastwache, wenn Naima sich nicht irrte. Und zu ihrer Verwunderung hörte sie auch englische Worte.

»Du bist vielleicht wieder ein Mensch«, zischte Oz. »Aber dir fehlt noch eine Seele zur Unsterblichkeit. Ich rate dir, zu verschwinden.«

Der Blick in Jacks Gesicht war so von Hass erfüllt, dass er Naima ins Herz schnitt. Am Ende des Flures erkannte sie ein paar ihrer Wächter. Und Soldaten in roten Uniformjacken. Sie rannten gemeinsam.

»Er ist der Angreifer«, schrie Amir auf Arabisch. Und dann wiederholte er die Worte auf Englisch.

Die Soldaten der Königin sahen sich verwundert an, doch sie blieben stehen und legten die Gewehre an. Die Wachen liefen weiter, eng an die Wände des Flurs gedrückt.

»Nein«, rief Naima. Sie wollte zu Jack. Die Soldaten mit ihrem Körper davon abhalten zu schießen. Aber sie konnte die unsichtbare Mauer ebenso wenig überwinden wie der Ifrit in Menschengestalt. Dann erfüllte der Krach der Gewehre den Flur. Naima schloss die Augen. Sie wollte Jacks Tod nicht mitansehen. Sie konnte es nicht. Er war ebenso unvermittelt wie tollpatschig in ihr Leben gestolpert. Doch sie hatte ihr Herz an ihn verloren. Und nun verlor sie ihn. Als sie Oz' Keuchen hörte, zwang sie sich, ihn anzusehen. *Wende dich nicht von ihm ab, Naima*, schalt sie sich. Zu ihrer Verwunderung lag Jack nicht mit zerschossener Brust auf dem Boden. Er stand noch und hatte den Arm ausgestreckt. Die Kugeln, die ihm den Tod hätten bringen sollen, schwebten vor ihm wie müde Insekten auf der Stelle. Langsam drehten sie sich in der Luft, bis ihre Spitzen auf die Soldaten wiesen. Und auf ein Schnippen seiner Finger hin flogen sie zurück. Die Briten fielen, und die Palastwächter standen unschlüssig da und blickten abwechselnd von ihren toten Verbündeten über ihre wie versteinert wirkenden Kameraden zu dem Mann, der nicht hatte sterben wollen.

»Oz, lass mich frei«, forderte Naima den Kater auf. Sie wollte nicht mehr tatenlos danebenstehen, während sich das Schicksal ihres Geliebten erfüllte.

»Das wäre nicht klug. Ich ...«

»Oz.«

Der Kater seufzte, doch er schüttelte den Kopf.

Ihr Bruder neben ihr deutete in diesem Moment auf Jack. »Los«, rief Amir außer sich vor Wut. »Tötet ...«

Naimas Schlag ließ seinen Satz in einem schmerzerfüllten Schrei enden. Amir mochte der Emir sein. Doch Naima war immer diejenige gewesen, die Abdals Lektionen besser verstanden hatte. Die talentierte und gelehrigere Schülerin. Amir starrte fassungslos auf das Blut an seinen Finger, als er sich über die verletzte Lippe strich.

Naima funkelte ihn warnend an, dann packte sie grob Oz. »Wir müssen ihn retten.« Sie deutete auf den Ifriten, der sich Jacks Leib gestohlen hatte. Er stützte sich keuchend gegen die Wand neben der Tür. Der Tod, den ihr Vater Jack ins Herz gepflanzt hatte, würde sie beide packen.

»Er ist der Böse«, erwiderte Oz.

»Er ist unser Freund.« Sie legte all die verhasste Autorität der Herrschenden in ihre Worte. »Und ich lasse ihn nicht sterben. Also rette ihn.«

»Das mache ich nicht.« Oz gab sich hörbar Mühe, seine Stimme fest klingen zu lassen. Naima aber bemerkte das Zittern in ihr. Sie war versucht, es ihm zu befehlen. Doch der Archivar hatte nie gelernt, den Anweisungen einer Prinzessin zu gehorchen, und der Kater, der ihn in sich trug, war viel zu stolz, um von irgendjemandem Befehle entgegenzunehmen.

Die Wächter näherten sich Jack vorsichtig, doch sie hatten ihn fast erreicht. Und der Mann, den sie liebte, fasste sich mit schmerzverzerrtem Gesicht ans Herz. Worte kamen ihm brüchig über die Lippen, zu leise, um sie zu verstehen.

»Bitte«, wisperte Naima.

Sie konnte nicht sagen, ob es Oz war, den sie rührte, oder den Kater. Doch das Tier in ihrem Griff nickte und knurrte ein paar Worte in den Flur. Die Luft vor ihnen flimmerte kurz auf. Mit einem Satz trat Naima mit Oz über die unsichtbare Schwelle. Sie stellte sich vor Jack, und die Wachen blieben unschlüssig nur wenige Schritte von ihr entfernt stehen.

»Lass ihn wieder frei, Vater.« Naima versuchte, keinen Hass für ihn zu empfinden. Doch in ihr stritten die Gefühle miteinander. Wut. Enttäuschte Liebe. Und die Sorge um Jack, den sie nicht würde sterben lassen.

Unter Mühen reckte sich ihr Vater, und seine Lippen bewegten sich lautlos.

»Vorsicht.«

Naima wusste nicht, ob Oz' Warnung ihr oder dem Ifriten galt. Doch ihr Vater schien ihr in diesem Moment nicht mehr wie das unbesiegbare Monster, vor dem sie um die halbe Welt geflüchtet war. Er steckte im Körper eines Sterbenden. Und er schien all seine Macht zu brauchen, um sich und Jack den Tod vom Leib zu halten. Sein Blick ging ins Leere. »Wenn noch etwas von der Liebe für mich in dir ist, dann lass ihn frei.« Ihre Stimme brach, als säße ihr ein Splitter in der Kehle.

»Er hebt seinen Fluch auf, der in Jack steckt«, raunte Oz.

Ihr Vater hörte auf zu wispern und sah sie an mit den sternensilbernen Augen, die sie so verabscheute. Doch dann wurde das Silber matt, und darunter zeigte sich eine Farbe, die Naima schon fast vergessen hatte. Es war nicht das Braun von Jacks Augen, sondern ein weitaus dunkleres. Das ihres Vaters. Er betrachtete sie, als wäre er aus einem Traum erwacht.

»Naima.« Da war etwas in der Stimme, das sie an die Zeit ihrer Kindheit erinnerte. Eine Zeit, in der ihre Mutter noch gelebt und ihr Vater nicht den ersten Anflug von Bitterkeit gezeigt hatte. Die gestohlenen Lippen formten ein Lächeln. So zaghaft, als hätten sie es lange nicht getan.

»Jetzt!« Der Befehl kam von Amir und wischte dem Ifriten das Lächeln aus dem Gesicht. Das kalte Silber kehrte in seinen Blick zurück, und einer der Soldaten sprang vor und hieb nach Jack. Doch der Ifrit hob eine Hand, und der Angreifer und die übrigen Wächter im Flur fielen tot zu Boden.

Mit einer Bewegung, die Naima dem gerade noch dem Tod Versprochenen nicht zugetraut hätte, war der Ifrit bei Amir. »Kommt, meine Kinder«, flüsterte er, während sich der Emir verzweifelt wehrte. »Ich führe euch durch die Madinat almutaa. An den Ort, an dem wir unsere Rache nehmen können.«

Oz fing hastig an zu sprechen. Worte, die Naima zwar verstand, aber nicht begriff. Sie waren wie ein Sturm, der nach Naimas Vater und Amir griff. Doch ehe er sie zu packen bekam, trat der Ifrit mit seiner Geisel über die Schwelle des von Dunkelheit erfüllten Raums und verschwand, als hätte jemand ein Tuch über die beiden geworfen.

»Oz!«, rief Naima und wollte den beiden folgen.

Der Wortschwall des Katers wich einem empörten Schnaufen. »Könnt ihr bitte mal aufhören, immer nach mir zu rufen? Übrigens, sie sind fort.«

Naima blieb auf der Schwelle stehen und versuchte, in der Finsternis etwas zu erkennen. »Ein Zauber?«

»Eine Pforte.« Oz trat neben sie. »Du siehst sie nicht. Aber hinter uns befinden sich die Seelen der Soldaten, die dein … die der Ifrit mit ihren eigenen Kugeln getötet hat.« Er drehte den

Kopf. »Jungs, ich denke, ihr müsst hier lang. Als Mitarbeiter des Ministry of Souls und somit gewissermaßen offizieller Vertreter des Landes spreche ich euch im Namen Ihrer Majestät Königin Victoria den angebrachten Dank aus. Ihr habt Krone und Vaterland wunderbar und untadelig gedient. Und nun, bitte hier entlang. Einer nach dem anderen. Vorsicht. Nicht auf den Schwanz des Katers treten. Ich bin ein Wesen beider Welten. Drüben ist es besser als hier. Wenn ihr einen Menschen trefft, der silberne Augen hat, haltet euch fern von ihm. Wie sagt man so schön? Man sieht sich immer zweimal.«

Naima spürte einen kalten Lufthauch. »Eine Pforte?« Sie strich mit den Fingern über den Türrahmen, als könnte sie den Übergang in die andere Welt ertasten. »Wir müssen ihnen folgen. Es reicht doch, wenn ich mit dir zusammen bin? Ich meine, um hinüberzukommen?«

Oz seufzte. »Ich hatte befürchtet, dass du das sagst. Und natürlich reicht es, wenn ich dabei bin. Es ist ehrlich gesagt besser als mit einem Soulman. Einen qualifizierteren Begleiter wirst du nicht finden. Aber was ist mit denen dort draußen? Ich meine, da herrscht ein Krieg, oder? Die Schattenarmee ist recht groß. Und irgendwo sind auch noch zwei deiner Verwandten. Sie kämpfen gegen eure Wächter und unsere Soldaten.«

Naima seufzte. Ihr Herz befahl ihr, mit Oz im Arm über die Schwelle zu springen und Jack zu folgen. Doch sie war eine Prinzessin. Und wenn sie es richtig sah, in diesem Augenblick die Herrscherin von Ra's al-Chaima. Sie lief hastig zu einem der hohen Fenster, die hinaus zum Innenhof und zum Tor wiesen. »Oz?« Sie runzelte die Stirn. »Wo genau ist der Krieg?«

»Himmel«, raunte der Kater und tippelte zu Naima. »Nada«, sagte er, während sie ihn hochhob. »Verdammt«, schob er hinterher, als er hinausblickte. »Die Schattenarmee ist weg.«

»Er hat sie mit sich genommen.« Naima blickte hinaus auf die Männer, die verloren wirkten. Als wüssten sie nicht, was sie tun sollten, nun da ihre Feinde fort waren. Wenigstens kamen sie nicht auf die Idee, sich gegenseitig anzugreifen. »Und wir wissen beide, wo er hinwill.«

»London«, knurrte Oz. »Er hat seine Armee bei sich und deinen Bruder. Er wird ihn womöglich einfach töten. Die letzte Seele. Gut, er steckt zwar im falschen Körper, doch vielleicht reicht Jack aus, damit er seine Rache vollenden kann.«

»Und dann?« Naima kannte die Antwort, aber sie musste sie aus einem anderen Mund hören. Selbst wenn er einer Katze gehörte.

»Er wird nie aufhören zu hassen«, sagte Oz bedrückt. »Ifriten leben für die Rache. Dieser Wunsch gibt ihnen Macht. Und er verschlingt sie.«

»Was kann ich tun, um ihn zu retten?« Sie bemerkte Oz' Zögern.

»Ich habe nicht die Macht, um dies zu vollbringen. Das ... das geht über die Fähigkeiten hinaus, die ich besitze. Diesen Wunsch kann ich dir nicht erfüllen.«

Sie fühlte Tränen in sich aufsteigen. *Verdammt, nicht heulen*, dachte sie. Dann runzelte sie die Stirn. Ein Wunsch. Sie riss Oz so abrupt in die Höhe, dass der Kater fauchte. »Ein Wunsch«, rief sie so glücklich, als wäre all dies kein Albtraum, sondern einer mit einem schönen Ende. »Ich brauch jemanden, der ihn mir erfüllt.«

»Ach ja?« Oz sah sie an, als hätte sie den Verstand verloren. »Ach nein«, stöhnte er im nächsten Moment. Er schien zu ahnen, was sie vorhatte.

»Doch«, erwiderte sie entschlossen.

Er wandte sich jemandem auf dem Flur zu, den Naima nicht sehen konnte. »Ihr da wartet bitte«, sagte er auf Arabisch. »Ja, es ist der Wille der Prinzessin. Ihr seid immer noch Wächter, auch wenn ihr gestorben seid. Und ihr dient ihr bis zum ... ich meine, über den Tod hinaus. Richtig. Nicht durch die Tür gehen.« Er seufzte, als würde er das ganze Gewicht der Welt auf seinem Rücken tragen. »Und wie willst du zu ihm gelangen?«

Naima lächelte Oz an. »Mit einem qualifizierten Begleiter.«

Die Zeit verstrich viel zu schnell. Oder verging sie zu langsam? Naima ließ die Befehlshaber der beiden so ungleichen Truppen in den Thronsaal bringen. Die Männer mochten Seite an Seite gekämpft haben. Doch das gegenseitige Misstrauen war ihnen deutlich von den Gesichtern abzulesen. Der Kommandeur der Briten hatte Oz' Worten nach unter dem Bann des Katers gestanden. Nun besaß er wieder einen erheblichen Teil seines Willens. Ein letzter Rest des Katers aber steckte noch immer in seinem Kopf. Vielleicht benahm er sich deshalb so ungewöhnlich höflich für einen Besatzer.

Die Lügen, die Naima ihnen auftischte, kamen ihr bedenklich flüssig über die Lippen. Sie war im Glauben erzogen worden, dass eine Lüge weise sein mochte, die Wahrheit aber die Weisheit selbst war. Nun, für die reine Weisheit blieb keine Zeit. Der Ifrit und seine Schattenarmee kamen in ihrer Geschichte zwar vor. Doch sie vermied es, die wahre Natur ihres Widersachers zu enthüllen. Und sie verlor nur wenige Worte über ihren Bruder. Der Emir, so sagte sie, war von einem der Wesen verletzt worden, als es versucht hatte, ihn zu töten, und würde derzeit in seinen Gemächern gepflegt. Das war so nahe an der Wahrheit, dass die beiden es mit all dem Rest schlucken konnten.

»Haben wir gesiegt, Hoheit?«, fragte der Anführer der Palastwächter.

»Ja, wir waren siegreich. Alles ist gut.« Die größte Lüge von allen. Naima wiederholte sie auch in der Sprache der Besatzer. Sie bedankte sich bei dem Kommandeur und trug ihrem eigenen Mann auf, dafür zu sorgen, dass man sich um die Verletzten kümmerte, gleich welche Uniform sie kleidete. Dann entließ sie die beiden Männer und rief einen der Diener herbei. Der Auftrag, den sie ihm gab, ließ ihn erbleichen. Zusammen mit anderen Bediensteten die Messingflaschen aus der Stadt der Toten zu holen. Sie hoffte, dass sie noch unangetastet dort lagen. In all dem Chaos hatte ihr Vater hoffentlich keine Gelegenheit gefunden, die darin gefangenen Geister zu befreien. Einer der Schatten steckte ebenfalls in einer Messingflasche. Sie fragte sich, welcher es wohl war. Nun, darum würde sie sich später sorgen. Wenn es ein Später gab. Es gingen offenbar schon Gerüchte im Palast herum, die sich um die Herkunft der Geisterkrieger rankten. Doch Naima brach den Widerstand, den der Mann offensichtlich hatte, indem sie all die Autorität in ihre Stimme legte. Dann übertrug sie die Amtsgeschäfte dem obersten der Wesire. Er war so alt, dass er vermutlich schon betagt gewesen war, als Naimas Vater den Thron übernommen hatte.

»Wie lange wird der Emir in seinen Gemächern bleiben müssen?«, fragte er, nachdem Naima angekündigt hatte, sich nun zurückzuziehen, um nach all der Aufregung ein wenig Ruhe zu finden.

»Ich ... ich werde nach ihm sehen.« Fast die Wahrheit. Dann ging sie zur Tür des Thronsaals und wandte sich noch einmal um. Sie versuchte, sich das Bild dieses Orts, der ihr immer so verhasst gewesen war, in ihr Gedächtnis einzubrennen. Vielleicht war es das letzte Mal, dass sie ihn sah.

»Wir werden zurückkommen«, versprach Oz an ihrer Seite. Naima nickte. »Fragt sich nur, mit wem.«

Sie wartete in ihren Gemächern, nachdem sie die Diener davon überzeugt hatte, dass der Emir auf keinen Fall gestört werden und niemand nach ihm sehen durfte. Naima wusste nicht, wie oft sie, neugierig von Oz beobachtet, vom Fenster bis zur Tür und zurück gelaufen war, als endlich die Diener aus der Totenstadt mit den Flaschen kamen. Sie waren wie erhofft unbeschädigt. Keiner der Geister war befreit worden. Naima ließ alle auf einen Haufen legen und schickte die Männer dann fort.

»Hm«, brummte Oz, während er sie genau betrachtete. »Diese dort kommt infrage. Kein Geist in ihr. Die anderen solltest du nicht anfassen.«

Vorsichtig fischte Naima die Flasche aus dem Haufen. Ihre Finger prickelten, als sie die anderen versehentlich berührte. Sie zog den Gürtel der schwarzen Hose enger, die sie seit dem Abenteuer in der Totenstadt trug, und schlüpfte in die ebenso schwarze Jacke. »Du siehst skeptisch aus«, bemerkte Naima, als sie die Flasche in einen Beutel steckte.

»Nur was euch angeht. Ich bin ein Kater. Neun Leben. Plus Magie. Die Krone der Schöpfung. Mir kann im Grunde nichts geschehen. Aber ihr seid bloß Menschen. Und ihr habt es mit einem Ifriten zu tun. Das hier ist kein Märchen, Prinzessin. Das ist die Wirklichkeit. Und die ist rau und schmutzig.«

»Oh«, raunte Naima, während sie die Tür öffnete und sich vergewisserte, dass niemand auf dem Flur war. »Ich kenne den besten Weg, um mit allem Geisterhaften fertigzuwerden.«

»Ach ja?«, bemerkte Oz, der erhaben an ihre Seite tippelte. »Und der wäre?«

Mit einer schnellen Bewegung griff sie den fauchenden Oz. »Wenn es Ärger gibt, wirf den Kater.«

Der Tag hatte das ganze Emirat durcheinandergewirbelt. Die Routine im Palast, die, seit Naima denken konnte, so zuverlässig ablief, als wären alle Uhren der Welt nach ihr gestellt, war außer Kraft gesetzt worden. Weder hatte einer der Diener Naima zum Essen gerufen, noch war etwas von der üblichen Geschäftigkeit zu spüren, die sonst die Flure und Gänge erfüllte. Naima gelangte ungesehen bis zu der Pforte, durch die der Ifrit mit Amir entkommen war. Jemand hatte die Toten entfernt. Sowohl die Briten mit den zerschossenen Herzen als auch die Wächter. Und auch ihre in eine magische Starre gefallenen Kameraden. Oz hatte ihr erzählt, dass er einige der Männer außer Gefecht hatte setzen müssen. Wie viele Stunden waren seit dem Verschwinden ihres Vaters verstrichen? Sie wusste es nicht. Aber sie hatte nicht ohne Vorbereitungen losrennen können. Und selbst jetzt fühlte sie sich alles andere als gut gerüstet.

»Und du bist ganz sicher, dass du das wagen willst?«, fragte Oz.

Naima nickte entschieden. »Ich würde alles für ihn tun.«

»Für deinen Vater oder für Jack?«

Sie lächelte.

»Was hat er eigentlich an sich?«, wollte Oz wissen. »Ich meine, er ist nicht besonders charmant. Und was die Bezahlung im Ministerium angeht, nun, sie ist nicht der Rede wert. Geld kann es also auch nicht sein.«

»Er hat ein Herz«, erklärte sie. »Und er sieht ziemlich gut aus.«

Oz schüttelte den Kopf. »Das ist Ansichtssache. Und ein Herz habe ich auch. Nur, falls du mal vorhast, als Katze wiederzukommen. Kann ich sehr empfehlen.«

Sie legte die Hand an den Türknauf. »Ich komme darauf zurück. Und jetzt?«

Oz wandte sich jemandem auf dem Flur zu, den Naima nicht erkennen konnte.

Sie vermutete die Seelen der Wächter, die den Kampf gegen den Ifriten nicht überlebt hatten.

»So, Jungs«, rief er auf Arabisch. »Zeit, die Seite zu wechseln.«

Das Dorf, das sie betraten, bildete nach Oz' Worten vermutlich die Zwischenwelt des letzten Wächters ab, der zusammen mit ihnen auf die andere Seite ging. In dem Moment, in dem Naima ihren Fuß in die Welt der Toten setzte, offenbarte sich seine Gestalt für sie. Sie erschrak darüber, wie jung der Verstorbene war.

Was hast du gedacht, Naima? Dass nur alte Männer im Krieg das Leben verlieren? Sie riss sich zusammen und beugte den Kopf vor ihm. »Entschuldige«, sagte sie und zwang sich ein Lächeln auf die Lippen.

»Eure Hoheit«, erwiderte der Wächter und sah sie erschrocken an. »Ihr habt mir nicht den Tod gebracht.« Er blickte sich um, und sie folgte seinem Blick.

Sie standen auf einer Straße, die von einfachen Häusern gesäumt wurde. In der Ferne erkannte Naima Felder und einen Fluss. Über ihnen spannte sich ein blauer, wolkenloser Himmel. Wie schon im Garten, in dem sie erwacht war, nachdem Jack sie in diese Welt gebracht hatte, verschwamm auch hier alles ineinander, als hätte jemand diesen Ort mit feuchter Farbe gemalt.

»Ist dies dein Zuhause?«, fragte sie.

Der Mann nickte. »Darf ich Euch um etwas bitten?«

»Natürlich.«

Der Wächter atmete tief durch. »Dann sorgt dafür, dass es nicht zerstört wird. Dieser Mann, der mir den Tod gebracht hat, er …«

»… er ist ein Ifrit«, fiel Naima ihm ins Wort.

In den Augen des Geistes zeigten sich Unverständnis und Fassungslosigkeit. »Aber das kann nicht sein. Ich dachte, er gehört zu den Engländern und will uns den Tod bringen.«

»Er behauptet, dass er nur den Briten den Tod bringen wird. Doch er tötet alle. Dich und deine Kameraden. Die Soldaten der Königin. Alle. Und ich werde ihn aufhalten.«

Der Mann schaute sie erstaunt an. Dann nickte er. »Wenn ich Euch zur Seite stehen kann …«

»Oh«, unterbrach ihn Oz. Er hatte wieder seine eigentliche Gestalt angenommen und trug Ramses auf dem Arm. »Das wird nicht nötig sein. Sie hat bereits einen qualifizierten Begleiter an ihrer Seite.«

»Das war nicht nett«, meinte Naima, als der Geist zwischen den Häusern verschwand.

»Das ist auch keine nette Angelegenheit«, erwiderte Oz. »Also, was genau hast du vor? Wie willst du deinen Vater aufhalten? Ich will keinen Druck aufbauen, aber er ist vielleicht schon nicht mehr hier in der Zwischenwelt, sondern in London mit seiner Schattenarmee. Wir sollten uns auf die Suche nach ihm machen und ihn mit der Messingflasche einfangen.«

»Du weißt, was ich vorhabe«, sagte sie und ging los.

»Ja«, hörte sie Oz' Erwiderung. »Und ich sage dir, dass es Irrsinn ist. Jack und ich haben ihn bereits herbeigerufen. Und sich mit ihm einzulassen ist lebensgefährlich. Selbst für mich. Und ich bin schon tot!«

Naima schwieg, bis sie das Ende der Straße erreicht hatten. Die Welt vor ihren Augen verschwamm. Dort musste ein neuer Teil der Zwischenwelt beginnen. Weiter wollte sie nicht gehen.

»Wie lautet sein Name?«

»Hab ich vergessen«, brummte Oz.

»Sein Name!« Naima funkelte ihn böse an, und Ramses fauchte und wand sich im Arm des toten Archivars.

»Na gut«, rief er. »Aber dass mir keine Klagen kommen.« Er räusperte sich. »Hârûn ar-Raschid.«

Für einen Moment war es so still um sie herum, dass Naima nur ihr Herz schlagen hörte. Dann vernahm sie ein Schlurfen. Es klang, als würde jemand etwas hinter sich herziehen.

»Das meine ich ernst«, raunte Oz. »Keine Klagen.«

Naima hatte erwartet, dass der Anblick des Ifriten sie nicht mehr erstaunen konnte, nachdem sie einige Male auf ihren Vater getroffen war. Doch während sie in ihm eine traurige Wut gespürt hatte, fühlte sie die ganze Bosheit, die diesen Ifriten erfüllte. Sie lag so schwer wie der Duft des Weihrauchs in der Luft, der mit den Karawanen aus dem fernen Jemen kam. Das Geschöpf ähnelte ihrem Vater, und doch war es ganz und gar anders. Es hatte sich ein menschlicheres Antlitz gegeben. Die Augen in dem kahlen Kopf aber waren golden und voller Hass. Mit großen Schritten kam er auf sie zu, und Naima bemerkte die Messingflasche, die der Rachegeist hinter sich herzog.

»Du!«, donnerte der Ifrit, als er Oz erkannte.

»Genau«, erwiderte er. »Ich … wir sind hier, um mit dir zu reden.«

Der Ifrit blieb vor ihnen stehen, und Naima musste den Kopf weit in den Nacken legen, um zu ihm hochzublicken.

»Wer bist du, Weib?«, fragte er voll Verachtung in der Stimme. »Selten, dass Lebende in die Welt der Toten kommen. Gehörst du zu den Jägern, die meine Art gejagt haben?«

Naima zwang sich, das Geschöpf fest anzusehen. »Ich bin keine Jägerin. Und du wirst den Kopf vor mir beugen«, rief sie. Naima hatte keine Angst im Angesicht des Ifriten. Vielleicht hatte ihr Herz schon zu viel Furcht und Schrecken gefühlt, um sich vom Anblick dieses Wesens noch aus dem Takt bringen zu lassen. »Ich bin Naima, die Herrscherin von Ra's al-Chaima. Ich habe den Titel meines Vaters übernommen, des Emirs. Und wie du weißt, bin ich damit die Befehlshaberin der Gläubigen.«

»Naima? Die Dirne des Mannes, der mich betrügen wollte? Ich glaube nicht, dass ich vor dir den Kopf beugen werde«, erwiderte der Ifrit, doch er klang beeindruckter, als er zeigen wollte.

»Pass auf deine Worte auf«, eiferte sich Oz. »Oder ich verschließe dir das Maul.«

Der Ifrit verzog die Lippen zu einem höhnischen Grinsen. »Sieh mal einer an. Wo ist denn dein Herr, kleine Seele?«

Oz sah aus, als wollte er sich mit bloßen Händen auf den Ifriten stürzen, und Ramses strich ihm beruhigend um die Beine.

Lass dich nicht reizen, wies sich Naima in Gedanken an. »Deine Geschichte ist mir bekannt«, fuhr sie fort. »Ich habe sie gelesen. Du hast dich gegen die gestellt, die über dir stehen. Du hast den Namen des Propheten Suleiman beschmutzt.«

»Meine Geschichte, Weib?« Der Ifrit konnte die Neugier nur schwer hinter seiner Unhöflichkeit verbergen.

»Märchen. Alf leila wa leila. Dein Schicksal ist allen eine Lehre, die sich belehren lassen. Du hast versprochen, denjenigen, der dich aus deinem Gefängnis befreit, mit Reichtum zu belohnen.«

»Das war einmal.« Flammen züngelten über die Haut des Ifriten. »Ich habe dem Narren, der mich in meiner Flasche aus dem Meer geangelt hat, den Tod versprochen.«

Naima fühlte Oz' fragenden Blick auf sich ruhen. Er schien der Ansicht zu sein, dass sie den Verstand verloren hatte. Nun, vielleicht war sie vor lauter Sorge um Jack von Sinnen und ließ sich daher auf ein Spiel ein, das sie das Leben kosten konnte. »Ich kann dich fort von hier bringen.«

»Wie großzügig.« Der Ifrit gab sich noch immer respektlos, aber er schien interessiert. »Und was, Befehlshaberin der Gläubigen«, bei diesen Worten beugte er tatsächlich das kahle Haupt vor Naima, »verlangst du für diese kleine Gefälligkeit? Doch wisse, was mir dein Liebhaber versprochen hat, reicht nicht. Ich will die Freiheit. Nicht weniger.«

Naima blickte dem Wesen direkt in die goldenen Augen. »Nur einen Wunsch als Gegenleistung.«

Der Ifrit runzelte misstrauisch die Stirn. »Welchen?«

»Was macht das für einen Unterschied?«, wollte Naima wissen. »Bist du nicht allmächtig?« Sie konnte Oz' fragenden Blick wie Finger auf der Haut spüren, doch sie schüttelte nur unmerklich den Kopf.

»Keiner ist mächtiger als ich.« Der Ifrit wuchs bei diesen Worten, sodass er Naima hoch wie ein Haus erschien. »Vor allem nicht, wenn ich einen Wunsch erfülle. Du kennst sicher das kleine Geheimnis meiner Art.«

»Ifriten können ihre ganze Macht nur nutzen, wenn sie diese in den Dienst eines Menschen stellen. Eine Grenze, die euch der Schöpfer aller Dinge gesetzt hat.«

Der Ifrit machte eine Handbewegung, als wollte er ihre Worte aus der Luft wischen. »Ich bin allmächtig.«

»Dann ist es beschlossen«, sagte sie. »Ich werde dich in die Welt der Lebenden bringen. Und wenn ich die Zeit für gekommen halte, werde ich meinen Wunsch aussprechen. Und du wirst ihn mir erfüllen. Sofort und ohne Verhandlungen. Du wirst sogar zwei Dinge von mir erhalten. Deine Rache. Denn wenn du mir meinen Wunsch erfüllst, kannst du ihn besiegen. Und du musst anschließend nicht mehr in deine Flasche zurückkehren.«

Die Flammen zuckten unruhig über die Haut des Ifriten. Er verströmte Dunkelheit und Wut und Hass. Alleine in seiner Nähe zu sein erfüllte Naima mit Abscheu. Doch sie musste dieses Bündnis eingehen, wenn sie Jack retten wollte. »Dort, wo ich geboren wurde, heißt es, dass man mit dem rechten Ohr hören und mit dem linken misstrauisch sein solle. Wieso willst du mich auf die andere Seite bringen, Hoheit?«

Es entging ihr nicht, dass der Spott in der Stimme des Ifriten einem drohenden Unterton gewichen war. *Pass auf, Naima*, warnte sie sich. *Du spielst mit dem Feuer.* Sie sah auf die brennende Haut des Rachegeistes. *Und zwar im wahrsten Sinne des Wortes.* »Ich muss den Mann retten, den ich liebe. Und nichts außer der Macht eines Ifriten kann dies vollbringen.« Sie hob warnend einen Finger, als sie sah, wie Oz zu einer Erwiderung ansetzte.

»Liebe.« Der Ifrit schien das Wort zu kosten. Und so, wie er es aussprach, schmeckte es nach Torheit. »Nun gut, Befehlshaberin der Gläubigen, es gilt. Du bringst mich zurück in die Welt der Lebenden. Und ich werde dir den Wunsch erfüllen, der deinen Geliebten rettet.« Er klang so widerwärtig unterwürfig, dass sich Naima fast seinen Spott zurückwünschte. »Doch schwöre, dass ich nach der Erfüllung des Wunsches nicht in meine Flasche zurückkehren muss.«

»Ich schwöre es. Also, Ifrit, werde zu Rauch, und fahre in die Flasche, und ich werde sie mitnehmen.«

Der Rachegeist schien noch immer nicht vollends überzeugt. »Ich warne dich. Betrügst du mich, Hoheit, so werde ich das nicht vergessen. Und selbst wenn es tausendundein Jahr dauern würde, käme ich zurück, um mich an deinen Nachfahren zu rächen. Denk daran, Befehlshaberin der Gläubigen, ich bin ein Ifrit. Unsterblich. Unbesiegbar.«

Beides bist du nicht, dachte Naima bei sich, doch sie nickte stumm. »Ich werde mein Wort halten.«

Die anschließende Stille zwischen ihnen war so tief, dass sie Naima wie eine unsichtbare Mauer vorkam. Dann wurde der Leib des Ifriten zu Nebel. Er hing einen Augenblick lang in der Luft, ehe er in die Flasche fuhr. An ihrem Hals fand Naima einen Stopfen befestigt, und sie drückte ihn fest in die Öffnung. Als sie das eiskalte Messing berührte, verbrannte sie sich die Finger.

»Bist du wahnsinnig geworden?« Oz gab sich keine Mühe, seinen Unmut zu verbergen. »Was kann dieses Ding, das ich nicht kann?«

»Oz. Du bist der mächtigste Mann und Kater in dieser und jeder anderen Welt.«

»Der Allermächtigste«, ergänzte er laut, als müsste er jeden Zweifel daran ausmerzen.

»Aber in Jack steckt eine vergiftete Seele. Und um beide zu heilen, brauche ich ein anderes Gift. Verstehst du?«

Die Augen hinter der Brille verengten sich. »Nein, ich verstehe nicht. Und wenn du denkst, dass dein Vater noch zu retten ist, dann irrst du. Er ist verloren. Und Jack ist verloren.« Er seufzte, als wäre er ein Lehrer, der eine besonders untalentierte Schülerin vor sich hatte. »Es ist Krieg. Und alles, was wir tun können, ist, ihn zu gewinnen. Glaub mir, das wäre schon mehr, als wir erhoffen können. Menschen werden sterben. Wir müssen nur zusehen, dass du nicht dazugehörst.«

Ohne etwas zu erwidern, schob sich Naima den Stoff ihrer Jacke über die Finger, griff die Messingflasche und steckte sie zu der anderen in ihren Beutel. Dann erhob sie sich. »Wir brauchen einen Ausgang aus dieser Welt. Einen, der nach London führt.« Sie stand auf und zwang sich ein Lächeln auf die Lippen. »Wir müssen einen Krieg gewinnen.«

Oz beugte sich vor und wisperte Ramses etwas in die spitzen Ohren. Der Kater legte daraufhin den Kopf in den Nacken und schnupperte. »Nun«, sagte der tote Archivar. »Das wollte ich hören.« Sie folgten Ramses, der langsam die Straße entlangging, als hätte er eine Spur aufgenommen. »Weißt du«, plapperte Oz, »vielleicht brauchst du dieses Ding da gar nicht zu befreien. Ich meine, ich bin ein Magier. Und auf der anderen Seite ein Kater. Also ...«

Er sprach weiter, doch Naima hörte ihm nicht mehr zu. Sie fühlte die Boshaftigkeit des Ifriten, den sie bei sich trug, wie Frost auf der Haut. Sie sickerte durch das Messing der Flasche, und Naima musste dem Drang widerstehen, sie einfach fortzuwerfen. Für einen Moment fühlte sie sich kraftlos. Wie sollte sie alle retten? Jack. Amir. Ihren Vater. Die Welt. Es gab genug, woran sie verzweifeln konnte. Doch dann erinnerte sie sich an etwas, das ihr Vater gerne und oft gesagt hatte, wenn sie sich über seine Friedfertigkeit beklagt hatte. »Sanftmut ist die Kraft des Überlegenen, Zorn dagegen ist die Stärke des Unterlegenen.«

»Was?«, fragte Oz verwirrt, während vor ihnen die Welt verschwamm.

»Nichts«, erwiderte Naima, als sie ihm aus diesem Teil der Madinat almutaa in einen anderen folgte. »Ich habe nur etwas wiederholt, das einmal ein sehr kluger Mann gesagt hat.«

»Ja, ja«, meinte Oz. »Vermutlich etwas von mir. Ich glaube, ich könnte einmal einen Ratgeber für alle Lebenslagen schreiben.«

DIE SPUR DER TOTEN

Die Pforte, die sie in die modernste Stadt der Welt führte, lag so weit im Norden, dass sie fast eine Stunde mit einer Droschke brauchten, ehe sie ins Zentrum gelangten. Der Kutscher ließ keinen Zweifel daran, dass er der Frau in dem seltsamen Aufzug nicht traute. Doch als sie ihm etwas von dem Katzengold, das Oz herbeigezaubert hatte, in die gierigen Hände drückte, wurde sein Blick so unterwürfig wie der eines Wesirs im Palast.

Die Fahrt verlief schweigend. Naima sah hinaus auf die Straßen der Millionenmetropole und fragte sich, ob sie rechtzeitig kommen würden. Die Leute aber, an denen sie vorbeifuhren, machten nicht den Eindruck, als hätte ein Unglück die Stadt heimgesucht, und Naima hoffte, dass ihr Vater Zeit brauchte, um seine Schattenarmee herzuführen.

War die Straße anfangs noch voller Schlaglöcher, so wurde sie bald besser und füllte sich mit immer mehr Wagen. Die Häuser wuchsen in die Höhe, kleideten sich mit prachtvolleren Fassaden, und die Bordsteine wurden breiter. Und endlich erreichten sie das betagte Backsteingebäude, über dessen Eingang der verschnörkelte Schriftzug *Miller & Miller Nachrichtendienst für interessante Informationen* prangte. Naima wartete, bis der Kutscher die Tür geöffnet und ihr beim Aussteigen geholfen hatte. Sie drückte den Beutel, in dem sie die zwei Messingflaschen trug, eng an sich und quittierte das Angebot, auf sie zu warten, mit einer höflichen Verneinung. Als er endlich fortgefahren war, sah sie zu Oz hinab. »Werden sie uns glauben?«

Der Kater schnaubte. »Lass mich mal machen«, sagte er und tippelte entschlossen durch den Haupteingang.

»Entschuldigen Sie bitte.« Der Rothaarige, der bei ihrem letzten Besuch noch draußen Wache gestanden hatte, saß wie ein Portier neben der Tür und sprang von seinem Stuhl auf, als erst Oz und dann Naima wie selbstverständlich hereinspazierten. Er musterte die beiden wenig freundlich. »Was kann ich für Sie …«

»Junge«, raunte Oz. »Jetzt pass mal gut auf. Ich bin ein Palastkater, der dir mit Leichtigkeit etwas sehr Unangenehmes an den Leib zaubern könnte. Und das hier neben mir ist die Prinzessin von Ra's al-Chaima. Das ist gewissermaßen ein Staatsbesuch. Inoffiziell. Es gibt bislang keinen neuen Minister, oder? Die Staatssekretäre können wir nicht ansprechen. Sie würden sich am Ende erst noch mit dem Premierminister unterhalten müssen. Und John Russell ist ein Idiot. Frag nur die Iren, was, Junge? So wie du aussiehst, hast du drüben auch ein paar hungrige Verwandte. Nein, wir brauchen jemanden mit Kompetenz. Wir gehen zu Terry. Trommel du schon mal die Soulmen zusammen. Es ist Krieg. Und wir brauchen jeden, der … Hörst du mir überhaupt zu?«

Der Rothaarige sah aus, als hätte sich der Teufel persönlich vorgestellt.

»Was mein Kater sagen will, ist, dass wir Hilfe brauchen«, versuchte es Naima. Sie legte ihm beruhigend die Hand auf die Schulter und schob den Jungen auf die Treppe am Ende des Flures zu. »Können Sie die Soulmen alarmieren? Es gibt da diesen einen.« Sie überlegte kurz. »Trevor?«

»Travis?« Der Junge klang, als würde er vollends den Verstand verlieren. Er atmete tief durch und starrte Naima beinahe flehentlich an. Vielleicht hoffte er, dass sie ihm erklären konnte, weshalb ihre Katze sprach.

»Geh, Junge«, sagte Oz im Befehlston. »Hol Travis. Er soll die anderen rufen. Jeden, der eine Seele erkennen kann. Wir brauchen alle Soulmen. Sogar dich. Heute wird Geschichte geschrieben.«

Der Rothaarige nickte wie hypnotisiert, ohne sich zu rühren. Oz seufzte und wisperte ein paar Worte in den Flur. Der Blick des Jungen wurde glasig. »Miau«, machte Oz.

Und der Rothaarige rannte los.

»Du hast ihn verzaubert«, sagte Naima vorwurfsvoll.

»Einen magischen Stups gegeben«, erwiderte Oz und lief majestätisch wie ein Tiger los.

Er wurde indes schnell wieder zum Kater, als sie das Archiv erreichten und auf Terry trafen. Oz' ehemaliger Vorgesetzter schien sich nicht über ihren Besuch zu wundern. Vielmehr klang er, als argwöhnte er eine Art Streich der beiden. »Ein Ifrit in einem Menschenkörper?« Der Archivar schüttelte den Kopf, nachdem Oz und Naima ihm einen äußerst kurzen Überblick über die vergangenen Ereignisse gegeben hatten. Seine Untergebenen, die damit beschäftigt waren, neue Regalstraßen anzulegen, hielten in ihrer Arbeit inne und versuchten, sich unauffällig näher an Terry und seine seltsamen Besucher heranzuschieben. »Ich denke, dieser Rachegeist ist in der Zwischenwelt, wo er hingehört. Und er hat Ihren Bruder, Gnädigste?«

Der Gedanke an Amir zerschnitt Naima das Herz. Sie hatte es bislang erfolgreich geschafft, kaum an ihn zu denken. Sie konnte nur hoffen, dass er noch lebte. Dass ihr Vater seinen Leib wollte, um mit voller Macht ins Leben zurückkehren zu können. *Ja, Naima, wenn er sich deine Seele geholt hat.*

»Sir.« Oz klang wie ein Junge vor seinem überstrengen Lehrer. »Die …«, er suchte nach den passenden Worten, »… die Dinge sind in Unordnung geraten.«

»Offensichtlich«, erwiderte Terry und sah Oz dabei an, als wäre er überzeugt davon, dass der Kater daran schuld sei.

»Wir brauchen Ihre ordnende Hand. Jemand muss die Soulmen anleiten. Bald wird es hier wieder einiges zu tun geben.«

»Zu tun? Sieh dich um. Der ganze Prozess ist durcheinandergeraten. Die Register können nicht mehr gepflegt werden. Es gab einen unkontrollierten Massenübertritt in die Zwischenwelt. Einfach so. Bald glaubt jeder, er könne sterben, wie er will. Ich werde persönlich ...«

»Es reicht!« Oz' Ausbruch überraschte Terry ebenso wie Naima. Doch keiner schien so verblüfft wie der Kater selbst. »Damit meine ich ...«

»Ja?«, raunte Terry streng.

»Damit meine ich, dass keine Zeit für Register, Ordnung oder Beschriftungen ist. Wir sind im Krieg. Eine Schattenarmee greift London an. Und nur wir können verhindern, dass die Welt zugrunde geht.« Waren ihm die Worte anfangs unsicher über die Lippen gekommen, so wurde seine Stimme nun immer fester. »Jeder, der eine Phiole halten kann, muss sich bereit machen.«

»Und wohin sollen wir gehen?« Terry tat noch immer, als hielte er das alles für Unsinn, doch Naima bemerkte, dass ihn Oz' ungewohnt selbstbewusster Auftritt beeindruckt hatte.

»In den Buckingham Palace, natürlich«, erwiderte Oz, als sei dies das Selbstverständlichste der Welt.

»In den Palast?« Terrys Stimme nahm wieder den üblichen Klang an. Er sah im wahrsten Sinne des Wortes auf Oz herab.

»Und was glaubst du? Dass uns Königin Victoria persönlich hereinbittet?«

Naima blickte sich verstohlen zur Seite um. Die Archivare waren allesamt näher gekommen. Wie kleine Jungs starrten sie den sprechenden Kater an. Magie. Schattenarmee. Die Königin. All das hier musste sich für sie wie ein Märchen anhören, das zur Wahrheit geworden war.

»Die Königin?« Oz' Katzenmaul verzog sich zu einem feinen Lächeln. »Gar keine schlechte Idee.«

Der Abend war noch fern, doch der Marsch über die Westminster Bridge brachte die Erinnerungen an die Nacht zurück, in der sie den Ifriten mithilfe der befreiten Seelen in die Madinat almutaa geschickt hatten. In der Naima noch nicht gewusst hatte, wer sich mit einem unfassbaren Hass an den Wunsch nach Rache gebunden hatte. In der Jack noch keinen Fluch in sich getragen hatte. Jack. Naima glaubte sein Gesicht in jedem Mann zu erkennen, der ihnen entgegenkam. Viele fragende Blicke begegneten ihnen. Kein Wunder. Die Archivare und die Soulmen mit ihren schwarzen Zylindern waren ein mehr als ungewöhnlicher Anblick. Zumal die seltsame Prozession von einer Frau und einem majestätisch umherlaufenden Kater angeführt wurde. Travis hatte ganze Arbeit geleistet. Der alte Soulman war ins Archiv gekommen, um, wie er gesagt hatte, sich den Unsinn einmal selbst anzuhören. Es hatte ein wenig gedauert, ihn davon zu überzeugen, dass er und die anderen zu einem Außeneinsatz aufbrechen mussten. Doch als Oz den Mund aufgemacht und Travis begriffen hatte, worum es ging, war der Rest sehr einfach gewesen. Nicht zuletzt dank Oz war es ihm gelungen, alle Soulmen dazu zu bringen mitzukommen. Und Terry hatte sich mit den Archivaren angeschlossen, damit, wie er sagte, diese ganze Sache wenigstens geordnet ablief.

Naima wusste nicht, ob auch nur einer von ihnen wirklich begriff, mit wem sie sich anlegen würden. Sie schienen nicht einmal zu begreifen, wieso Oz in einem Kater steckte. Immer wieder warf ihm einer der Männer einen verstohlenen Blick zu. Aber sie waren unterwegs. Nur das zählte.

»Brauchen wir nicht auch noch ein paar richtige Soldaten, Durchlaucht?« Travis sah zurück zu den Männern, die ihnen folgten. Es waren kaum einhundert. Und jeder trug lediglich fünf Phiolen bei sich. Mehr Glasfläschchen hatten die Befreiung der Seelen nicht unbeschadet überstanden.

»Es gibt sicher Wachen im Palast«, sagte Naima. In der Ferne erkannte sie ihn schon.«Ihre Leute sollten vor dem Marble Arch Stellung beziehen.«

»Und warum gerade dort?«, fragte Travis. Er hatte die Augen verengt und starrte auf den Buckingham Palace, als müsste er eine feindliche Festung stürmen.

»Weil die Schattenarmee durch dieses Tor kommen wird«, sagte Naima so leise, als fürchtete sie sich vor dem Klang der eigenen Stimme. »Es ist ein Schattentor. Eine Verbindung zwischen der Welt der Toten und der Welt der Lebenden. Mein …«, sie stockte kurz, »der Ifrit hat es nicht ohne Grund dort geöffnet. Er will seine Armee in das Reich seiner Feinde schleusen.«

»Hm, nicht dumm«, brummte Travis anerkennend. »Aber warum ist er dann nicht einfach längst in das königliche Schlafzimmer geschlichen und hat der guten Victoria den hässlichen Hals umgedreht? Nicht, dass ich das begrüßen würde.«

»Er will Rache.« Die Worte kamen Naima schwer über die Lippen. »Es reicht ihm nicht, eure Königin zu töten. Irgendein Mitglied des Königshauses würde ihren Platz einnehmen. Und er weiß, dass es in London gleich eine ganze Schar von Männern gibt, die über die Waffen verfügen, ihn zu fangen. Nein, er will dieses Land brechen. Eine Armee in seiner Mitte erscheinen lassen und allen Einwohnern zeigen, dass sie nirgends vor ihm sicher sind. Er will ihre Angst kosten. Sonst wäre seine Rache nicht vollkommen.«

»Hört sich an, als hätte dieser Ifrit lange über alles nachgedacht. Übrigens, wo ist unser guter Jack?«

Hilfe suchend sah Naima zu Oz. Der Kater erwiderte ihren Blick nachdenklich. »Er … er ist auf einer Geheimmission bei unserem Feind«, sagte der Kater schließlich.

Travis starrte Oz einen Moment lang an. »Ein Teufelskerl«, meinte er und zog vor zwei Frauen, die sie erstaunt musterten, den Zylinder. »Ich hoffe, er kommt da unbeschadet wieder heraus.«

»Ja, das wird er«, sagte Naima so fest, dass sie sich fast selbst überzeugt hätte.

Travis nickte und deutete auf den Buckingham Palace. »War noch nie da drin, aber ich denke, Ihr könnt nicht durch den Marble Arch spazieren, Hoheit. Außerdem sind da die Bobbys.« Der Ton, mit dem er die Bezeichnung der Polizisten aussprach, hätte besser zu einer unangenehmen Krankheit gepasst. Die gegenseitige Abneigung der Metropolitan Police und des Ministry of Souls war so extrem, dass beide Lager nur allzu gerne die Gelegenheit eines Faustkampfs ergriffen hatten, als sie sich im Ministerium gegenüber gestanden hatten. Die Soulmen waren in den Augen der Polizisten entweder Spinner oder esoterische Geisterjäger, wie Naima von Jack wusste. Und für die Soulmen waren die Bobbys Wichtigtuer, die mit ihren gewaltigen Hüten wie eine schlechte Kopie der Ministeriumsmitarbeiter aussahen.

»Ab hier übernehmen wir«, sagte Naima. »Denken Sie nur an den Plan, den ich Ihnen gegeben habe.«

Auf einen Wink von Travis hin blieb die Gruppe stehen, ehe sie ins Blickfeld der Bobbys kam. Einzig sie und Oz gingen langsam weiter.

Vor dem Marble Arch schlenderten zwei Polizisten über den Gehsteig. Als Jack und Oz sie aus der Zwischenwelt gerettet hatten, war Naima über die Prachtstraße The Mall, die sich vor dem Palast majestätisch entlangzog, vor ihren Verwandten geflüchtet. Und wie an diesem Tag hatten auch heute einige Spaziergänger den Weg hierher gefunden und warfen dem Sitz ihrer Königin neugierige Blicke zu. Jeder von ihnen begab sich damit in Lebensgefahr.

Der rechte der Bobbys war ein junger Kerl, der ein Zwillingsbruder des rothaarigen Soulman hätte sein können. Der linke kam Naima bekannt vor. Groß. Schnauzbart. Und ein Blick, der jedem Vorbeikommenden unmissverständlich sagte, dass er verdächtig war. Bei seinem Anblick zischte Naima nervös.

»Was ist?«, wollte Oz wissen. Dann verengte er die Augen. »Oh nein, ausgerechnet er.«

Der Polizist hatte den Auftrag erhalten, auf Naima aufzupassen, während seine Kollegen vermeintliche Terroristen im Ministerium hatten festnehmen sollen. Sie musste sich damals einer List bedienen, um ihn loszuwerden. Nun, zwar hatte man ihn zur Strafe, dass er sich von Naima im Keller hatte einsperren lassen, offenbar nicht aus dem Dienst entfernt. Doch seiner Miene nach war die Tatsache, dass er neben dem Jungen Streife laufen musste, nur wenig besser. Der Ausdruck auf dem fülligen Gesicht verhärtete sich, als er die Soulmen erkannte. Dann fiel sein Blick auf Naima. Und er erstarrte.

»Kannst du ihn hypnotisieren?«, fragte Naima leise.

»Ach, jetzt ist das wohl in Ordnung, was?«

Der Bobby kam mit schnellen Schritten auf sie zu, während sein Kollege Mühe hatte, ihm zu folgen. Offensichtlich hatte er Naima erkannt. Und er schien sie nicht in guter Erinnerung behalten zu haben.

»Absolut.« Sie hob Oz in die Höhe. »Bitte«, fügte sie hinzu, als der Polizist und sein Kollege nur noch wenige Schritte entfernt waren.

»Prinzessin?« Der Mann starrte Naima an, als würde er einem Geist ins Gesicht blicken. »Wieso seid Ihr hier? Und warum haltet Ihr Eure Kat…«

»Dies ist nicht die Prinzessin, die ihr sucht«, flüsterte Oz.

»Dies ist nicht die Prinzessin, die wir suchen«, echoten die beiden Bobbys.

»Ihr«, Oz stockte, »was genau sollen sie tun?« Er spitzte die Ohren, während Naima ihm Anweisungen gab. »In Ordnung«, sagte er dann und sah den Polizisten in die glasigen Augen, als er ihnen Naimas Worte diktierte.

Der jüngere Bobby hatte Mühe, die Spaziergänger zu verscheuchen, so wie es Naima wünschte. Sie und Oz suchten in der

Zwischenzeit mit dem Bärtigen den Seiteneingang in den Palast.

»Jack und ich sind hier herausgekommen, nachdem ich die Zwischenwelt zum ersten Mal verlassen habe«, raunte der Kater. »Diskreter können wir nicht in den Palast gelangen.«

Diskret. Mit dem Trupp Zylinderträger vor der Palastmauer waren sie so auffällig wie ein Zirkus, der mit lautem Getöse in die Stadt kam.

Der Bobby musste auf Oz' Anweisung hin mehrmals gegen den gut verborgenen Seiteneingang schlagen, ehe sich ein Sehschlitz öffnete und zwei wässrige Augen sie misstrauisch begutachteten. »Ja, bitte?« Die Person auf der anderen Seite der Mauer musterte sie wie unangenehme Insekten.

»Aufmachen! Polizei.« Naima wusste nicht, ob es an Oz' Bann lag, aber der Bobby klang so einschüchternd, dass sich die Tür nur einen Augenblick später öffnete. Der Diener, der hinter ihr zum Vorschein kam, sah so alt aus, dass er vermutlich auch ohne den bevorstehenden Angriff der Schattenarmee in absehbarer Zeit Besuch von einem Soulman bekommen hätte.

»Was kann ich für … Wer ist das?« Der Diener sah irritiert von dem Polizisten zu Naima und Oz.

»Miau?«, machte der Kater. Dann wandte er sich an den Bobby. »Verhaften Sie ihn. Ihr Kollege soll ihn fortbringen. Und Sie beziehen Aufstellung vor dem Marble Arch. Keiner darf sich dem Tor nähern. Haben Sie das verstanden?«

Das Nicken kam sehr stockend, doch es reichte Oz offenbar.

»Sind Sie ein Bauchredner?«, fragte der Diener verstört und sah abwechselnd von Oz zu dem Bobby.

»So etwas in der Art«, antwortete Oz. »So, ab hier kommen wir wunderbar alleine zurecht.«

Der Marble Arch, vor dem sich die Soulmen postiert hatten, warf in der Abendsonne einen langen Schatten auf den Innenhof. Die Erinnerung an die Nacht, in der Naima ihre Familie und beinahe selbst das Leben verloren hatte, sprang sie an wie ein Raubtier. Dort hatte sich ihr Vater verbrannt, um als Ifrit zurückkehren zu können. Und daneben hatte sie gelegen, vergiftet, um ihm ihre Seele zu schenken. Sie wandte sich schaudernd ab.

Außer ihnen war niemand zu sehen. Aus den hohen Fenstern kam warmes Licht, und Naima erkannte die Schatten einiger Menschen in den Räumen, die dort geschäftig umherliefen.

Die kleine Tür an der Seite des prachtvollen Gebäudes war so unscheinbar, dass sie nur für die Dienerschaft gemacht sein konnte. Der schmucklose Flur, der sich dahinter in den Palast zog, bestätigte Naimas Verdacht. Aus der Ferne drang das Klappern von Tellern zu ihnen. Vermutlich wurde das Essen der Königin zubereitet. *Die Königin.* Erst jetzt begriff Naima, wie verrückt ihr Plan war.

Oz schien ihr die Gedanken vom Gesicht abzulesen. »Es wird funktionieren«, beruhigte er sie. »Aber wir müssen etwas finden, in dem du weniger auffällst.«

In dem Flur lagen sechs Türen auf der linken und fünf auf der rechten Seite. Sie mussten in drei der Räume blicken, ehe sie auf ein erschrockenes Dienstmädchen trafen, das gerade dabei war, sich anzukleiden. Der Schrei steckte ihr noch in der Kehle, als Oz sie bereits in seinen Bann gezogen hatte.

»Würdest du bitte draußen warten?«, fragte Naima, als sie das schmucklose Zimmer betrat, um die Kleidung der Dienerin zu stehlen. »Ich denke nicht, dass hier Männer gestattet sind.«

»Vielleicht brauchst du Hilfe?«, meinte Oz, doch Naima schob bereits die Tür zu. Sie konnte nur hoffen, dass die Dienerinnen in diesem Land ebenso unsichtbar waren wie in ihrer Heimat.

Die Teppiche auf den royalen Fluren waren so dick, dass alle Schritte von ihnen verschluckt wurden. Dennoch gab sich Naima

Mühe, keinen unnötigen Laut zu machen. Sie hielt den Kopf gesenkt, ganz so, wie sie es von den Frauen in ihrem Palast kannte. Die Blicke der anderen Bediensteten streiften sie nur beiläufig, und Naima gelang es stets, ihr Gesicht abzuwenden, bevor es als fremd erkannt wurde. Dass die Dienerin, die in Begleitung einer Katze durch die Flure des Palastes schlich, zwei orientalische Messingflaschen auf ihrem Tablett trug, schien keinem aufzufallen.

Die meisten Türen, an denen sie vorbeikamen, waren verschlossen. Doch die in die Küche stand offen, und Naima sah, dass dort mit Hochdruck gearbeitet wurde. Offenbar würde die Königin tatsächlich bald zu Abend essen. Hastig ging sie mit Oz weiter und versuchte, sich im Labyrinth aus Gängen, in das der Flur mündete, nicht zu verirren.

»Wo müssen wir jetzt lang?«, wisperte sie, als sie an einer breiten, geschwungenen Treppe mit goldenem Geländer ankamen. Zu beiden Seiten schwang sie sich an einer schneeweißen Wand elegant in die Höhe.

»Nach oben«, schnurrte Oz.

Naimas Hoffnung bestand darin, dass Ramses' Nase sie in die Gemächer der Königin führte. Und dass sie Victoria alleine auffinden würden.

»Hier müssen wir weiter«, sagte Oz, als sie ungesehen das zweite Stockwerk erreicht hatten.

»Bist du sicher?« Naima war angesichts der Stille, die in dem Flur vor ihnen herrschte, skeptisch.

»Ich rieche den Gestank der Mächtigen«, erwiderte er hochmütig. Dann aber sah er Naima erschrocken an. »Ich meine natürlich nicht, dass du ...«

»Ich bin froh, wenn du sie findest, ehe mein Vater kommt«, entgegnete Naima und spähte den Gang entlang. Falls Victoria wirklich hier war, so gab sich die Dienerschaft alle Mühe, sie in Ruhe zu lassen. Es roch muffig in dem Flur, und das Licht der

Gaslampen an den Wänden floss wie zerlaufene Milch über den Teppich. Der Weg bog bald nach links. Die Stille schien immer mehr zuzunehmen, und die Luft wurde so dick, dass Naima das Gefühl bekam, nicht richtig atmen zu können.

»Das gefällt mir nicht«, knurrte Oz. Er starrte auf das Ende des Flures. Im Gegensatz zu der opulent mit Blattgold verzierten Tür, an der er endete, waren die wenigen anderen, die ihn säumten, beinahe schmucklos.

»Mir auch nicht«, erwiderte Naima, als sie die beiden toten Körper betrachtete, die vor dem letzten Eingang auf dem Boden lagen. Unwillkürlich blickte sie auf die Messingflaschen. »Aber eines scheint mir sicher. Du hast die richtige Tür gefunden.«

Sie atmete tief durch und machte Anstalten, auf das Gemach der Königin zuzugehen, als die Tür langsam aufschwang. Naima wollte die Flasche mit dem Ifriten öffnen. Wenn ihr Vater bereits hier war, musste sie sich eilen. Einen Wunsch aus Herzensgüte aussprechen, damit der nach Rache getilgt würde. Doch dazu brauchte sie einen unbeobachteten Moment. Schritte. Sie erklangen aus dem Gemach der Königin. Naima sah sich hastig um und lief, so leise sie konnte, auf die nächste Tür zu. Sie hatte Mühe, das Tablett mit einer Hand gerade zu halten. Mit der stummen Bitte auf den Lippen, dass die Tür nicht abgeschlossen sei, drehte sie den Griff. Und stolperte erleichtert in den Raum dahinter. Eine Bibliothek, die ebenso verlassen wie unbeleuchtet war. Naima winkte Oz zu sich und klemmte den Katzenschwanz beinahe in der Tür ein, als sie sie hastig zuschob. Nur ein Spalt blieb offen, und Naima musste den Kopf schief legen, um durch ihn hinaus auf den Flur spähen zu können.

Königin Victoria erschien Naima kleiner als bei dem Empfang im Palast. Damals hatte sie die Monarchin zum ersten Mal gesehen. Vielleicht lag es daran, dass die beiden Schatten, die wie finstere Soldaten an ihrer Seite gingen, sie um wenigstens zwei Köpfe überragten. Die Angst hatte das rundliche Gesicht der

Monarchin zur Maske erstarren lassen. Ihre Würde aber hatte sie nicht eingebüßt. Sie schritt so aufrecht, als würde sie sich anschicken, gleich eine Militärparade abzunehmen. Als sie mit ihren Wächtern aus Naimas Blickfeld geriet, zählte Naima bis drei, ehe sie es wagte, die Bibliothek wieder zu verlassen. Sie konnte Oz die vielen Fragen von den Katzenaugen ablesen und legte vorsorglich einen Finger an die Lippen. Einen Moment später schlich sie den Flur entlang, diesmal mit beiden Händen unter dem Tablett.

Naima hätte selbst dann der Königin und den Schatten folgen können, wenn sie die drei zwischenzeitlich aus den Augen verloren hätte. Die Spur der Toten war unübersehbar. Ein Dienstmädchen lag wie schlafend oben vor dem Geländer der großen Treppe, eine Wache unten an ihrem Fuß. Naima wechselte einen stummen Blick mit Oz, ehe sie die Stufen wieder hinabstieg. Ein weiterer Korridor. Ein weiterer Toter. Diesmal ein betagter Diener. Naima war froh, dass sie keine Seelen sehen konnte. Sie hätte sich noch schlimmer gefühlt, als sie es ohnehin tat, wenn sie den Geistern der Ermordeten in die Augen hätte blicken müssen. *Du konntest sie nicht retten, Naima*, sagte sie sich. Nein, das hatte sie nicht. Aber Königin Victoria musste überleben. Ihr Tod würde einen Krieg in die Länder der Wüste tragen, der Tausende und Abertausende dort das Leben kosten konnte.

Die Spur der Toten endete schließlich vor einer kunstvoll verzierten Doppeltür. Naima hatte den Raum dahinter schon einmal gesehen. Die Königin hatte den Emir und sein Gefolge dort empfangen. Naima seufzte. »Sie haben sie in den Thronsaal gebracht.«

»Warum?«, fragte Oz. »Warum haben sie die Königin nicht direkt getötet? Nicht dass wir Katzen uns gegenseitig umbringen, aber wie ich immer sage, die Maus schmeckt warm noch am besten.«

Langsam ging Naima auf die Doppeltür zu und versuchte, das Bild eines nagenden Oz zu verdrängen, der sich gerade über seine Beute hermachte. »Seit wann bitte sagst du so etwas?« Sie schüttelte den Kopf. »Es muss hier geschehen, weil dieser Tod ein Symbol ist«, murmelte sie. »Der Kreis, in dem mein Vater und wir anderen lagen. Auch er hat etwas zu bedeuten. Ich denke«, sie legte die Hand auf den Knauf der rechten Tür, »der Kreis schließt uns alle in ein gemeinsames Schicksal ein. Und der Tod deiner Königin muss sich hier ereignen. Ihr Thron ist das Symbol ihrer Macht. Das Zentrum ihres riesigen Reiches. Dort wird er ihr Blut vergießen, um seine Rache zu stillen.«

»Das denkt er. Aber er kann sie nie stillen, nicht?« Oz war unhörbar leise neben sie geschlichen.

»Niemals. Ist er dort?« Sie schloss die Augen, als könnte sie die Anwesenheit ihres Vaters spüren. Doch sie fühlte nur die eigene Angst. Die Anspannung. Und das Gefühl, stark zu sein. Sie wusste nicht, woher es kam. Sie hatte keine Zauberkraft. Konnte keine Seelen sehen. Und besaß selbst als Prinzessin kaum Macht. Aber sie wusste, was zu tun war. Und sie war mit einem Mal vom Mut erfüllt, alles in Ordnung zu bringen. Mut oder Übermut? Sie würde es herausfinden müssen.

»Nur die Königin und zwei Schatten. Ihr Gestank liegt noch immer in der Luft.«

Naima nickte stumm. Sie stellte das Tablett ab und nahm die Messingflaschen. Die, in der ihr Ifrit steckte, berührte sie nicht mit der nackten Haut. Sie schützte die Finger mit dem Stoff ihres Ärmels und sah auf die Flasche, in der sich keine Seele befand. »Gut, dann mach dich bereit. Wir werden Geister jagen.«

»Und dann?«

»Sorgen wir dafür, dass die Wachen alarmiert werden. Travis weiß, wann er die Soulmen vorschicken soll.«

Sie stieß die rechte Tür so schwungvoll auf, dass die Königin auf ihrem Thron zusammenzuckte. Der Ort sah fast so aus wie an dem Tag des Empfangs. Blutrote Wände, davor gepolsterte Stühle in einer langen Reihe. Ein heller Boden. Der verschwenderisch opulente Kronleuchter an der Decke. Und die kleine Empore, die zu den beiden Herrschersitzen führte. Der Mann der Königin durfte neben ihr Platz nehmen. Ganz im Gegensatz zu Naimas Mutter, die stets hinter dem Thron ihres Mannes geduldig hatte stehen müssen.

Die zwei Schatten zischten wie Schlangen, als Naima in den Thronsaal schritt. Symbole. Sie wusste, wie wichtig Äußerlichkeiten waren. Sie bewegte sich, als wäre dies hier ihr Palast. Gut, der Kater neben ihr verdarb ihr ein wenig den königlichen Auftritt. Doch sie wollte den Schatten vor allem eines zeigen. Sie hatte keine Angst. Die Furcht hatte sie vor dem Thronsaal abgelegt wie einen unpassenden Mantel. »Majestät.« Ohne anzuhalten, beugte sie andeutungsweise den Kopf. »Onkel Abbas. Onkel Mustafa.«

Königin Victoria verzog keine Miene, doch in ihrem Blick rangen Abscheu und Furcht und Verwirrung miteinander. »Was willst du?« Sie brachte die drei Worte nur mit Mühe über die Lippen. Ob Angst oder Wut ihre Stimme zittern ließen, konnte Naima nicht sagen. »Und wer bist du?«

Naima blieb wenige Schritte von der Empore entfernt stehen. Die Königin musterte sie, als sähe sie zum ersten Mal eine Frau. Die Schatten aber blickten einzig auf die leere Flasche. »Ich bin eine Ifriten-Jägerin.«

Der linke Schatten stürzte auf sie zu, als hätte er nur auf den richtigen Moment gewartet. Naima hatte zwar damit gerechnet, dass sie kämpfen musste. Doch ihr Onkel Abbas war schneller, als sie gedacht hatte. Im echten Leben hatte ihn immer eine enorme Leibesfülle ausgemacht.

Naima warf sich zur Seite, und die Flaschen rollten ihr aus den Fingern. Sie wollte nach der leeren greifen, doch ihr Onkel packte ihre Hand und Naima schrie auf. Es fühlte sich an, als verbrannten ihr eiskalte Flammen die Finger. Mit aller Kraft riss sie sich los.

Oz fauchte, doch dann hörte sie Worte aus dem Mund des

Katers. Naima rappelte sich wieder hoch. Helles Licht erschien direkt vor Onkel Abbas, als wäre die Sonne, die draußen am Himmel gerade verlosch, nun im Thronsaal aufgegangen. Naima schenkte Oz ein dankbares Lächeln. Dann kniff sie kurz die Augen zusammen, griff mit der unverletzten Hand nach der leeren Flasche und stolperte auf den Thron der Königin zu.

»Wag es nicht, Brudertochter.« Im Leben hatte die Stimme ihres Onkels Mustafa nie so kalt geklungen. Er war ein fröhlicher Mann gewesen, der gerne Geschichten erzählt hatte. Einige ihrer liebsten Märchen hatte sie von ihm gelernt. Doch nun schien alles Freundliche in ihm verloren gegangen wie das Gefühl in Naimas Fingern.

Hinter sich hörte sie Onkel Abbas wimmern, aber Naima sah nur nach vorne. Das Licht, das Oz beschworen hatte, ließ das Bild vor ihr wie ein unwirkliches Gemälde erscheinen. Die britische Königin kerzengerade auf ihrem Thron. Und hinter ihr, wie ein dunkler Liebhaber, der Schatten von Onkel Mustafa. Die Finger hatte er drohend um den Hals der Königin gelegt. Doch er drückte nicht zu. Vermutlich sollte Victoria unversehrt bleiben, bis Naimas Vater kam.

»Du kannst mächtig sein«, wisperte Mustafa. Sein schmeichelnder Tonfall war fast noch weniger zu ertragen als die Kälte. »Er wird dich leben lassen, wenn ich ihn darum bitte.« Zwei Lügen. Und keine vermochte Naima zu verführen.

»Ich habe einen anderen Wunsch«, sagte sie und stellte die Messingflasche neben sich auf den Boden. Genau zwischen die beiden letzten der ehemals fünf Schatten.

Sie konnte das Misstrauen im Gesicht ihres toten Onkels erkennen.

»Welchen?« Seine Stimme war heiser vor Verschlagenheit.

»Ich will euch retten.« Mit diesen Worten zog sie den Stopfen von der Flasche.

Ein Kreischen erfüllte den Thronsaal, und Naima presste

sich die Hände gegen die Ohren. Der Anblick war schrecklich. Die beiden Schatten zerfaserten wie Nebel in der Sonne. Rissen auseinander. Schrien wie Sterbende. Doch als sie endlich in die Flasche gezogen wurden, glaubte sie ein erleichtertes Seufzen zu hören. Hastig verschloss sie die Flasche wieder.

Dann wurde es still.

Und Naima konnte die Tränen nicht mehr zurückhalten.

GEFANGENER IM EIGENEN LEIB

Jack erwachte und träumte zugleich. Es musste ein Traum sein. Ein Traum, in dem er eine Marionette war. Oder war es die Wirklichkeit?

Er sah den Emir neben sich. Wimmernd und klagend. Und unter sich die Schattenarmee. Er musste im Palast in Ra's al-Chaima in der Zwischenwelt sein. Auf einem Balkon. Aber nicht in der Welt der Lebenden. Die Geister, die der Ifrit mit der Hilfe der belogenen Seelen mit einer Art Leben erfüllt hatte, blickten erwartungsvoll zu ihm empor.

Zu dir, Jack.

Er begriff langsam, obwohl die Vorstellung so absurd schien, dass sie nur widerwillig in seinen Kopf drang. Der Ifrit hatte sich nicht den Körper des Sohnes genommen. Er war in ihn gefahren.

Wer mich in sich aufnimmt, muss etwas von mir in sich tragen.

Die Worte waren eine geflüsterte Erinnerung. Der Fluch. Der Ifrit hatte ihn in Jacks Herz hinterlassen. Und er hatte ihm erlaubt, mit seiner verfluchten Seele in Jacks Körper zu fahren. Doch nun war der Fluch fort. Jack lebte. Und auch Amir lebte. Warum? Brauchte der Ifrit nicht nur noch eine Seele, um unsterblich zu werden? Wieso tötete er ihn nicht?

»Meine treuen Kämpfer.«

Jacks Stimme. Aber sie klang so kalt, dass sie fast sein geheiltes Herz anhielt.

»Wundert euch nicht, dass ich mich euch in diesem Körper zeige. Unser Schicksal wird sich so erfüllen, wie ich es vorhergesehen habe. Mit der Haut unseres Feindes werde ich vor seine Königin treten. Und dann die meines Sohnes überziehen. Meine Tochter wird mich unsterblich machen. Und wir werden unsere Rache erhalten.«

Jack verstand. Er würde den Rachegeist also nur eine Weile herumtragen.

Die Schattenarmee war ganz still. Der Ifrit hätte genauso gut auf die Mauern des Palastes einreden können. Und doch fühlte Jack die Reaktion der Kämpfer. Eine Welle aus Bosheit durchfuhr ihn und ließ ihn beinahe verzweifeln.

Du wirst Naima nicht töten.

Es kostete Jack lächerlich viel Kraft, die Worte in Gedanken zu formulieren.

Der Ifrit stockte einen Moment. Den Geistern, die zu ihm hinaufblickten, fiel es sicherlich nicht auf. Doch Jack spürte, dass er Naimas Vater überrascht hatte.

Meine Tochter wird für unsere Sache ihr Leben geben.

In Jacks Kopf klang die Stimme des Ifriten fast sanft.

Es ist nicht ihre Sache. Und du hast kein Recht, sie für deine Rache zu opfern.

Aus seinem Mund kamen andere Worte. Worte, die alleine den Schatten galten. Die den Hass in ihnen anfachten wie der Wind ein Feuer. In Gedanken aber sprach der Ifrit weiter zu ihm.

Es gibt Dinge, die größer sind als der Einzelne. Für die es sich zu sterben lohnt. Du würdest für meine Tochter sterben. Und du wirst für meine Tochter sterben.

Jack fühlte sich an den Moment zurückerinnert, als Naima dort unten auf dem Platz mit dem Ifriten gesprochen hatte. Damals hatte sie nicht gewusst, wer der Rachegeist einmal gewesen war. Und dem Wesen die Weisheiten ihres Vaters entgegengehalten. Eine war ihm in Erinnerung geblieben. *Das Herz*, wiederholte er in Gedanken, *ist ein gefährliches Ding. Es füllt sich allzu schnell mit Licht oder Dunkelheit. Und du musst aufpassen, was du hineingibst, denn es macht alles stärker. Ist es Liebe, dann wirst du von Güte erfüllt. Ist es Hass, dann wirst du von ihm verzehrt.*

»Schweig!«

Der Ruf schallte über den ganzen Platz vor dem Palast, und das Meer aus grauen Leibern geriet in Bewegung, als wäre ein Sturm hindurchgefahren. Nun erfüllte ein Tuscheln die Schattenarmee, während der Ifrit Jacks Lippen so fest aufeinanderpresste, als wollte er verhindern, dass noch ein weiteres, unbedachtes Wort zwischen ihnen hindurchschlüpfte.

Du wirst mich mit deinen Tricks nicht aufhalten, hörte er die Gedanken des Ifriten.

Jack gab sich geschlagen und erwiderte nichts, als der Ifrit wieder den Mund öffnete, seine Rede beendete und in den Thronsaal trat. Der Rachegeist schnippte mit den Fingern, und der Emir lief wie ein Hund zu ihm. Es dauerte nicht lange, und die Schattenarmee kam in den Thronsaal. Mit einer beiläufigen Handbewegung öffnete der Ifrit die Kopie des Marble Arch, die in der Wand steckte. Der Marmorbogen, der nicht in diese Welt gehörte, war der Durchgang in die Welt der Lebenden.

Jacks Herz schlug wie wild vor Wut. Dieses Gefühl stammte nicht von ihm. Und da war noch etwas, das er fühlte. Etwas, das ihm Hoffnung gab. Tief verborgen und fast vom Hass verbrannt. Aber nur fast.

Der Widerstand war heftig. Der Ifrit trat nicht als Erster über die Schwelle seines Schattentores. Natürlich nicht. Er war nicht unsterblich. Und sein Sohn war es ebenfalls nicht. Eine Kugel oder der Hieb einer Klinge konnten ihm leicht das Leben aus dem Leib treiben, den er sich genommen hatte. Und seinem Sohn den Tod bringen. Einige Dutzend Schattenkrieger waren bereits gefallen, als der Ifrit in Jacks Körper mit Amir durch das Schattentor trat. Zahllose weitere steckten mitten in einem mörderischen Kampf mit den Soldaten der Königin. Und mit den Soulmen. Jack konnte es kaum glauben, als er die Zylinder aus der Menge herausstechen sah. Ihre Waffen waren selbstredend keine Gewehre oder Säbel. Die Phiolen in ihren Händen glitzerten wie herabgefallene Sterne, während sie versuchten, die Kämpfer des Rachegeistes mit ihnen zu fangen.

Auch die echten Flügel des Marble Arch waren geöffnet, und die Soulmen fielen den Angreifern in den Rücken. Wer hatte sich das ausgedacht? *Wer wohl, Jack?*, dachte er bei sich. Naima und Oz. Er verfluchte sich, an sie gedacht zu haben.

Naima. Sie ist also hier.

Jack spürte die Zufriedenheit des Ifriten über Naimas vermutliche Anwesenheit im Buckingham Palace. Scheinbar unbeteiligt schritt er über den Innenhof, während um ihn herum die Schattenarmee den Tod nach London brachte.

Einer der Soldaten richtete mit zitternden Händen sein Gewehr auf den Ifriten. Verwirrt starrte er ihn an. Einen Menschen, einen Engländer noch dazu, inmitten einer Schar von Geisterwesen. Offenbar war er sich nicht sicher, ob er schießen sollte. Jack wollte ihm zurufen, dass er abdrücken musste. Doch seine Zunge gehorchte nicht, und ihm wurde klar, dass vermutlich nur sein Tod den Plan des Ifriten vereiteln konnte.

Beinahe väterlich zog der Rachegeist seinen Sohn an die Seite und hob eine Hand.

Das Grauen auf dem Gesicht des Soldaten war fast noch schlimmer als sein Schrei, der klar und deutlich über das kleine Schlachtfeld drang. Er erstarrte, als wäre ihm Stein unter der Haut gewachsen. Die Seele des Mannes erschien und starrte verwirrt auf den toten Leib.

Gleichgültig ging der Ifrit weiter.

Jack gab sich alle Mühe, die Kontrolle über seinen Körper zurückzuerlangen. Einmal schaffte er es, den Ifriten straucheln zu lassen. Doch zu mehr war er nicht in der Lage. Fühlte sich Ramses auch so, wenn er Oz mit sich nahm? Nein, die beiden schienen eine Art Abmachung getroffen zu haben. Jack aber war ein Gefangener im eigenen Leib.

An einer der Türen, die in den Palast führten, standen weitere Wachen. Doch sie bemerkten den Ifriten nicht. Ihre Augen waren alleine auf die Schattenkrieger gerichtet, die an ihrem Herrn vorbeisprangen und die Angriffe der Verteidiger auf sich lenkten. Noch während sie einander bekämpften, schwang die Tür in den Palast auf, und der Rachegeist betrat mit seinem Sohn den Buckingham Palace. Immer wenn die Augen des Ifriten Amir streiften, versuchte Jack, die Kontrolle über den Körper für einen kurzen Moment zurückzuerlangen. Ihm mit Blicken oder gar einem gesprochenen Wort das Zeichen zu geben, sich zu wehren. Doch der Emir schien gebrochen. Oder er stand unter einem Bann.

Nun also sah Jack das Innere des Buckingham Palace. Wie lange hatte er sich vorgestellt, wie es hier war? Im Grunde, seit der Palast vor knapp zehn Jahren offiziell der Sitz der Königin geworden war. Seinen Besuch auf den royalen Fluren hatte er sich allerdings anders ausgemalt.

Die Schattenkrieger hatten offenbar Probleme, an den Wachen vorbeizukommen. Jack hörte Schreie. Nicht alle klangen, als kämen sie über die Lippen der Lebenden. Der Ifrit aber schritt weiter, auch ohne Leibgarde neben sich. Er ging so zielstrebig die Gänge entlang, als wüsste er genau, wo sich sein Ziel befand.

Er ist nicht auf der Suche, dachte Jack bei sich. Ein Verdacht regte sich in ihm. *Jemand ist schon hier.*

Der Rachegeist würdigte den Gedanken keiner Antwort, doch Jack wurde mit jedem Schritt sicherer, dass er recht hatte. Wen hatte er vorgeschickt? Seine Familie. Seine Schatten. Und Naima war ihnen am Ende schon in die Hände gefallen. Wut breitete sich wie heißes Gift in seinem Körper aus, und es gelang ihm für einen Augenblick, seinen Mund zu bewegen.

»Emir.« Seine Stimme klang, als hätte er sie ewig nicht gebraucht.

Der junge Monarch reagierte indes nicht, und der kurze Moment, in dem Jack zum Herrn über den eigenen Leib geworden war, verging.

»Du spürst es«, hörte er stattdessen den Rachegeist mit seinem Mund sagen. »Deine Wut gibt dir Kraft. Sie mag nicht gegen mich ankommen, aber jetzt endlich begreifst du, dass Milde und Güte nur schwach machen. Alleine der Hass macht dich wehrhaft.«

Als hätte er auf diesen Moment gewartet, sprang hinter einer Tür ein Soldat hervor. Er trug nicht den Ausdruck der Fassungslosigkeit auf dem Gesicht, den Jack bei seinen Kameraden gesehen hatte. Kein Wunder. Er sah nicht Geschöpfen entgegen, die es für ihn nicht geben konnte. Er sah nur zwei Männer, die ohne Erlaubnis durch den Palast gingen, während draußen Kämpfe tobten. Und einer war ein Ausländer.

»Halt!« Er richtete drohend das Gewehr auf den Ifriten.

Und Jack wünschte sich die Wut zurück, um noch einmal etwas sagen zu können.

Schieß!

Doch die Wut kam nicht, und das Wort blieb ungesagt in seinem Kopf, während der Ifrit dem Mann mit einer beiläufigen Bewegung den Tod brachte.

Jack spürte, wie seine eigenen Finger aus der Ferne das Herz in der Brust des Soldaten stoppten. Es daran hinderten, weiterzuschlagen und das Leben durch den Körper zu treiben. Das Gewehr fiel dem Mann aus den Händen, und die Seele erschien. Jack sah sie nur aus dem Augenwinkel, während der Ifrit weiterging.

Eine Tür mit zwei Flügeln, über die Verzierungen wie Ranken einer Pflanze trieben.

Und vier Wachen, die am anderen Ende in den Flur einbogen und sofort mit ihren Gewehren auf sie zielten.

War hinter der Tür der Thronsaal?

Alles braucht den rechten Ort, hörte er den Ifriten in Gedanken sagen. *Das Schattentor öffnet sich nicht ohne Grund in den Palast meiner Feindin hinein. Nur hier, im Herzen der Macht, kann ich sie so brechen, dass meine Rache perfekt wird.*

Die Männer zögerten nur einen Moment. Vier Schüsse. Lediglich zwei fanden ihr Ziel. Der eine fuhr Jack in die Schulter. Der andere war kritischer. Er traf sein Bein. Jack war weder Arzt noch Soldat. Und doch wusste er, was das bedeutete. Das Blut nässte ihm den Stoff der Hose so schnell, dass seine schlimmste Befürchtung zur Wahrheit wurde. Die Kugel hatte eine Ader getroffen. Eine Verletzung, die ihm ebenso zuverlässig den Tod bringen würde wie ein Schuss ins Herz. Nur, dass er den Tod hier weitaus langsamer erfahren würde.

Der Ifrit schien nicht beunruhigt, auch wenn er vor Wut knurrte wie ein Raubtier. Jeder der Männer erhielt die Chance auf den zweiten Schuss. Doch sie zielten unfreiwillig aufeinander und beendeten gegenseitig ihre eigenen Leben. Rauch und der Gestank von verbranntem Pulver erfüllten den Flur. Der Ifrit hinkte triumphierend weiter. Jack fühlte, wie sein linkes Bein das Gefühl verlor. Doch noch gehorchte es dem Ifriten.

Die Türflügel öffneten sich wie von Geisterhand.

Und der Ifrit blieb auf der Schwelle stehen, als wollte er diesen Moment auskosten. Oder sichergehen, dass er nicht am Ende noch mehr Soldaten gegenüberstand.

Im Thronsaal aber sah Jack Naima. Und eine weitere Person. Sie saß wie die Prinzessin auf einem Thron und blickte ihnen majestätisch entgegen.

Der Ifrit war so verwirrt, dass Jack auch ohne Wut den eigenen Mund bewegen konnte.

»Oh nein!«

EIN SELBSTLOSER WUNSCH

Im ersten Moment glaubte Naima, dass Jack zurück wäre. Sie wollte es glauben. So sehr, dass sie die sternensilbernen Augen erst auf den zweiten Blick bemerkte. Und ihren Bruder. Er lebte. Sie atmete erleichtert auf. Und auch Jack lebte. Und ihr Vater …

»Tochter.«

Der Blick der sternensilbernen Augen löste sich nur langsam von Oz, der neben Naima wie der Herrscher dieser Welt auf einem der beiden Throne saß. Von draußen drang der Lärm der Kämpfe zu ihnen wie ein fernes Gewitter. Die scharfen Schüsse. Schreie. Und manchmal die kurzen Momente der Stille, die am furchtbarsten waren.

Ihr Vater ging langsam auf sie zu, und ihr Bruder folgte ihm wie ein Hund. Auf halbem Weg stand eine der beiden Messingflaschen. Die andere hielt Naima in den Händen.

»Ich hatte die Königin erwartet«, sagte ihr Vater. Da war ein drohender Unterton in der Stimme, die so viel kälter als Jacks klang.

»Onkel Abbas und Onkel Mustafa sind erlöst.« Naima deutete auf die Messingflasche auf dem Boden. Sie musste sich nicht einmal anstrengen, traurig zu klingen.

Ihr Vater runzelte die Stirn, als würde er über ihre Worte angestrengt nachdenken. »Ich werde die Königin dennoch finden. Es war töricht von dir, zu kommen. Du weißt, dass du sterben musst. Ebenso wie dein Bruder. Es ist unser Schicksal, die Welt zu heilen.«

»Das ist Wahnsinn, Vater.« Naima erhob sich von dem Thron, ohne die Messingflasche abzulegen. »Du bist blind vor Hass. Du wirst die Welt nicht heilen. Nur noch mehr Grausamkeit in sie bringen. Ich kann auch dich befreien.« Sie sah auf die Flasche in ihren Händen, die sie mit dem Stoff der Ärmel vor der Berührung schützte.

»Wie dumm du im Grunde deines Herzens bist.« Der Ifrit schüttelte den Kopf, und auf einen Wink seiner Hand hin löste sich die Messingflasche vom Boden und schwebte zu ihm. »Du bist wie deine Mutter.« In dem letzten Wort lag so viel Verbitterung, dass sie den Kummer in Jacks Stimme fast überdeckte. Aber nur fast. »Soweit ich weiß, müssen die Flaschen auf die andere Seite gebracht werden, ehe die Geister in ihnen … erlöst werden können.« Er strich mit den Fingern durch die Luft. »Meine kleinen Brüder aber haben noch eine Aufgabe zu erfüllen.« Der Stopfen der Flasche löste sich wie von Geisterhand. »Sucht und bringt mir die …«

Der Satz endete in einem Zischen, das von einer Schlange hätte stammen können. Rauch stieg aus dem Hals in die Höhe. Binnen Sekunden erfüllte eine so tiefe Dunkelheit den Thronsaal, dass Jack und Amir von ihr vollständig umhüllt wurden. Die Finsternis gebar einen riesigen Leib. Arme. Beine, die laut auf den Boden stampften. Und einen Kopf, in dem sich goldene Augen öffneten.

»Wie konntest du nur?« Jacks Stimme klang so voller Wut, dass es Naima ins Herz schnitt. Sie nickte Oz zu, und auf ein gewispertes Wort von ihm fielen die Türen des Thronsaals krachend zu.

Die Falle war zugeschnappt.

Und Naima konnte nur hoffen, dass sie lebend wieder aus ihr herausfanden.

»Amir!« Sie schrie den Namen so laut, dass sich ihre Stimme überschlug. Er aber sah sie nicht einmal an, während Jack langsam vor dem Ifriten zurückwich, der sich nun vollständig aus der Flasche gelöst hatte.

Wieder wisperte Oz etwas, und von der Haut des jungen Emirs löste sich ein beinahe durchsichtiges Netz, das ihm darauf geklebt haben musste. Es zerfaserte an der Luft, und Amir blickte sie im nächsten Moment an, als wäre er aus einem langen Schlaf erwacht.

»Komm!« Naima winkte ihn zu sich.

Er aber blieb stehen. »Es war doch kein Traum.« Staunend sah er auf den Ifriten vor sich. Und ein verschlagenes Lächeln legte sich auf seine Lippen. »Ifrit«, rief er laut.

»Nein!« Naima wollte zu ihm laufen, doch ehe sie auch nur die Flasche mit ihren gefangenen Onkeln hatte abstellen können, sprach Amir bereits weiter. Sein Gesicht war von Wut und Hass verzerrt. Und von dem Wunsch zu töten.

»Ich gebiete über dich.«

»Nein, Amir!«, schrie Naima, doch ihr Bruder hörte nicht auf sie. Wieso wollte er den Ifriten beherrschen? *Weil er den Wunsch nach Rache mit ihm teilt, Naima,* sagte sie sich. Vielleicht wurzelte die Verzweiflung über den Tod der Mutter und nun auch des Vaters in ihm. Oder die Wut darüber, dass er getötet werden sollte. Er wollte mit dem Feuer spielen.

»Du musst dem Menschen gehorchen, der über dich gebietet«, sagte er, so laut er konnte. »Ich will, dass du meinen Vater …«

Sein Satz endete mit einem hässlichen Knacken. Unsichtbare Finger hatten seinen Kopf so weit gedreht, dass die Knochen gebrochen waren.

Der Schrei blieb Naima im Hals stecken, als ihr Bruder wie eine Puppe, die nicht mehr an ihren Fäden hing, in sich zusammenfiel.

»Verdammt«, raunte Oz. »Wenn du sehen könntest, was ich sehe …«

Naima folgte seinem Blick. Jack krümmte sich zusammen, als hätte ihm jemand ein Schwert in die Brust getrieben.

Auf seinem Gesicht aber zeichnete sich ein Lächeln ab. Ein

dunkles Lächeln. »Das war nicht der Plan.« Er keuchte, als fiele ihm jedes Wort schwer, und schenkte dem toten Amir nur einen beiläufigen Blick. »Aber es wird auch so gehen.« Er strich sich mit den Fingern über die Brust, als müsste er den gestohlenen Körper neu fühlen. »Welchen Plan auch immer du mit dem Ifriten hattest, Tochter, er ist gescheitert. Ich kann nicht mehr getötet werden. Mein Leben währt von nun an ewig. Sechs geliebte Seelen, die sich um die eigene ranken. Sich mit ihr verbinden. Mein Wunsch nach Gerechtigkeit hat sie zu einer einzigen werden lassen, die selbst der Tod nicht durchtrennen kann.« Langsam erhob er sich.

Naima schloss für einen Moment die Augen. Sie dachte kurz an ihren Bruder. An seine Torheit. Er könnte noch leben, wenn er nicht der Versuchung erlegen wäre, sich der Macht eines Ifriten für die eigenen Zwecke zu bedienen. Es gab nur einen Weg, sich etwas zu wünschen und nicht von ihnen verraten zu werden. Oder jemand zu werden, der ebenso verschlagen war wie sie. »Ifrit«, rief sie und glaubte, dass ihr wild schlagendes Herz ihre Stimme übertönen müsse. Sie fühlte den Hass auf dieses Wesen. Oh, es fiel ihr schwer, sich nicht an ihm für Amirs Tod rächen zu wollen. Sie bemerkte Oz' warnenden Blick aus dem Augenwinkel und nickte, um ihm zu zeigen, dass sie nicht in die Falle tappen würde, die ihrem Bruder zum Verhängnis geworden war. Wer sich der Macht der Ifriten bediente, geriet nur allzu leicht auf einen Pfad, den man nicht mehr verlassen konnte. Wurde von ihnen betrogen und verfing sich in der Dunkelheit, die sie ausströmten. Erst recht, wenn man auf Rache aus war.

»Was kann ich für dich tun, Gebieterin?« Das Wesen reckte sich, als hätte es eine Ewigkeit geschlafen. »Welchen Wunsch soll ich dir erfüllen? Meine Macht ist beinahe endlos. Ich kann Feinde töten. Dir Reichtum bescheren. Die Sinne eines Mannes verwirren, damit er dir gehört. Selbst der dunkelste Wunsch wird dir erfüllt. Und wenn du es willst, werde ich diese Abscheulichkeit dort zerreißen. Dein Wunsch wird all meine Macht entfesseln.«

Naima sah zu ihrem Vater, zu Jack, der sich langsam reckte, als trieb er aus wie ein Baum im Frühling. Offenbar musste er sich noch an die Unsterblichkeit gewöhnen. Das gab ihr Zeit. Nicht viel. Aber sie musste reichen. Für einen selbstlosen Wunsch. Naima spürte die Verlockung tief in ihrem Inneren. Spürte den Hass darüber, was ihr Vater getan hatte. Und doch hasste sie ihn nicht. All seine Wut, seine Hilflosigkeit, seine Trauer fühlte sie auch. Und noch mehr. Die Liebe zu ihm und zu Jack. Sie waren wie ein helles Licht in all der Dunkelheit, die diese Welt erfüllte. Etwas, das ihr half, den richtigen Weg zu erkennen.

»Ich wünsche ...«

Ihre Stimme zitterte, und Naima glaubte zu fühlen, dass die Welt für einen Moment den Atem anhielt. Der Ifrit sah sie lauernd an.

»Ich wünsche, dass du sie rettest.«

Der Ifrit verzog angewidert seine nebelhafte Fratze. Der Wunsch schmeckte ihm offensichtlich nicht. »Was?«, knurrte er.

Naima drückte ihren Rücken durch und sah dem Wesen direkt in die goldenen Augen. »Jack und mein Vater sind beide ein Opfer von dessen selbstsüchtigem Rachewunsch.« Sie sah zu ihrem Vater, der sich spannte wie ein Kater vor dem Sprung. Die Zeit war schon abgelaufen. »Also ist mein Wunsch einer, der selbstlos ist. Befreie sie voneinander, damit sie leben können. Nicht für mich. Auch wenn ich beide liebe. Sondern für sie.« Naima horchte in ihr Herz. War der Wunsch wirklich so selbstlos, wie sie glaubte? Ja, gab sie sich sofort die Antwort.

Der Widerwille stand dem Ifrit weiter ins verschlagene Gesicht geschrieben. Aber er beugte den Kopf. »So sei es.« Das Wesen drehte sich so schnell wie ein Derwisch, und ehe Naimas Vater reagieren konnte, hatten unsichtbare Finger nach ihm gegriffen. Er wurde in die Luft gerissen und wirbelte herum wie ein Blatt im Herbstwind.

»So leicht«, höhnte der Ifrit. Er hob seine Hände und führte sie zusammen. »Es wird schmerzhaft für sie.« Der Rachegeist klang, als würde er diese Vorstellung sehr begrüßen. Dann zog er die Hände ganz langsam auseinander.

Und Jack und Naimas Vater schrien.

Sie musste sich abwenden. Der Schrei wurde lauter. Und ging über in ein hässliches Lachen.

»Oh, oh«, entfuhr es Oz, und Naima sah wieder hin. Ihr Vater war noch immer in der Luft, doch nun wirbelte er nicht mehr herum, sondern schwebte wie ein Vogel auf der Stelle. Und vor ihm krümmte sich der Ifrit vor Schmerzen.

»Du ahnst nicht einmal, wozu ich fähig bin.« Jacks Stimme klang so kalt, als wären alle Liebe und Güte aus ihr gewichen. Auf einen Wink von ihm hin zerfaserte die Gestalt des Ifriten, und die Flasche, in der Naima ihn hergebracht hatte und die noch immer mit einem dünnen Rauchfaden an ihm hing, begann zu leuchten.

»Du kannst dir auch von mir etwas wünschen, Prinzessin«, raunte Oz.

»Er darf nicht in die Flasche«, zischte sie. »Halt meinen Vater auf.«

»Na bitte.« Oz sprang elegant von dem Thron und lief auf die beiden Rachegeister zu. Er riss seinen Mund auf, und Worte flossen daraus hervor, die so finster klangen, dass Naima im ersten Moment glaubte, sie stammten von einem der Kämpfer. Die Worte brachten Dunkelheit in den Thronsaal. Die Lichter wurden schwächer. Und der Ifrit am Boden erhob sich langsam wieder.

Naimas Vater verzog verärgert das Gesicht, als er seinen sternensilbernen Blick auf Oz richtete. »Du!« Das Wort war eine Anklage. »Du wirst endgültig dein Leben verlieren, Katze.«

»Oh, das wäre nicht weiter schlimm«, gab Oz zurück. »Ich habe neun davon.«

Der Ifrit drückte sich auf die Füße. Im ersten Moment glaubte Naima, dass er keine Kraft mehr besäße. Doch dann rammte er seine Fäuste in den gefliesten Boden. Und der Thronsaal begann zu beben. Zwei Sandfontänen schossen aus den Löchern, die der Rachegeist geschaffen hatte.

Oz wich knurrend zurück.

Der Sand flog in die Luft und fiel anschließend wie Regen hinab. Er bedeckte in wenigen Sekunden den ganzen Boden und türmte sich zu Dünen auf. Eine von ihnen wuchs über Naimas Vater in die Höhe, um im nächsten Augenblick in sich zusammenzufallen und ihn zu begraben. Dann war er fort, und nur noch der Ifrit stand dort. Selbst seine Flasche war nicht mehr zu sehen, doch der Faden war weiter zu erkennen und verschwand unter ihm in der Tiefe.

»Nein«, schrie Naima und lief über den Sand auf die Stelle zu, an der Jack eben noch gestanden hatte. »Du sollst sie retten, nicht töten.«

Der Ifrit schien sie nicht zu hören.

»Du musst meinen Wunsch erfüllen.« Sie legte alle Kraft in ihre Stimme. »Du musst.«

Der Ifrit drehte sich mit erkennbarem Widerwillen zu ihr um. »Er ...«, begann er, doch sein Satz endete, als sich im Boden unter ihm ein Loch auftat. In einem Strudel rutschte der Sand in die Tiefe. Der Ifrit fiel vornüber, und nur wenige Schritte von ihm entfernt riss der Boden auseinander, und Naimas Vater stieg empor.

»Wir sollten verschwinden, Prinzessin«, rief Oz. Er lief hastig zu ihr, während der Ifrit in das Loch gezogen wurde. »Die beiden können nicht sterben. Aber wir schon.«

»Ich denke, du hast neun Leben«, erwiderte Naima. Sie stolperte zurück und stieg auf einen der Throne. Nur sie ragten noch aus dem Sand. Alle anderen Stühle waren längst von ihm begraben worden.

»Ja, und die würde ich auch gerne behalten.« Mit einem kräftigen Satz sprang Oz zu ihr in den Arm.

Aus dem Loch stieg der Ifrit wieder hervor. Im ersten Moment glaubte Naima, dass er seine Beine auf den Sand setzte. Doch dann erkannte sie, dass er wuchs. Rasend schnell. Er wurde so groß, dass er mit dem Kopf fast an die verzierte Decke des Thronsaals stieß. Mit den Händen drückte er gegen sie, und sie wurde durchscheinend, bis Naima die Sterne sehen konnte, als würde es den ganzen Palast nicht geben. Es war ein Trick. Oder? Eine Illusion. Hätte es die Wände nicht mehr gegeben, so wäre Naima sicher, dass sie fern von London in der Wüste waren.

In diesem Moment wurden die beiden Türflügel in den Thronsaal aufgerissen, und ein Dutzend der Schattenkrieger lief herein. Hatte Naimas Vater sie durch einen stummen Befehl hergerufen, oder hatten sie gespürt, dass ihr Herr in Gefahr war? Es war gleich. Sie schienen weder davon beeindruckt, dass er sich in einem Kampf mit einem anderen Ifriten befand, noch dass die Wüste an diesem Ort Einzug gehalten hatte.

Ganz im Gegensatz zu ihren Verfolgern. Sechs oder sieben Soldaten zählte Naima. Und ebenso viele Soulmen. Ihnen allen stand die Verblüffung ins Gesicht geschrieben. Doch die Soulmen fingen sich schnell.

Die Magie der Ifriten ließ die Luft brennen. Das Wesen, das für Naima kämpfte, warf sich gegen ihren Vater und stieß ihm die Faust in den Leib.

Sie schrie. Die Furcht, dass der Rachegeist sie verriet und Jack tötete, stieg in ihr empor. Doch kein Tropfen Blut war dort zu sehen, wo die Hand in der Brust steckte. Stattdessen schien es, als würde eine zweite Gestalt neben Jack erscheinen. Durchscheinend, als wäre sie aus Nebel gemacht. Ihr Vater, der Rachegeist.

Ehe er aber aus Jacks Körper gezogen wurde, deutete er auf eine nahe Düne, und der Sand türmte sich für ihn auf wie eine Welle und schoss auf den Ifriten zu. Das Geschöpf wurde mitgerissen und vom Sand begraben.

Die silbernen Augen in Jacks Gesicht leuchteten hell vor Wut auf, und der Rachegeist verschmolz wieder mit dem Mann, den sie liebte. Er wandte sich um und sah zu Naima.

Sie wich unwillkürlich einen Schritt zurück. Ehe er aber auf sie zugehen konnte, geriet der Sand unter ihm in Bewegung. Es schien, als würde sich ein Maul im Boden öffnen. Ihr Vater griff in den Sand, doch er fand keinen Halt. Rasend schnell versank er. Als nur noch sein Kopf zu sehen war, brüllte er auf vor Wut, und der ganze unwirkliche Ort, an dem sie sich befanden, begann zu beben.

»Soll ich die beiden unschädlich machen?«, wisperte Oz, der gebannt dem Kampf folgte.

Die Gelegenheit schien in der Tat günstig. Die Ifriten waren angeschlagen. Der eine steckte tief im Sand, der andere drohte in ihm zu versinken. Und doch ... Naima schüttelte den Kopf. »Nur mein Wunsch kann das hier beenden«, sagte sie. Sie wusste selbst nicht, weshalb sie so sicher war. Sie spürte, dass dies der einzige Weg war. Sie wollte ihren Vater nicht besiegen. Sie wollte ihn retten.

Als würde er eine Treppe emporsteigen, die unter ihm verborgen war, kletterte ihr Vater aus seiner Falle heraus. Der Sand war nun ganz ruhig und hatte aufgehört, ihn mit sich in die Tiefe zu ziehen. Ihr Vater kniete sich hin am Rand des Lochs, das sich gebildet hatte, und stieß die Faust in den Boden. Der Sand färbte sich so schwarz, als würde die Nacht in ihm aufgehen. Und mit einem Schrei brach sein Gegner aus ihm hervor. Er war noch immer übergroß. Wutentbrannt brüllte er. Seine Haut fing Feuer. Und mit seinen flammenden Händen packte er Naimas Vater, als wollte er ihn zerquetschen.

Jacks Körper aber nahm keinen erkennbaren Schaden. Auch er griff nach seinem Gegner, und für einen Moment standen sie da wie zwei ungleich große und ineinander verbissene Tiere.

Einige der Schattenkrieger liefen auf den Ifriten zu, während die übrigen mit ihren Verfolgern kämpften. Schüsse erfüllten die

Wüste. Auch die Wände und die Tür lösten sich auf, und nur die beiden Throne erinnerten Naima nun daran, dass sie eigentlich in London waren. Der Ifrit wandte sich amüsiert den Schattenkriegern zu. Den ersten von ihnen rammte er mit seiner gewaltigen Faust in den Sand. Die anderen rannten unbeeindruckt weiter. Und stießen die Klingen, die sie in Händen hielten, dort in den Boden, wo der Rauchfaden verschwand und sich die Flasche des Ifriten befinden musste.

»Nein«, grollte der Geist. Er wischte einen der für ihn kleinen Angreifer von den Beinen. Doch ehe er sich den anderen zuwenden konnte, stieß Naimas Vater mit aller Kraft seine Fäuste nach vorne gegen die Luft, und der Ifrit wurde von den Füßen gerissen.

»Was tun sie?«, fragte Naima, während die Soldaten weiter auf die Schattenkrieger schossen.

»Ich vermute«, sagte Oz in dem Tonfall, in dem er immer ansetzte, wenn er mit seinem Wissen prahlen konnte, »dass sie versuchen, die Flasche zu zerstören. Sehr interessant.«

Naima sah in Gedanken den menschlichen Oz vor sich, der seine Brille geraderückte.

»Entweder befreien sie ihn dadurch. Oder sie vernichten ihn. Ich vermute Letzteres. Und angesichts der Angst auf seinem Gesicht vermutet der Ifrit dies auch.«

Naima hörte schon nicht mehr zu. Sie ließ sich auf den Sand fallen und schaufelte ihn mit den Händen fort. Die Flasche. Wo war die andere Flasche mit ihren Onkeln? Sie ertastete etwas Kaltes. Etwas, das sie bis in ihr Innerstes frösteln ließ. Sie zwang sich, die Flasche herauszuziehen, und zog schützend die Ärmel über die Finger. Ohne Oz' Frage, was sie da um Himmels willen tun würde, zu beachten, rannte sie los, die Messingflasche mit ihren gefangenen Onkeln in Händen.

Der Ifrit beschwor Magie, um Naimas Vater anzugreifen. Es fühlte sich an, als läge ein Gewitter in der Luft. Die Schattenkrieger stachen mit ihren Klingen weiter in den Sand, als würde sie alles andere nicht interessieren.

Aus dem Augenwinkel sah Naima, wie ein Soulman eines der Wesen in seine Phiole zog. Neben ihm lag ein herrenloser Zylinder auf einer Sanddüne.

Der erste Schattenkrieger beachtete sie nicht einmal, als Naima die Messingflasche öffnete. Er schenkte ihr erst seine Aufmerksamkeit, als seine Gestalt in die Flasche gezogen wurde. Seine Kameraden indes waren schneller. Während einer unverdrossen versuchte, die im Boden verborgene Flasche zu treffen, wirbelten die Übrigen herum und griffen Naima an. Nur in letzter Sekunde gelang es ihr, unter einem Schwerthieb hinwegzutauchen. Dem Zweiten konnte sie nicht mehr ausweichen. Er traf die Hand, mit der sie sich die Flasche an den Leib presste, und ein Schmerz durchfuhr Naima, der sie fast betäubte. Sie schrie, sank zu Boden und blickte auf das Blut, das dort aus der Wunde rann, wo eben noch ihr Daumen gewesen war. Vor ihr stand ein Schattenkrieger und hob seine Klinge. Irgendwo neben ihr fiel ein Schuss. Die unwirkliche Nacht war längst vom Gestank des Schießpulvers erfüllt. Es blitzte. Vielleicht eine weitere Phiole.

Und Naima wandte sich ab, um den eigenen Tod nicht kommen sehen zu müssen. Sie erkannte Oz, der auf sie zurannte. Den Ifriten, der ihren Vater und Jack retten sollte. Seine zerrissene Gestalt stand lichterloh in Flammen.

Und dort war Jack.

Für diese eine Sekunde waren seine Augen nicht mehr silbern, sondern so braun wie in dem Moment, in dem sie ihn zum ersten Mal gesehen hatte. Als sie ihn in der Welt der Toten mit einem kräftigen Schlag von den Beinen geholt hatte. Sie lächelte bei der Erinnerung. Wie würde sich der Tod anfühlen?

Der Schattenkrieger holte aus.

Naima erkannte neben Jack eine weitere Gestalt. Einen zweiten Ifriten.

Ihren Vater.

Diesmal sah er beinahe wieder aus wie der Mann, der er einmal gewesen war. Es musste dem Rachegeist, den Naima mitgebracht hatte, gelungen sein, die beiden voneinander zu trennen. Der Mann, den Naima liebte. Und die von Rache verzehrte Seele ihres Vaters. Sie schwebte beinahe bewegungslos in der Luft.

Für einen Lidschlag trafen sich ihre Blicke. Und Naima glaubte, Angst im Gesicht ihres Vaters zu erkennen. Angst um sie. Einen Augenblick später wurde alles so hell, dass sie die Augen schließen musste. War das der Tod? Ein Donnern erfüllte die Welt. Ein Schrei. Nein, zwei Schreie. Naima glaubte, taub und blind zu werden. Dann war alles vorbei.

»Prinzessin.« Die raue Stimme passte nicht recht zu diesem Moment. Sie klang nach Dreck und nach Bier und …

»Travis? Sind Sie das?« Naima blinzelte, und vor ihren Augen tanzten helle Punkte wie aufgeregte Insekten.

Der alte Soulman stand vor ihr und hielt eine Phiole in der Hand. Eine Phiole, die leuchtete.

»Travis?«, stammelte sie. »Sie … sie haben mich gerettet.«

»Ein Ritter in glänzender Rüstung.« Er legte eine Hand an den Zylinder, als würde er salutieren. »Schätze, Sie stehen besser auf. Das hier ist kein Ort für Sie. Verflucht, wir sollten alle nicht hier sein. Wie kommen wir in die verdammte Wüste?«

»Ich weiß nicht«, murmelte sie benommen. Der Blutverlust machte sich deutlich bemerkbar. Und sie musste sich erst an den Gedanken gewöhnen, dass sie nicht tot war.

»Nun, ich denke nicht, dass wir uns fortbewegt haben«, erklang hinter Naima eine altkluge Stimme. »Eher wird unser Ifrit die Wüste herbeibeschworen haben, da er selbst aus ihr stammt und sie gewissermaßen seine Kräfte bündelt.« Oz kam angetippelt, als wäre nichts Besonderes geschehen. »Er zieht seine Macht vielleicht aus ihr …«

»Ja, schon gut, Katze«, fiel ihm Travis ins Wort. »Sieh lieber zu, dass du deinen Hokuspokus abziehst und wir wieder nach Hause kommen. Das mit Eurem Finger ist aber eine Schande, Hoheit. Kenne einen guten Arzt, der Euch bestimmt wieder hinkriegt. Ist ein Künstler mit Nadel und Faden. Wenn er nüchtern ist. Und wir den Daumen finden.« Bei diesen Worten musterte er misstrauisch Oz, als mutmaßte er, dass der Kater ihn sich einverleibt hätte.

Naima blickte sich kurz um. Die Schattenkrieger schienen besiegt. Und der Ifrit hatte Naimas Wunsch erfüllt. Jack stand vor ihr. Er sah sie so verwundert an, als könnte er sich nicht erklären, was gerade geschehen war. Und sie erkannte die Gestalt des Ifriten, der einmal ihr Vater gewesen war. Wie ein gefangenes Tier wand er sich in einem unsichtbaren Griff.

»Dein Wunsch wurde erfüllt. Nun erfülle dein Versprechen, Befehlshaberin der Gläubigen.« Der andere Ifrit brannte noch immer. Eine schreckliche Fackel. Er starrte sie mit seinen goldenen Augen an, und Naima spürte die Wut und den Hass in diesem Wesen. Selbst jetzt, da es gesiegt hatte. Sie seufzte. »Ich werde mein Versprechen erfüllen. Wort für Wort.«

EIN FUNKE LIEBE

N ein!« Verdammt, Jack fühlte sich wie ein alter Mann. Er war frei, und der Fluch nistete nicht mehr in ihm. Doch der Kampf gegen den Ifriten hatte ihn, hatte Naimas Vater alle Kraft gekostet. Und er war noch immer schwer verwundet. Er konnte sich kaum auf den Beinen halten. Warum nur hatte Naimas Vater verloren? Der andere Ifrit war stark gewesen. Ein Wahnsinn, dass Naima sich mit ihm eingelassen hatte. Er würde sich Oz dafür vorknöpfen. Doch der Emir hätte wenigstens ebenbürtig sein müssen. Nun aber war er geschlagen. Und zu schwach, um noch einmal anzugreifen.

Hilflos sah Jack, wie Naima auf den Ifriten zuging und sich auf den Sand kniete. Oz öffnete den Mund, doch sie bedeutete ihm, still zu sein. Etwas abseits standen Travis und drei Soulmen. Die übrigen waren tot. Ebenso wie die Soldaten. Ihre Seelen waren nicht zu erkennen.

Naima griff dort in den Sand, wo der dünne Rauchfaden verschwand, mit dem der Ifrit, der nun nicht mehr in Flammen stand, an seine Flasche gebunden war. Sie brauchte eine Weile, dann zog sie die Flasche mit einem Ruck hervor. Naima streckte den Arm aus und griff eine Klinge, die neben ihr lag. Schartig und alt sah sie aus. Sie hatte einem der Schattenkrieger gehört. Vielleicht war es die, die Naima den Daumen von der Hand getrennt hatte. Jack spürte eine ungeheure Wut in sich aufsteigen. Er hätte ihr die Klinge am liebsten entrissen und ... Jack atmete tief durch. »Pst.« Er winkte Oz zu.

Der Kater sah ihn irritiert an und kam auf ihn zu.

»Miez, miez.« Niemand achtete auf Jack. Die beiden Ifriten starrten wie gebannt auf Naima, die ihre Klinge einen Moment lang prüfend ansah.

»Miez, miez? Hast du deinen Verstand verloren?«

Mit einer schnellen Bewegung packte Jack den Kater und hielt ihn sich direkt vor das Gesicht.

Der fauchende Oz versuchte vergeblich, sich aus dem Griff zu befreien.

»Pass auf. Ich brauche deinen Zauber. Den, der mich in London am Leben erhalten hat.« Er deutete auf sein Bein. Der Stoff der Hose war nass vor Blut. »Du weißt schon. Ibn … Ibn …«

»Ibn Sina? Wenn das so weitergeht, sollte ich mich als Arzt in London selbstständig machen«, erwiderte Oz. »Ich …« Er brach ab, als Naima sprach.

»Wort für Wort. Du kehrst nicht in deine Flasche zurück.« Sie hatte die Klinge mit der gesunden Hand erhoben, während sie sich die blutende an den Leib presste. Das Schwert fuhr herab.

Und kurz nachdem sie den Faden durchtrennt hatte, ließ sie die Waffe fallen und griff nach der anderen Flasche. Sie hatte sie scheinbar achtlos neben sich gelegt, doch nun zog sie in einer fließenden Bewegung den Stopfen. Ehe ihre Finger ihn aber herausziehen konnten, hatte der Ifrit seine Hand bewegt, und Naima erstarrte, als wäre sie zu Stein geworden.

»Prinzessin.« Der Ifrit schien amüsiert. »Du hast offenbar Ifriten-Blut in den Adern. So viel Verschlagenheit hätte ich dir nicht zugetraut.«

Travis und die anderen Soulmen liefen auf den Ifriten zu, doch auch sie erstarrten.

»Gut«, wisperte Oz. »Ibn Sinas Zauber. Kein Problem. Du hast einen Plan? Aber du wirfst nicht die Katze, oder?«

Jack lächelte finster und sah zu dem Wesen, das einmal Naimas Vater gewesen war. »Nein. Wie heißt es so schön? Schlag den Ifriten mit einem Ifriten.«

Der Rachegeist ließ Naima in die Luft schweben. Sie konnte sich nicht rühren. Nur ihre Augen verrieten, dass sie noch lebte. Sie suchte Jacks Blick, während er tief durchatmete. Oz' leise gewisperter Zauber erfüllte ihn mit so viel Kraft, dass sich Jack stärker fühlte als jemals zuvor. Die Wunde an seinem Bein schien zu heilen. Er sprang vorwärts. Die Hand des Ifriten griff nach ihm. Doch er tauchte unter ihr hinweg. Sie erwischte ihn einen Moment später. Jack wurde zur Seite geworfen. Er zwang sich wieder auf die Füße und lief weiter. Ein Zauber wischte an ihm vorbei. Er fühlte ihn. Seine Beine wurden langsamer. Ein zweiter Zauber fegte den ersten hinweg. Brachte die Kraft in Jacks Gliedmaßen zurück. Er stolperte, doch er fiel nicht.

Die Messingflasche, mit der Naima den Ifriten hatte fangen wollen, lag nur einen Schritt von ihm entfernt. Jack sprang und griff den Stopfen, der die Flasche verschloss. Es war so lächerlich schwer, ihn herauszuziehen. Jack glaubte, eine Ewigkeit auf dem Sand zu knien, bis es ihm endlich gelang, die Flasche zu öffnen.

Ein Schrei erfüllte die Wüste, gequält und hasserfüllt. Und der Körper des Ifriten zerfaserte. Er wehrte sich. Griff in den Sand, doch seine Finger wurden durchscheinend. Naima fiel zu Boden, und Jack zog sie zu sich. Der Ifrit ging noch einmal in Flammen auf, das Feuer aber erstarb so schnell, wie es gekommen war. Unerbittlich wurde er in die Flasche gezogen. Als von dem Rachegeist nichts mehr zu sehen war, drückte er den Stopfen auf die Öffnung.

Gewonnen, dachte er. Im nächsten Moment aber warnte er sich, nicht zu übermütig zu werden. Da war noch immer der andere Rachegeist. Jack sah Naima neben sich. Sie lag wie betäubt im Sand. Doch er sah sie atmen. Und er erkannte eine Katze an ihrer Seite. Jack nickte Oz zu, dann blickte er zu Naimas Vater. *Verdammt*, dachte er. Die Kraft, die ihm der Kater geschenkt hatte, würde ihn nicht allzu lange auf den Beinen halten. Er fühlte, wie die Ereignisse der vergangenen Stunden, ach was, der vergangenen Wochen ihren Tribut forderten. Aber er würde dies hier zu Ende bringen. »Ich habe in dein von Trauer verdorrtes Herz gesehen. Ich weiß, warum du Naima nicht getötet hast. In jener Nacht. Und heute.«

Der Rachegeist stand stumm da. Seine silbernen Augen leuchteten matt in der nachtfinsteren Wüste.

»Alle konntest du töten.« Jack hörte sich mit jedem Atemzug schwächer an. Er zwang sich ein Wort nach dem anderen über die Lippen. »Sogar deinen Sohn, weil der Hass dich wahnsinnig gemacht hat. Aber Naima ist wie deine Frau. Du bist zu diesem Monster geworden, weil du sie verloren hast. Doch sie kannst du nicht noch einmal verlieren. Ich habe dich in der Nacht in London Naimas Namen rufen hören. Es war deine Stimme, nicht wahr? Du hast dich nicht überwinden können, sie zu töten. Auch später nicht. In deinem Herzen war noch ein Funke Liebe. Und er steckt weiter darin.« Jack hustete und glaubte, das Bewusstsein zu verlieren. »Naima hat dich besiegt, weil sie dir vergeben hat. Deine Macht ist am größten, wenn du einen Wunsch erfüllen musst. Jetzt wünsche ich mir etwas. Und es ist ein Wunsch, der uns alle rettet. Selbst dich.«

Der Ifrit schien unentschlossen. Und Jack überkam mit einem Mal das ungute Gefühl, dass er mit seinen Worten falschgelegen hatte und sich das Wesen gleich auf ihn stürzte. Dann aber nickte es. »Ein Wunsch«, wiederholte es. Da war noch immer viel Dunkelheit in dem Geschöpf. Doch es schien auch müde und alt und traurig. Als wären der Hass und die Wut eine Rüstung gewesen, die es nun abgelegt hatte. Oder als sei nur kalte Asche von einem heißen Feuer übrig geblieben. »Soll ich sie«, er deutete auf die Flasche, in der der andere Ifrit zusammen mit Naimas Onkeln steckte, »in der Madinat almutaa verbergen? Von ihrem tiefsten Punkt könnten sie nie wieder zurückkehren.«

Jack sah, wie Oz zu einer Frage ansetzte. Nein, einen wissenschaftlichen Austausch zwischen Toten konnte er gerade nicht gebrauchen.

»Um diesen Ifriten und die Schatten dort kümmern wir uns«, sagte er hastig. »Mein Wunsch betrifft alleine dich. Dich und die Seelen, die mit dir verknüpft sind. Höre also meinen Wunsch, Ifrit.« Er stockte kurz. »Oder hört meinen Wunsch, Emir? Egal. Ich will, dass du von heute an bis zu dem Tag, an dem Naima stirbt, in der Zwischenwelt auf sie wartest. Sie in Empfang nimmst. Und sie dann auf die andere Seite bringst. Und wenn ich sage, auf die andere Seite, dann meine ich, auf die andere Seite.«

»Ins Jenseits«, wisperte Oz so erhaben, als hörte er aus der Ferne einen Engelschor singen.

»Genau.« Er hob die Hand, als er sah, wie Oz zu einer weiteren Bemerkung ansetzte. »Ja, Ifriten können nicht hinübergehen. Die Regeln ihrer Existenz verbieten es. Aber die Regeln ihrer Existenz legen ihnen doch auch auf, einen Wunsch zu erfüllen, wenn sie sich auf eine Abmachung mit einem Menschen einlassen. Nicht?«

Oz wiegte den Kopf nachdenklich hin und her. »Das ist allgemein anerkannt«, sagte er schließlich. »Nun, hier gibt es ein Paradoxon. Möglich, dass es klappt. Der Ifrit aber könnte auch in der Zwischenwelt gefangen bleiben, wenn es nicht funktioniert. Oder …«

»Oder?«, fragte Jack, obwohl er fürchtete, dass ihm die Antwort nicht gefallen würde.

»Oder alles wird in sich kollabieren und aufhören zu existieren. Unsere Welt und die Zwischenwelt und der ganze Rest.«

»Hm«, machte Jack, »ich denke, das Risiko gehe ich ein.« Er lächelte schief.

Die sternensilbernen Augen des Ifriten leuchteten auf, als wäre ein Feuer in ihnen entzündet worden. »Und der Krieg gegen die Invasoren?«

Jack sah zu Naima. Würde sie das Emirat künftig anführen? Nein, eher nicht. Für eine Frau an der Macht waren die Länder ganz im Gegensatz zum fortschrittlichen Großbritannien noch nicht bereit. Aber sicher würde sich ein Verwandter finden, der den Emir spielte. »Dies ist eine Angelegenheit der Lebenden«, erwiderte er. Verdammt, seine Zunge gehorchte ihm fast nicht mehr. »Du wirst den Wunsch erfüllen?«

Der Ifrit senkte den Kopf. »Ja.«

»Gut«, erwiderte Jack.

Und dann wurde alles um ihn herum schwarz.

DER NEUE MINISTER

»Ich glaube, er ist tot.«
Eine junge Männerstimme, die Jack vage bekannt vorkam. Er glaubte, aus einem Traum zu erwachen. Und zwar aus einem, den er schon einmal gehabt hatte. Er stemmte sich mühsam aus dem Bett, in dem er lag, und sah sich um. *Oh nein*, dachte er bei sich. *Nicht Agathas Schlafzimmer.* Jack erspähte die tote Katzenliebhaberin in ihrem Wohnzimmer inmitten der Schar ihrer überfütterten Babys. Hatte er alles nur in seiner Fantasie erlebt und war erwacht aus dem Schlaf, in den er nach der Verfluchung durch den Ifriten am Marble Arch gefallen war? Neben ihm lag sein Zylinder. Oh, er sah mitgenommen aus. Als hätte ein Ifrit ihn mit seiner Faust getroffen. Der Zylinder war unwiderruflich zerstört. Und dies bewies, dass Jack nicht geträumt hatte.

»Nein, mein Jack ist unverwüstlich«, hörte er Agatha flöten. »Außerdem könnten Sie doch sonst seine Seele sehen.« Sie winkte ihm zu, selbstredend ohne durch die Tür zu treten, die für sie die Pforte in die Zwischenwelt darstellte. Neben ihr saß der Rothaarige aus dem Ministerium. Alles Kindliche schien von ihm abgefallen zu sein. Jack erinnerte sich an die Soulmen, die gegen die Schattenarmee gekämpft hatten. Der Junge war vermutlich einer von ihnen gewesen. Angesichts des Krieges, der eine Nacht angedauert hatte, war es kein Wunder, dass er erwachsen geworden war. Der Krieg. »Haben wir gewonnen?«

Der Rothaarige erhob sich und trat, eskortiert von gut einem Dutzend Katzen, in Agathas Schlafzimmer. »Die … Schattenkrieger sind eingefangen. Im Archiv gibt es gerade jede Menge zu tun. Terry ist außer sich, weil keiner weiß, wer diese Wesen sind oder wo sie herkommen.«

Jack machte ein paar unsichere Schritte. Der Boden schien ein wenig zu wanken. Aber nach einigen Atemzügen beruhigte sich die Welt um Jack und … er fühlte sich erstaunlich gut. So gut, wie seit einer Ewigkeit nicht. Kein Fluch, kein Tod, der ihm im Herzen nistete. Das Hochgefühl verging indes schnell, als er das Nachthemd bemerkte, das er trug. Es war ihm zu klein und darüber hinaus mit rosa Blümchen bestickt. »Ich brauche einen Anzug. Und einen Zylinder. Bin praktisch nackt. Und vor allem will ich wissen, wo die Prinzessin ist.«

Der Rothaarige reichte ihm ein in Papier eingeschlagenes Päckchen. »Der Minister hat gemeint, dass Sie so etwas sagen. Hier sind die Sachen. Und die Prinzessin erwartet Sie. Sie ist gerade bei ihm.«

Jack nahm das Bündel an sich. »Der Minister? Jemand, den ich kenne?«

Der Rothaarige lächelte. »Das könnte man sagen.«

Die Stadt schien so unwirklich wie die Kulisse eines Theaterstücks. Der strahlend blaue Himmel. Die Straßen, über die Londons Einwohner so selbstverständlich spazierten, als hätte es den Angriff der Schattenarmee nie gegeben. Jack erreichte mit der Droschke, die vor Agathas Haus auf ihn und den Rothaarigen gewartet hatte, das Ministerium. Doch anstatt auszusteigen, zögerte er einen Moment. Seit er das letzte Mal unter dem verschnörkelten Schriftzug *Miller & Miller Nachrichtendienst für interessante Informationen* hindurchgegangen war, hatte sich alles verändert. Er war kein echter Soulman mehr. Im Ministerium waren sie sicher nicht gut auf ihn zu sprechen.

»Kommen Sie, der Minister wartet nicht gerne«, sagte der Rothaarige.

Jack nickte und verkniff sich alle Fragen. Vielleicht konnte dieser Minister sie ihm besser beantworten.

Auf den Fluren des Ministeriums schien alles wie immer. Nur die Blicke, die man Jack verstohlen zuwarf, machten deutlich, dass seine Anwesenheit etwas Besonderes war. Immerhin war er angemessen gekleidet. Schwarzer Anzug. Neuer Zylinder. Der Teppich in der obersten Etage war so dick, dass er alle Schritte verschluckte. »Also, wir sehen uns«, verabschiedete sich der Rothaarige von Jack und klopfte ihm auf die Schulter.

Die Frau, die im Vorzimmer saß, erhob sich mit glühenden Wangen, als sie Jack sah. Ein neues Gesicht. Ihre Vorgängerin war von Tante Alima getötet worden. »Der Minister erwartet Sie«, brachte sie ein wenig atemlos vor Aufregung hervor und ging hastig auf die schwere Tür zu, die in das Büro ihres Vorgesetzten führte. Wer hatte wohl von der Königin die Leitung des Ministry of Souls übertragen bekommen? Sicher irgendein Lord, der sein Leben lang nichts anderes zustande gebracht hatte, als im Oberhaus gemütlich auf einem Polstersessel zu sitzen.

Jack erwiderte das Lächeln, das die Frau ihm schüchtern zuwarf, als sie die Tür aufdrückte. Dann trat er ein. Er straffte sich und sah geradeaus.

»Oh, bitte nicht«, entfuhr es ihm.

Hinter dem dicken Schreibtisch thronte Travis.

Und auf seinem Schoß saß Oz.

»Wer von euch beiden …« Jack ließ den Satz unbeendet.

»Natürlich ich«, erwiderte der Kater beinahe beleidigt.

Jack aber beachtete ihn nicht mehr. Er hatte eine weitere Person in dem riesigen Zimmer ausgemacht. Sie musste in einem der dicken Ledersessel gesessen haben, die vor einem Kamin standen, in dem ein fröhliches Feuer brannte. Doch nun sprang sie auf, und er lief schnell auf sie zu, als fürchtete er, sie könnte sich in

Luft auflösen, wenn er zu langsam war. Er schloss Naima so fest in seine Arme, dass sie ihn lachend fortdrücken musste. Dann küsste er sie. Er küsste sie so lange, bis er glaubte, keine Luft mehr zu bekommen.

»Stimmt es?«, fragte sie atemlos, als sie sich irgendwann voneinander lösten.

»Was?« Es war Jack gleichgültig, dass Travis und Oz sie die ganze Zeit beobachtet hatten.

»Mein Vater. Du ... du hast ihn gerettet.«

Jack dachte an die traurige Gestalt, der er gegenübergestanden hatte. Es war kaum zu glauben, dass sie einmal der furchterregende Ifrit gewesen war, der so viel Tod über London gebracht hatte. Und der seine Familie bereitwillig geopfert hatte. Zaghaft nickte er. »Ich weiß nicht, ob ich ihn gerettet habe oder nicht eher er sich selbst. Als er mir meinen Körper gestohlen hatte ...« Jack schüttelte sich bei der Erinnerung an die Stunden, in denen er ein Gefangener im eigenen Leib gewesen war. »Ich habe in sein Herz sehen können. Da war viel Finsternis. Aber auch ein Rest Liebe. Nicht viel. Aber ich denke, er hat gereicht für ein wenig Selbstlosigkeit.«

Naima lächelte ihn an. Sie dachte sicher ebenso wie er bei diesem Wort an das Opfer ihres Dieners Abdal.

»Ist er hinübergegangen?«, fragte Jack.

»Oz hat ihn begleitet. Es gab wohl mehr als genug Pforten in der Nähe«, sagte Naima, und ihr Lächeln wurde traurig. »Wir konnten uns nicht verabschieden. Aber ich denke, dass ich dazu noch die Gelegenheit erhalten werde.«

Jack griff ihre Hand, die bandagiert war. »Wie geht es dir?«, fragte er besorgt.

»Es schmerzt noch.« Sie sah auf die Stelle, an der ihr Daumen gesessen hatte. »Aber der Preis war es wert. Wir haben gewonnen.«

»Übrigens«, Oz drückte seinen Rücken durch und blickte

erhaben zu seinen Freunden, »nachdem du dich schlafen gelegt hast, ist die Wüste im Thronsaal, nun sagen wir, verschwunden. Ich wünschte, sie wäre geblieben. Der Palast sah wirklich schrecklich aus. Überall Chaos. Wir haben die Leichen geborgen. Naimas Bruder wird gerade in seine Heimat überführt. Ich hoffe, der Palast dort glaubt uns, dass der Ifrit an seinem Tod die Schuld trägt. Aber darum kümmern wir uns später. Nun, draußen sah es nicht besser aus. Es gab einige Schaulustige, wie sich gezeigt hat. Doch dank des Bobbys, der vor dem Marble Arch gestanden hatte, konnten wir sie festnehmen. Ich habe sie … geozt, ehe wir sie wieder freiließen.«

»Geozt?«, fragte Jack verständnislos.

»Ich habe ihre Erinnerungen ein wenig angepasst. War viel Arbeit. Denke, wir haben alle erwischt. Nun, wenigstens sind die Schattenkrieger eingefangen worden. Ich hoffe es zumindest. Ich habe einige Soulmen in einer Sondereinheit zusammengefasst. Sie durchsuchen die ganze Stadt. Bislang ohne einen Hinweis auf Reste der Schattenarmee.«

»Du …« Jack sah zu Naima. »Er ist wirklich der Minister?« Er grinste sie an im Glauben, sie werde gleich lachen. Doch sie blieb ernst.

»Dein Minister.« Die Katzenaugen funkelten wie Sterne. »Das war im Grunde zu erwarten. Immerhin habe ich die Königin gerettet.« Oz überhörte Naimas kurzen Hustenanfall. »Hat sich schnell gefangen, die Gute, als ich sie angesprochen und aus dem Thronsaal begleitet habe. Muss ich schon sagen. Sie ist dem Ministerium sehr dankbar und hat meiner Bitte entsprochen, dass ich im Hintergrund die Fäden ziehe, während Travis das Gesicht des Ministry of Souls wird.«

»Ein hübsches Gesicht«, bemerkte Jack trocken. »Und Naimas Onkel? Die letzten beiden Schatten?«

Oz nickte lässig zum Kamin. »Sind unter Beobachtung.«

Jack hob die Augenbrauen, als er die orientalische Messingflasche auf dem Sims entdeckte. »Sehr geschmackvoll«, sagte er. »Und der Ifrit wird direkt mitbewacht. Also hast du die Welt gerettet? Was … was ist eigentlich mit deinen Eltern?«, fragte Jack. »Soll ich ihnen sagen, dass du …«

»Nein.« Oz' Katzengesicht verdüsterte sich. »Das wird Travis übernehmen. Und ich werde dabei sein. Ich werde ihnen schonend beibringen, wie die Dinge stehen. Am Ende, denke ich, werden sie sich freuen, dass ich Karriere gemacht habe. Für dich habe ich andere Pläne. Du wirst zurück in den Dienst geschickt. Soulman. Unterer Rang, versteht sich. Deine erste Aufgabe wird darin bestehen, den Abbau des Marble Arch zu überwachen. Die Königin sagte, dass sie kein Schattentor vor ihrer Nase wünscht. Der Bogen soll irgendwo in der Nähe des Hyde Parks einen neuen Platz finden. Und, was sagst du?«

Jack wechselte einen kurzen Blick mit Naima. Dann schüttelte er den Kopf. »Ich habe einen besseren Vorschlag. Ich gehe auf eine schöne lange Dienstreise. Zusammen mit einer charmanten Begleitung. Vielleicht nach Ra's al-Chaima. Da gibt es noch einiges zu tun. Du weißt schon. Seelen verstorbener Soldaten. Im Lazarett. Im Palast. Einer müsste sich bei meinen Sachen in einer Phiole finden. Und denk an die gefangenen Seelen aus der Totenstadt. Der Schatten, der dort in einer Flasche steckt. Ich lege ihn dir in die Post. Im Zwischenlager sollte auch noch einer von der Sorte zu finden sein. Vielleicht ergeben sie zusammen eine nette Dekoration für deinen Kamin. Außerdem habe ich Rafik versprochen, dass ich ihm die ganze Geschichte erzähle. Dafür brauche ich natürlich eine geübte Übersetzerin. Und ich plane, für mindestens ein Jahr mit Naima im Garten des Palastes zu sitzen und mich auszuruhen. Nennen wir mich mal einen Sonderbotschafter für endgültige Angelegenheiten. Dort lassen wir es uns eine Weile gut gehen. Dann kehren wir vielleicht zurück. Oder auch nicht. Das werden wir sehen. Und weißt du, wer das alles bezahlt?« Er lächelte Oz verschlagen an.

»Du bist wahnsinnig. Travis, besorg ihm mehr von der Pferdemedizin.«

Jack setzte sich noch immer lächelnd auf Oz' Schreibtisch. »Weißt du, ich habe ein wenig Übung darin bekommen, sagen wir einmal, Abmachungen zu treffen. Du, Herr Minister, gibst mir meinen Urlaub. Und ich«, Jack betrachtete mit gespieltem Interesse seine Fingernägel, »verzichte darauf, zurückzukommen und eine gewisse Katzenliebhaberin und ihre Schar überfütterter Babys mitzubringen.«

Oz' Miene versteinerte. »Ich verstehe.« Er nickte Jack und Naima zu. »Herr Sonderbotschafter. Prinzessin. Ich werde alles arrangieren und den Palast in Ra's al-Chaima darüber in Kenntnis setzen, dass ihr auf dem Weg seid. Und dass du, Naima, die vergangenen Tage hier warst. Nun aber muss ich mich mit dem Leiter des …«

Er wurde unterbrochen, als unvermittelt eine Gestalt hereinkam. Und zwar durch die geschlossene Tür.

»Ein Skandal«, brummte Terry, ohne sich mit Begrüßungen oder anderen Höflichkeiten aufzuhalten. »Normalerweise werde ich in wissenschaftlichen Fachartikeln zuerst genannt. Beim *International journal of necromancy* haben sie schon gefragt, wer dieser Oz ist, der vor mir als Autor aufgeführt wird.«

»Ah, Sie haben den Artikel fertig? Wunderbar.« Oz schnurrte zufrieden. »Jack, Naima, warum bleibt ihr nicht. Terry liest ihn euch bestimmt gerne vor.«

»Nein, danke«, erwiderte Jack und reichte Naima seinen Arm. »Wir haben andere Pläne.«

»Hat der Junge eine Ahnung, dass er noch immer die Nummer eins auf der Fahndungsliste ist?«, wollte Travis eine Stunde später wissen, als der Leiter des Archivs längst wieder gegangen war.

Oz gähnte und streckte sich. »Nein, hat er sicher vergessen. Gieß dir ruhig noch ein Glas ein«, sagte er und unterdrückte nur halbherzig ein hämisches Lachen. Dabei blickte er auf die Flasche mit dem Sherry. »Um diese kleine Lappalie kümmern wir uns später. Muss eh nachher zur Metropolitan Police und nach Sir Hay sehen. Ihm geht es nicht gut. Er hat wohl auch etwas von dem Fluch des Ifriten abbekommen. Vielleicht lässt er Jack bei der Gelegenheit frei. Morgen. Oder übermorgen. Aber das eilt nicht. Wir haben für alles ein ganzes Leben lang Zeit.«

Die Community für alle, die Bücher lieben

★ In der Lesejury kannst du Bücher lesen und rezensieren, die noch nicht erschienen sind

★ Gemeinsam mit anderen buchbegeisterten Menschen in Leserunden diskutieren

★ Autoren persönlich kennenlernen

★ An exklusiven Gewinnspielen und Aktionen teilnehmen

★ Bonuspunkte sammeln und diese gegen tolle Prämien eintauschen

Jetzt kostenlos registrieren: www.lesejury.de

Folge uns auf Instagram & Facebook:
www.instagram.com/lesejury
www.facebook.com/lesejury